Knochenklau

Franz-Josef Körner wurde 1958 in Bamberg geboren und studierte später Englisch und Sport. Heute ist er Gymnasiallehrer in Kaufbeuren und erfolgreicher Autor mehrerer historischer Romane und Krimis.

FRANZ-JOSEF KÖRNER

Knochenklau

FRANKEN KRIMI

emons:

Bibliografische Information der Deutschen Nationalbibliothek
Die Deutsche Nationalbibliothek verzeichnet diese Publikation in der Deutschen Nationalbibliografie; detaillierte bibliografische Daten sind im Internet über http://dnb.d-nb.de abrufbar.

FSC www.fsc.org
MIX
Papier aus verantwortungsvollen Quellen
FSC® C083411

Umschlagmotiv: iStockphoto.com/Andreas Zerndl
Umschlaggestaltung: Tobias Doetsch
Gestaltung Innenteil: César Satz & Grafik GmbH, Köln
Lektorat: Jutta Schneider
Druck und Bindung: CPI – Clausen & Bosse, Leck
Printed in Germany 2016
ISBN 978-3-95451-784-8
Franken Krimi
Originalausgabe

Eines Tages schwimmt die Wahrheit doch nach oben.
Als Wasserleiche.
Wieslaw Brudziński

Prolog

Plötzlich vernimmt er ein Kreischen. Er fährt aus dem Schlaf hoch. Lauscht. Das Kreischen hält an. Woher kommt es? Er steht auf. Tastet sich durch die fremde, dunkle Zelle. Durch die Gänge. Immer dem Kreischen nach. Was ist es? Eine Kreissäge? Das Geräusch ist schneidend, aber eine Kreissäge klingt heller. Hört das denn keiner?

Hinaus auf den Hof. Wie eine Spur aus schrillen Tönen zieht sich das Geräusch durch die Nacht. Zieht ihn zu sich wie ein Magnet, über den Hof, zur Kirche hin. Ja, kein Zweifel. Es kommt von dort. Wie mahnende Finger ragen die Kirchtürme in den Nachthimmel. Er rafft das Mönchsgewand. Steigt mit schief gelegtem Kopf lauschend, witternd die Stufen empor. Ist wachsam, alle Sinne auf Alarm eingestellt. Zieht das Tor auf. Das Kreischen wird lauter. Kommt es von vorne, vom Altar?

Ich glaube an Gott und an den Teufel. Aber das ist Menschenwerk.

Er läuft durch das dunkle Langschiff, nimmt über sich die Decke mit dem »Himmelsgarten« wahr. Mönchskunst, Mönchswissen. Nein, es kommt nicht vom Altar. Es kommt von unten. Plötzlich weiß er das Kreischen einzuordnen. Jemand schneidet Stein. Unten, in der Krypta. Das Grab – seine Bestimmung! Er greift nach dem ersten passenden Gegenstand. Ein vergoldetes Kreuz auf dem Altar. Steigt hinunter in die Krypta.

Plötzlich ist es taghell. Grelle Scheinwerfer. Er ist geblendet, sieht Gestalten, Schemen. Mit dem Kreuz schlägt er um sich, wie ein Kreuzritter in der heiligen Schlacht, umstellt von Heiden. Er weiß, was sie wollen. Das darf nicht geschehen! Nein! Wie ein Berserker wütet er mit dem Kreuz. Dann ein Schlag. Alles versinkt in gnädigem Dunkel.

EINS

Meine erste Leiche war mein Vater.

Sorgfältig, wie es seine Art war, hatte er das Abschleppseil seines Station Wagon, eines 68er Chevy Caprice, um den dicksten Balken unseres Gemeinschaftsdachbodens geschlungen, seinen Hals in die Schlinge gesteckt und den Hocker, auf den er gestiegen war, dann selbst weggekickt. Nun hing er da, in seinem Anzug, der bis dato der Hochzeit und dem sonntäglichen Kirchgang vorbehalten gewesen war, den Kopf leicht seitlich nach unten gedreht, als würde er seine frisch polierten Sonntagsschuhe begutachten. Aufgehängt wie ein weiteres Wäschestück schaukelte er zwischen Bettlaken, Handtüchern und einer akkuraten Reihe blütenweißer überdimensionaler Unterhosen, und das einzig Gewaltsame an seinem Abgang aus dieser Welt schien das abgebissene Stück Zunge zu sein, das unter ihm auf dem Boden lag.

Warum? Ich war nie ein besonders romantischer Typ gewesen. Mich interessieren Fakten. Zahlen. Laut Wikipedia sah es mit dem Suizid ungefähr so aus: Fünf Frauen und zweiundzwanzig Männer nehmen sich täglich in Deutschland das Leben. Was die Rangfolge der Bundesländer betrifft, gewinnen in den meisten Jahren auch in diesem Fall die Bayern den Pokal, und seltsamerweise bringen sich im Osten weniger Menschen um. Suizid. Das Wort leitet sich vom Lateinischen *sui caedes* ab und bedeutet – Überraschung – sich töten. Das Thema Selbstmord wird bis heute in allen Gesellschaftsschichten einfach unter den Teppich gekehrt. Oft wird ein sich andeutender Suizid darum auch nicht ernst genommen. Die Menschen töten sich selten plötzlich, sondern erst, nachdem sie ihrer Umgebung eindeutige Signale wie *Leute, mir geht's nicht gut, kann sich vielleicht mal einer um mich kümmern?* gesendet haben. Viele wollen dabei gar nicht unbedingt sterben. Ich kannte eine junge Frau, die hätte redlich folgende Berufsbezeichnung verdient: Suizid-Inszeniererin.

Selbst nach dem dreizehnten missglückten Selbstmordversuch lief sie immer noch putzmunter in der Gegend herum.

Mein Vater passte in keines der gängigen Schemata. Er begann nicht zu saufen, machte keinerlei Andeutungen, dass in ihm etwas zerbrochen sei, wirkte nicht depressiv, sondern ganz und gar zufrieden mit sich und der Welt. Jeden Tag zog er mit dem Station Wagon los, und wir hatten keine Ahnung, dass ihm das Wasser bis zum Hals stand.

Er hatte sich schlicht verzockt. Dazu muss ich etwas weiter ausholen. Irgendwann hatte er seinen Job als Installateur, den er dreißig Jahre lang pflichtbewusst und ordentlich ausgeführt hatte, einfach satt. Verstopfte Klos zu reinigen war plötzlich nicht mehr sein Ding. Er beschloss, ins Taxigeschäft einzusteigen. Damals waren in Bamberg die US-Soldaten aus den Warner Barracks ein großer Wirtschaftsfaktor, vor allem auch in der Taxibranche. Wenn die Army Zahltag hatte, konnte man in einer Nacht fünfhundert D-Mark verdienen, noch begünstigt durch einen bei den Fahrern üblichen großzügig abgerundeten Dollarwechselkurs. Die GIs liefen an solchen Tagen keinen Meter mehr, an jeder Ecke winkte einer nach einem Taxi, um sich ins »Club Two«, ein ähnliches Etablissement oder in die Innenstadt zum »Grünen Markt« karren zu lassen. Es war so, als würde man Dollarscheine mit beiden Händen aus einem Eimer schöpfen, und man raste einen ganzen Nachmittag, Abend, eine ganze Nacht immer dieselben Routen entlang. Die GIs sprangen in den Wagen wie Lemminge von den Klippen, und zu später Stunde musste man nur aufpassen, dass man beim Fahren rechtzeitig die Tür aufriss, wenn einer anfing zu kotzen, damit man nicht die ganze Sauerei in die Türablage bekam und den Eintopf im wahrsten Sinne des Wortes auslöffeln durfte.

Zurück zu meinem Vater. Eigentlich kann man ihm auf den ersten Blick keinen Denkfehler anlasten, als er sich als Taxi den oben genannten Chevy Station Wagon ausguckte. Logisch: Man fährt hauptsächlich Amis, also kauft man eine Amikutsche. Bei der Bank nahm er einen ordentlichen Kredit auf, ging zum Gebrauchtwagenhändler auf der Hauptsmoorstraße, drückte der perplexen zwielichtigen Gestalt dort die zweihundertfünfzig sauber gebündelten Hunderter in die Hand und fuhr wenig später stolz wie ein Häuptling mit dem Riesenschlitten in der Gereuthstraße vor, wo sich sogleich die gesamte Nachbarschaft bewundernd um den Chevy versammelte. Als Nächstes verbrachte er drei Tage in irgendeinem Schuppen und spritzte die Kiste bis auf das umlaufende Holzfurnier in cremefarbenes Taxiweiß um. Nachdem alles fertig war, schraubte er noch das gelbe Schild auf den Dachträger und stürzte sich dann euphorisch ins neue Geschäft. Die Ernüchterung folgte auf dem Fuße. Die Amis wollten komischerweise gar nicht dafür bezahlen, dass man sie in genau der gleichen Kiste herumkutschierte, die sie von zu Hause kannten. Sie ließen den Chevy, selbst wenn er an erster Stelle in der Reihe stand, links liegen und hüpften stattdessen in einen Mercedes oder einen *BM-motherfucking-double-U*.

Mein Vater geriet ziemlich schnell mit den Raten in Verzug. Am Ende blieb ihm nichts als ein Haufen Schulden, und da er auch in seinem alten Job nichts mehr fand, sah er keinen Ausweg mehr. Seine Konsequenz: dieser luftige Ort auf unserem Gemeinschaftsdachboden zwischen Bettlaken, Handtüchern und einer akkuraten Reihe überdimensionaler blütenweißer Unterhosen.

Meine Mutter war anschließend der Meinung, als Sohn sei es meine Sache, den Karren wieder aus dem Dreck zu ziehen. Also trat ich brav in die Fußstapfen meines Vaters und hockte mich von drei Uhr nachmittags bis zum Morgengrauen in den Station Wagon – und das meine ich wörtlich: Die meiste Zeit hockte ich wirklich nur herum, und ich konnte von Glück reden, wenn ich in einer Schicht ein Dutzend Fuhren zusammenbrachte.

Doch ich löste das Problem auf meine Weise. Vater hatte sich verzockt. Ich zockte richtig. In einer einzigen Nacht gewann ich beim Texas Hold'em im Hinterzimmer der »Wunderbar« fünfzigtausend D-Mark und hatte damit auf einen Schlag alle Probleme aus der Welt geschafft, die finanziellen zumindest. Danach fuhr ich aus Gewohnheit noch eine Weile Taxi, hatte sogar eine Reihe von Stammkunden. Einer davon war Angie, Animierdame in ebenjener »Wunderbar«, die damals morgens um fünf Anlaufstation der Fahrer mit unserer Nummer war. Dort trank ich einen letzten Kaffee, im Hintergrund das Gedudel und Gestöhne eines Pornofilmchens, und dann trat irgendwann Angie hinter mich, ich spürte ihren warmen Körper, und sie massierte mir die Schultern und den Nacken. Irgendwie hatte sie sich in mich verguckt, vielleicht weil sie etwas Solideres suchte als diesen Typen, den sie vorher hatte. Das war ein Zuhälter, Dealer und was sonst noch alles, der einmal versuchte, sich einer Polizeikontrolle dadurch zu entziehen, dass er den Beamten, der ihm mit der Kelle winkte, zuerst von vorn über den Haufen fuhr, dann den Rückwärtsgang einlegte und – zur Sicherheit – noch einmal von hinten.

Übrigens merkte man an diesem Schuppen, der »Wunderbar«, wie dämlich doch die meisten Kerle sind. In dem Laden lief es so ab: Verirrte sich ein Trottel – meist schon angetrunken – in das Etablissement, setzte man ihn an einen Tisch ins schönste Schummerlicht, mit gutem Blick auf die Leinwand, über die besagte Pornos flimmerten. Schwups, schon saßen zwei Schönheiten (bei etwas mehr Nüchternheit und Helligkeit sah die Sache allerdings weniger verführerisch aus) links und rechts neben ihm und heizten ihm nach allen Regeln der Kunst ein, bis ihm der Geifer aus den Mundwinkeln tropfte und er mit einer der beiden (und einer Flasche Schampus für stolze hundertfünfzig D-Mark, die im Supermarkt nur zwei neunundneunzig kostet) im Separee verschwand. Dort durfte er dann ein bisschen an ihr herumfummeln, mehr aber auch nicht. Meine Güte!

Einer der Stammkunden kam aus Tiefenellern, knapp vierzehn Kilometer von Bamberg entfernt. Das war ein Bauer, der jeden Samstag mit seinem Traktor schon reichlich alkoholisiert an der »Wunderbar« vorfuhr, dort parkte, seinen Redneck-Geruch und seine Schnapsfahne in die gute Stube führte, sich für ein Stündchen und dreihundert Mark an Jaquelines Dingern gütlich tat (die hieß wirklich so, kam aus dem Osten und war ganz passabel, solange sie nicht den Mund aufmachte), um dann, sternhagelvoll, mit seinem Traktor nach Tiefenellern zurückzutuckern.

Einmal in der Woche, wenn die »Wunderbar« schloss, ließ Angie sich von mir nach Erlangen kutschieren, dort gab es eine ähnliche Kaschemme, die morgens allerdings bis halb sieben geöffnet hatte. Den Sinn dieser Fahrten hab ich nie kapiert, vielleicht ging es ihr wirklich nur um diese zwei Stunden mit mir im Zwielicht des anbrechenden Tages, ich weiß es nicht, keine Ahnung. Jedenfalls tranken wir wieder Kaffee, dann fuhren wir zurück. Angie stopfte mir die dreißig D-Mark Fahrgeld in die Hosentasche, zog dann meinen Gürtel auf und machte bei zweihundert Sachen auf der Autobahn an mir herum. Mal ehrlich, eine Prostituierte zahlt quasi für ihre eigenen Dienste. Dafür habe ich nur eine Erklärung: Vielleicht wollte sie irgendwie raus aus dieser Welt und hinein ins bürgerliche Leben. Aber warum sie ausgerechnet mich als geeignetes Mittel hierfür betrachtete, war mir ein Rätsel. Zu Weihnachten strickte sie mir ein paar Socken, sogar mit Muster, doch als ich dann mit dem Taxifahren aufhörte und bei der Polizei anfing, verlor ich sie irgendwie aus den Augen. Vielleicht spielte dabei auch eine nicht ganz unwichtige Frage eine Rolle: Wie stellte man seiner Mutter jemanden als seine Liebste vor, die möglicherweise alles verbergen konnte, nur eine Tatsache nicht, dass sie eine Nutte war? Und bei genauerem Nachdenken muss man sich eingestehen, dass ein Vorgesetzter von dieser Kombination – Polizist, Prostituierte – auch nicht wirklich begeistert wäre.

So weit zu Angie und meiner Taxifahrerkarriere. Wie gesagt, danach kam die Polizei. Kripo. Eigentlich hatte ich schon als Junge diesen Traum vom coolen Polizisten geträumt, so wie andere Jungs Lokomotivführer oder Meeresbiologe werden wollen. Irgendwann, als ich älter wurde, verschwand der Traum aber in einer dieser Schubladen, in der früher oder später die meisten Träume verschwinden, noch lange bevor ich sozusagen gezwungenermaßen zum Taxifahrer wurde. Doch später, als mir die Fahrerei immer mehr zum Hals heraushing, zog ich diese imaginäre Schublade wieder auf, und da lag er noch, ganz hinten – mein alter Kindertraum.

Ich besann mich darauf, dass ich das Abitur hatte und man mit einer solchen Voraussetzung vielleicht etwas mehr anfangen konnte, als nur besoffene GIs an ihrem Zahltag in der Gegend herumzufahren. Also bewarb ich mich, schaffte den Eignungstest und absolvierte die drei Jahre Basisausbildung für den gehobenen Dienst, erwarb mir in kleinen Präsidien in der Pampa den typischen Stallgeruch und kehrte schließlich nach Bamberg zurück.

Ach ja, und bei aller Bescheidenheit, als Polizist bin ich nicht der Schlechteste. Bestimmt ist es auch kein Nachteil, vormals nachts Taxi gefahren zu sein, man bekommt jedenfalls schon mal einen recht guten Überblick über all die Nachtschattengewächse, die im Schutze der Dunkelheit zwischen den Bamberger Häuserzeilen gedeihen.

Zumindest gab es genügend Kollegen, die sagten: »Dieses arrogante Arschloch, aber eins muss man ihm lassen, er ist gut in seinem Job.«

Richtig, die Sache mit meinem Namen muss ich noch klären. Wie schon erwähnt, ist Bamberg Garnisonsstadt, Warner Barracks, US-Soldaten. Jedenfalls waren meine Eltern anfangs von den Amis so begeistert, dass sie auf die bescheuerte Idee kamen, mir einen amerikanischen Vornamen zu geben. Rodney. So heiße ich wirklich. Kurz: Rod. Natürlich gibt es immer Witzbolde, die sagen: »Haha, Rod Stewart, siehst aber gar nicht so aus«, aber dann antworte ich: »Nein, nicht Rod Stewart, Rod …« Und jetzt festhalten, jetzt kommt's: mein Nachname. Meine Eltern, und damit auch ich, heißen tatsächlich *Killer*. Im Ernst. Noch mal zum Mitschreiben: Killer. Hauptkommissar Rod Killer. Deshalb halten mich alle, denen ich mich vorstelle, zunächst einmal für einen *fucking American*. Bin ich aber nicht, definitiv nicht. Geboren und aufgewachsen im Bamberger Stadtviertel Gereuth, seinerzeit bekannt als Glasscherbenviertel. Gute Schule, dort groß zu werden, fürs restliche Leben, meine ich. Es kann nicht schaden, wenn man gelernt hat, dass man gewisse Dinge auch mal anders regeln kann als mit einem Stuhlkreis.

Nach dem Motto: Wir lassen einander ausreden, und wenn einer mit einem Stein nach mir wirft, werfe ich eine Blume zurück. Tue ich auch. Aber dann ist da noch der Topf dran.

Also, aufgewachsen im Getto. Dann Taxifahrer. Dann Kripo. Zuerst K4, Drogen, inzwischen befördert in die Abteilung für Kapitalverbrechen, das heißt, ich bin derjenige, der in Bamberg die Mörder fängt. Zu meinem Vater haben sich im Laufe der Jahre noch weitere Leichen gesellt – arme Schweine während meiner Zeit im K4, die meisten mit einer Nadel im Arm, später alle anderen Variationen: Erschossene, Erdrosselte, Erschlagene, Verbrannte oder sonst wie Getötete. Keine der Leichen wies jedoch diese erhabene Nachdenklichkeit meines Vaters auf, mit der er, zwischen den Wäschestücken baumelnd, seine Sonntagsschuhe betrachtete. Oder wunderte er sich über seine abhandengekommene Zunge?

Die Kripo war für mich das Paradies. Diesen Job hatte der liebe Gott nur für mich erschaffen. Doch wie in jedem Paradies gab es eine Schlange. Waldemar Schöps mit bürgerlichem Namen. Damit er mich ein bisschen hassen konnte, nannte ich ihn meist »Waldi«. Im Stillen hieß er für mich sowieso schon so. Passte perfekt. Kleiner-Mann-Syndrom, einer dieser Kläffer, die sich ständig auf die Hinterbeine stellen, Männchen machen, sich bis zum Platzen aufblasen und vor Wichtigtuerei kaum mehr über den eigenen vorgereckten Brustkorb schauen können. Wenn er durchs Präsidium lief, sah es immer aus, als hätte er Rückenlage. Und, selbstredend, verstand er kaum Spaß, vor allem nicht, wenn man ihn wegen seiner eins zweiundsechzig ein wenig aufzog. Typischer Fall von absoluter Humor-Firewall, klatschte sich aber auf die Schenkel, wenn er jemand anderen verarschen konnte, und machte sich bei peinlichen Sprüchen wie »Wir sind keine Alkoholiker, wir sind Bayern« oder »Bei hundertdreißig zieht mein Bobbycar ein bisschen nach links« oder »Du bist lustig, dich töte ich zuletzt« vor Lachen in die Hosen. Seinen Handyklingelton fand er wohl besonders genial: Maschinengewehr-Geballere. Facebook-Account-Name: Sonny

Crockett, wie der Schönling aus der Fernsehserie Miami Vice. Zusammenfassung: Waldi, mein Partner.

Prinzipiell bin ich eher dafür, dass man sich auf sich selbst verlässt. Abhängig von anderen zu sein, wenn es darum geht, einen Job zu erledigen, kann ganz schön anstrengend oder frustrierend sein.

Nehmen wir zum Beispiel Basketball. Bamberg ist eine Basketballstadt, bekannt als »Freak-City«, wegen der Besessenheit der Fans. Ich bin der Meinung, es gibt für jede Stadt eine Sportart, in Roth ist es der Triathlon, in Kiel der Handball und in München der König Fußball. In Bamberg geht es nur um diese große, runde orange Kugel, mit der die Schwarzen solche Wunder vollbringen. Ich weiß noch, wie Bamberg das erste Mal um die Meisterschaft spielte, ich war damals Domchorknabe (Waldi, alias Sonny Crockett, hat sich totgelacht, als er das erfuhr: »Chorknabe, Rod the Killer, haha, Leute, hört mal alle her, Killer, der Supercop mit dem zuckersüßen Sopran, ich piss mich an«), das entscheidende Spiel um die Meisterschaft fiel ausgerechnet auf die Zeit einer Chormesse in Sankt Michael. Wir, die Knäblein in unseren gelben Hemden, verzogen uns nach jeder Nummer – Kyrie, Gloria, Credo, Sanctus und Agnus Dei – mit einem Transistorradio, das einen Drahtkleiderbügel als Antenne besaß, wie der Blitz auf der Empore hinter die große Orgel und hörten, zitternd vor Aufregung und mit fiebrigen Augen, live mit. Meine damalige Liebe zum Basketball war eine Geschichte, die persönliche Rolle, die ich dabei spielte, eine andere.

In Bamberg findet immer an Pfingsten ein großes Turnier statt, seit achtunddreißig Jahren, mit inzwischen mehr als tausend Teilnehmern. Für einen Hobbybasketballer gibt es kein größeres Ding, als einmal dieses Turnier zu gewinnen. Es ist schier unmöglich, es zu schaffen. Doch in einem Jahr war es tatsächlich so weit. Wir standen im Endspiel, großes Kino, volle Halle. Und was passierte? Das Team verlor die Nerven. Ballerte alles daneben, was man nur verballern kann. Es war eine riesige Blamage. Die einzigen mickrigen Punkte kamen von mir. Seither hab ich keinen Basketball mehr angefasst. Okay, ich ging noch zu den Spielen der Brose Baskets, aber inzwischen auch nicht mehr so häufig. Das Team hat seine Seele verloren, nur noch kaufen, verkaufen, jedes Jahr neue, austauschbare Gesichter.

Damit hier kein falscher Eindruck entsteht, ich bin kein Einzelgänger, kein einsamer Wolf. Pokern macht allein auch wenig Spaß. Und bei der Polizei ist man auf Teamarbeit angewiesen, denn bei einem Mordfall sind es in einer Soko schon mal zwanzig, dreißig Leute, mit denen man zusammenarbeiten muss. Man ist gewissermaßen vom Team abhängig, ob man möchte oder nicht, Spurensicherung, Gerichtsmedizin, Kriminaltechniker, Pressesprecher und sonstige Spezialisten für alles und jede Perversion. Es ist demzufolge auch keine gute Idee, unfreundlich zu den Leuten zu sein oder sie respektlos zu behandeln, selbst wenn sie mal Mist bauen. Das gilt auch in Bezug auf Waldi, mit dem ich am engsten zusammenarbeite. Deshalb versuche ich, nicht mit der Prise Arroganz, die man mir gelegentlich vorwirft, auf seine eins zweiundsechzig hinabzublicken. Wenn es gut läuft, sage ich sogar »Sonny« zu ihm. Bei mir läuft es meistens gut. Was heißt meistens, immer.

Okay, ich bin ein Zocker. Das Leben ist doch auch nichts anderes als ein Spiel, oder? Gib mir ein paar Karten in die Hand oder Würfel, und ich bin dabei. Einsatz? Mir egal, Hauptsache, hoch. Es gibt nichts Langweiligeres, als um einen Euro fünfzehn zu spielen. Mir ist nicht ganz klar, wo da der Nervenkitzel liegen soll. Genau darum geht es aber, um den Nervenkitzel. Wenn einer keine Nerven hat, verliert er. So einfach ist das. Wie im richtigen Leben. Zehn Riesen? Zwanzig? Dreißig? *Yes, please!*

Ich bog von der Gereuthstraße, wo ich etwas zu tun hatte, auf die Forchheimer ab. Der Chevy grummelte auf diese einzigartige Weise, es klang wie das dunkle Raubtiergrollen aus einer Höhle, 5,3-Liter-Motor, zweihundertfünfundsiebzig Pferdchen, Achtzylinder, gierig wie ein hoffnungsloser Trinker. Nicht mehr für diesen Planeten gemacht. Ein Tritt, und er brüllte los wie ein Bär. Ich fuhr dahin, Ellbogen im heruntergekurbelten Fenster, der Morgen wie gemalt, Schattenspiele zwischen den abgasgeschwärzten Lärmschutzwänden rechts, Tauglitzern in den Buschreihen links. Die Skyline am Horizont über der Brücke: Dom, Jakobskirche, Obere Pfarre, Sankt Michael, Altenburg – aus einer anderen, alten Welt, die es nicht mehr gab. Dieser Blick berührte etwas in meinem Inneren. Jedes Mal aufs Neue.

Vorne an der Kreuzung bimmelte mein Handy. Ich nahm die Hand vom Lenkrad und fischte es aus der Ablage.

»Sankt Otto, Altenpflegezentrum. Herr Killer? Ihre Mutter. Sie wissen schon.«

Ich seufzte. »Gut. Schon unterwegs. Keine Sorge, ich bring sie Ihnen wieder.«

Mutter litt seit Jahren an Alzheimer. Ich bin mir sicher, es ging damals los, gleich nach dem Selbstmord meines Vaters. Süßes Vergessen. Zum Heulen. Ehrlich gesagt, es brach mir jedes Mal das Herz, wenn ich sie so sah, sediert bis zum Stumpfsinn, die Leere im Blick wie ein schwarzes Loch. Jemand hat mal gesagt, wenn man alt wird, kann man es sich aussuchen, entweder der Körper verfällt oder der Geist. Ich wollte mir so was nicht aussuchen, meine Wahl wäre eine andere, eine Kugel durch den Kopf, wenn es so weit ist. Aber Mutter, nein, sie sollte in meiner Welt bleiben, trotz alledem. Wie auch immer, sie war seit Jahren ein Pflegefall, leider ein äußerst mobiler. Ließ man sie auch nur fünf Minuten aus den Augen, schnappte sie sich ihren Rollator und ging stiften.

Grün. Ich setzte den Blinker, bog links ab, rollte über die Hainbrücke. Zum Glück kannte ich die Wege und Ziele meiner Mutter, und es dauerte nie lang, bis ich sie wieder einfing. Ihr Davonlaufen war nicht einmal Flucht. Sie wollte einfach nur spazieren gehen, immer wenn die Sonne schien. Im Altenheim fand man das gar nicht so lustig. Über allen Ausflügen meiner Mutter schwebte die Drohung, sie in die Geschlossene zu stecken oder sie zumindest noch mehr mit Sedativa vollzupumpen als sowieso schon. Also blieb mir nichts anderes übrig, als höflich um Entschuldigung zu bitten und sie schnellstmöglich wieder einzufangen.

Klingeling, wieder mein Handy.

»Herr Killer?«

»Ja.«

»Kommen Sie bitte ins Präsidium. Sofort. Ein Mordfall.«

Sch…, ich verkniff mir den Fluch. Der Polizeipräsident persönlich. Gleich wieder aufgelegt. Wie lange hatten wir kein Tötungsdelikt mehr gehabt? Neun Monate? Zehn? Und dann ausgerechnet jetzt. Wenn der Chef persönlich anrief, war es etwas Größeres. Verdammter Mist! Ich sollte mich wirklich beeilen.

Ich fuhr die Hainstraße runter.

Manchmal hockte Mutter auf ihrem Rollator beim Spielplatz und schaute verzückt den Kindern zu. »So viele Kinder«, wiederholte sie dann gefühlte zweihundert Mal, »hast du schon mal so viele Kinder gesehen?«

»Ja, Mutter. Viele Kinder. Komm jetzt. Es gibt gleich Kaffee und Kuchen. Das willst du doch nicht verpassen.«

»So viele Kinder. Hast du schon mal so viele Kinder gesehen?«

Heute rauschte ich am leeren Spielplatz vorbei. Es war noch zu früh, die Kleinen schissen gerade erst noch ihre Morgenwindeln voll.

Vorne an der Brücke, über die man zum Ruderclub kommt, stieg ich in die Eisen, riss den Chevy nach links und setzte ihn ums Haar mit der Haube auf den Streukasten neben dem Brückengeländer. Ich sprang aus dem Wagen und lief zu ihr. »Mutter. Was machst du denn schon wieder?«

Sie starrte aufs Wasser. »Es fließt.«

»Ja. Der Hollerbach. Er fließt zur Regnitz, gleich da vorn.«

»Wohin? Nein. Es fließt.«

»Ja, komm jetzt. Sonst verpasst du das Frühstück.«

Mutter regte sich nicht. Sie starrte auf das Wasser und wiederholte stereotyp: »Es fließt.«

Gehetzt schaute ich auf die Uhr. Ich kannte diesen Unterton in ihrer Stimme. Ein kaum zu brechender Starrsinn, schon gar nicht durch gutes Zureden. Ich versuchte es trotzdem. »Mutter, ich bin heute leider etwas knapp mit der Zeit. Ein neuer Fall. Ich muss ins Präsidium. Bitte komm jetzt. Ich bring dich zurück.«

»Es fließt. Siehst du das nicht?«

»Doch, sicher sehe ich es. Wie wär's, ich bringe dich jetzt zurück, damit du dein Frühstück nicht versäumst. Und sobald ich kann, besuche ich dich, heute Nachmittag vielleicht, und wir kommen wieder hierher und schauen zu, wie es fließt. Das tut es dann immer noch. Oder wir gehen zum Spielplatz, wenn Kinder da sind.«

Mutter schüttelte den Kopf. Dann sagte sie so klar, als wäre noch alles an Ort und Stelle in ihrem Kopf: »Nein. Nicht, solange es fließt. Man kann doch nicht weggehen, solange es fließt. Wer sind Sie überhaupt?«

»Mutter, bitte!«

So ging das immer weiter, sie wiederholte einfach alles immer wieder, fragte mich, wer ich denn sei, stand da und weigerte sich, den Platz auf der Brücke zu verlassen, bis ich die Geduld verlor, sie hochhob und das zappelnde, lauthals protestierende Knochengerüst in den Chevy verfrachtete. Als ich zurücklief und den Rollator holte, bemerkte ich aus den Augenwinkeln, wie eine Frau herübersah und hektisch begann, auf ihrem Handy herumzutippen.

Ein wenig abgehetzt kam ich im dritten Stock im Vorzimmer des Polizeipräsidenten an. Dort sitzt die Sekretärin, Frau Renate Schnell. Wahrlich keine Schönheit mit Modelfigur. Wollte man einen Automobilvergleich bemühen, dann wäre sie eher ein Zwölfzylinder mit sieben Liter Hubraum, mindestens. Weiße Bluse in einer dieser Größen, für die es früher keine Bezeichnung gab. Schwarzer Rock, die massiven Schenkel gottlob verborgen unter dem Schreibtisch. Aber alles picobello, dezent geschminkt, sehr stilvoll, ein bisschen Silberschmuck, nichts Klobiges. Ein Arbeitstier, ein Dragoner, und dazu hält sie den Laden hier zusammen, aber hallo. Jetzt rollte sie nur mit den Augen in Richtung Cheftür, was so viel bedeutete wie: *Beweg deinen Hintern, die Luft ist schon dick genug.* Also klopfte ich und ging hinein.

Waldi stand in der Ecke wie ein Schuljunge und wirkte angespannt. Wie alle kleinen Kläffer klemmte er den Schwanz zwischen die Beine, wenn er es mit der Obrigkeit zu tun hatte. Er trug ein helles Jackett über einem braunen Hemd und einer Jeans, deren Säume er fransig gelatscht hatte, weil es für seine kurzen Beine keine wirklich passenden Hosen gab. Auf die Idee, die Jeans kürzen zu lassen, kam er anscheinend nicht oder fand es so cooler. Sein dünnes rotblondes Haar war rechts von einem akkuraten Scheitel durchfurcht. Ich kannte niemanden außer ihm, der einen Kamm mit einem ausziehbaren Stiel besaß. Im Gegensatz zu mir hatte er das Holster mit der Dienstwaffe wie ein Sheriff am Gürtel hängen. Bei so einem kleinen Kerl wie ihm sah die P7 lächerlich groß aus.

»Hallo, Cowboy«, sagte ich und nickte ihm zu.

Der Polizeipräsident stand vor seinem Schreibtisch und wippte ungeduldig auf den Fußballen vor und zurück. Dr. Gilbert Meyer – ein äußerst korrekter Typ, keine Frage. Stellte sich, wenn es mal Probleme gab, vor seine Leute, was ja in diesen Kreisen keine Selbstverständlichkeit ist. Stets wie aus dem Ei gepellt. Anzug von Boss oder Armani, weißes Hemd, Windsorknoten, randlose Brille. Angegraute Geheimratsecken. Sein Büro eine Managerbude. Moderne Kunst an den Wänden, schöne Möbel, keine Spur von Polizeispinden oder ausgebleichten Schreibtischplatten. Glänzende weiße Oberflächen, schwarze Ordner wie zur Dekoration. Als Tüpfelchen auf dem i: das klassische Bild von Frau, Kind und Hund im Goldrahmen.

»Herr Killer!« Er klopfte auf seine Armbanduhr. »Erklären Sie mir doch bitte, was Sie unter ›sofort‹ verstehen. Wir warten seit exakt einundfünfzig Minuten darauf, dass Sie eine Wegstrecke von allerhöchstens drei Kilometern bewältigen. Mussten Sie unterwegs vielleicht noch ein paarmal tanken?«

Die Anspielung auf den Benzinverbrauch des Chevys war nichts Neues. Ich hatte mir schon Sprüche anhören müssen wie »Wenn du einmal damit um den Block fährst, sterben fünf Spezies aus« oder »Du lässt bloß kurz den Motor an, und der Meeresspiegel steigt reziprok zu deiner Tankuhr«. Ich blieb höflich gelassen und zuckte mit den Schultern. »Herr Dr. Meyer, ich weiß, dass mein Wagen politisch nicht korrekt ist. Aber er ist ein Erbstück meines Vaters. Ein Gedenken an ihn.«

Dr. Meyer winkte ab. »Themawechsel. Herr Killer, woran arbeiten Sie im Augenblick?« Es war eine Floskel, denn er wusste es natürlich genau, schließlich gingen die Jobs alle über seinen polierten Schreibtisch.

»Ich helfe gerade mal wieder im K4 aus«, antwortete ich wahrheitsgemäß. »Ein paar Drogensachen. Nichts Besonderes, typischer Kleinkram. Im Prinzip ist alles schon so gut wie in trockenen Tüchern.«

»Meinen Sie, die Kollegen dort können den Rest auch ohne Sie erledigen?«

»Selbstverständlich, Herr Dr. Meyer. Überhaupt kein Problem.«

»Gut. Ich möchte, dass Sie eine Soko leiten.« Dr. Meyer ging zum Fenster. Dann sagte er zu Waldi: »Herr Schöps, warten Sie doch bitte einen Moment draußen.«

Waldi zuckte zusammen, brabbelte irgendwas, das klang wie »Ich … wieso …«, gab sich dann aber einen Ruck und verschwand wortlos, aber sichtlich beleidigt.

»Hören Sie.« Dr. Meyer blickte zur Tür, ob sie auch wirklich verschlossen war, und senkte die Stimme. »Und beantworten Sie meine Frage ehrlich.«

»Ja, mach ich, Herr Doktor.«

Er nickte und sagte: »Es geht um einen Mordfall. Meine Frage lautet nun: Ihr Kollege, Herr Schöps, hat er das drauf, packt er das?«

»Sicher. Ein guter Polizist.«

»Das spreche ich ihm nicht ab. Aber bisher hatte er vorrangig mit kleineren Sachen zu tun, Eigentumsdelikten, Pipapo. Okay, und die zwei Jahre im Drogendezernat mit Ihnen. Da gab es auch Tote, ich weiß. Aber hier geht es um Mord. Das ist eine andere Nummer.«

»Keine Sorge. Er hat das drauf. Dafür lege ich meine Hand ins Feuer.«

Dr. Meyer schaute mich etwas zweifelnd an. Dann nickte

er, ruckte entschlossen an seinem Krawattenknoten und sagte: »Gut, holen Sie ihn wieder herein. Dann will ich Sie beide jetzt über den Fall informieren.«

Waldi schmollte noch ein bisschen, als er wieder hereindurfte, aber ich knuffte ihn aufmunternd in die Seite, und wir stellten uns artig nebeneinander auf. Sah bestimmt komisch aus, ich mit meinen ein Meter neunzig und der Gartenzwerg neben mir mit der Kanone am Gürtel.

»Fangen wir an«, sagte Dr. Meyer. »Es klingt alles ein wenig mysteriös, aber die Sache ist so: Vor etwa zwei Stunden wurde in der Kirche Sankt Michael die Leiche eines Mönchs gefunden.«

Ich hob den Finger. »Darf ich Fragen stellen?«

»Dürfen Sie.«

»Ich wusste gar nicht, dass es da oben noch Mönche gibt.«

»Ich auch nicht. Sie werden das klären. Interessant ist der Fundort der Leiche.« Dr. Meyer wartete aufmunternd.

»Wo wurde die denn gefunden?«, fragte Waldi brav.

»In einem Bischofsgrab, unten in der Krypta.«

Verwundert blickte ich ihn an. »In einem Grab?«

»Neben einem Sarkophag, ja. Mehr Informationen habe ich bisher auch nicht.«

»Wer hat die Leiche gefunden?«

Dr. Meyer räusperte sich. »Das ist jetzt die schlechte Nachricht. Eine Touristengruppe.«

Es mag vielleicht zynisch klingen, aber normalerweise ist ein Mord in unserer Branche eine richtig gute Sache. Wenn man einen Mörder fängt, ist man der Superbulle, man hat sich profiliert, man ist der Held, und alles ist Friede, Freude, Eierkuchen. Mir ist jedenfalls noch kein Mörder durch die Lappen gegangen, Aufklärungsquote, anders als zu meiner K4-Zeit, hundert Prozent. Zwar war keiner meiner bisherigen Fälle besonders schwierig, alles lief nach Schema F ab, die Mörder waren allesamt Dilettanten, gehörten zum Umfeld ihrer Opfer, so wie es fast immer ist, und die Motive waren auch die pure Freude für Statistiker. In allen Fällen ging es um Liebe oder Geld oder um beides zusammen. Um die Hauptmotive der meisten

Mörder, die einem als Erstes auf der Polizeischule eingetrichtert werden.

Allerdings war das mit der Touristengruppe wirklich eine schlechte Nachricht. Die schlechteste überhaupt. Es reichte schon, wenn übereifrige Streifenpolizisten am Tatort herumtrampelten und dadurch wichtige Spuren zerstörten. Nicht auszudenken, was da eine ganze Heizdecken-Combo in der Zwischenzeit angerichtet haben könnte. Da fiel mir etwas ein, und ich guckte auf die Uhr. »Vor zwei Stunden war es kurz vor sechs. Touristen, um diese Zeit?«

»Es handelt sich um so eine Art Pilgergruppe. Eine angemeldete Extratour. Sankt Michael ist ja seit Längerem eigentlich wegen Renovierungsarbeiten komplett geschlossen.«

»Also gut. Wir werden das alles überprüfen. Was haben Sie noch, wenn ich fragen darf, Herr Dr. Meyer?«

Bevor der Präsident antworten konnte, vernahmen wir ein resolutes Klopfen an der Tür. Die Sekretärin rauschte wie eine Fregatte herein, beugte sich zu Dr. Meyer und flüsterte ihm etwas ins Ohr. Beide schauten zu mir. Dann rauschte sie wieder hinaus. Ein Hauch von Parfümduft schwang wie ein leiser Ton hin und her. »Nein, das war alles«, sagte Dr. Meyer. »Ich möchte, dass Sie sofort loslegen. Die Spurensicherung und der Gerichtsmediziner sind bereits vor Ort. Viel Glück. Und bringen Sie mir bald den Täter. Ich verlasse mich auf Sie, Herr Killer.«

»Jawohl, Herr Dr. Meyer.«

Der Präsident hüstelte. Eine Gewohnheit, wenn er kurz davor stand, einem noch etwas Unangenehmes unterzuschieben. »Es ist Ihnen doch möglich, Ihren Privat-Pkw zu nutzen? Sie wissen schon …« Er wedelte mit der Hand, als könnte er damit diese Sache verscheuchen, über die immer noch ganz Bamberg lachte. In der JVA Ebrach hatte es einen Ausbruch gegeben, und die entflohenen Häftlinge vermutete man in Bamberg. Daher gab es an allen Ausgangsstraßen Verkehrskontrollen. In eine dieser Kontrollen war ein Zweiundneunzigjähriger geraten, der in der Aufregung Gas und Bremse verwechselte und, statt anzuhalten, mit quietschenden Reifen davonbrauste. In der Hektik, die daraufhin ausbrach, vollbrachten die Kollegen das Kunststück, zwei Streifenwagen und drei Zivil-BMW übereinanderzustapeln. Waldi witzelte, es hätte ausgesehen wie auf dem Parkplatz vom Weltfrauentag. Seither war das Präsidium, was Dienstfahrzeuge betraf, leicht unterbesetzt.

Ich verkniff mir ein Grinsen und sagte betont ernst: »Kein Problem, Herr Polizeipräsident. Ich rechne dann einfach die Kilometer ab.«

Wir waren schon fast draußen, als er sich noch mal zu Wort meldete. »Ach, Herr Killer, eine Sache noch. Ein Anruf vorhin. Jemand hat die mögliche Entführung einer alten Frau gemeldet. Diese Sache ist hiermit auch Ihr Fall. Ich denke aber, den können Sie recht schnell lösen.«

»Ich verlasse mich auf Sie, Herr Killer«, äffte Waldi den Polizeipräsidenten nach. Er war sauer. »Und was ist mit mir? Verlässt er sich auf mich etwa nicht? Warum hat er mich überhaupt rausgeschickt?«

»War was Privates«, antwortete ich ausweichend. Wir traten aus dem Haupteingang und liefen über den Parkplatz. »Klar verlässt er sich auf dich, Sonny, sonst hättest du jetzt den Job nicht. Hör mal, lass uns deinen Wagen nehmen, in Ordnung? Ich bin ein bisschen knapp mit Sprit.«

Waldi knurrte, ich sollte mich vielleicht mal um bessere Beziehungen zur OPEC kümmern, steuerte aber brav zu seinem aufgemotzten 3er-BMW.

Innerlich kopfschüttelnd schob ich mich am Heckspoiler mit dem Playboy-Häschen-Aufkleber vorbei. Mein Chevy hatte noch nicht mal Kopfstützen, und man saß darin wie in einem Wohnzimmersessel. Hier fiel man so tief in den Schalensitz, dass man beim Fahren dachte, der Hintern würde auf dem Asphalt schleifen, und ich musste erst Turnübungen machen, damit ich an die Hosenträgergurte kam.

»Was hatte der Meyer denn Privates mit dir zu besprechen?« Waldi war immer noch ziemlich angesäuert.

»Privates heißt Privates, weil es eben privat ist.«

»Klugscheißer.«

»Warum fährst du nicht los?« Ich bemerkte, dass er ein Navi hervorkramte, es an die Scheibe pfropfte und anfing, den Touchscreen zu bearbeiten. »Was machst du da?«

»Ich gebe ein, wohin wir fahren.«

»Sag mal, wie lange bist du jetzt in Bamberg Polizist? Ich glaub's nicht! Fummelt an einem Navi rum. Waldi, die Michaelskirche sieht man von hier aus. Ganz abgesehen davon – ein Navi in dieser Schleuder!«

»Nenn mich nicht Waldi, verdammt! Und nicht jeder war vorher mal Taxifahrer –«

Ungeduldig fuhr ich ihm ins Wort. »Du fährst jetzt über den Pfisterberg, dann durch die Innenstadt, einfach den Domberg rauf. Fertig.«

»Ist ja schon gut. Beruhige dich.« Waldi legte den Gang ein, kurbelte am Lenkrad, steuerte hinaus auf die Starkenfeldstraße und fädelte sich in den morgendlichen Berufsverkehr ein. Eins musste man ihm lassen, Autofahren konnte er, auch wenn er wegen der tiefen Sitze mehr durchs Lenkrad schaute als drüber.

Es war einer dieser viel zu warmen Frühlingstage, die immer häufiger vorkamen, es hätte genauso gut August sein können. Klimawandel, menschengemacht. In der Zwischenzeit gaben ja sogar schon amerikanische Republikaner zähneknirschend zu, der Homo sapiens könnte mit seiner bescheidenen Lebensweise möglicherweise einen minimalen Beitrag dazu geleistet haben. Viel schlimmer aber waren diese Gutmenschen, die den ganzen Tag mit Klammern in den Hosen rumrannten, nicht aus Vergesslichkeit, sondern nur um zu zeigen: *Hey, Leute, ich bin ein Freund unserer Erde. Ich fahre mit dem Rad, seht her, wie ich die Welt rette.* Als ob ein bisschen Radfahren auch nur den geringsten Unterschied machen würde. Genauso wenig wie der zweiundneunzigste Klimagipfel oder mein Station Wagon. Bullshit.

»Fahr endlich!«, schimpfte Waldi in Richtung Vordermann, der immer noch an der bereits grünen Ampel parkte.

Demonstrativ gelassen lehnte ich mich zurück und verschränkte die Arme vor der Brust. »Nur keine Hast. Du kommst noch rechtzeitig zu deiner ersten Leiche. Weggelaufen ist mir jedenfalls noch keine.«

Jetzt durfte er endlich wieder losfahren, und sobald wir rollten, wurde er sichtlich entspannter. Mit beinahe verträumtem Tonfall fragte er: »Was meinst du, was hat es damit auf sich? Ein ermordeter Mönch. Und die Leiche in einem Grab? Ist das was Symbolisches oder so? So ein, wie heißt es, Ritualmord? Sieht doch ganz danach aus, oder?«

»Sonny, mein Freund, lies nicht so viel Dan Brown. Es ist überhaupt nicht entscheidend, was *wir* meinen. Merk dir das. Wenn wir am Tatort ankommen, sehen wir uns den Schlamassel erst mal völlig unvoreingenommen an. Wir sprechen mit der Spurensicherung, dem Gerichtsmediziner, befragen die Zeugen, sortieren und analysieren alles ganz genau. Machen einfach unsere Arbeit. Der Rest ergibt sich dann irgendwann von selbst. Schreib dir das hinter die Ohren: Mit Spekulieren löst man keinen Mordfall. Und in unserem Team gibt es keinen Kryptologen.«

»Krypto-was?«

»Bieg da vorne links ab.«

Wegen des Kopfsteinpflasters steuerte Waldi wie auf rohen Eiern durch das Tor von Sankt Michael. Er fluchte, weil er Angst um seinen Spoiler hatte, und ließ den Motor beim Ausrollen noch ein paarmal aufjaulen. *Gut so, alter Junge, Muskeln zeigen, erst gar keine Zweifel aufkommen lassen, wer der Boss ist.* Wir parkten zwischen dem Van der Spurensicherung, dem schwarzen Saab von Storch, dem Gerichtsmediziner, und hinter einem Reisebus mit Hamburger Kennzeichen.

Während ich noch mit den Hosenträgergurten kämpfte, stieg Waldi schon aus, ruckte wie John Wayne an der Knarre und fixierte mit entschlossenem Blick den Treppenaufgang zur Kirche. Ich kannte das gut, Übersprunghandlung. Rituale sollten verhindern, dass man beim Anblick des Opfers die Nerven verlor. Endlich hatte ich mich befreit und schälte mich aus dem BMW. Meine Rechte erledigte routiniert den Job mit dem oberen Jackettknopf, während ich an Waldi vorbeilief und die ausgestreckte Hand des Gerichtsmediziners ergriff, der mich anstrahlte, als wäre ich die Braut und er der Bräutigam.

Er war über zwei Meter groß, schob wohl deshalb immer den Kopf nach vorne und nach unten, als wartete schon die nächste viel zu niedrige Tür auf ihn. Alles an ihm war lang und dünn, bestimmt waren seine Vorfahren Reiher. Wie das Schicksal so spielte, hieß er Storch.

»Herr Killer, mein Lieber! Was für ein wunderschöner Tag!« Fehlte nur noch die Umarmung. Ich fragte mich manchmal, ob er immer so gute Laune hatte oder nur, wenn er eine neue Leiche bekam. Er drehte sein Vogelprofil von mir weg. »Hallo, Herr Schöps. Bei Ihnen auch alles klar?«

Waldis Hand griff ins Leere, weil Storch immer noch euphorisch meine Rechte schüttelte.

»Waren Sie schon drin?« Ich löste meine Finger aus der Umklammerung und nickte zum Kirchenportal. Das rot-weiße Absperrband zappelte in einer plötzlichen Windböe. Die Wolke, die zwischen den Kirchtürmen über uns hing, warf einen Schatten auf Storchs lang gezogenes Gesicht.

»Nein. Die Spurensicherung ist noch bei ihrer ersten Runde.«

Waldi war ungeduldig und unruhig wie ein witterndes Tier in der Wildnis, ich konnte beinahe spüren, wie seine Hosenbeine flatterten. Meine Initiation war der erhängte Vater gewesen, seine stand erst jetzt bevor. Auch wenn Waldi schon zwei, drei Drogentote gesehen hatte, war dies seine erste Begegnung mit einem brutalen Tod. Er wusste ja nicht, was ihn erwartete und ob er damit umgehen konnte. Manche kippten einfach um oder rannten davon, wenn sie ihre erste Leiche sahen. Ich erinnerte mich an einen jungen Kollegen namens Ralf, keine Ahnung, wie sein Nachname war, mit Aknenarben auf den Wangen. Er entsorgte sein Frühstück auf der Toten, die zugegebenermaßen übel zugerichtet war. Danach war es eine noch größere Sauerei, und von da an musste der Ärmste es über sich ergehen lassen, dass alle seinen Vornamen nur noch mit würgenden Lauten aussprachen. »Hallo, RUUAALF, wie geht's?«

Ich klopfte Waldi beruhigend auf die Schulter, und wir tauchten unter dem Absperrband durch. Waldi musste sich kaum bücken. Storch war mit einem Schritt drüber.

Die Kirche war im hinteren Teil kalt, dunkel und leer. An den Wänden standen Gerüste. Vorne, wo das Sonnenlicht durch die hohen Glasfenster strömte, brummte es unterschwellig wie in einem angestochenen Wespennest. Dicht gedrängt wie eine Schafherde hockten etwa dreißig Japaner in den ersten beiden Bänken. Sie hatten die Köpfe zusammengesteckt und redeten hektisch aufeinander ein. Daher stammte das Gebrumme.

Ein Kollege in Uniform kam uns mit einer Frau an der Seite entgegen und stellte sie vor. »Frau Helmbrecht. Sie ist die Reiseleiterin der Gruppe.« Er deutete auf die Japaner. »Die haben die Leiche entdeckt.«

Ich bedankte mich und wandte mich der Frau zu. Sie war schätzungsweise zwischen fünfundfünfzig und sechzig, stämmig, mit kurzen Beinen und einem Gesicht, in dem man erkennen konnte, dass sie vor fünfzehn, zwanzig Jahren einmal hübsch gewesen war. Jetzt wirkte es verbraucht, mit dunklen Flecken auf der Haut und Schatten unter den Augen. »Hauptkommissar Killer«, stellte ich mich vor. Ihr kurzes Zusammenzucken machte mir klar, dass sie das für einen schlechten Witz hielt. Ich lächelte entschuldigend. »Verzeihen Sie, ich will Sie nicht hochnehmen, ich heiße wirklich so. Kann hilfreich sein in meinem Job, aber bei einer Begebenheit wie dieser eher nicht. Das hier ist mein Kollege, Kommissar Schöps.«

Waldi nickte ihr zu.

Sie entspannte sich ein wenig, und ich sagte: »Erzählen Sie.«

Zögernd fragte sie: »Wo … womit soll ich anfangen?«

»Am besten mit Ihrer Ankunft hier.«

Ihr Blick flackerte immer noch unruhig zwischen Waldi und mir hin und her. »Wir kamen mit dem Bus hier an –«

»Um wie viel Uhr war das?«, unterbrach Waldi sie.

»Ich glaube, kurz vor sechs. Es war vereinbart, dass wir um sechs Uhr morgens die Kirche besichtigen können.«

Ich hob die Hand. »Einen Moment, und verzeihen Sie, dass

ich Sie schon wieder unterbreche. Aber ich wundere mich schon die ganze Zeit – erstens, warum so früh? Und zweitens, normalerweise ist hier alles dicht. Die Kirche ist wegen Renovierungsarbeiten geschlossen.«

Sie holte Luft und wirkte dankbar, dass wir ihr Fragen stellten, die sie auch beantworten konnte. Wie so oft bei Leuten, die unter Starkstrom stehen und dann ein klein wenig Entspannung erhalten, begann sie erst einmal zu schniefen.

Waldi, das muss man ihm lassen, ganz Gentleman, hielt ihr ein Taschentuch unter die Nase.

Sie schnäuzte, entschuldigte sich, schluchzte noch mal kurz auf und fasste sich dann. »Es hat zwei Gründe. Wie Sie schon sagen, ist die Kirche eigentlich wegen Restaurierungsarbeiten geschlossen, und zwar für längere Zeit. Meine Reisegruppe hatte aber schon den Kirchenbesuch gebucht und auch eine Bestätigung dafür erhalten. Da muss jemand mit dem Datum durcheinandergekommen sein. Diese frühe Besichtigungszeit war sozusagen Kulanz, man wollte die Kunden nicht vergraulen und machte eine Ausnahme.«

»Und zweitens?«

Frau Helmbrecht seufzte. »Der Grund ist: *Germany in two days.*«

»Wie bitte?«, fragte Waldi.

»Die Japaner machen das im Schnelldurchgang. Morgens Hamburg, Fischmarkt und Hafen, mittags Musical in Bochum, abends Weimar, die Nacht wird durchgefahren. Heute Morgen Bamberg, dann Schloss Neuschwanstein und zum Abschluss Berlin, Reichstag, Brandenburger Tor.«

»Wahnsinn«, sagte Waldi mit einer Spur von Ehrfurcht.

»Effektiv«, verbesserte ich. »So sind die Asiaten. Gut, Sie kamen hier an, stiegen aus dem Bus. Und dann?«

Die Reiseleiterin dachte nach. Sie war jetzt einigermaßen ruhig, und die hektischen Flecken verschwanden langsam aus ihrem Gesicht. Die Japaner blickten tuschelnd zu uns herüber. Ein Kollege von der Spurensicherung im weißen Overall nickte uns zu, als er mit ein paar Plastikbeuteln vorbeilief. Plötzlich, als hätte jemand den Schalter umgelegt, verschwand die Sonne.

Das Halbdunkel verbreitete eine düstere Atmosphäre. Sofort senkte auch die Reiseleiterin ihre Stimme. »Ein Mann stand schon oben auf der Treppe«, sagte sie endlich.

»Er war für die Kirchenführung verantwortlich?«

»Nein. Er hat nur aufgesperrt. Entschuldigung, das stimmt nicht. Er hat sich gewundert und irgendetwas gemurmelt, es wäre schon offen gewesen, und warum er dann überhaupt so früh aufstehen musste.«

Ich wechselte einen Blick mit Waldi. Der fragte: »Der Mann hat also behauptet, die Tür wäre schon offen gewesen?«

»Ja. Vielleicht hatte man am Abend vergessen abzusperren.«

»Sie sagen ›der Mann‹. Können Sie ihn genauer beschreiben? War er groß oder klein? Hatte er irgendetwas Besonderes, an das Sie sich erinnern? War es vielleicht ein Angestellter oder ein Priester?«

»Er sah ganz normal aus, durchschnittlich, würde ich sagen. Dunkle Haare. Ich glaube nicht, dass er Priester war. Angespannt sah er aus.«

»Angespannt?«

»Vielleicht auch müde. Es war ja noch so früh. Mehr fällt mir zu ihm nicht ein.«

»Sie sagen, er war nicht für die Führung verantwortlich. Wer dann?«

»Ich.«

»Einen Moment, Sie kennen sich mit allen Sehenswürdigkeiten so gut aus, dass sie komplett alle Führungen machen können? Verstehen Sie mich nicht falsch, aber es ist ja ein ordentliches Programm. Hamburg, Weimar und was sonst noch alles?«

»Schloss Neuschwanstein und Berlin. Ich mache diese Tour schon zum dritten Mal. Für den günstigen Preis, den mein Unternehmen anbietet, sind zusätzliche Stadt- oder Kirchenführer einfach nicht möglich. Ich hab mir alles angelesen. Auf Englisch. Die Japaner haben einen Dolmetscher, der für sie übersetzt, was ich sage. Es genügt vollkommen, wenn man sich auf die wichtigen Dinge beschränkt. Hier in der Kirche sind es zum Beispiel die Decke und das Bischofsgrab.«

Die Augen von Waldi, Storch und meiner Wenigkeit wanderten nach oben.

»Ein gemaltes Herbarium, genannt der ›Himmelsgarten‹. Fünfhundertachtundsiebzig Blumen und Heilkräuter. Ich kann Ihnen auch noch sagen, dass die erste Kirche 1117 einem Erdbeben zum Opfer fiel und von Bischof Otto dem Heiligen im romanischen Stil wiedererbaut wurde. 1610 brannte die Kirche –«

»Derselbe Otto, der jetzt in diesem Grab liegt?«, unterbrach Waldi ihren Vortrag.

»Ja. Der Sarkophag in der Krypta ist das Highlight der Führung …« Sie hielt erschrocken inne, als ihr klar wurde, dass das Wort Highlight in diesem Zusammenhang recht makaber klang, und sofort wurden die hektischen Flecken auf ihrem Gesicht wieder sichtbar.

Das Wispern der Japaner hatte aufgehört. Gut sechzig Paar dunkler Augen sahen zu uns herüber. Ein Blitzlicht flammte plötzlich auf wie ein visueller Schuss.

Meine Stimme bellte durch die Kirche. »Stopp!« Ich knurrte die Reiseleiterin an: »Sagen Sie diesen Leuten, es besteht absolutes Fotografierverbot.« Ich folgte ihr die paar Schritte zu den Japanern. Nachdem sie mit einem von ihnen palavert hatte, wandte ich mich selbst an den Trupp. *»Police! No pictures! Understand?«*

Unisones, eingeschüchtertes Nicken.

»Gut.« Wenn es um Mord geht, schlage ich gern einen etwas harscheren Ton an. »Und wo ist jetzt dieses verdammte Grab mit der Leiche?«

ZWEI

»Meine Fresse«, war alles, was Waldi herausbrachte.

Zugegeben. Das Ganze sah reichlich bizarr aus. Und Waldi hielt sich tapfer. Er ließ sich absolut nichts anmerken. Auf den ersten Blick konnte man nicht einmal ausmachen, was genau da stattgefunden hatte. Man musste schon genauer hinsehen.

Wir bekamen ein kurzes Briefing von Brunner, dem Vize der Spurensicherung. »Das Opfer ist männlich, zwischen siebzig und achtzig Jahre alt, weist eine Schädelverletzung auf, wahrscheinlich die Todesursache. Keine Papiere, kein Handy oder sonst etwas, das zu seiner Identifizierung beitragen könnte. Wenn ihr mehr braucht, sagt Bescheid.«

Ich bedankte mich und wandte mich dem Tatort zu. Ich weiß nicht, wie ich es erklären soll, aber für die ersten Augenblicke brauche ich immer ein ganz bestimmtes Prozedere. Natürlich ist man primär auf das Gesamtpaket Opfer und Umgebung fokussiert. Wo ist was? Wie sieht alles aus? Was ist mit der Leiche? Ist da viel Blut, wenig oder gar keins? Die meisten Kollegen verbringen als Nächstes einige Zeit damit, sich einen allgemeinen Überblick zu verschaffen, stehen meist an einer Art Aussichtspunkt, wo sie alles genau sehen können, und lassen die Gesamtszenerie auf sich einwirken. So lernt man das in der Ausbildung, und das ist wichtig, keine Frage.

Ich gehe nach demselben Schema vor. Danach brauche ich Folgendes: Augenkontakt. Der Augenkontakt mit dem Opfer ist extrem wichtig. Genau das ist es, was ich so schwer erklären kann. Bestimmt hat jeder schon einmal von der Behauptung gehört, das Negativ des Mörders sei auf der Netzhaut seines Opfers gleichsam eingebrannt. Unsinn! Ich habe dort noch nie das Abbild von irgendjemandem gesehen, das ist nichts weiter als ein Märchen. Und bestimmt auch nicht der Grund, warum ich dem Opfer als Allererstes in die Augen blicke. Nein, dieser Blick ist eine Art Schwamm, der alles aufsaugt, was das Opfer in seinen letzten Sekunden gesehen hat – oder anders ausgedrückt, ich tauche ein in ein tiefes, trübes Wasser, schwimme dort herum, sehe zwar nichts Konkretes, aber nehme über mein Unterbewusstsein Dinge wahr, die nicht gleich an die Oberfläche kommen. Doch später, oft Tage oder Wochen danach, tauchen einzelne Bilder wieder auf – wie ein Korken oder ein Ball, den man zuerst unter Wasser drückt und dann loslässt, um zu sehen, wie hoch er springt. Danach kommt dann das Übliche, das routinierte Abarbeiten der Liste, die jedem Anwärter auf der Polizeischule eingebläut wird. Aber zuerst muss ich diesen Blick haben. In die dunklen Gewässer der Seele.

Die Krypta war ein mittelgroßes Gewölbe mit dem Grab im Zentrum. Vom Raum sah man wenig, da die Scheinwerfer der Techniker auf den Sarkophag gerichtet waren und alles andere im Dunkeln lag. Die Ausleuchtung würde sich noch ein Dutzend Mal ändern. Ich stakste über die weißen Schildchen der Techniker und näherte mich dem Sarkophag, einem rechteckigen Marmorblock mit Heiligenreliefs auf goldenem Hintergrund. Das Besondere war eine Art Durchgang, wie ein offener Flur, der mitten in das Grabmal geschnitten war. In diesen Durchgang hatte man die Leiche drapiert – ein flüchtiger Blick auf das Ganze, noch dazu vielleicht im Halbdunkeln, und man hätte den toten Mönch für eine weitere Figur halten können, die den Sarkophag zierte. Die Szenerie hatte beinahe etwas Mystisches, zudem noch die Leute von der Spurensicherung wie weiße Gespenster umherhuschten.

Bevor ich mir den Toten genauer ansah, sagte ich zu Waldi: »Kümmere du dich um die Japaner.«

»Wie?«, fragte er. »Kümmern?«

»Frag sie, wer die Leiche gefunden hat, ob sie irgendwas angefasst haben und so weiter. Du weißt schon.«

»Ich kann weder Japanisch noch Englisch. Wie stellst du dir das vor?«

Ich seufzte. »Du nimmst dir die Reiseführerin, stellst ihr deine Fragen auf Deutsch, sie übersetzt sie dem Dolmetscher ins Englische, der gibt es auf Japanisch weiter.«

»Stille Post«, brummte Waldi und philosophierte: »Der direkte Weg ist nicht immer der schnellste.«

»So ist es, Partner.« Ich schickte ihn und die anderen hinaus. Bis auf Storch. Den hatte ich gern in der Nähe, denn so eine Leiche warf meistens ein paar Fragen auf, die ein Gerichtsmediziner am besten beantworten konnte. Dann holte ich mir einen der Scheinwerfer und platzierte ihn so, dass der tote Mönch im Spotlight kauerte.

Ich dachte laut nach. »Was soll dieser Durchschlupf im Sarkophag?«

Storch antwortete hinter mir: »Er hilft gegen Rückenschmerzen.«

»Wie bitte?«

»Eine Volkssage. Man muss dreimal hintereinander durchkrabbeln, dann ist man angeblich sein Rückenleiden los.«

»Ich hätte eher das Gegenteil angenommen.« Ich holte die Handschuhe aus der Gesäßtasche und fummelte sie über meine Hände. Die Techniker hatten dem Toten durchsichtige Plastikbeutel über die Hände gestülpt und an den Handgelenken verknotet. Falls er sich im sprichwörtlichen Sinne mit Händen und Füßen gewehrt hatte, waren unter seinen Nägeln wichtige DNA-Spuren, die nicht verloren gehen durften. Ich ging neben ihm in die Hocke.

Man hört oft Sprüche wie »Ein friedlicher Zug lag auf seinem Gesicht« oder »Sein Blick war ins Jenseits gerichtet«. Die Augen meines Toten waren aufgerissen wie Scheunentore, sie schienen aus dem Schädel zu quellen und hatten etwas völlig unkontrolliert Wildes, wie von einem Irren. Ja, ich hatte tatsächlich das Gefühl, mir blickte der schiere Wahnsinn entgegen, das Grau der Iris war von roten Fäden durchzogen und wirkte wie zerbrochen – wie zerschlagenes Rauchglas mit Spuren von Blut.

Eine Weile blieb ich so hocken und inhalierte diesen Blick, in dem die Begegnung mit dem Tod, das Endgültige, abgespeichert war. Dann fiel mir etwas anderes auf, beziehungsweise es fiel mir nicht auf, denn es war eher wie eine Ahnung, wie ein

Geruch, den man wittert, dessen man sich aber nicht sicher ist. Jedenfalls sortierte mein Unterbewusstsein irgendetwas, das ich schon einmal gesehen hatte, und schob es nach vorne, sodass ein Gedanke daraus entstand. Ich schob zwei Finger in den halb geöffneten Mund des Toten und spreizte sie. »Storch. Schauen Sie mal.«

Storchs Vogelprofil schob sich an meinem Gesicht vorbei. »Interessant.« Er nahm selbst die Finger zu Hilfe und befühlte den Mund des Toten von innen. »Sieht so aus, als wäre die Zunge irgendwann mal sauber und ordentlich abgetrennt worden.«

Die Bilder von meinem Vater kamen wieder hoch. Ich suchte mit den Augen den Boden ab. »Vielleicht hat er sie im Todeskampf selbst abgebissen und sie liegt hier irgendwo herum. Oder der Mörder hat sie ihm herausgeschnitten.« Beinahe hätte ich mir jetzt selbst auf die Zunge gebissen. Es war unprofessionell, einfach so loszuplappern, ohne sich vorher zu überlegen, ob das Gesagte einen Sinn ergibt. Selbst ein Blinder konnte sehen, dass es im Mund des Toten keine frische Wunde gab.

Storch bedachte mich auch gleich mit einem Gott-segne-die-Einfältigen-Blick. »Das Ganze ist mindestens zehn Jahre her, ich wette, noch länger. Der Stumpen ist ordentlich verwachsen und vernarbt.«

»Aber wer amputiert denn eine Zunge?«

»Finden Sie's raus. Ich sorge nur für die Informationen. Was es damit auf sich hat, ist *Ihr* Job, mein lieber Killer.« Er zog die Finger wieder aus dem Mund des Toten. »Sind Sie so weit, oder soll ich noch warten?«

»Nein. Fangen Sie an.«

Ich rutschte ein wenig zur Seite, sodass er besser an den Mönch herankam, dennoch musste er sich ganz schön verbiegen.

Ich beobachtete, wie er den Kopf untersuchte, zur Seite schob, nach hinten und nach vorne, und dann einen erfreuten Laut von sich gab. »Ah! Sehen Sie? Möglicherweise haben wir damit schon die Todesursache. Der Schädel hat ordentlich was abbekommen. Aber ich will nicht voreilig sein. Sobald er bei mir auf dem Tisch liegt, wissen wir es ganz genau. Wenn er erschlagen wurde, dann jedenfalls nicht hier.«

Ich nickte. Erstens wäre es schon aufgrund der kauernden, mit dem Rücken angelehnten Position unmöglich gewesen, ihm etwas über den Schädel zu ziehen, zweitens war da, wo er hockte, kaum Blut am Sarkophag. Storch werkelte weiter an dem Toten herum, als dieser plötzlich nach vorne kippte.

»Hoppla. Da wollte jemand aber auf Nummer sicher gehen.«

Überrascht beugte ich mich vor. »Was ist das?«

Storch betastete das Metallstück, das im Rücken des Mönchs steckte. »Könnte ein Meißel sein oder etwas Ähnliches. Jedenfalls steckt dieses Teil, wenn es lang genug ist, genau im Herzen. Sein Rückenleiden wurde er in diesem Grab jedenfalls nicht los.« Storchs Grinsen sah eher wie Zähnefletschen aus. »Oder es lag daran, dass er keine Möglichkeit mehr hatte, dreimal durchzukriechen.«

Er lachte über seinen Witz, aber ich stimmte nicht ein. Es war klar, dass ein Mann mit seinem Job so etwas aus Selbstschutz machte. Doch ich finde, man sollte den Toten Respekt zollen. Der Tod ist etwas Feierliches, Erhabenes, es gehört sich nicht, in seinem Angesicht Witze zu reißen. Das ist meine Meinung.

»Wie lange ist er schon tot?«

In den meisten Filmen reagieren Gerichtsmediziner auf diese Frage verschnupft und weisen darauf hin, dass sie das im Augenblick nur grob schätzen könnten und eine genaue Zeitbestimmung erst später in der Pathologie möglich sei. Storch aber fischte wortlos ein Fieberthermometer aus seinem Kittel, steckte es dem Toten in den Mund und warf, nachdem es gepiept hatte, einen kurzen Blick darauf. »Viereinhalb Stunden«, antwortete er knapp.

Dann richtete er sich ächzend auf, sortierte seine langen Gräten und positionierte die Scheinwerfer neu. Nun lief er herum, schnüffelnd wie ein Hund auf der Fährte. »Hier.« Er deutete auf eine Blutlache. »Möglicherweise wurde er hier erschlagen beziehungsweise erstochen. Aber, Moment mal. Hier ist noch was und da …« Storch bückte sich. Vor ihm auf dem Boden war noch mehr Blut. Grübelnd betrachtete er die verschiedenen Lachen und murmelte vor sich hin: »Das ist anders.«

»Was ist anders?«, fragte ich ihn.

»Wie?« Er kam wieder hoch und rieb gedankenverloren die Gummihandschuhe aneinander. »Ach so. Das Blut. Das da …«, er deutete auf einen Fleck und ließ seinen Finger dann zum anderen wandern, »und das da stammt nicht von ein und derselben Person.«

»Für mich sieht alles genau gleich aus. Blut. Geronnen. Fast schwarz.«

Storch wedelte mit dem Zeigefinger vor meiner Nase herum. »Nein. Da gibt es Unterschiede. Die Struktur, feinste Nuancen in der Farbe. Ich bin mir sicher.«

Ich konnte keinerlei Unterschied erkennen, sosehr ich mir auch die Augen ausguckte. »Ich sehe nichts. Aber wenn Sie es sagen.«

»Es ist wie mit Wein. Zuerst denkt man auch: rot. Der Wein ist einfach rot. Kennt man sich aber ein bisschen aus und guckt genau hin, sieht man, wie gewaltig die Unterschiede sind. Jeder Wein hat eine andere Farbe. Mit Blut ist es genauso.«

»Was sind Sie? So eine Art Blut-Sommelier?«

Storch kicherte. »Von welchem sollen wir zuerst einen Schluck nehmen? Von dem da?«

Wieder ging ich auf seinen Scherz nicht ein. Stattdessen sagte ich: »Das heißt, es gab einen Kampf und der Mörder ist verletzt.«

»Und zwar ordentlich. Da ist eine Menge Blut.« Storch tigerte wieder durch die Krypta. »Allerdings führt keine Blutspur nach draußen. Der Täter muss seine Wunde hier an Ort und Stelle verbunden haben.«

»Nicht *er*«, sagte ich. »So wie es aussieht, waren die Täter mindestens zu zweit.«

Ich hörte etwas und drehte mich um. Waldi stand da, wie gerufen. »Sonny, ruf doch bitte im Krankenhaus an, ob heute Nacht jemand mit einer ernsthaften Verletzung eingeliefert wurde. Besser, frag auch in den Krankenhäusern der Umgebung nach, Scheßlitz, Forchheim, Erlangen et cetera, wer weiß, vielleicht wollten sie uns die Suche ein bisschen schwieriger machen.«

Waldi sagte: »Mal langsam, Killer, ich hab gerade erst die Japaner befragt und den Hausmeister aufgetrieben, der steht draußen und wartet.«

»Gut. Was haben die Japaner denn nun gesagt?«

Waldi verdrehte die Augen. »Deutsch, Englisch, Japanisch – ob auf diesen Umwegen wirklich alles angekommen ist, keine Ahnung. Jedenfalls sah es wahrscheinlich so aus: Sie haben sich in einer ordentlichen Reihe aufgestellt, wie Engländer an der Bushaltestelle, und dann wollte einer nach dem anderen seine drei Runden durch den Sarkophag drehen. Ging aber ja nicht. Schon der Erste stolperte über den Mönch. Einer der Japaner arbeitet bei einer Art Sicherheitsfirma. Der hat genau das Richtige getan, nämlich alle sofort aus der Krypta gescheucht, danach bei uns angerufen, eine Streife fuhr los, das war's.«

Ich stellte mir vor, wie die Japaner in Reih und Glied dastanden, die Fotoapparate und Handys auf Dauerfeuer. Ist ja kein Geheimnis, dass Japaner gern fotografieren und filmen. Ich hatte mal gehört, viele japanische Touristen liehen sich in Deutschland Autos mit Dashcams. Damit zockelten sie mit fünfunddreißig Stundenkilometern durch die Gegend, trieben die anderen Verkehrsteilnehmer in den Wahnsinn und filmten alles, was ihnen vor die Linse kam. Einmal war ich bei japanischen Kollegen in Tokio auf einer Fortbildung gewesen. Sehr höfliche, traditionsbewusste Menschen. Nur in der U-Bahn war Schluss mit *dôzo* und *dômo arigatô gozaimasu*. An den Gleisen standen *train pusher* mit weißen Handschuhen und quetschten die Massen wie Sumoringer in die Züge. Ich stellte mir für einen Augenblick vor, dass es hier genauso abgelaufen war. Der *pusher* stopfte einen Japaner nach dem anderen in den niedrigen Grabdurchgang, hinten purzelten sie wieder raus, und das Ganze wiederholte sich dreimal. Aber so war es natürlich nicht gewesen, sonst hätte es hier ganz anders ausgesehen, zertrampelt, die Blutspuren voller Fußabdrücke, Chaos ganz einfach. Anscheinend hatten sie wirklich, getreu Waldis Bericht, eine saubere Reihe gebildet, der Erste war zum Grab, hatte die Leiche entdeckt, und danach gingen sie alle brav aus der Krypta raus und setzten sich wie Schulkinder in die Bänke.

Ich wandte mich an Waldi. »Sorg dafür, dass alle Bilder, die sie hier gemacht haben, sauber von ihren Speicherkarten gelöscht werden. Überzeug dich bei jedem Einzelnen von ihnen, dass da auch wirklich nichts mehr drauf ist. Und vor allem pass auf, dass sie nicht weglaufen. Pack die komplette Mannschaft in den Bus und schaff sie aufs Revier. Mit Neudingsbums und Berlin wird es erst mal nichts, frühestens, wenn wir alle Zeugenaussagen sauber und ordentlich eingegeben, ausgedruckt und unterschrieben haben. Am besten, du kümmerst dich um einen richtigen Dolmetscher, damit nicht alles um drei Ecken geht. Und vergiss die Krankenhäuser nicht. Wo ist jetzt dieser Hausmeister?«

Waldi schnappte nach Luft und sah schon wieder eingeschnappt aus. »Killer, ich will mir auch mal gern ein genaueres Bild von dem hier machen. Bin ich dein Laufbursche oder was?«

»Genau, Sonny. Bist du. Im Augenblick jedenfalls. Du kannst dir später alles ansehen. Eins nach dem anderen, immer schön der Reihe nach.«

Waldi machte keine Anstalten, zu gehen. Stattdessen bückte er sich zu der Leiche. »Wow! Und du sagst, ich soll nicht über einen Ritualmord spekulieren. Hast du dir das da angesehen? Ein Mönch in einem Grab, mit einem Pflock im Herzen wie ein Vampir. Hallo? Wenn das kein Ritualmord ist, dann –«

Ich unterbrach ihn schroff. »Waldi, du lernst es nie. Ich sage ungern alles zweimal, aber nimm jetzt deine kurzen Beine in die Hand, schaff die verdammten Japaner aufs Präsidium und erledige den Rest, den ich dir aufgetragen habe. Alles klar?«

Er warf mir einen beleidigten Blick zu und schaute aus der Wäsche wie ein trauriger Dackel. Gerade wollte er an mir vorbeitrotten, da packte ich ihn an der Schulter und sagte: »Halt, mein Freund, warte mal. Wir sind Partner, okay? Aber bei so einem Mord ist es ein bisschen wie im Krieg. Es kann nicht jeder herumrennen, wie er will, die Dinge brauchen eine klare Struktur. Einer muss den Ton angeben, und das bin nun mal ich. Das, was du erledigen sollst, ist Kleinarbeit, ich weiß. Aber es sind genau die Kleinigkeiten, die am Schluss das Große ergeben. Sie sind das Wichtigste überhaupt. Verstehst du? Also nichts für ungut, einverstanden?«

Er brummte irgendetwas und verschwand. Es war eines meiner Prinzipien. In unserem Job bleibt es nicht aus, dass man jemandem mal eine blutige Nase verpasst und er sich auf den Hosenboden setzt, verbal, meine ich. Danach aber sollte man ihm die Hand reichen, damit er wieder aufstehen kann. Jeder hat eine zweite Chance verdient, um es besser zu machen. Aber eines ist klar. Die Rangfolge muss geregelt sein. Und von Zeit zu Zeit sollte man an die Hausecken pinkeln und klarstellen: Das ist mein Revier, hier wird gemacht, was ich sage. Basta.

Storch meldete sich zu Wort. »Entschuldigen Sie, wenn ich störe. Laut Spurensicherung ist hier keine Tatwaffe weit und breit. Wenn es so gelaufen ist, wie Sie vermuten, müssten es aber sogar zwei sein.«

»Zwei?«

»Auf jeden Fall ein Hammer oder irgendetwas in der Art. Einen Meißel drückt man nicht einfach mit der Hand in einen Körper. Vielleicht wurde mit dem Hammer auch vorher der Schlag gegen den Kopf ausgeführt. Aber dann muss noch ein weiterer Gegenstand im Spiel gewesen sein, ich meine den, der für die zweite Blutlache verantwortlich ist. Unwahrscheinlich, dass es sich um ein und dieselbe Waffe handelt. Und ich muss Ihnen ja nicht erklären, dass Tatwaffe und Täter meistens wie ein frisch verliebtes Pärchen unzertrennbar miteinander verbunden sind.«

Das war keine Binsenweisheit. Es stimmte. In neunzig Prozent aller Fälle überführte man den Täter mit der Tatwaffe. Das fehlende Küchenmesser in der Schublade, der nicht vorhandene Hammer in der Werkzeugkiste, die angeblich gestohlene Pistole.

Gerade wollte ich antworten, als die Reiseleiterin in die

Krypta stürmte. »Hören Sie, das ist nicht Ihr Ernst! Ich habe Ihnen genau erklärt, wie straff unser Zeitplan ist. Sie können doch nicht –«

Ich hob die Hand. »Nein, *Sie* hören! Kann ich. *Muss* ich sogar. Und es tut mir außerordentlich leid. Aber hier handelt es sich nicht um einen Strafzettel wegen Falschparkens. Wir haben es mit einem Mordfall zu tun. Sie alle sind Zeugen, und wenn ich noch eine Weile darüber nachdenke, sind sie vielleicht sogar Verdächtige …«

»Wie bitte?«

»Ich erklär's Ihnen. Es bedeutet, wir müssen unseren Rechner mit den Personalien Ihrer kompletten Truppe füttern, einschließlich des Busfahrers, Interpol einen Blick auf die Daten werfen lassen, Protokolle schreiben, damit wir alles schriftlich haben, und wenn wir diese Dinge erledigt haben, werde ich bei meinem Vorgesetzten an der Tür klopfen und fragen, ob ich Sie gehen lassen darf. Apropos Busfahrer, sollte ich den Kollegen von der Verkehrspolizei von Ihrem *Germany in two days*, aber mit nur einem Fahrer erzählen, wollen die bestimmt einen Blick auf die Tachoscheibe werfen und nach der Einhaltung der Ruhezeiten fragen. Ich entschuldige mich für die Unannehmlichkeiten, die wir Ihnen leider bereiten müssen. Aber jetzt möchte ich Sie bitten, die Japaner in den Bus zu setzen, damit mein Kollege Sie alle zum Präsidium bringen kann. Dann geht alles nämlich viel schneller über die Bühne, und außerdem kann ich hier in Ruhe meine Arbeit machen.«

Sie schnappte nach Luft, drehte sich um und hätte beinahe eine Gestalt über den Haufen gerannt, die im Eingang der Krypta stand. Das Licht eines der großen Scheinwerfer fiel schräg über den Mann hinweg, schnitt ihn in zwei Hälften und warf seinen langen Schatten vor uns auf die Steinplatten in der Krypta.

Ich merkte sofort, dass Storch gleich loslegen würde, den Mann zurechtzuweisen. Seine Schönwetterlaune war schnell dahin, wenn man ihn bei der Arbeit störte. Schnell kam ich seiner Schimpftirade zuvor und sagte zu dem Mann: »Mein Name ist Hauptkommissar Killer. Sie sind der Hausmeister?«

»Nein, der Küster. Ein Kollege von Ihnen mit schlechten Manieren hat mich hierher*befohlen.*«

Der Tonfall, die ganze Haltung des Mannes waren arrogant, nahezu verächtlich. Ich bereute bereits, nicht Storch das erste Wort überlassen zu haben, und wies den Küster an, einen Schritt zur Seite zu machen, damit er im Scheinwerferlicht, gegen das ich blickte, nicht strahlte wie ein Heiliger. Als er einen Meter weiter links stand, erwies sich einmal mehr die Tatsache als wahr, dass Zeugenbeschreibungen oft haarsträubend sind, vor allem wenn sie durch Sätze wie »Ich kann mich nicht mehr genau erinnern« oder »Es war ja ziemlich dunkel« eingeleitet werden. Das geht schon bei Autos los, oft schwören die Zeugen bei ihrer Mutter, es sei ein Mercedes gewesen, und wenn wir das Fahrzeug dann finden, ist es ein Toyota. Ich will nicht einen auf Macho machen, aber noch krasser sind diesbezüglich Frauen. Man traut sich schon gar nicht, nach der Marke zu fragen. Wenn es um die Farbe geht, bekommt man grundsätzlich die Antwort: blau. Und will man wissen, was auf dem Nummernschild stand, bekommt man oft nur dürftige Informationen.

Dementsprechend war der Küster keineswegs durchschnittlich groß, wie die Reiseleiterin behauptet hatte, sondern spielte eher in Waldis Liga, mit ordentlichem Speck auf den Rippen. Das, was die Dame als »dunkle Haare« beschrieben hatte, war schlicht eine Glatze. Seine Mundwinkel wiesen verächtlich nach unten, mit solchen Kanzlerin-Merkel-Linien, als würde links und rechts ein Blutrinnsal über das Kinn laufen. Kleine Augen nisteten wie Löcher unter der Stirn, die Nase war kurz, breit, wie eingeschlagen. Ein Bulldoggengesicht. Es war mir ein Rätsel, wie man so etwas vergessen konnte.

In barschem Tonfall sagte ich: »Nennen Sie mir Ihren vollständigen Namen, und dann will ich von Ihnen wissen, ob Sie den Toten hier schon einmal gesehen haben oder vielleicht sogar kennen. Danach verlassen wir die Krypta, damit die Techniker endlich ihre Arbeit machen können. Verstanden?«

Meine forsche Gangart verunsicherte ihn nicht die Spur,

machte ihn eher noch abweisender. Er sagte kurz angebunden: »Herbert Schultz. Mit tz.«

»Schön, Herr Schultz. Jetzt werfen Sie bitte schön einen Blick auf den Toten und sagen mir, ob er Ihnen bekannt vorkommt.«

Er befand es nicht einmal für nötig, näher zur Leiche zu treten. »Das ist der stumme Mönch.«

Ich machte ungeduldige, kreisende Handbewegungen. »Weiter.«

»Ich dachte, Sie wollen, dass wir erst hinausgehen?«

Ich seufzte demonstrativ. »Hören Sie, mit der Art und Weise, wie Sie hier auftreten, machen Sie sich gerade verdächtig. Wenn Sie das möchten, nur zu. Ich persönlich hätte allerdings gegen ein bisschen Kooperationsbereitschaft nichts einzuwenden. Aber gut. Gehen wir zuerst hinaus. Als Küster kennen Sie bestimmt ein lauschiges Plätzchen, wo wir uns ungestört weiter unterhalten können.«

Die Kriminaltechniker warteten schon darauf, dass sie wieder in die Krypta konnten. Es sah ein bisschen gespenstisch aus, als sie sich in den hellen Kapuzenanzügen in einer Reihe auf den Weg machten, wie ein lautloser Zug weißer Mönche. Der Kollege, der das Tatortvideo drehte, stapfte mit der Kamera hinterher. Waldi, die Reiseführerin und die Japaner waren verschwunden.

Ich folgte dem Küster zu einer der hinteren Bänke im Kirchenschiff. Er blieb stehen und wartete.

Es heißt, das Good-cop-bad-cop-Getue sei nichts weiter als ein überkommenes Klischee aus einer dieser brutalen amerikanischen Serien mit einem heldenhaften Detective. Ich mag es trotzdem, oft funktioniert es sogar richtig gut, die Leute sind überrascht, wenn man sie zuerst runtermacht und dann auf einmal freundlich ansäuselt. Es öffnet sie, zumindest die meisten, ein wenig.

Und außerdem ist es so: Einer, der wirklich der Bösewicht ist, wird misstrauisch, und man weiß, es hat seinen Grund. Das ist sicher kein Beweis, aber es bringt einen womöglich auf die richtige Spur. Ein Unschuldiger hingegen wird sein Misstrauen der Polizei gegenüber eher ablegen. Er ist erleichtert, dass er einen Kaffee bekommt und nicht die Androhung von Folter oder Einzelhaft.

Also lächelte ich den Küster an, ließ meine Stimme freundlich auf und ab schwingen und fragte: »Schön, Herr Schultz mit tz. Wollen wir es noch einmal in aller Ruhe probieren, ja? Als Erstes würde ich gern von Ihnen wissen, ob Sie heute Nacht irgendetwas gehört oder gesehen haben.«

»Ich wohne nicht hier. Ich wohne in der Zollnerstraße. Sie müssen die Leute vom Spital fragen.«

»Gut. Und was können Sie mir denn Schönes von diesem Mönch erzählen? Ich dachte, Sankt Michael ist schon lange kein Kloster mehr.«

Er schien sich unter all der Freundlichkeit wegzuducken wie ein Boxer unter Schlägen.

»Was waren die hier früher? Benediktiner?«

»Ja.«

Ich seufzte erneut. »Ja was? Herr Schultz, warum sind Sie denn so unkooperativ? Haben Sie ein Problem mit der Polizei?«

»Warum sollte ich? Ja, weil es früher Benediktiner waren, und ja, weil das Kloster schon lange geschlossen ist. Es wurde 1802 im Zuge der Säkularisierung von der Stadt übernommen, damals waren es noch vierundzwanzig Benediktiner, aber die mussten alle ausziehen. Das Kloster ist jetzt ein Bürgerspital.«

Na bitte. Nun sprudelte der Quell. »Gut. Dann ist das Mordopfer nicht von hier.«

»Nein. Es helfen zwar manchmal Mönche im Spital aus, brüderlicher Dienst am Mitmenschen, wie man das nennt, aber das sind Karmeliten.« Es klang abwertend und war wohl auch so gemeint. Er machte eine vage Handbewegung. Metzgerhände, dachte ich, und er fuhr fort: »Ihr stummer Benediktiner unten in der Krypta stammt vom Kloster Andechs.«

»Interessant. Und was wollte er hier?«

»Kann ich Ihnen nicht sagen. Ich weiß nur, dass er seit ein paar Tagen in einem der Spitalzimmer wohnte.«

»Wer könnte mir diesbezüglich weiterhelfen?«

Schultz mit tz zuckte mit den Schultern. »Möglicherweise sein Abt.«

Ich nickte und sagte: »Herr Schultz, wir tappen bezüglich der Tatwaffen im Dunkeln. Würde es Ihnen als Küster auffallen, wenn hier in der Kirche ein Gegenstand fehlte, der dazu geeignet ist, jemandem den Schädel einzuschlagen? Außerdem suchen wir einen Hammer.«

»Das vergoldete Kreuz vom Altar«, sagte der Küster.

»Ja? Was ist damit?«

»Es ist verschwunden.«

»Aha.« Ich weigerte mich immer noch standhaft, in eine bestimmte Richtung zu denken. Doch langsam, Tropfen für Tropfen, sickerte eine gewisse Unsicherheit durch meine oberflächliche Kruste aus Objektivität und dem hehren Ziel, nach allen Seiten offen zu sein. Denn irgendwann einmal sollte man die Scheuklappen abnehmen und eins und eins zusammenzählen. Als ich das im Stillen tat, kam folgende Gleichung heraus: Ein erschlagener und von einem Meißel im Herzen durchbohrter Mönch, der im Durchschlupf eines Bischofsgrabes hockt, plus amputierte Zunge plus fehlendes Goldkreuz – ergibt als Summe was? Richtig, einen Ritualmord.

Bei der nächsten Bemerkung des Küsters hätten sich mir die Nackenhaare gesträubt, wäre ich abergläubisch gewesen. »Das Ganze sieht nach einem Ritualmord aus, oder?«

Ein Anfänger wäre jetzt vielleicht zusammengezuckt oder hätte sonst eine Reaktion gezeigt. *Kann der Mann etwa Gedanken lesen? Ich denke Ritualmord, und er spricht es aus?*

Jetzt verzog sich sein Bulldoggengesicht auch noch zu einem hämischen Grinsen. »Interessant ist für Sie vielleicht auch Folgendes: Um den Dom als Mittelpunkt wurden seinerzeit vier Kirchenanlagen in Kreuzform über Bamberg verteilt – Sankt Jakob, Sankt Stephan, Sankt Gangolf und Sankt Michael. Letztere angesiedelt nördlich des Doms.«

»Und?«

»Nach einer alten Auffassung herrscht und wohnt das Böse im Norden.«

Ich blickte ihm weiter ganz ruhig in die Augen. »Wollen Sie mich mit diesem abergläubischen Zeug verarschen? Es sieht nach Mord aus. Nach nichts anderem. Punkt. Glauben Sie mir, wenn ich jedes Verbrechen sofort kategorisieren würde, wäre ich ebenso schnell auf dem Holzweg. Ich arbeite mit Tatsachen und nicht damit, wie eine Sache auf den ersten Blick aussieht, oder mit der Frage, wo das Böse haust. Eine Tatsache ist jedenfalls, der oder die Täter benutzten einen Hammer oder einen Fäustel, um dem Opfer damit den Meißel ins Herz zu schlagen.« Ich wies auf die Gerüste. »Könnte es eventuell sein, dass die Handwerker ein solches Werkzeug liegen ließen?«

»Es sind im Augenblick keine Handwerker da. Seit einer Woche ist hier Pause. Es sollte erst heute Nachmittag wieder weitergehen. Hätte irgendwo ein Hammer herumgelegen, wäre es mir aufgefallen.«

»Die Handwerker können Sie erst einmal abbestellen. Es wird noch eine Weile dauern, bis wir den Tatort wieder freigeben können.« Ich wollte mich gerade von ihm abwenden, um nach draußen zu gehen, als einer der Techniker ziemlich flott durch den Mittelgang auf mich zukam.

»Herr Killer, kommen Sie mal? Ich denke, das wird Sie interessieren.«

»Wir haben uns zuerst über den feinen Staub neben dem Sarkophag gewundert, und auch darüber, dass da offensichtlich jemand sauber gewischt hat. Es lag nur noch ganz wenig herum.« Maria Koch, die Chefin der Spurensicherung, war sechsundfünfzig Jahre alt und die Quotenfrau bei uns. Was nicht heißen soll, sie wäre unfähig oder für diese Position ungeeignet. Ganz im Gegenteil. Sie verfügte über genau das, was man bei der Spurensicherung braucht – Geduld, Akribie ohne Ende, Nüchternheit bis zur Sterilität. Deckname Uschi, denn sie hatte nicht nur äußerlich einen Touch von Frau von der Leyen: verheiratet, mehrere Kinder, engagiert in einem guten Dutzend Vereinen und Stiftungen. Sie wusch, bekochte den Gatten, half der Ältesten bei der Doktorarbeit, paukte mit dem Jüngsten Mathe und sicherte nebenher noch vierundzwanzig Stunden am Tag Spuren an Tatorten. Kein Problem für sie, immer ein Lächeln im Gesicht, ein weiblicher Haifisch, der eingeht, wenn er nicht ständig in Bewegung ist. Wäre es damals ein Thema gewesen, hätte die Abteilung Kriminaltechnik jetzt eine Kinderkrippe. So gab es immerhin vegetarisches Essen, und als einziges Team im Präsidium besaßen wir einen rotierenden Dienstplan zum Kaffeekochen und Ein- und Ausräumen der Spülmaschine.

Ich befühlte den kaum sichtbaren Schnitt unterhalb des Sarkophagdeckels und betrachtete die dunklen Einfärbungen entlang der feinen Linie. Dann trat ich einen Schritt zurück und fragte: »Schön, aber was bedeutet das?«

»Einen Moment.« Kochs Lächeln wurde noch strahlender. Sie nickte ihren Kollegen zu. Die besetzten die vier Ecken des Grabes, zählten bis drei, wuchteten dann mit einiger Mühe den Deckel vom Sarkophag und stellten ihn vorsichtig hochkant, sodass es in der Dunkelheit hinter den Scheinwerfern tatsächlich so aussah, als stünde Bischof Otto, dessen Relief den Deckel zierte, leibhaftig in der Ecke.

»Was ist dadrin?«

»Falsche Zeitangabe, Herr Killer. Knochen *waren* drin, beziehungsweise das, was von diesem Herrn in der Ecke noch übrig geblieben ist. Jetzt ist in dem Sarkophag gar nichts mehr. Eine leere Kiste. Irgendjemand war hier mit einem guten Steinschneider zugange, hat den Deckel abgehoben und die Knochen herausgeklaubt.«

»Dann waren sie mindestens zu viert«, überlegte ich.

»Oder zu dritt. Aber zwei müssten schon Gewichtheber sein, um den Deckel zu schaffen. Und sie haben äußerst sauber gearbeitet.«

»Gibt es eine Erklärung für die dunklen Stellen unter dem Schnitt?«

Einer der Techniker meldete sich zu Wort. »Es gibt Stein- oder Marmorschneider, die mit Wasserkühlung arbeiten. Davon könnten die dunklen Stellen stammen.«

DREI

Dr. Meyer schaukelte in seinem Sessel leicht vor und zurück und las mit gerunzelter Stirn meinen vorläufigen Bericht. Diesmal hatte er Waldi und mir einen Platz angeboten, wir hockten da und warteten, bis er fertig war. Waldi hatte den gesamten Papierkram mit den Japanern erledigt, Aufnahme der Personalien, Protokolle und was sonst noch dazugehörte. Die Japaner waren längst wieder unterwegs. Bevor wir aber weiterarbeiten konnten, musste die Presse informiert werden, die Leitungen liefen heiß, ein Mordfall war eine große Sache. Es galt, den Wölfen genug Fleischbrocken hinzuwerfen, damit sie uns wenigstens eine Weile in Ruhe arbeiten ließen.

Dr. Meyer schob die fünf Seiten meines Berichts auf seinem Schreibtisch zusammen und legte sie vor sein hauchdünnes Ultrabook. Er dachte nach, dann sagte er: »Gut. Ihr Bericht enthält, wie ich annehme, alle bisher bekannten Details. In zwanzig Minuten ist die Pressekonferenz. Ich werde das persönlich erledigen. Ihre Soko heißt übrigens Otto.«

»Otto?«, fragte Waldi.

»Wie Bischof Otto, in dessen Grab die Leiche lag. Also, die Pressekonferenz. Wie ist Ihre Einschätzung? Welche Karten sollen wir auf den Tisch legen?«

Die Frage war berechtigt. Es ging um die Gratwanderung, die Neugierde der Journalisten zufriedenzustellen, ohne die eigene Arbeit mit vielleicht voreilig veröffentlichten Informationen zu sabotieren. In der Ausbildung gab es als Beispiel einen richtig schönen Präzedenzfall. Die Polizei hatte die Bevölkerung um Mithilfe bei der Suche nach einer Tatwaffe gebeten, einem Messer. Zum einen verhalf dies dem Täter zu der Einsicht, dass er vergessen hatte, es zu entsorgen, und die Tatwaffe landete an einer besonders tiefen Stelle im Fluss. Weitaus witziger waren jedoch die zweitausend Messer, die der Polizei nach dem Aufruf zugeschickt wurden. Zweitausend

Küchenmesser zu untersuchen verlangte der Spurensicherung einiges ab.

Wie nicht anders zu erwarten, wollte Waldi die Chance nicht auslassen, sich zu profilieren. Sofort legte er los. »Herr Dr. Meyer, nach allem, was wir bisher wissen, ist es doch völlig klar. Es handelt sich um eine Kombination aus Reliquiendiebstahl und Ritualmord. Jedes einzelne Mosaiksteinchen weist darauf hin. Wenn die Pressefritzen nicht vollkommen dämlich sind, werden sie von selbst drauf kommen. Besser wäre, wir sagen es ihnen gleich. Sonst steht morgen in der Zeitung, wir wären nicht in der Lage, die richtigen Schlüsse aus klaren Indizien zu ziehen.«

»Hm«, machte Dr. Meyer und wandte sich an mich. »Was meinen Sie?«

»Ich würde das auf keinen Fall so an die Presse weitergeben«, sagte ich ruhig. »Das führt nur dazu, dass sie uns die Bude erst richtig einrennen und wir nicht mehr in Ruhe arbeiten können. Außerdem ist es reine Spekulation. Ich persönlich bin immer am besten gefahren, wenn ich mich an Tatsachen gehalten habe. Meiner Meinung nach genügen folgende Informationen: Ein Mann, dessen Identität noch nicht geklärt werden konnte, wurde im Bereich der Kirche Sankt Michael erschlagen aufgefunden. Tatwaffe vermutlich ein Hammer oder ein anderer Gegenstand dieser Art. Ein dreißigköpfiges Sondereinsatzkommando arbeitet mit Hochdruck an der Sache. Damit geben wir ihnen alles, was sie vorerst brauchen: einen Tatort, ein Opfer und die obligatorische Mutmaßung bezüglich der Tatwaffe.«

Meyer schien die Sache abzuwägen. Einer seiner großen Vorzüge war, dass er nicht gleich davon ausging, er wüsste sowieso alles besser. Er wollte andere Meinungen wirklich hören, analysierte sie gründlich und entschied erst danach, welchen Weg es am besten einzuschlagen galt. Dabei schob er Entscheidungen nicht auf die lange Bank, er war kein Zauderer. Wie es sich für jemanden in seiner Position gehörte, fasste er wichtige Entschlüsse schnell und präzise wie ein Chirurg, der einen Schnitt setzt.

In diesem Fall sagte er: »Nehmen Sie es nicht persönlich, Herr Schöps, aber ich denke, mit der von Herrn Killer vorgeschlagenen Marschroute sind wir sehr gut beraten. Ich danke Ihnen.« Er stand auf, gab uns einen raschen, kühlen Händedruck und führte uns zur Tür. »Viel Erfolg weiterhin bei der Aufklärung. Halten Sie mich auf dem Laufenden.«

Waldi steckte die Niederlage äußerlich gelassen weg, aber ich konnte sehen, dass es ordentlich in ihm brodelte. Um ihn auf andere Gedanken zu bringen, lobte ich ihn auf dem Weg zum Aufzug, weil er das mit den Japanern so prima erledigt und mir vor allem den Rücken mit der ganzen Papierarbeit freigehalten hätte, und so weiter und so fort. Dann sagte ich, ich ginge davon aus, es gäbe keinen verletzten Tatverdächtigen in den umliegenden Krankenhäusern, weil er es ja sonst bestimmt schon erwähnt hätte und es nun auch in unserem Bericht für Dr. Meyer stände.

Waldi räusperte sich, drückte den Aufzugsknopf und sagte: »Ich bin noch nicht dazu gekommen. Musste ja den ganzen anderen Kram erledigen.«

Ich sagte erst mal nichts. Einen erfolgreichen Ermittler kann man unter anderem dadurch von einem erfolglosen unterscheiden, dass der eine sehr gut einzuschätzen weiß, welche Dinge absolute Priorität haben und welche nicht. Wenn es tatsächlich einen verletzten Täter gab, dann war der an Priorität von nichts, aber auch rein gar nichts zu übertreffen. Ein »Royal Flush« bei der Ermittlung. Wir hatten sein Blut, wir könnten ihn ohne Wenn und Aber festnageln. Und möglicherweise zählte jede Sekunde. Ich war ziemlich sauer. »Meine Güte, Waldi! Wahrscheinlich spaziert unser Täter gerade mit seiner frisch versorgten Wunde in aller Ruhe über den Klinikparkplatz, steigt in sein Auto und fährt auf Nimmerwiedersehen davon.«

Ich würdigte ihn keines Blickes mehr, machte auf dem Absatz kehrt und lief den Gang zurück zu meinem Büro. Dort nahm ich das Telefon, wählte die Nummer des Klinikums und verlangte den leitenden Arzt der Notaufnahme. Es meldete sich ein Dr. Felber, der erklärte, es gebe keinen leitenden Arzt in der Notaufnahme, sondern nur ihn. Dann wollte er mir klarmachen, er sei nicht befugt, am Telefon Auskunft zu geben, jeder könne sich als sonst wer ausgeben. Als ich ihm zur Kontrolle meine Dienstnummer nannte, überlegte er eine Weile, dann sagte er, ja, es sei in der Nacht gegen vier Uhr ein Mann eingeliefert worden. Wobei eingeliefert nicht das richtige Wort sei, da der Mann bewusstlos auf einem Stuhl vor der Notaufnahme gelegen hätte.

Auf einmal saß ich kerzengerade da und fragte: »Wollen Sie damit sagen, er war nicht in der Lage, allein dorthin zu gehen?«

»Genau, jemand muss ihn hereingetragen, dorthin gesetzt haben und wieder verschwunden sein. Wahrscheinlich hat die Schwester nur rasch den Türknopf gedrückt und ist sofort wieder in den OP zurück. Bei uns war zu dem Zeitpunkt die Hölle los, Frontalzusammenstoß auf der B 505, vier Schwerstverletzte. Die Unfallverursacherin hat bei hoher Geschwindigkeit eine SMS geschrieben und ist dabei auf die Gegenfahrbahn geraten. Der Mann auf dem Stuhl war zudem unser fünfter Notfall an dem Abend, schweres Schädeltrauma, er liegt im künstlichen Koma.«

»Personalien?«, fragte ich.

»Fehlanzeige. Kein Ausweis. Nichts.«

»Ich muss trotzdem vorbeikommen.«

»Tun Sie, was Sie nicht lassen können, aber er wird Ihnen im Augenblick nicht weiterhelfen.«

»Trotzdem. Ich muss auch einen Kollegen vor die Tür setzen. Man kann nie wissen, wer sich alles für den Verletzten interessiert.«

Der Arzt sagte noch etwas in Richtung Polizisten, die im Weg herumständen, hätten ihm während seiner Sechsunddreißig-Stunden-Schicht gerade noch gefehlt. Ich ignorierte das, bedankte mich und legte auf. Als ich Waldi bemerkte, sagte ich nur: »Bingo. Wir haben einen Treffer.«

Waldi guckte eine Weile belämmert. Dann deutete er zu Dr. Meyers Büro und meinte kleinlaut: »Soll ich …?«

»Nein. Die Presse darf davon sowieso erst mal nichts wissen, stell dir die Schar Geier vor, die sonst über dem Klinikum kreisen. Meyer informieren wir gleich nach der Konferenz. Du musst für mich jetzt noch ein paar Dinge erledigen. Erstens, organisiere die Bewachung unseres Mannes oben im Klinikum, wir brauchen zwei Leute, die sich abwechseln. Dann ruf im Kloster Andechs an, verlange den Abt und versuche, so viel wie möglich über unser Opfer herauszufinden. Ach ja, und klär ab, ob in dem Grab tatsächlich ein Heiliger lag oder nur Hühnerknochen. Kriegst du das hin? Ich guck mir in der Zwischenzeit unseren Mann an.«

Ich stieg in den Station Wagon und fuhr hoch zum Klinikum. Das blaue Gebäude erhob sich wie eine Raumstation vor der Kulisse des Bruderwalds. Die Dame in der Halle schickte mich in den fünften Stock. Vielleicht sollte ich erwähnen, dass ich ein Glückskind bin – ich finde grundsätzlich einen Parkplatz, und der Arzt lief mir schon auf dem Flur in die Arme. Er war mittelgroß, schlank, mit grauen Haaren und schwarzen Schatten unter den Augen. Möglicherweise war die Sache mit der Sechsunddreißig-Stunden-Schicht doch nicht übertrieben.

Ich deutete auf sein Namensschild. »Dr. Felber, freut mich, dass wir uns so schnell treffen. Hauptkommissar Killer. Wo liegt denn unser Patient?«

Der Arzt nahm meine Hand, schüttelte sie flüchtig und deutete auf die Milchglastür ein paar Schritte hinter sich. »Auf der Intensivstation. Er liegt im Koma. Aber das hab ich Ihnen ja schon gesagt.«

»Wie lange –«

Er ließ mich erst gar nicht ausreden. »Es ist nicht abzusehen. So ein Schädeltrauma ist eine schwer einzuschätzende Sache. In den nächsten vier, fünf Tagen werden wir ihn sicher nicht aufwecken. Es tut mir leid, dass ich Ihnen nicht mehr helfen kann.«

»Doch, können Sie. Sehr sogar. Im Augenblick brauche ich nichts weiter als eine Haarprobe und seine Fingerabdrücke.«

Der Arzt schnappte nach Luft. »Hören Sie, Sie dürfen doch

nicht ohne Zustimmung des Mannes seine DNA und seine Fingerabdrücke –«

»Doch, darf ich.« Ich leierte herunter: »Paragraph 81 b – soweit es für die Zwecke der Durchführung des Strafverfahrens oder für die Zwecke des Erkennungsdienstes notwendig ist, dürfen Fingerabdrücke des Beschuldigten auch gegen seinen Willen aufgenommen und Messungen und ähnliche Maßnahmen an ihm vorgenommen werden.«

»Wessen wird er beschuldigt?«

»Mord.« Mehr sagte ich nicht, ich ließ es auf ihn wirken.

Der Arzt starrte mich an. Er sträubte sich. Ärzte sträuben sich immer, wenn die Polizei an ihren Patienten herummachen will – was ich prinzipiell verstehe, denn Polizisten sträuben sich genauso, wenn es um ihren Tatort oder ihren Täter geht.

»Rufen Sie Ihren Chef an, er wird Ihnen das bestätigen.«

Er fummelte sein Handy aus der Kitteltasche und tippte eine Nummer ein, ohne mich dabei aus den Augen zu lassen. Ich wartete, bis er sein Problem geschildert hatte, dann sagte er eine Weile nichts, und ich hörte nur noch Wispern und Rauschen, bis er sagte: »Ja. Danke.«

Dreißig Minuten später, als gerade der Beamte für die Bewachung eingetroffen war, schwebte ich zufrieden mit dem Aufzug nach unten. Ich hatte, was ich brauchte: die Haarprobe und die Fingerabdrücke eines der mutmaßlichen Täter. Was seine Identität betraf, war das fast so gut wie ein Personalausweis, in Bezug auf die Beweislage noch besser. Der einzige Wermutstropfen bestand in der Tatsache, dass man kein Handy bei ihm gefunden hatte. In der Regel ist eine Speicherkarte wesentlich auskunftsfreudiger als der Besitzer. Auch sonst war bei dem Verletzten nichts zu holen gewesen. Wer auch immer ihn gebracht hatte, war auf Nummer sicher gegangen. Man hatte ihn gründlich leer geräumt. Mein Eindruck, dass wir es mit Profis zu tun hatten, bestätigte sich.

Während der Fahrt zurück erledigte ich drei Anrufe. Der erste ging an Kärcher, den Leiter der Verkehrspolizei. Ich wollte vermehrte Fahrzeugkontrollen, vielleicht tauchten dabei ein vergoldetes Kreuz und ein Hammer mit Blutspuren auf. Auf den ersten Blick erscheint es vielleicht abwegig, dass ein Mörder mit belastendem Material im eigenen Auto in der Gegend herumfährt, aber in der Praxis sieht es oft anders aus. Entweder halten viele Täter das aus irgendeinem Grund tatsächlich für eine gute Idee, oder es gibt gerade kein passendes Versteck. Eine Ehefrau wird schon mal skeptisch, wenn plötzlich ein goldenes Altarkreuz auf dem Nachttisch steht. Manchmal hat man aber auch einfach Glück und erwischt einen Täter, der das Beweismaterial gerade mit dem Auto wegschaffen will.

Auf dem Münchner Ring bekam ich einen Kollegen von der Spurensicherung an die Strippe und erinnerte ihn daran, die Suche nach möglichen Beweisstücken auf die gesamte Klosteranlage auszuweiten. Weiterhin sollten Kollegen die Anwohner befragen, ob sie etwas gehört oder gesehen hatten. Ich konnte mir vorstellen, dass so ein Steinschneider eine Menge Lärm machte, vielleicht hatte auch jemand verdächtige Personen oder Fahrzeuge bemerkt. Ebenso brauchte ich eine Liste aller Beschäftigten des Klosters.

Die Ampel unten am Münchner Ring schaltete auf Rot. Ich setzte den Blinker, zog auf die Linksabbiegerspur und ließ den Chevy ausrollen. Ich wählte die Nummer des Altenheims und bat die Pflegerin, meine Mutter noch mal aufs Klo zu setzen, ich würde sie gleich für einen Spaziergang abholen. Es war nicht so, dass ich den Mustersohn spielen wollte. Aber erstens war meine Mutter bei schönem Wetter besonders unternehmungslustig, und wenn sich niemand um sie kümmerte, nahm sie die Sache eben selbst in die Hand, wartete auf einen günstigen Moment und haute ab. Dann musste ich so oder so losziehen. Zweitens half mir ihre Anwesenheit, komplizierten Dingen eine bestimmte Struktur zu geben. Ich weiß, das klingt vielleicht absurd, denn wer Leute mit Alzheimer kennt, der weiß, dass ihr Denken auf einer völlig anderen Ebene stattfindet, wenn überhaupt.

Es lief meist folgendermaßen ab: Wir saßen irgendwo auf

einer Bank im Park, sie wiederholte stereotyp, dass entweder viel oder wenig Spaziergänger unterwegs seien, dass die Sonne scheine oder nicht, und währenddessen zählte ich innerlich alles auf, was mir zum aktuellen Fall gerade im Kopf herumging. Ich kann es nicht genau erklären, aber ich glaube, die Struktur entsteht irgendwie dadurch, dass diese beiden Dinge sich vermischen und dadurch zu einem Fluss werden – ihr permanentes Wiederholen von Allgemeinplätzen, meine durcheinandergeworfenen Gedankenfetzen.

So wie viele chronisch kranke Menschen sind Alzheimerpatienten großen Schwankungen unterworfen, was ihren Zustand betrifft. Vor wenigen Stunden, als ich meine Mutter auf der Brücke gefunden hatte, war sie ganz in Ordnung gewesen. Als ich nun vor dem Altenheim parkte, stand sie mit wirrem Blick und wackligen Beinen auf ihren Rollator gestützt neben der Pflegerin. Ich stieg rasch aus, lief hinüber und bedankte mich bei der Frau für den Extraservice, sie herauszubringen. Die Pflegerin machte das, weil sie wusste, dass ich meistens genauso unter Zeitdruck stand wie sie selbst. Altenheime waren, ähnlich wie Polizeireviere, notorisch unterbesetzt.

Ich schnappte Mutter, und wir zogen los, die Ottostraße hoch über die kleine Brücke zum Regnitzufer. Mutter hatte bis dahin noch kein Wort gesprochen, die unruhigen Seitenblicke, die sie mir von Zeit zu Zeit zuwarf, beuteten wohl, sie hatte wieder einmal keine Ahnung, wer der Mann war, der neben ihr herlief. Am Wehr neben der ehemaligen Walkmühle blieben wir stehen. Sie liebte diesen Platz. Wenn das Wehr offen war, schaute sie hinunter auf das stürzende, brodelnde Chaos. Manchmal hatte ich den Eindruck, die Affinität zu diesem Ort bestand darin, dass es in ihrem Kopf ähnlich aussah. Ich setzte sie auf den Rollator und legte meine Hand auf ihre Schulter. Das Wasser rauschte in grünen Kaskaden nach unten, und die Gischt wehte in weißen Fahnen über den Fluss.

Mutter sagte ihre ersten zwei Worte: »Die Kinder.«

»Ja, ich erinnere mich. Eine schlimme Sache.«

Sie hatte mir schon hundertmal erzählt, hier sei einst eine

Mutter mit ihren zwei Kindern hinuntergesprungen. Die Geschichte ging so aus, dass die Mutter gerettet wurde und die Kinder starben. Ein Drehbuch, vom Teufel persönlich geschrieben, wobei ich glaube, Mutter erfand die Geschichte, um mir zu sagen: *Siehst du, was für eine gute Mutter du hast? Die beste der Welt. Ich hab dich nirgendwo runtergeworfen.*

Jetzt sagte sie: »Die arme Frau. So eine Strafe.«

Ich nickte, und weil sie das nicht sehen konnte, ließ ich meine Hand auf ihrer Schulter schwerer werden. Drüben, auf der anderen Seite des Ufers, brütete schon um diese Jahreszeit ein Schwan – der Klimawandel musste seinen Biorhythmus ganz schön durcheinandergebracht haben. Das Ufer um ihn herum war ein wilder Verhau aus abgebrochenen Ästen, Müll, den das letzte Hochwasser dort abgeladen hatte, und wucherndem Unkraut. Es sah aus wie in manchen Ländern neben der Autobahn.

Mutter sagte nichts mehr. Das Gute war, dass man ihr keinerlei Zusammenhänge erklären musste, es war sowieso zwecklos. Man konnte irgendwo, sei es in der Mitte oder sogar am Ende einer Geschichte, beginnen, das brachte sie nicht im Geringsten durcheinander, da war nichts, was hätte durcheinandergebracht werden können. So, wie das Hochwasser auf der anderen Seite den Abfall absonderte, wurde der dunkle Strom in ihrem Kopf die Erinnerungen los. Ein paar Geschichten hingen allerdings noch im Geäst ihres Gehirns oder verbargen sich wie in einem Haus mit ein paar dunklen Zimmern, und manchmal öffnete sie die Tür zu einem Raum, knipste das Licht an und holte eine davon heraus. »Weißt du noch, wie Onkel Hans sich mit ausgebreiteten Armen mitten auf die Straße stellte und dieses durchgegangene Pferd direkt auf ihn zugaloppierte, aber er blieb einfach stehen, und der wild gewordene Gaul hielt doch tatsächlich an und ließ sich von Onkel Hans einfangen?« Und ich nickte und antwortete: »Ja, weiß ich noch ganz genau, als wäre es gestern gewesen.« Keine Ahnung, wer dieser Onkel Hans war, ob es ihn je gegeben hatte, das Ganze musste passiert sein, bevor ich auf die Welt gekommen war, wenn überhaupt. Aber ich glaube, Demenzkranke verlieren älteste Erinnerungen zuletzt.

Es war völlig egal, wo ich begann, und ich erzählte einfach, was mir im Kopf herumging. »Mutter, was mich wundert, ist die Sache mit den Knochen. Stell dir vor, da sägt jemand ein Grab auf und klaut die Gebeine von einem Bischof, der tausend Jahre tot ist. Warum? Gibt es so etwas überhaupt noch – Reliquienhandel?«

Mutter hatte den Kopf leicht schräg gelegt, sie hörte mir zu.

»Ermordet man deshalb einen Mönch? Oder war es vielleicht ganz anders, und der Mönch wollte die Knochen stehlen? Ein Mönch ergibt in diesem Zusammenhang ja noch am meisten Sinn, er entwendet die heilige Reliquie vielleicht für sein Kloster. Aber wenn ihn jemand bei dem Diebstahl erwischt hat – warum ruft derjenige nicht die Polizei, sondern schlägt ihm zuerst einen Hammer über den Schädel, jagt ihm dann einen Meißel ins Herz und zerrt ihn zu guter Letzt noch in diesen Durchschlupf des Bischofsgrabes? Warum tut der Mörder das? Verfügt er über eine besonders kranke Art von abartigem Humor? Ich meine, er hämmert ihm einen Meißel in den Rücken und deponiert ihn dann an einem Ort, der angeblich gegen Rückenleiden hilft – sehr witzig, wirklich.«

Mutter holte zitternd ein Taschentuch aus der Jackentasche, suchte in ihrem Gesicht eine Weile nach der Nase, ertastete sie schließlich und schnäuzte geräuschvoll.

»Dazu kommt noch eine ganze Reihe weiterer Kuriositäten. Nicht nur, dass der Mönch keine Zunge mehr hat – die ihm übrigens nicht, wie man zunächst vermutete, von seinem Mörder herausgeschnitten wurde, nein, es handelt sich um eine saubere Amputation –, darüber hinaus müssen ausgerechnet auch noch Japaner seine Leiche entdecken.«

»Knochen.« Irgendetwas arbeitete hinter Mutters Stirn, wühlte und grub wie mit bloßen Händen in den dunklen Gängen, versuchte, etwas ans Tageslicht zu bringen. Ich konnte ihre Anstrengung deutlich spüren. Manchmal stellte ich mir vor, wie es in diesem schwarzen Loch wäre, das alles verschlingt. Man greift verzweifelt nach den Dingen, die an einem vorbeiwirbeln, aber man bekommt sie einfach nicht mehr zu fassen, und dann hat sie das Nichts auch schon verschlungen. Demenz ist ein Raubtier, ein hungriger Wolf.

Doch Mutter hatte dieses Mal ein wenig Glück, da war etwas, das sie sich schnappen konnte, sie war selbst überrascht, beinahe ein bisschen erschrocken, und sie sprach es aus, hastig, bevor es wieder verloren gehen konnte. »Im Dom sind die Knochen von unserem Kaiser Heinrich und seiner Kaiserin Kunigunde.«

Vor meinem geistigen Auge erschien der Sarkophag des Bischofs. Das Bild wurde klar. »Der Kaiser und die Kaiserin waren auch auf diesem Grab. Ich glaube Heinrich drückt Kunigunde den Dom in die Hand, etwas salopp ausgedrückt«, sagte ich.

Wolken verdunkelten die Sonne an Mutters Horizont des Erinnerns. Die Krankheit knipste das Licht wieder aus. »Es fließt«, sagte sie und wunderte sich. »Es fließt immer noch. Siehst du das auch?«

»Ja«, sagte ich. »Ich sehe es auch. Und dann, Mutter, stell dir vor, wahrscheinlich haben wir einen der Täter schon. Er liegt oben im Klinikum. Ich frage mich nur, warum schaffen sie ihn dorthin? Haben sie keine Angst, dass er plaudert, wenn er wieder aufwacht? Damit müssen sie doch rechnen. Entweder sie haben einen Fehler gemacht, den sie sobald wie möglich korrigieren wollen. Dann verplempert der Kollege an seinem Bett nicht seine Zeit, im Gegenteil. Oder sie sind der Meinung, er hält dicht. Können sie ihrer Sache wirklich so sicher sein? Der Arzt meint, es muss ihn jemand gebracht haben. Die Möglichkeit, dass er es allein bis ins Klinikum geschafft hat, können wir daher ausschließen. Schwierige Sache, nicht wahr? Was meinst du?«

»Wenn es aufhört zu fließen, sterbe ich«, sagte Mutter.

Ich tätschelte ihre Schulter. »Es wird nicht aufhören, versprochen. Sollen wir zurückgehen? Sonst verpasst du noch Kaffee und Kuchen.«

»Ich kann nicht mehr laufen«, sagte Mutter. »Ich bin zu müde.«

Auf dem Weg ins Präsidium holte ich mir im Drive-through ein Happy Meal, warf es auf den Beifahrersitz und hoffte, ich würde es dort nicht wieder so lange vergessen, bis mich der Geruch daran erinnerte. Alzheimer ist erblich, Suizid auch, und so konnte ich mir wahrscheinlich aussuchen, ob ich einmal verhungern würde, mich erhängte, vergaß, dass man dazu einen Strick braucht, oder überhaupt gar nicht mehr wusste, was meine Optionen gewesen wären.

Eigentlich hasste ich Fast Food. Gar nicht so sehr das Essen an sich. Nein, das Essen war okay, und man sollte dankbar sein, dass man überhaupt überall einfach alles kaufen konnte. Wie viele Menschen verhungern jeden Tag? Mein Problem bestand in erster Linie darin, dass mich das ganze soziale Umfeld nervte. Es ging los mit der Mickymaus-Stimme, die aus dem Lautsprecher quäkte: »Vielen Dank für Ihre Bestellung, und eine gute Fahrt wünscht Ihnen unser ganzes Team.« Ein Team von Losern. Ja, und ich weiß, niemand kann etwas dafür, dass Geistesgaben nicht gleichmäßig vom Himmel fallen, sondern punktuell verteilt werden. Aber ich glaube trotzdem, irgendwann sollte jeder merken, wenn etwas schiefläuft. Zum Beispiel wenn die eigenen Kinder nicht mehr größer werden, sondern nur noch fetter. Oder wenn man selbst nicht mehr hochkommt. In meinen Augen ist das kein Ernährungs-, sondern ein Bildungsproblem. Mit der Bildung ist etwas nicht mehr in Ordnung. Und dann bin ich der Meinung, ein Sozialstaat kann es auch übertreiben. Bestimmt ist es gut, dass man in ein Netz fällt, wenn einem der Boden unter den Füßen weggezogen wird, heutzutage geht das recht schnell. Aber das Netz darf nicht zu weich sein, kein Himmelbett, in dem man zu dem Schluss kommt: *Hey, schön blöd, wer da nicht so lang wie möglich liegen bleibt.* Der Staat stellt noch einen Fernseher davor, Flachbildschirm mit ordentlicher Bilddiagonale selbstverständlich, schließlich guckt man den ganzen Tag – was soll man sonst auch tun? –, da muss der Apparat schon was taugen. Ach ja, und ein Auto steht auch vor der Tür. *Hallo? Wie soll man denn sonst zum Drive-through kommen?* Und dann verhungert man, und der Staat hat den Salat.

Solche Gedanken lenkten mich leicht von den Dingen ab, die ich selbst in der Hand hatte. Ein Penner ist ein Penner, und es ist überflüssig, wenn man ihn bekehren will. Genauso sinnlos ist es für einen Polizisten, sich darüber Gedanken zu machen, ob Hartz IV die richtige Lösung ist. Polizisten haben andere Aufgaben. Also rief ich mich zur Ordnung, blickte auf die Uhr und gab dem Station Wagon die Sporen. Für vierzehn Uhr war die erste Soko-Besprechung anberaumt, und es war fünf vor.

Das Meeting fand im Untergeschoss statt. Als ich um die Ecke bog, kam mir Dr. Meyer entgegen, und wir gingen zusammen hinein. Er wollte sich gleich nach hinten verziehen, aber ich fand es angemessen, ihn zu bitten, ein paar einleitende Worte zu sprechen.

Wenn es darum geht, vor mehr als einem Dutzend Menschen einen Vortrag zu halten, gibt es, vereinfacht gesagt, zwei Kategorien: Macht einer aus Kategorie eins den Mund auf, kann man nur mitleidig den Kopf schütteln und für den armen Teufel hoffen, dass es so schnell wie möglich vorüber ist. Körpersprache, Wortwahl, meistens auch Inhalt, alles ist einfach jämmerlich. Kategorie zwei ist das genaue Gegenteil. Einem solchen Redner hängt man gebannt an den Lippen, man könnte ihm ewig zuhören, und er liebt es, sein Publikum zu dirigieren, es mit Stimme, Mimik, mit der Art, wie er seine Hände bewegt, mit allem zu hypnotisieren. Man würde ihm schon nach ein paar Worten überallhin folgen, er ist derjenige, der dem Eskimo den besagten Kühlschrank verkauft. Dr. Meyer gehörte zur letzten Kategorie, alle, die nach ihm dran waren, konnten nur verlieren, deshalb erteilte ich nach seiner Ansprache erst einmal Waldi das Wort.

Der war allerdings gar nicht so schlecht, er begann seinen Bericht recht souverän. »Wir haben eine Liste von genau zweiundvierzig Personen, die befragt werden müssen – Anwohner, Bedienstete, Passanten. Ich denke, Killer wird nachher ein paar von euch dazu verdonnern, die Liste abzuarbeiten.«

Ich nickte ihm zu, und er machte weiter. »Der Abt von Kloster Andechs bestätigt, dass ein stummer Mönch zu seinem

Kloster gehört. Andechs ist eine Art Franchiseunternehmen der Münchner Benediktiner, wenn man das so nennen will, von dort kommt der Ermordete ursprünglich. Es ist heutzutage zwar selten, aber unserem Opfer wurde tatsächlich die Zunge amputiert, der Abt wusste nicht genau, wann, aber es geht wohl um ein Schweigegelübde. Ich habe dem Münchner Abt, der nicht erreichbar war, auf die Mailbox gesprochen, weil man in seinem Kloster offensichtlich Genaueres weiß. Über das Schweigegelübde, meine ich, und vielleicht auch über den Grund. Der Mönch war auf einer Art Bildungsreise, zuerst in … warte mal, wo steht es? Ach, hier, in Benediktbeuern. Er wollte dort irgendetwas zu einer Ausstellung beitragen, ich werde noch herausfinden, was für eine das war. In Bamberg plante er, eine Woche zu bleiben und dann nach Andechs zurückzukehren. Der Ermordete heißt interessanterweise …«, Waldi machte eine kleine Pause für den besseren Effekt, »… Bruder Michael.«

Er wartete, um den Namen wirken zu lassen. Die meisten kapierten es sofort und zogen die Augenbrauen hoch. Ich bin mir allerdings nicht sicher, ob jeder auch die Kurve bezüglich der zweiten Doppelbedeutung kratzte.

Ein junger Kollege anscheinend schon. Er fragte: »War das nicht der, der den gefallenen Luzifer an den Eiern hatte?«

Fast alle fanden die Bemerkung in diesem Zusammenhang witzig, Waldi auch. Er genoss es, dass die Bälle, die er ins Publikum warf, gefangen wurden. Er lächelte. »Genau, aber – ernste Frage – weiß jemand hier, ob männliche Engel überhaupt Eier haben? Übrigens …«, er guckte selbstzufrieden zu mir herüber, »Killer sagt zwar, einer der Täter liegt oben im Klinikum im Koma, aber wer weiß, ob das vielleicht nur ein dummer Zufall ist, und in Wirklichkeit wollte der dort oben sich nur sein zwölftes Bier holen, ist dabei die Kellertreppe runtergefallen und hat sich selbst den Schädel eingeschlagen. Also habe ich zur Sicherheit noch in Scheßlitz, Forchheim und Erlangen angerufen. Allerdings Fehlanzeige. Wie es aussieht, haben wir wirklich den richtigen Mann. Killer, du bist dran.«

»Danke«, sagte ich. »Aber Herr Storch zuerst, bitte.«

Storch stand auf, ragte turmgleich über allen und ging, während er redete, hin und her. Offenbar arbeitete er seine Liste genauso stichpunktartig ab, wie er sie notiert hatte. Wie immer war er gut gelaunt. »Zeitpunkt Exitus, etwa drei Uhr dreißig morgens. Schädelbasisbruch, aber vermutlich nicht tödlich. Ein schwerer, metallener Gegenstand. Mit großer Wahrscheinlichkeit ein Hammer. Tatsächliche Todesart: spitzer Gegenstand, der das Herz durchbohrte. Ein Meißel. Wahrscheinlich war der Meißel quasi der Fangschuss. Blut am Tatort, verschiedene Blutgruppen. Danke schön.«

»Ja, danke, Herr Storch«, sagte ich. »Sehr anschaulich. Vielen Dank. Frau von der Leyen ... ähm ... Verzeihung, Frau Koch, bitte.«

Maria Koch lächelte über den Versprecher mit ihrem wissenden Alle-Männer-sind-Primaten-Lächeln und erklärte, dass es eine Menge Spuren gebe: Fußspuren, Blutspuren, ein Paar Fingerabdrücke. »Wie Sie alle wissen«, sagte sie, »dauert es mit dem Labor immer ein bisschen länger. Wem was zuzuordnen ist, kann ich noch nicht sagen beziehungsweise: Es gibt Fingerabdrücke von unserem Toten, aber woher die anderen stammen, ist ungeklärt. Wir wissen ja nicht, was die Japaner alles angefasst haben.«

»Haben die nicht besondere Fingerabdrücke, so wie ihre Schrift?«, meinte irgendein Witzbold von hinten. Niemand lachte, und Frau Koch änderte nicht einmal ihren Gesichtsausdruck.

»Natürlich schicken wir alle Fingerabdrücke durch unser Erkennungsprogramm. Dann sehen wir weiter. Wie Herr Storch schon sagte, handelt es sich bei dem gefundenen Blut um unterschiedliche Spender. Ein Teil stammt vom Opfer, das wissen wir schon sicher. Die andere Blutprobe wird noch analysiert. Vielleicht ergibt unsere DNA-Bank einen Treffer. Da sind dokumentierte Analysen allerdings noch sehr dürftig. Aber warten wir's ab. Fest steht jedenfalls, dass auch einer der Täter verletzt wurde.« Sie lächelte und setzte sich, und das Lächeln blieb.

Ehrlich gesagt, Frauen wie sie sind nicht mein Fall. Genauer gesagt machen sie mich unsicher, und es ist dann wie eine

Art Teufelskreis. Meine eigene Unsicherheit macht mich noch unsicherer. In ihrer Gegenwart fühle ich mich immer schuldig, ohne überhaupt zu wissen, warum. Das Dauerlächeln ist Dokumentation der eigenen Unfehlbarkeit. Man hat das Gefühl, diese Frauen wissen etwas von einem, von dem man absolut nicht will, dass sie es wissen.

Ich kratzte mich am Kinn und sagte: »Gut. Danke, Frau, äh, Koch. Der Mann, von dem wir annehmen, dass er einer der Täter ist, liegt oben im Klinikum im Koma. Der behandelnde Arzt wollte keine Auskunft darüber geben, wann sie ihn aufwecken. Wir können nicht davon ausgehen, dass wir bald eine Aussage von ihm erhalten werden. Er hatte nichts bei sich, kein Handy, keinen Personalausweis. Allerdings habe ich eine Haarprobe und Fingerabdrücke, Frau Dr. Koch bekommt das alles gleich nach der Besprechung von mir, ich bitte um schnellen Abgleich mit den Tatort-DNAs. Vielleicht hilft uns das weiter. Wir lassen den potenziellen Täter bewachen, für den Fall, dass die anderen kapieren, es war ein Fehler, ihn im Krankenhaus abzuliefern. Kollege Schöps teilt die Schicht für die Bewachung ein. Wir sehen uns jetzt noch das Tatortvideo an. Wenn irgendjemandem etwas auffällt, soll er es bitte sagen. Und noch etwas.«

Ich streifte Waldi mit einem Seitenblick. »Ich persönlich glaube nicht, dass es sich um einen Ritualmord handelt. Es klingt vielleicht unprofessionell, wenn ich jetzt schon eine Vermutung ausspreche, aber ich denke, es geht hier um etwas ganz anderes.«

»Um was denn?« Die Frage kam von Storch.

»Wie gesagt, eine Vermutung«, gab ich ausweichend zurück. »Ich denke aber, das Grab steht im Fokus. Aber das ist lediglich meine subjektive Einschätzung.«

Eigentlich war ich mir jedoch sicher. Es ging um die Knochen. Um was sonst? Ich bedankte mich, teilte die nötigen Leute für die Befragung der möglichen Zeugen auf Waldis Liste ein, und wir schauten das Tatortvideo an. Zum Abschluss sagte ich das Übliche, wie wenn man in die Hände klatscht und den Leuten zuruft: »Auf geht's, an die Arbeit.«

Es war kurz nach vier, Waldi und ich saßen in unserem Büro. Ich packte den Burger, die Pommes und die Cola aus und stellte alles vor mich hin. Waldi schaukelte nachdenklich den Kaffee in seiner Tasse hin und her, auf der in großen schwarzen Buchstaben »BAD COP – NICHT FÜTTERN« stand. Winzige Staubpartikel flirrten auf den Sonnenstrahlen, die durch die Lamellen des Rollos schräg hereinfielen. Ich nahm ein paar kalte Pommes und tunkte sie in das Ketchup. Dann schaltete ich meinen Rechner ein und wartete, bis er hochfuhr.

Waldi stellte die Kaffeetasse ab. »Ich habe meinen Nick geändert.«

Ich war nicht ganz bei der Sache, weil ich mir gleichzeitig darüber Gedanken machte, warum es mir nie gelang, etwas Warmes zu essen, und welche Ausstellung unser Mönch mitgestalten wollte. Etwas abwesend fragte ich deshalb: »Was für einen Nick?«

»Lebst du hinter dem Mond? Mein Facebook-Nick war bisher ›Sonny Crockett‹. Ich hab ihn geändert. Ich bin jetzt ›Top Gun‹.«

»Ach so.« Ich hätte beinahe laut losgelacht. Man brauchte gar nicht lange nachzudenken, um die Psychologie zu verstehen. Es ging um das Kleiner-Mann-kleiner-Schwanz-Trauma. Die Botschaft lautete: Ich bin zwar nicht der Größte, aber hallo, Tom Cruise zum Beispiel, der ist auch nur eins siebenundsechzig – und alle Mädels fliegen auf ihn. Und mit eins siebenundneunzig hätte er nie die Hauptrolle in »Top Gun« bekommen, Kampfjetpiloten dürfen nämlich gar nicht so groß sein.

Der Rechner hatte endlich das Desktop aufgebaut, und ich fragte: »Also gut, *Top Gun*, wo war diese Ausstellung noch mal?«

Waldi überlegte erst, wie ihm die neue Anrede gefiel. Ich hätte ihm helfen können, denn ich fand alt wie neu bescheuert. Warum gibt man sich Namen von irgendwelchen Schauspielern und lebt nicht einfach in der realen Welt? Okay, ich hatte gut reden mit meinen eins neunzig. Und außerdem hieß ich Rod Killer und nicht Waldemar Schöps.

»Du hast in der Soko-Besprechung gesagt, der Mönch hat irgendwo an einer Ausstellung mitarbeiten wollen, bevor er nach Bamberg kam. Schau auf deinem Zettel nach, wenn du nicht mehr weißt, wo das war.«

»Benediktbeuern«, sagte Waldi.

Lustlos kaute ich auf meinen Pommes herum und fragte mich wieder einmal, wie ein Leben vor Google überhaupt möglich gewesen war. Ich gab »Ausstellung Benediktbeuern« ein, und Google wusste in einer Zehntelsekunde die Antwort. »Wer, zum Teufel, ist oder war von Gudden?«

»Klingt holländisch«, sagte Waldi. »Oder adelig.«

Überraschung. Google war schlauer als Top Gun. »Von Gudden war der Psychiater, der König Ludwig für unmündig erklärt hat. König Ludwig II., alias der Märchenkönig. Hier steht, dieser von Gudden wurde neben dem toten König im Starnberger See gefunden, ebenfalls tot. Die Umstände sind bis heute ungeklärt. Und so weiter und so fort.«

»Erste Frage: Wer macht eine Ausstellung über einen Arzt für Bekloppte? Und zweitens, wen interessiert's?«

»Unseren Mönch zum Beispiel. Jetzt wäre es gut, zu wissen, ob es da einen Zusammenhang gibt.«

»Zwischen was?«

»Zwischen dieser Ausstellung, dem Bischofsgrab und Bruder Michael.«

»Kann ich mir nicht vorstellen«, sagte Waldi.

Ich langte nach dem kalten Burger, der nach kaltem Pappkarton schmeckte. »Ich schon. Warte mal.« Ich klickte einen weiteren Treffer an. »Das ist interessant. Hör mal, hier steht, es wurde in den Ausstellungssaal eingebrochen, beinahe das komplette Ausstellungsmaterial wurde zerstört, und – jetzt kommt's – die Totenmaske dieses von Gudden wurde gestohlen.«

»Gibt es Totenmasken-Fetischisten?«

»Es gibt für alles Fetischisten. Aber denk mal nach, wie das vielleicht zusammenpasst. Geklaute Knochen, gestohlene Totenmaske.«

Waldi starrte zur Decke, tat so, als dächte er nach. Dann zog er sein weißes Sonny-Crockett- oder Tom-Cruise-Jackett aus, faltete es ordentlich und hängte es über unseren dritten Stuhl.

Ich blickte auf das Happy Meal vor mir auf dem Schreibtisch. Der Appetit war mir vergangen. Angewidert warf ich die restlichen Pommes frites und den angebissenen Hamburger in den Abfalleimer. Der Staub hatte aufgehört, auf dem Licht zu tanzen. Wolken waren aufgezogen, und es wurde noch dunkler in meinem Büro, was kein Nachteil war, denn so sah ich den Bildschirm klarer. »Wir müssen herausfinden, ob es Parallelen zwischen einem Nervenarzt gibt, der einem König attestiert, dass er nicht alle Tassen im Schrank hat, und den sterblichen Überresten eines Bischofs aus dem 12. Jahrhundert.«

»Siehst du, so langsam glaubst du selbst, es passt alles zusammen. Geklaute Knochen, ein ermordeter Mönch im Grab, eine Totenmaske. Wenn das kein Ritualmord ist, dann fresse ich einen Besen«, sagte Waldi.

»Sei vorsichtig mit deinen Versprechungen«, erwiderte ich. »So einen Besen kriegt man nur schwer runter.« Ich sparte mir den Witz mit seiner Größe und der üblichen Länge von Besenstielen. Stattdessen stand ich auf und ging zum Fenster. Ich zog das Rollo hoch und sah einem Güterzug nach, der sich vom Bahnhof her unter der Pfisterbergbrücke hindurchwand. Über die Starkenfeldstraße rollte der Nachmittagsverkehr, die Leute fuhren von der Arbeit nach Hause. »Ich denke, wir sollten uns diese Sache in Benediktbeuern genauer ansehen«, sagte ich.

»Das ist irgendwo in Oberbayern. Hast du eine Ahnung, wie weit das ist?«

»Moment.« Ich setzte mich wieder an den Rechner und fragte den Routenplaner. »Zweihunderteinundneunzig Komma fünf Kilometer. Fahrzeit knapp drei Stunden.«

»Und bei deiner Karre ungefähr zweihunderteinundneunzig Komma fünf Liter Super.«

»Es wird ja mal wieder einer der Dienstwagen aus der Werkstatt zurück sein. Sonst nehmen wir deinen.«

»Vergiss es. Ich hab den Wagen gerade erst gewaschen und poliert. Hast du eine Ahnung, was für eine Schweinearbeit es ist, die Felgen so hinzukriegen?« Waldi warf mir einen Blick zu, der besagte: Nein, so ein Ignorant wie du weiß es natürlich nicht. Man braucht sich bloß deine Schrottkiste anzusehen.

Ich klickte den Routenplaner weg und fuhr den Rechner herunter. »Wir fahren morgen nach der Soko-Besprechung los. Du kannst jetzt Feierabend machen.«

»Und du?«

»Ich bleib noch ein bisschen hier. Ich will erneut alles durchgehen und mir Notizen für die Besprechung machen. Es gibt eine Menge Dinge, die koordiniert werden müssen.«

Als Waldi verschwunden war, zog ich die untere Schreibtischschublade auf und holte meinen privaten Laptop heraus. Zu Hause funktionierte im Augenblick das Internet nicht. Ich lag im Clinch mit meinem neuen Provider, der mich mit einem billigen Tarif geködert hatte, nun aber keine Verbindung hinkriegte. Während Windows sich mit der Bill-Gates-Gedächtnisminute zum Desktop-Aufbau bummelte, schenkte ich mir einen Kaffee ein. Ich dachte an den dummen Angeberspruch: *Den Kaffee schwarz, die Frauen blond.* Dann loggte ich mich ein.

Das vertraute Kribbeln zog durch meinen Körper. Ich prüfte zuerst meinen Kontostand, klickte mich durch die Liste der Spieler und suchte mir dann einen freien Platz an einem Tisch. Wie jeder echte Zocker hatte ich ein kleines Ritual, bevor es losging. Jemand, der nichts damit am Hut hat, wird sagen, es ist Aberglaube, Hokuspokus. Meinetwegen. Ist es aber nicht. Es geht um positives Denken, um positive Energie, darum, dass man das Glück, genauso wie das Unglück, in eine bestimmte Bahn lenken kann. Ich will es so erklären: Zweifelsohne ist beides reichlich vorhanden in der Welt, Glück, Unglück, es ist da, wie eine eigene Dimension, die sich wissenschaftlich nicht erfassen lässt. Ich persönlich glaube nicht, dass es irgendein höheres Wesen gibt, das für dessen Verteilung zuständig ist, nach dem Motto: Okay, lass uns mal überlegen, wem wir heute eine Portion Glück auf den Teller legen und wen wir so richtig schön zum Loser machen. Nein, so funktioniert das nicht. Meiner Meinung nach sucht sich das Glück die Kundschaft selbst, dito das Unglück. Wenn man zum Beispiel jemandem gegenübersteht, dann hat man die Wahl, ob man finster dreinblickt oder lächelt, und meistens kommt das zurück, was man ausgesendet hat. Genauso ist es mit dem Glück. Lächle es an, und es kommt zu dir. Im Ernst. Demzufolge ist dies auch mein Ritual. Ich winke dem Glück zu und lächle es an. Und dann lächelt es zurück.

So tat ich es auch an diesem späten Nachmittag, als die Geräusche der Stadt als beständige Kulisse vor meinem Fenster summten und vibrierten. Ich winkte einmal kräftig mit der rechten Hand. Und dann lächelte ich.

Als ich am nächsten Morgen gegen vier Uhr den Laptop zurück in die Schublade räumte, hatte ich vierzehntausend Euro mehr auf meinem Onlinekonto.

VIER

Ich hatte zwei Stunden in meinem Schreibtischstuhl mit den Füßen auf dem Tisch geschlafen, mir nach dem Aufwachen am Waschbecken kaltes Wasser ins Gesicht geschaufelt, die Zähne geputzt und mit dem Elektrorasierer die Stoppeln aus dem Gesicht radiert. Ein frisches Hemd hing im Spind. Ich zog es an, trat zum Fenster und ließ die kalte Morgenluft herein. Draußen war es, als hätte jemand im Laufe der Nacht die Tapeten gewechselt. Ein feiner Nieselregen zog einen grauen Vorhang über Bamberg. Der Asphalt unten auf der Starkenfeldstraße glänzte wie schwarzes Öl. Ich hoffte, es würde den ganzen Tag so bleiben, dann gäbe es keine Probleme mit Mutter, wenn ich unterwegs war. Sie hasste nichts mehr als Regen und blieb dann auf ihrem Zimmer.

Ich war ziemlich übernächtigt, aber der Gedanke an meinen Gewinn in der langen Pokernacht wirkte wie ein Aphrodisiakum für die Arbeit. Ich schaltete die Kaffeemaschine ein, nach kurzer Zeit spuckte und rumorte sie wie bei einem Asthmaanfall. Ich setzte mich an den Schreibtisch und machte ein paar Notizen für die Besprechung. Um acht kam Waldi herein, diesmal mit weißer Hose und schwarzem Jackett, eine Sonnenbrille steckte im Haar, das ungefähr so glänzte wie unten die Straße.

»Siehst ja mal so richtig beschissen aus«, verkündete er gut gelaunt und fiel auf der anderen Seite des Schreibtischs in seinen Stuhl.

»Dito, mein Freund, und heute ist ja auch echtes Sonnenbrillenwetter.« Ich deutete auf die Notizen, die vor mir lagen. »Wenn du Chef einer Soko bist, solltest du deine Besprechungen gründlich vorbereiten. So etwas dauert schon mal die halbe Nacht.«

Waldi warf einen kurzen Blick auf mein Gekritzel. »Stimmt, Killer. Sieht nach richtig viel Arbeit aus. Kannst dich wohl im Augenblick zu Hause nicht blicken lassen.«

»Doch. Sie wohnt nicht mehr bei mir.«

»Oh, tut mir leid. Darf man erfahren, warum?«

»Nein.«

»Aha. Die Wunden sind noch frisch.«

»Ja.«

»Okay, aber trotzdem, warum pennst du dann auf einem durchgefurzten Polizeistuhl statt in einem warmen, weichen Bett?«

Ich murmelte etwas von Renovierungsarbeiten, griff nach dem Telefon, wählte die Nummer des Altenheims und versuchte, der Pflegerin zu erklären, dass ich den ganzen Tag dienstlich unterwegs sein würde. Die Frau am anderen Ende der Leitung war Rumänin oder Slowakin, keine Ahnung. Jedenfalls gestaltete sich die Kommunikation als äußerst schwierig, und ich war mir auch nach dem Ende des Gesprächs nicht sicher, ob sie überhaupt etwas verstanden hatte. Vielleicht war es besser so. Mutter lief bei Regen nicht weg und würde sich wahrscheinlich in einen jener denkwürdigen Dialoge mit ihrer Zimmergenossin verstricken, zu denen nur Menschen mit gekappten Synapsen fähig sind. Wenn das Personal im Heim aber wusste, dass es niemanden gab, der im Notfall eine Suchaktion unternähme, würden sie Mutter bis obenhin mit Sedativa vollpumpen.

Während Waldi irgendetwas quasselte wie, bei dem Scheißwetter den ganzen Tag in der Gegend herumzufahren sei eine richtige Scheißidee, vor allem wegen etwas, das mit unserem Fall überhaupt nichts zu tun hätte, dachte ich eine Weile darüber nach, was wir mit den Menschen machen, die uns auf die Welt gebracht und zu einigermaßen vernünftigen Mitgliedern der Gesellschaft erzogen hatten. Unsere Eltern lebten nach dem Motto: *Ich will, dass es meinen Kindern einmal besser geht als mir.* Das gelingt ihnen in den meisten Fällen auch. Definitiv. Das Problem ist nur, dass es dieselben Kinder nun einen Scheißdreck interessiert, was aus ihren Eltern wird. Es geht immer um dieselbe Ausrede. »Keine Zeit, der Job, Mutter«, »Da bist du doch am besten aufgehoben, Vater, ich besuche dich, so oft es geht«. Ich will nicht den Moralapostel spielen, weil ich um keinen Deut besser bin. Mein Vater hat sich erhängt, und ich habe Mutter ins Altenheim gesteckt. Genau wie alle anderen rede ich mir ein, es ist das Beste für sie. Wäre sie bei mir, würde sie nur vor dem Fernseher hocken, ich bin ja nie daheim und könnte mich sowieso nicht um sie kümmern.

Hallo, Leute, sind wir manchmal eigentlich auch ein bisschen ehrlich zu uns selbst? Kapieren wir, dass etwas gewaltig schiefläuft? Wenn ich richtig darüber nachdenke, dann geht es um ein archaisches Gesetz, das aus dem Gleichgewicht geraten ist. Diese natürliche Weltordnung, dass sich die Starken um die Schwachen kümmern. Kinder um ihre alten Eltern. Die gibt es nicht mehr. Den Starken ist es vollkommen egal, wie es den Schwachen geht. Sie wollen nur fressen und fressen und fressen und immer nur noch fetter werden.

»Kannst du nicht allein fahren?«, fragte Waldi.

»Was?« In Gedanken war ich noch bei meiner Moralpredigt an mich selbst und den Rest der Welt.

»Ich sehe nicht ganz ein, warum zwei Leute den halben Tag durch den Regen gondeln müssen, weil in einer beschissenen Ausstellung eine Totenmaske von irgendeinem Irrenhausdoktor geklaut wurde. Weder das Teil noch der Ort haben mit unserem Fall auch nur das Geringste zu tun.«

»Das Opfer hat diese Ausstellung besucht oder sogar an ihr mitgewirkt, bevor es nach Bamberg kam. Es war vielleicht die letzte Aktivität des Mönchs, bevor er ermordet wurde. Ich ziehe schon die Möglichkeit in Betracht, dass beide Dinge irgendwie miteinander zu tun haben. Einer solchen Spur nicht nachzugehen wäre unprofessionell, geradezu grob fahrlässig. Findest du nicht, Top Gun?«

»Dann fahr hin und lass mich hier die Arbeit erledigen. Es gibt wirklich genug zu tun.«

»Du weißt genau, wie das ist. Stell dir vor, es geht um das Verhör eines Verdächtigen. Da sollten wir zu zweit sein, sonst steht am Ende Aussage gegen Aussage.«

»Du glaubst doch nicht im Ernst –«

Ich ließ ihn nicht ausreden. »Tut mir leid, Kumpel, keine Chance. Ich bin der Boss. Du fährst mit.«

Die Stimmung während der Soko-Besprechung war ernst und konzentriert. Als Erstes erteilte ich Storch das Wort, der allerdings wenig Neues zu berichten wusste. Er bestätigte noch einmal, dass die Schädelverletzung allein wahrscheinlich nicht den Exitus herbeigeführt hatte, sondern der Stich ins Herz mit dem Meißel, wenn man bei einem solchen Werkzeug überhaupt noch von einem Stich sprechen konnte. Unter den Nägeln waren keine DNA-Spuren, also hatte das Opfer nicht die Chance gehabt, seinem Mörder vorher noch die Augen auszukratzen. Der Schlag gegen den Schädel kam von vorn, der Stoß mit dem Meißel von hinten. Wahrscheinlich war der Mönch bewusstlos, als der oder die Mörder den Rest erledigt hatten. Storch erklärte, nicht ganz ohne Stolz, dass er die Todeszeit mit drei Uhr dreißig bereits am Tatort richtig benannt hatte. Lediglich seine vagen Zeitangaben bezüglich der amputierten Zunge musste er um ein paar Jahrzehnte nach oben korrigieren. Die Amputation lag schon zwanzig oder gar dreißig Jahre zurück.

Maria Koch, alias Uschi von der Leyen, war als Nächste dran. Das Labor hatte zwei verschiedene Blutgruppen bestätigt, einmal Null positiv, das war das Blut des Mönchs, zusätzlich A positiv. Der Abgleich mit der DNA unseres Mannes im Krankenhaus ergab eine hundertprozentige Übereinstimmung. Volltreffer. Es gab verschiedene Fußspuren in allen möglichen Größen, die Techniker hatten jede einzelne akribisch vermessen und fotografiert (und warfen sie jetzt per Beamer publikumswirksam an die Leinwand), aber es war kaum anzunehmen, dass sich damit etwas anfangen ließ, dafür waren zu viele Japaner in der Krypta herumgerannt.

Ich bedankte mich bei der Spurensicherung, vor allem für die rasche Arbeit, sie waren wohl nachts ähnlich lang zugange gewesen wie ich. Allerdings sah Koch-von-der-Leyen so frisch aus, als hätte sie zehn Stunden geschlafen und anschließend noch Zeit für eine Gesichtsmaske gehabt. Ziemlich ernüchternd gestaltete sich anschließend der Bericht der Sonderfahnder, deren Aufgabe es gewesen war, potenzielle Zeugen zu befragen. Zwar hatten sie erst etwa die Hälfte der Liste abgearbeitet, weil der Rest noch nicht erreichbar gewesen war, doch bis dato gab es im Prinzip nur Fehlanzeigen. Bei dem Kloster handelte es sich um eine geschlossene Anlage, die von Straßen oder außerhalb liegenden Wohngebäuden mindestens einhundert Meter Luftlinie entfernt lag.

Vielleicht hätte einer der Spitalbewohner die Steinsäge mitten in der Nacht hören können, aber alle hatten tief und fest den Schlaf der Gerechten – besser gesagt den der Sedierten – geschlafen. Einzig die Nachtwache des Spitals, ein junger Mann mit Rastalocken und in Kifferuniform, der sein soziales Jahr ableistete, hätte die Säge wohl hören müssen. Bei der Befragung gab er dann allerdings zu (nachdem man angedeutet hatte, möglicherweise würde eine Durchsuchung seiner Wohnung interessante Dinge ans Tageslicht fördern), dass er, mit Stöpseln in den Ohren, verschiedene Playlists seines iPhones abgearbeitet hatte.

Die einzige Spur, die zu verfolgen es sich eventuell lohnte, war der Hinweis auf einen grauen VW Passat mit ortsfremdem Kennzeichen, der am Vortag einem Zeugen aufgefallen war, weil er im Kloster eine Runde gedreht hatte.

Schließlich war noch ein Anruf eingegangen. Ein Zeuge, der nachts um zwei Uhr über den Domplatz gelaufen war, gab an, er hätte aus dem Dom ein lang anhaltendes, kreischendes Geräusch gehört. Er gab allerdings zu, stark alkoholisiert gewesen zu sein, und war sich im Nachhinein und bei nüchterner Überlegung gar nicht mehr so sicher. »Falscher Ort außerdem«, schloss der Sprecher der Sonderfahnder seinen Bericht.

Am Ende der Besprechung sortierte ich noch einmal die Eckpunkte des Falls. Wir hatten einen Täter im Klinikum, der im Koma lag. Früheste Verhörmöglichkeit nach Auskunft des Arztes in vier Tagen. Das war die größte Hoffnung, der Wahrheit möglichst schnell auf die Spur zu kommen. Wie viele andere Täter es gab, wussten wir nicht. Die Suche nach den

Tatwaffen war bisher ohne Ergebnis geblieben. Brauchbare Zeugenaussagen – gegen null. Vorerst gab es im Prinzip lediglich zwei Ansatzpunkte: die Suche nach einem grauen Passat, eventuell mit Biberacher oder Balinger Kennzeichen – ein Job für die Kollegen von der Verkehrspolizei. Und dann den Grund, warum der Mönch sein Kloster in Andechs überhaupt verlassen hatte und nach Bamberg gekommen war beziehungsweise davor nach Benediktbeuern. Waldis und mein Job. Ich verteilte noch ein paar Aufgaben, zum Beispiel musste jemand im Kloster Andechs anrufen, damit ein Mönch herfuhr und die Leiche identifizierte. Ein weiterer Anruf im Münchner Kloster sollte die Hintergründe der Zungenamputation klären. Ich wies den Leiter der Sonderfahnder noch an, sich vorsichtshalber um die Sache im Dom zu kümmern, wobei es genügte, zu überprüfen, ob es noch mehr Einbruchspuren gab oder sonstige Hinweise auf einen Diebstahl. Dann bedankte ich mich, wünschte uns allen viel Erfolg und winkte Waldi zu mir. Zeit, um aufzubrechen, damit es heute Nacht nicht wieder spät wurde.

Waldi knatterte mit einem abgewrackt aussehenden weinroten Golf mit Haßfurter Kennzeichen aus der Tiefgarage. Er stammte aus der Asservatenkammer der Verkehrspolizei und wurde normalerweise für Geschwindigkeitskontrollen genutzt, weil kein Mensch auch nur auf die Idee kam, es handle sich dabei um ein Polizeifahrzeug, wenn der Wagen am Straßenrand parkte. Der Golf war daher so eine Art Superstar unter den Fahrzeugen im Blitzerfuhrpark – er erzielte mit Abstand den größten Umsatz. Fahrzeugwäsche oder gar Entrostung der Radläufe galt als Sakrileg. Die BMWs, Audis und Mercedes der Kripo befanden sich noch in der Werkstatt. Wir mussten dankbar sein, dass sie uns das Wrack gegeben hatten. War ich auch. Ich kannte das süße Geheimnis des Golfs.

Waldi nicht. Klar, er achtete sowieso immer nur auf Äußerlichkeiten. Trotzdem hätte er als selbst ernannter Tuning-Experte schon beim ersten Tritt aufs Gas erkennen müssen, dass da etwas nicht stimmte. Sein Abwürgen des Motors war bestimmt kein Fahrfehler, er kotzte das Auto, das in seinen Augen keins war, quasi vor mir aus. Waldi kletterte heraus, kam herum und hielt mir mit spitzen Fingern die Schlüssel hin wie einen toten Fisch. »Das kannst du nicht von mir verlangen. Du fährst.«

»Okay, ich fang an. Aber du löst mich ab.«

Auf dem Frankenschnellweg Richtung Erlangen drückte ich das Gaspedal ordentlich durch, und wir rauschten wie im Blindflug durch die Wasserfontänen der anderen Fahrzeuge.

Waldi spitzte die Ohren und sagte: »Hoppla, der hat ja richtig was unter der Haube.«

»Was denkst du? Ein Golf im Schafspelz. Baujahr 99, V6-Maschine, im Originalzustand schon zweihundertvier PS, jetzt zweihundertsiebzig. Geheimwaffe bei Verfolgungsrennen.«

»Okay, ich fahr später doch mal.«

Ich grinste und bremste den Golf hinter Forchheim von zweihundertzehn auf die erlaubten hundert Sachen runter. Die Patina auf der Karosserie war nur Maskerade, ebenso wie die dunkle Folie auf der Heckscheibe mit dem quer verlaufenden Metallica-Aufkleber, damit die Raser die Infrarotkamera nicht sahen. Ein Undercoveragent in Pennerklamotten. Motor, Fahrwerk, Bremsen – alles Technische war vom Allerfeinsten.

Als ich ein paar Minuten später am Autobahnkreuz Erlangen den Halbkreis hinunter auf die A 3 Richtung München zirkelte, wurde der Regen noch dichter, und Waldi stellte die Frage, die seine dauernden Seitenblicke schon angekündigt hatten: »Nicole ist ausgezogen?«

»Hm.« Wir waren beinahe fünf Jahre zusammen gewesen. Die große Liebe auf den ersten Blick – Nicole war eine rothaarige Klassefrau, deren dunkle Augen mich von Anfang an hypnotisiert hatten wie die Schlange das Kaninchen. Wir waren das Traumpaar schlechthin: der kühle blonde Rod Killer und die geheimnisvolle Göttin, der Superbulle und Herzensbrecher mit dem Halunkencharme und die elegante Schönheit. Nicole, die erfolgreiche Immobilienmaklerin, lernte ich kennen, als sie mir ironischerweise genau das Apartment vermittelte, aus dem sie vor ein paar Tagen ausgezogen war. Die Wirklichkeit macht keine Gefangenen, oder, wie es in Waldis ach so witzigem Blog steht, die Realität ruinierte mal wieder mein Leben. Zu viele Überstunden, zu viele Zockernächte, zu viele kalt gewordene Dinner bei heruntergebranntem Kerzenlicht – das klassische Klischee, Polizist fährt Beziehung an die Wand. Totalschaden.

Waldi sagte: »Warum bist du so schweigsam? Erzähl doch ein bisschen. Warum ist sie weg?«

»Privatsache, Kumpel.« Ich stieg wieder aufs Gas, und die graue Welt da draußen rauschte an mir vorbei. Wir fädelten uns auf die A 9 ein, der heftige Wind kämmte durch die Bäume, und es sah aus, als schüttelten sich nasse Hunde.

Okay, Nicole hatte Schluss gemacht, nachdem sie mir immer wieder Fristen gesetzt hatte, von denen ich keine einzige eingehalten hatte. Sie drohte mindestens ein Dutzend Mal: »Einmal noch, dann pack ich meinen Kram und bin weg.« Ich schwor Stein und Bein: »Es kommt nie wieder vor«; zwei Tage später brach ich mein Versprechen und zockte wieder oder schob Überstunden, irgendetwas war immer. So schleppte sich unsere Beziehung von Deadline zu Deadline, bis Nicole gar keine andere Wahl mehr hatte, sonst hätte sie am Ende nur noch über sich selbst gelacht.

Aber das alles ging niemanden etwas an, am wenigsten Top Gun.

Waldi warf mir einen fragenden Blick zu, den ich aus den Augenwinkeln so deutete: *Bist du wirklich sicher, dass du nicht darüber reden willst?* Da ich aber nicht reagierte, widmete er seine Aufmerksamkeit dem Radio und begann ein fröhliches Senderzappen. Überall kamen nur Nachrichten. Syrien, Kenia, Irak, Gotteskrieger. Meine Eltern waren religiös, ordentliche, brave deutsche Katholiken, und das war gut so, Menschen brauchen eine moralische Instanz, klare Grenzen. Das Aufweichen solcher Grenzen ist gefährlich, aber die Welt gerät erst recht aus den Fugen, wenn eindimensionale Idioten anfangen, religiöse Heilsbotschaften mit Bombenlegen zu interpretieren. Die Ränder der Religionen waren schon immer von Kriegen ausgefranst, manchmal fraß sich das Töten im Namen Gottes sogar mitten ins Herz. Passend zum Thema kam als Nächstes ein Bischof in den Nachrichten, der sich einen Palast baute – ich habe so meine Zweifel an der angeblichen Weisheit dieser Männer, wenn da mal nicht jemand Weisheit mit Verbohrtheit oder Blindheit verwechselt. Der Wetterbericht versprach ein Hoch, ich dachte an Mutter, die wieder spazieren gehen würde. Wer oder was Gott ist, hatte sie längst vergessen. Irgendein Rapper feuerte jetzt Wortsalven ab, Waldi rappte begeistert mit: »Hey Baby, mach dir niieee mehr Sorgen«, ich sagte: »Der Fahrer bestimmt die Musik«, und schaltete das Radio aus.

Kurz vor München fuhr ich auf einen Parkplatz und quetschte den Golf in eine Lücke zwischen Trucks mit osteuropäischen Kennzeichen. Die Fahrer waren nicht zu beneiden, ein Leben lang jeden Tag darauf warten, dass man endlich ankommt, wie in einem Hamsterrad. Ich warf Waldi die Autoschlüssel hinüber, stieg aus und suchte mir eine Stelle zum Pinkeln. Ein schmaler Pfad führte zwischen Büschen und Sträuchern einen Abhang hinunter und endete an einem Drahtzaun, in dem Toilettenpapier und anderer Müll hing, alles war verdreckt, es stank nach Pisse und Exkrementen. Ich steuerte meinen Teil bei. Wenn man von der Autobahn kam, war alles schön bürgerlich sauber, die Oberfläche besenrein, wie überall in unserem Land, ein paar Schritte abseits, ein bisschen untergetaucht, und schon sah es anders aus, ein glänzender, polierter Stein, solange man ihn nicht umdrehte.

Waldi hatte den Fahrersitz schon vorgeschoben und trommelte ungeduldig mit den Fingern aufs Lenkrad.

»Fahr los«, sagte ich. Ich ließ das Handschuhfach aufschnappen, und mir fiel eine CD in den Schoß, Deep Purple, die goldene, »Made In Japan«. Ich bin kein Typ, der rührselig alten Zeiten nachheult, doch was Musik betrifft, neige ich doch dazu, nostalgisch in den Siebzigern zu schwelgen. »Hör dir das an«, sagte ich zu Waldi und schob die CD ein, »das sind Heiligtümer, nicht dieser Einheitsbrei, so etwas wird es nie wieder geben. Wenn ich eine Sache bereue, dann ist es die, dass ich damals noch in die Windeln machte und keine Ahnung hatte, dass Geschichte geschrieben wurde.«

Waldi beschleunigte auf der Standspur und zog sofort rüber nach ganz links. Die Hammond-Orgel setzte die charakteristischen Akkorde zu »Child In Time«. Waldi ließ den Golf im vierten Gang bei hundertsechzig röhren, schaltete endlich in den fünften und beschwerte sich. »Was ist das denn? Mach was anderes, der Fahrer bestimmt die Musik.«

Ich klopfte ihm auf die Finger. »Nein, mein Freund. Ich bin dein Chef und somit auch verantwortlich für deine kulturelle Bildung. Deep Purple, Pink Floyd, Led Zeppelin – das waren Bands, die die Musikbranche gegen den Strich gebürstet haben. Gibt es auch nur eine Plattenfirma auf der Welt, die heute noch ein zwölf Minuten und siebzehn Sekunden langes Stück produzieren würde?« Ich summte mit: *»Sweet child in time, you'll see the line. The line that's drawn between good and bad.«*

Waldi schüttelte bloß verwundert den Kopf. Er musste die Geschwindigkeit wieder drosseln, wir näherten uns München, und es war nur noch Tempo hundert, dann achtzig, dann siebzig erlaubt. Er fühlte sich im dreispurigen Gedrängel offenbar wie ein Fisch im Wasser, ruhte am Steuer richtig in sich und lächelte bloß zufrieden, als ich »Highway Star« voll aufdrehte, das Fenster trotz des Regens herunterließ und mitgrölte: *»Ooh, it's a killing machine, it's got everything.«*

»Klasse«, kommentierte er ironisch. »Mensch, Killer, mach wenigstens das Fenster zu. Erstens regnet es herein, und zweitens ist es echt peinlich, zwei Provinzbullen fahren durch die Großstadt und beschallen die Leute mit ihrer Steinzeitmucke.«

Ich kurbelte die Scheibe wieder hoch und machte die Musik etwas leiser. Von Bamberg bis München hatten wir noch kein einziges Mal über den Fall gesprochen. Also fragte ich ihn: »Hast du eigentlich nachgeforscht, ob tatsächlich die Überreste dieses Bischofs im Grab lagen?«

»Ja. Ich hab sogar mit dem jetzigen Erzbischof, Professor Dr. Ludwig Schick, persönlich telefoniert.«

»Was sagt er?«

»Er sagt, dass selbstredend die Knochen von dem Typen in der Kiste lagen. Natürlich hat er es etwas anders ausgedrückt. Und er hofft sehr, dass die Polizei die heiligen Überreste des Bischofs bald wieder seinem Bistum zurückbringt, und gibt uns dafür Gottes Segen.«

»Gottes Segen«, murmelte ich, das Navi lotste uns durch den pulsierenden Verkehr der Großstadt, und Ian Gillans Stimme sägte: *I love it and I need it. I bleed it, yeah, it's a wild hurricane!*

Ich überlegte laut: »Ich frage mich die ganze Zeit, was jemand mit neunhundert Jahre alten Knochen anfängt. Ich meine, gibt es einen Markt dafür? Kauft jemand so was? Irgendeinen Grund muss der Diebstahl doch haben, immerhin wurde er mit einem Mord bezahlt.«

»Guck doch mal bei eBay«, schlug Waldi vor.

Er meinte es als Witz, aber ich holte mein Handy hervor, ging auf die Seite von eBay und gab als Erstes »heilige Knochen« ein und dann »heilige Gebeine«, aber es kamen nur Bücher. Dann probierte ich es mit »Reliquien«, da gab es eine Menge Einträge, ich blätterte alles durch – Kruzifixe, heilige Teppiche, Amulette und sonstigen Hokuspokus.

»Und? Bei was stehen die Knochen? Bestimmt gibt es schon massenhaft Bieter.« Waldi schien die Vorstellung Spaß zu machen, und er grinste. »Bevor du mitbietest, frag lieber nach, wie hoch du mit dem Geld unserer Steuerzahler gehen darfst.«

»Im Ernst. Ich verstehe es nicht. Stell dir diesen Aufwand vor, das Risiko. Und das Ergebnis. Da muss doch mehr dahinterstecken. Ich werde das Gefühl nicht los, im Hintergrund lauert etwas viel Größeres.«

»Was denn?«

»Keine Ahnung. Es ist unser Job, das herauszufinden.«

Endlich waren wir durch. München spuckte uns mit tausend anderen Autos wieder aus. Wenn ich durch solche Städte fuhr, hatte ich tatsächlich immer das Gefühl, ich würde in das aufgerissene Maul eines Molochs geraten, der mich durchkaute, dann runterschluckte, im Magen zersetzte, verdaute und schließlich hinten wieder rausdrückte.

Auf der A95 nahm ich noch mal das Handy und wählte die erste der beiden Nummern, die ich am Morgen eingespeichert hatte. Sofort hatte ich den Kollegen aus Benediktbeuern am Apparat, der die Untersuchung des Einbruchs leitete. Er erklärte mir, wo er auf uns warten würde. Die zweite Nummer gehörte Helene Mantis. Sie war die Kuratorin der geplanten Ausstellung und hatte sich bereit erklärt, unsere Fragen zu beantworten. Es meldete sich die Mailbox. Ich hinterließ die Nachricht, dass wir in fünfzehn Minuten da sein würden.

Der Kollege in Benediktbeuern brachte mich auf den neuesten Stand der Ermittlungen, der allerdings nur darin bestand, dass die örtliche Polizei in Bezug auf mögliche Täter gänzlich im Dunkeln tappte. Dann fuhr er zum Ausstellungsort voraus, fragte, ob er noch mitkommen sollte, und als ich verneinte, verabschiedete er sich.

Helene Mantis war eine auffallend schöne Frau. Ich schätzte sie auf eins sechzig, ein Persönchen, sie trug Jeans, weißes T-Shirt und darüber eine farblos wirkende Jacke. Eigentlich nicht mein Ding, ich mag es, wenn Frauen sich herausputzen, mit Rock, Bluse und allem, was dazugehört. Aber sie hatte eine dieser Taillen, von denen man denkt, man kann sie mit beiden Händen umfassen, und weiter oben gab es auch nichts auszusetzen, im Gegenteil. Die Haare waren zu einem Pagenkopf geschnitten, schwarz, fast bläulich glänzend, wie Rabengefieder, ihr weißer, durchschimmernder Teint stand im perfekten Kontrast dazu, wie Alabaster auf schwarzer Seide. Sie trug kein Make-up, wozu auch, nur ein wenig Rot auf den Lippen, wie eine schwache, verheißungsvolle Spur.

Sie war genau mein Typ. Bemüht sachlich begrüßte ich sie. »Guten Tag, ich bin Hauptkommissar Rod Killer, Kripo Bamberg, das ist mein Kollege, Kommissar Schöps. Frau Mantis?«

»Helene, bitte«, sagte sie. Sie hatte phantastische Augen, groß, fast golden und mit schweren, etwas hängenden Lidern.

»In Ordnung. Dann nennen Sie mich Rod.« Ich wollte Waldi nicht blamieren, deshalb ließ ich seinen Namen außen vor.

Sie führte uns in eine Art Büro, in dem es aussah, als würde es gerade erst bezogen oder umgekehrt. Kartons standen auf dem Boden, auf dem Schreibtisch stapelten sich Bilderrahmen wie Dachziegel, ich nahm an, Exponate aus der Ausstellung. Ein Schnurtelefon, halb begraben unter Schnellheftern und Korrespondenzen.

»Wie kann ich Ihnen helfen … Rod?«

Die kleine Verzögerung vor meinem Namen klang beinahe verlegen. Ihre Stimme hatte an manchen Stellen ein leichtes Kratzen, ich liebe das. Mag sein, mein Lächeln wirkte nicht so verbindlich, wie es sein sollte, sondern eher ein bisschen verzückt. Jedenfalls machte Waldi hinter ihrem Rücken sabbernde Bewegungen mit der Zunge, und schon bereute ich, dass ich ihn in der Vornamensache verschont hatte.

»Helene, erklären Sie uns doch bitte erst einmal, was Ihr Job hier ist.«

»Ich bin Kuratorin.«

»Was is'n das?«, fragte Waldi proletenhaft.

Jetzt zahlte ich es ihm doch heim. Ich lächelte entschuldigend. »Wissen Sie, wir haben Personalprobleme bei der Polizei und nehmen inzwischen auch Leute ohne einen ordentlichen Schulabschluss.«

»Leck mich«, sagte Waldi, um dem Image gerecht zu bleiben.

Helene lächelte zuerst in meine, dann in Waldis Richtung. Dann wies sie auf zwei schiefe Drehstühle. »Setzen Sie sich doch erst einmal. Darf ich Ihnen etwas anbieten? Wasser? Eine Tasse Kaffee?«

»Kaffee wäre in Ordnung«, sagte ich. Waldi wollte auch einen. Ich rollte ihm einen der Stühle hin und nahm selbst Platz.

Helene machte sich an einer Kaffeemaschine zu schaffen und sprach über die Schulter: »Ich leite die Von-Gudden-Ausstellung.« Sie wies auf das Chaos im Raum. »Beziehungsweise das, was davon übrig geblieben ist. In Vertretung von Herrn Wesemann.«

»In Vertretung? Ist dieser Herr Wesemann krank geworden?«

Helene drehte sich von der Kaffeemaschine weg zu uns.

Ihre goldenen Augen wurden groß. »Das wissen Sie nicht?« Sie schien bestürzt. Ihre Zierlichkeit wirkte verletzlich und weckte meinen Beschützerinstinkt.

»Nein.« Ich sprach leise und sanft. »Was ist passiert?«

»Er hatte einen tödlichen Autounfall. Auf der A 8. Er muss am Steuer eingeschlafen sein, Sekundenschlaf. Kam von der Fahrbahn ab und prallte gegen einen Baum. Sein Wagen fing sofort Feuer. Es stand in allen Zeitungen.«

»Ich lese keine Zeitungen«, murmelte ich entschuldigend und machte eine geistige Notiz, dass jemand bei den zuständigen Kollegen genauere Informationen über den Unfall einholen sollte.

Waldi, der links neben ihr hockte, stellte fest: »Und so haben Sie den Job bekommen.«

Sie nickte ernst. »Ich bedauere Herrn Wesemanns Unglück außerordentlich und habe seine Arbeit sehr bewundert. Wenn ich ehrlich bin, war es für mich aber Glück im Unglück. Kuratorenstellen sind dünn gesät. Sehr dünn. Ich schreibe gerade an meiner Promotion, aber mein Assistentenvertrag an der Uni München ist ausgelaufen. Normalerweise ernährt man sich da von Jobs als Kellnerin.«

»Darf ich fragen, worüber Sie promovieren?«

»Den genauen Titel erspare ich Ihnen lieber. Es geht um Papst- und Königsgräber. Ich habe Kunstgeschichte studiert.«

Waldi und ich tauschten einen Blick. »Nicht zufällig Bischofsgräber?«, fragte Waldi dann.

»Nein.« Es dauerte keine Sekunde, bis Helene den Zusammenhang verstand. Auf den Kopf gefallen war sie wohl nicht. Definitiv. Sie lächelte. »Sie meinen, wegen des ermordeten Mönchs im Bischofsgrab? Ihr Kollege hat mir gestern am Telefon davon erzählt. Das Grab von Bischof Otto kenne ich natürlich auch, von Bildern allerdings nur.«

Ich schaltete mich wieder ein. »Ich würde gern zurück zu Ihrer Ausstellung kommen. Wenn ich richtig informiert bin, wurde bei dem Einbruch in die Ausstellung ziemlich viel zerstört und außerdem die Totenmaske dieses von Gudden gestohlen. Können Sie uns darüber ein wenig mehr erzählen?«

Sie goss Kaffee in zwei Tassen und reichte jedem von uns eine. »Milch? Zucker?«

Ich lehnte dankend ab, Waldi verlangte zwei Stück Zucker.

»Der Einbruch geschah nach Herrn Wesemanns Unfall.« Wieder machte sie eine vage Handbewegung in Richtung der Kisten und Bilderrahmen. »Ich habe sozusagen erst einmal mit den Aufräumarbeiten zu tun. Im Prinzip muss alles neu gemacht werden. Der Verlust der Totenmaske ist eine Tragödie. Sie war das Kernstück der Ausstellung. Es ist das erste Mal, dass sie der Öffentlichkeit gezeigt werden sollte. Bisher wusste kaum jemand überhaupt von ihrer Existenz. Die Maske kam 1897 auf verschlungenen Wegen ins Städtische Museum Rosenheim, lag dort allerdings im Depot, und kaum jemand bekam sie bis dato zu Gesicht. Selbst ich, als Doktorandin, erfuhr erst kurz vor der Ausstellung, dass es sie tatsächlich gibt. Ich habe mir davon sehr viel für meine Arbeit erhofft. Aber leider kam ich zu spät.«

»Sie haben sie gar nicht mehr gesehen?«

»Leider nein.«

Ich trank einen Schluck Kaffee, er war heiß und stark. »Gibt es irgendwelche Anhaltspunkte für die Hintergründe des Einbruchs? Ich meine, wer könnte Interesse daran haben, erstens die Ausstellung zu verwüsten und zweitens die Totenmaske zu stehlen? Vandalismus ist ja oft Ausdruck von Frustration, Wut oder sogar Hass.«

»Das haben mich Ihre Kollegen von der hiesigen Polizei auch schon gefragt.« Sie zuckte mit den Schultern und machte dabei wieder diesen verletzlichen Eindruck, sodass man beschützend die Arme um sie legen wollte. »Im Prinzip muss man Dr. Bernhard von Gudden immer im Zusammenhang mit Ludwig II. von Bayern sehen. Wissen Sie darüber Bescheid?«

»Ich habe ein bisschen gegoogelt, ja. Es geht um die Umstände, wie die beiden ums Leben kamen.«

»Richtig. Dazu gibt es eine Menge Theorien, es wird viel Unfug gesagt und geschrieben. Angeblich wollen gewisse Kreise mit allen Mitteln verhindern, dass die wirklichen Todesursachen ans Licht kommen.«

»Die Guglmänner?«

Überrascht drehte ich mich zu Waldi um. Offensichtlich hatte er doch im Internet herumgestöbert, obwohl er den Sinn unseres Ausflugs zunächst vehement in Frage gestellt hatte. Helenes Lächeln war bezaubernd, selbst Waldis Mundwinkel wanderten ein wenig nach oben. Waldi hatte vor allem mit schönen Frauen ein Problem und versuchte dann, seine Minderwertigkeitskomplexe durch besonders grimmiges Cop-Gehabe zu überspielen.

»Nein, die Guglmänner sind friedliche Ludwig-Verehrer. Aber angeblich gab es verschiedene Anrufe und auch Schreiben, dass die Ausstellung verboten werden sollte.«

Ich deutete auf den Schreibtisch. »Befindet sich eines dieser Schreiben in Ihren Händen?«

»Bedaure. All diese Sachen waren noch an Herrn Wesemann gerichtet.«

In diesem Augenblick ging die Tür auf und ein schmaler, blasser Mann in Jeans und T-Shirt kam herein. Zögernd blickte er in die Runde, und sein fragender Blick wanderte zu Helene.

»Mein Assistent, Frank Bohnsammer. Herr Killer und Herr Schöps. Die Herren sind von der Kripo«, erklärte Helene.

»Kripo?«, fragte Bohnsammer. Er reichte mir misstrauisch die Hand.

Ich beruhigte ihn. »Keine Sorge. Es handelt sich nur um eine Routineangelegenheit. Wir ermitteln in einem ganz anderen Fall. Waren Sie zurzeit des Einbruchs schon hier?«

»Der Einbruch fand mitten in der Nacht statt –«

»Nein, so meine ich das nicht. Waren Sie schon hier angestellt?«

»Ach so. Ja. Ich bin in erster Linie für die handwerklichen Dinge zuständig.«

»Ist Ihnen vor dem Einbruch irgendetwas aufgefallen, Personen, die sich ungewöhnlich verhielten, Fahrzeuge, die nicht hierhergehörten?«

»Nein.« Bohnsammer wirkte sehr abweisend. »Hören Sie, all diese Fragen habe ich bereits beantwortet. Warum lesen Sie nicht einfach die Protokolle Ihrer Kollegen? Ich habe viel zu tun. Würden Sie mich jetzt entschuldigen?«

»Einen Augenblick noch, bitte. Wurden Sie von den Kollegen auch zu einem Mönch befragt?«

Bohnsammer hatte sich schon zum Gehen gewandt, nun drehte er sich noch einmal um, streifte Helene mit einem Blick und sagte dann: »Sie meinen diesen Bruder Michael?«

»Richtig. Sie kennen ihn?«

»Nein. Er war nur einen Tag hier, und da hatte ich frei.«

»Wann war das?«

Bohnsammer runzelte die Stirn. »Nach dem Einbruch.«

»Nach dem Einbruch? Und wann genau ist Wesemann verunglückt?«

Wieder dachte Bohnsammer nach, bevor er antwortete. »Weiß ich nicht genau. Ich glaube, ein paar Tage vor dem Einbruch.«

Ich bedankte mich und ließ ihn gehen.

Waldi kommentierte aus der Ecke: »Der hat es aber eilig, hier rauszukommen.«

Ich drehte die Kaffeetasse in meinen Händen hin und her. Ein gelber Smiley grinste mich verwaschen an. Ich stellte den Becher auf den Schreibtisch und dachte kurz nach. Ich hatte Bilder von dem toten Mönch auf meinem Diensthandy und wägte ab, ob Helene zu zartbesaitet war, sie sich anzusehen. Also fing ich vorsichtig an. »Helene, mein Anliegen ist jetzt etwas heikel. Es geht um diesen Mönch, wir sprachen gestern am Telefon davon, Sie wissen schon …« Ich machte eine Pause, um ihre Reaktion zu testen.

»Ja?«, sagte sie und wartete darauf, dass ich fortfuhr.

»Die Sache ist die, ich habe Bilder dabei, aber ich weiß nicht, ob –«

»Ob Sie mir die zeigen können? Keine Sorge, ich bin niemand, der gleich in Ohnmacht fällt.«

Da hatte ich meine Zweifel. Trotzdem holte ich mein Handy hervor, öffnete die Datei mit den Bildern, tippte eines der harmloseren an und hielt es ihr hin. »Das ist der Tote. Erkennen Sie ihn?«

Sie blickte völlig nüchtern und konzentriert auf das Bild, zog nur die Augenbrauen etwas hoch. »Ja, das ist er. Kein Zweifel. Ich kann mich so gut erinnern, weil er genau an dem Tag kam, als ich nach Wesemanns Unfall hier sozusagen Hals über Kopf anfangen musste. Er war mein allererster Besucher. Und das auch noch im Mönchshabit.«

»Können Sie mir sagen, was der Mönch hier wollte? Sie müssen verstehen, ich suche eine mögliche Verbindung, die irgendwie mit seiner Ermordung verknüpft ist.«

»Er wollte die Totenmaske sehen, da war sie aber schon gestohlen. Er wirkte verärgert …« Helene dachte nach. »Nein, das bessere Wort ist erschüttert. Ja, er wirkte erschüttert. Dann ließ er sich alle anderen Exponate zeigen und schrieb auf einen Zettel, ob ich vorhätte, in meine Doktorarbeit irgendwelche neuen Theorien einzuarbeiten.«

»Und? Haben Sie?«

»Eine Doktorarbeit ist eine rein wissenschaftliche Sache. Da geht es um fundierte Argumentation, und man kann nicht mit Vermutungen oder verrückten Ideen daherkommen.«

»Verstehe. Konnten Sie denn herausfinden, warum er ein solches Interesse an der Ausstellung und vor allem an der Maske hatte?«

»Nicht wirklich. Die Kommunikation mit ihm war mühsam, er musste ja alles aufschreiben. Er hat überhaupt nur vier oder fünf Fragen gestellt, zum Beispiel, ob ich die Maske noch gesehen hätte oder ob ich wüsste, in welchem Zustand sie war.«

»Und dann?«

»Dann ließ er sich ein Taxi kommen und war weg.«

Ganz kurz trat Stille ein. Eine Windböe warf Regen gegen das Fenster wie eine Handvoll Schotter. Ich ertappte Helenes Blick auf meinen Ringfinger und versuchte, ihre Goldaugen einzufangen, aber sie entwischten mir und verloren sich irgendwo in dem Papierwust auf dem Tisch. Waldi betrachtete im Hintergrund gelangweilt seine Fingernägel.

»Diese Maske. Oder die Ausstellung als Ganzes …«, begann ich und machte eine kurze Pause. Endlich war ihr Blick wieder auf mich gerichtet. Der goldene Glanz hatte einen dunklen

Hof bekommen. »Ich versuche, ihre Bedeutung zu verstehen. Können Sie mir da helfen?«

»Ja, gern. Von Guddens Tod ist untrennbar mit dem Tod Ludwigs verbunden. Wenn Sie verstehen, dass König Ludwig – und vor allem sein Tod – ein Mythos ist, dann erfassen Sie das Problem. Es gibt Menschen, die verehren Ludwig wie einen Heiligen. Im Prinzip erheben sie aber das Rätsel, das Unerklärliche seines Todes, zum Heiligtum, das heißt – wäre das Rätsel gelöst, würde sich möglicherweise der Heiligenschein in Luft auflösen.«

Ich sprach meine Zweifel aus: »Sie reden von Leuten, die es selbst zu nichts gebracht haben – solche gibt es haufenweise. Sie beten irgendjemanden an, ob es nun ein Michael Jackson ist oder ein Märchenkönig. Glauben Sie im Ernst, so einer bricht hier ein, verwüstet die Ausstellung und stiehlt die Maske?«

Sie fuhr mit dem Zeigefinger über ihre Porzellanschläfe und schob eine sauber zurechtgestutzte Haarsträhne hinter das Ohr. Die Bewegung hatte etwas Zartes, Verletzliches und gleichzeitig Ordnendes. Ihr Mund verzog sich dabei, wie bei jemandem, der nachdenkt. Es hätte aber auch Spott sein können. »Welche Art von Mensch Verbrechen begeht, ist Ihr Fachgebiet. Nicht wahr? *Sie* fangen die bösen Buben.«

»Er ist darin sogar der Beste – glaubt er«, schaltete Waldi sich ein und zerschnitt damit ein unsichtbares Band, von dem ich mir eingebildet hatte, es wäre am Entstehen gewesen.

Ich ignorierte Waldis Attacke, rief mich zur Ordnung und fragte: »Gibt es noch eine andere Gruppe von Leuten, die in diese Sache verstrickt sein könnte?«

Die sauber gezogenen Bogen ihrer Brauen wurden steiler. »Das wäre reine Spekulation.«

»Okay. Spekulieren Sie.«

Sie zögerte. Ich sog jede Geste, jede Pause von ihr ein wie Sauerstoff und musste mir gleichzeitig eingestehen, dass ich damit ein ungeschriebenes Gesetz verletzte. Lass dich nicht um den Finger wickeln. Jede Frau setzt ihre weiblichen Reize ein, wenn sie es für nützlich erachtet oder es eng wird. Nur ein Idiot fällt darauf herein. Aber dies war kein Verhör einer Verdächtigen. Warum sollte sie mir etwas vorspielen?

»Es gibt sogenannte Experten, die Folgendes behaupten: Ludwig wurde ermordet, und seine Mörder würden alles unternehmen, damit es nicht herauskommt«, sagte sie.

Waldi sprach aus, was ich dachte. »Diese Mörder wären doch längst selbst tot.«

Helene Mantis' Augen drifteten wieder davon. Ich folgte ihnen nicht. »Aber die Nachkommen nicht«, erwiderte sie.

»Ich verstehe nicht ganz. Okay, es ist vielleicht ein bisschen unangenehm, wenn alle Welt weiß, dass Urgroßvater einen König um die Ecke gebracht hat. Aber wen interessiert das heute noch? Betreibt man wirklich zur Vertuschung einen solchen Aufwand?«

»Das kommt darauf an. Bei diesen Mordtheorien geht es schließlich nicht um Nobodys. Es geht um richtig große Namen, bayerische Regierungskreise, preußische – vielleicht sogar um die eigene Familie des Königs. Die Vertuschung eines Königsmordes ist kein Pappenstiel. Darauf kann leicht ein weiterer Mord folgen, nämlich der des guten Rufes.«

Ich fand das alles nicht sehr überzeugend, ließ mir aber nichts anmerken, nickte lediglich und blätterte in meinem geistigen Notizbuch nach weiteren Fragen.

Doch Waldi kam mir zuvor. »Nun, wir haben die Totenmaske.« Er räusperte sich. »Beziehungsweise wir haben sie nicht, weil sie ja gestohlen wurde. Was gibt es denn noch in der Ausstellung, das die Täter vielleicht interessant fanden?«

Ich sah jetzt ihr Profil, die kleine gerade Nase, das entschlossene, aber nicht sehr große Kinn, den schlanken weißen Hals. Aus dieser Perspektive wirkte ihr Lächeln künstlich und maskenhaft. Nun gut, es galt nicht mir, sondern Waldi. »Das weiß ich nicht. Wir haben achtzig Ausstellungstafeln, einen Dokumentationsfilm und Unmengen an Bildmaterial. Herr Wesemann hatte die Ausstellung in neun Abschnitte unterteilt. So werde ich es vermutlich auch machen. Ich kann Ihnen gern eine Liste aller Exponate ausdrucken, wenn Sie das möchten.«

»Ja, bitte«, sagte Waldi.

Sie kam um den Schreibtisch herum und beugte sich zu einem MacBook hinunter. Ich betrachtete ihre schmalen Finger, die das Mousepad streichelten. In der Ecke sprang der Drucker an und spuckte drei dicht bedruckte Seiten aus. Sie reichte sie Waldi. Der bedankte sich, faltete die Blätter und schob sie in die Innentasche seines Jacketts.

»Wenn Sie Kunsthistorikerin sind und mit Gräbern zu tun haben«, sagte ich und rollte mit meinem Stuhl ein paar Zentimeter vor, »dann können Sie mir vielleicht eine ganz andere Frage beantworten.«

Sie klappte das MacBook zu und wandte sich mir zu. »Gern. Worum geht es?«

»Gibt es tatsächlich so etwas wie Reliquienhandel?«

»Selbstverständlich.« Sie lächelte fein. »Gab es schon immer. Sie können sich nicht vorstellen, wie viele Nägel vom Kreuz Jesu, wie viele heilige Gebeine von Petrus oder anderen Aposteln im Mittelalter im Umlauf waren. Wenn es danach ginge, hätte Jesus Zehntausende Jünger gehabt. Es war ein großartiges Geschäft.«

»Ich meine, heutzutage.«

»Ja, auch. Klöster, Kirchen und Gläubige kaufen Reliquien. Viele religiöse Menschen glauben an die Wirkung von Amuletten, Kreuzen, Heiligenbildern und was es alles sonst noch gibt.«

»Ich spreche nicht von Amuletten oder anderem Krimskrams. Es geht um eine ganz andere Größenordnung. Das Grabmal dieses Bischofs in der Klosterkirche Sankt Michael, in dessen Durchschlupf man die Leiche fand, wurde leer geräumt.«

»Leer geräumt?«

»Der oder die Täter haben den Deckel des Sarkophags aufgesägt, die heiligen Knochen aus dem Grab entwendet und sich davongemacht. Der Reliquiendiebstahl könnte der Schlüssel zum Mordmotiv sein. Deshalb meine Frage: Findet man für so etwas Abnehmer? Ist ein Geschäft mit Bischofsknochen so lukrativ, dass man gegebenenfalls einen Mord dafür in Kauf nimmt?«

Als Polizist ist man geschult, die Körpersprache seines Gegenübers zu lesen. Oft sind es Kleinigkeiten, die eine Unsicherheit aufdecken, ein schlechtes Gewissen oder eine Lüge enttarnen, irgendetwas hat sich bei einer Person mit einem Mal verändert. Die Psychologen mögen mir verzeihen, aber es sind nicht Trivialitäten wie: Wer sich an der Nase kratzt, lügt, oder jemand, der die Arme vor der Brust verschränkt, baut eine Barriere auf. Die Signale sind nicht universell und lassen sich nicht von einer Person auf eine andere übertragen. Sie sind so individuell und einzigartig wie ein Fingerabdruck. Bei Helene waren es die Augen. Ich meine nicht diese Sie-flogen-weit-auf-Nummer. Ich kann nicht genau erklären, was sich für einen Wimpernschlag veränderte, die Farbe vielleicht, etwas mit den Lidern, Brauen, Pupillen, der Iris. Es ist eine Kombination aus Erfahrung und Intuition, die einem zuraunt: Hey, da war etwas, ein Wort, eine Information, und das hat sie für einen Moment ins Schleudern gebracht.

Doch jetzt war schon wieder alles normal, und sie sagte mit diesem wunderschönen Lächeln: »Also ehrlich, das kann ich mir jetzt wirklich nicht vorstellen. Ich meine, was sollte jemand mit diesen Knochen anfangen? Eine Kirche oder ein Kloster könnten sie ja schlecht ausstellen.« Sie kicherte. »Ich stelle mir gerade vor, da ist ein Schrein und eine Plakette informiert den Pilger: ›Die Gebeine des heiligen Otto II., gestohlen in Sankt Michael, Bamberg‹.«

»Es gibt stinkreiche Leute, die kaufen sich einen geklauten Picasso oder Renoir und hängen das Bild ins stille Kämmerlein.«

»In diesem Fall«, schlug Waldi vor, »vermutlich ein stinkreicher Sack mit einem Rückenleiden, der jeden Tag dreimal unter den Knochen durchkriecht.« Das war Waldis zweite Strategie. Kriegte er mit, dass er als harter Bursche keinen Eindruck machte, probierte er es mit der Clownsnummer.

»Wann sollte die Ausstellung eröffnet werden?«, fragte ich.

»Am 15. Mai. In knapp drei Wochen.«

»Der Mönch kam lange vor Beginn der Ausstellung als inoffizieller Besucher. Ist das nicht etwas ungewöhnlich?«

»Eigentlich schon. Aber vielleicht kannte er Herrn Wesemann.«

Ich stand auf. Waldi tat es mir gleich.

»Das war's. Haben Sie vielen Dank, dass Sie all unsere Fragen beantwortet haben. Sie haben uns sehr geholfen. In so einem Fall kann jede Information enorm wichtig sein.«

»Danke auch für den Kaffee«, sagte Waldi.

»Sehr gern.«

Einen Augenblick lag ihre kühle kleine Hand in meiner, und ihre Augen wurden dunkel, beinahe braun, wie Bernsteine.

»Darf ich, falls ich noch Fragen hätte …?«

»Gerne. Rufen Sie mich jederzeit an.«

»Okay, danke.«

Ich hatte mich schon zum Gehen gewandt, doch dann hielt ich noch einmal inne. »Dieses Grab … ich meine … wir rätseln da noch über ein paar Dinge. Vielleicht gibt es irgendwelche Hinweise, die wir nicht verstehen. Und da Sie doch Expertin sind …«

Sie stand ruhig da und beobachtete mich, wartete darauf, dass ich fortfuhr.

Ich räusperte mich. »Na gut, das wäre vielleicht ein wenig viel verlangt.«

»Was denn?«

»Ach, vergessen Sie's. Es ist zu weit. Das kann ich nicht von Ihnen verlangen.«

Sie schien sich über meine Unsicherheit zu amüsieren und fragte: »Was können Sie nicht verlangen?«

Irgendetwas steckte in meinem Hals, und ich räusperte mich erneut. »Nun ja, Sie kennen sich mit alten Gräbern aus, und es wäre vielleicht gut, wenn Sie mal nach Bamberg kämen, um sich die Sache anzusehen. Als Expertin sozusagen.«

Mit einem Mal wirkte sie nachdenklich und zupfte an ihrem T-Shirt herum. Dann sagte Sie: »Wissen Sie, ich habe schon so viele Papstgräber besucht – im Petersdom und im Lateran, in Ravenna, in der Abtei Montecassino, in Pisa und Avignon und wo sonst noch –, aber jetzt, wo Sie hier sind, fällt mir auf, dass ich an einem viel näher gelegenen Ort aus irgendeinem Grund noch nicht war.«

Ich stand jedoch auf der Leitung und fragte dümmlich: »Und wo ist dieser Ort?«

Sie strahlte mich an. »Sagen Sie bloß, Sie wissen es nicht?«

Waldi wusste es. Er grinste dreckig. »So viel zum Thema ordentlicher Schulabschluss, Herr Hauptkommissar.« Er wandte sich an Helene. »Sie meinen das Papstgrab im Bamberger Dom. Stimmt's?«

»Genau. Papst Clemens II. liegt im Bamberger Dom begraben. Wenn Sie wirklich glauben, ich kann Ihnen mit dem Bischofsgrab helfen, dann könnte ich eventuell das Angenehme mit dem Nützlichen verbinden. Ich kann Ihnen noch keine feste Zusage machen, aber wenn es meine Zeit irgendwie zulässt ...«

Ich kramte in der Innentasche meiner Jacke nach einer Visitenkarte und reichte sie ihr. »Rufen Sie mich an, wenn Sie da sind. Ich führe Sie gern herum.«

Waldi zwinkerte ihr verschwörerisch zu. »Rufen Sie lieber mich an. Herr Killer hat Ihnen ja gerade eine Kostprobe als Bamberg-Experte gegeben.«

Auf der Rückfahrt, kurz hinter Ingolstadt, bekam ich eine SMS, die mit einem Mal alle Hoffnung auf eine schnelle Aufklärung unseres Falls zunichtemachte. Kurz und bündig informierte mich die Nachricht: »Verdächtiger im Klinikum gestorben.«

Ich fluchte, warf Waldi das Handy hinüber und jagte den Golf hoch auf zweihundertzwanzig.

FÜNF

Bei den meisten Morden hat man spätestens nach zweiundsiebzig Stunden einen Verdächtigen, der fast immer auch der Täter ist. Das sind die guten Fälle, dafür ist man Polizist. Man läuft auf Hochtouren, ist vollgepumpt mit Adrenalin, ermittelt, verhört rund um die Uhr und präsentiert am Ende nüchtern und cool den Mörder, aus dem man nach allen Regeln der Kunst die Wahrheit herausgeholt hat. Wie ein Chirurg oder Pathologe hat man mit dem Seziermesser sauber all das von den Knochen getrennt, was entweder faul oder von Nutzen ist. Die Wahrheit gewinnt man mit Lügen, mit schmutzigen Tricks, mit Täuschung und Tücke, und es soll mir jetzt bloß keiner Moral predigen und erklären, das sei absurd.

Einer, der mordet, ein Krimineller, lacht sich ins Fäustchen, wenn ihn der wahrheitsliebende, integre Herr Polizist freundlich anbettelt: »Sag doch bitte die Wahrheit, sei ein lieber Junge.« Kein Mensch kann so naiv sein. Wenn ich einen Mörder vor mir auf dem Stuhl sitzen habe, lüge ich ihm ins Gesicht, verspreche ihm das Blaue vom Himmel herunter, ich erkläre ihm die Hölle, die auf ihn wartet, wenn er nicht gesteht, und genauso den Himmel voller Engel und Playmates, wenn er es tut. Es ist wie Pokern, deshalb liebe ich beides, das Spiel und den Job. Schließlich geht es doch nur um eines: Wer ist cleverer, ausgebuffter, fieser, wer täuscht besser, wer hat die besseren Tricks drauf? Und die einzige Regel dabei lautet, gemäß einem von Waldis Facebook-Sprüchen: *Jage nichts, was du nicht töten kannst.*

Schwierig wird es allerdings, wenn man nach den besagten zweiundsiebzig Stunden nichts hat, keinen Verdächtigen, nicht einmal ein richtiges Motiv. Ich liebe es, Knotennester zu entwirren, je komplizierter, desto besser. Hält man allerdings nur lose Fäden in den Händen, deren Enden alle im Nichts verlaufen, hat man ein Problem. Es gibt nichts, was mich unruhiger und reizbarer macht, es ist ein ständiger Juckreiz, mein Bullenego tigert im Inneren auf und ab wie ein Raubtier im Käfig.

Ich stand an diesem dritten Tag nach dem Mord in meinem Büro vor der Wand, auf die ich alle Bilder vom Tatort und der Leiche gepinnt hatte, und versuchte, meine Gedanken zu sortieren. Waldi drehte in seinem Sessel Kreise.

»Hör auf damit«, murmelte ich, »ich versuche nachzudenken.«

Waldi rotierte ein paar Runden noch schneller. Dann stoppte er den Stuhl abrupt ab. »So wie es aussieht, wird es bei dem Versuch bleiben.«

Ich sammelte die gelben Post-its ein, die ich neben die Bilder geklebt hatte, und ging sie durch. »Nummer eins: Japanische Touristen, die Europa im Schnelldurchgang erledigen, finden einen Mönch in einem Bischofsgrab. Schlag auf den Kopf, Meißel im Herzen. Das Ganze morgens um sechs, die Kirche ist normalerweise geschlossen, weil sie renoviert wird. Nummer zwei: Aufgesperrt hat der Küster. Schultz mit tz. Nichts gesehen, nichts gehört. Genauso wie die sedierten Spitalsenioren nebst Wächter, ein Rastafari mit eingewachsenen Ohrenstöpseln. Nummer drei: Der Sarkophag wurde aufgebrochen, die heiligen Gebeine geklaut. Nummer vier: keine brauchbaren Spuren in der Krypta.«

»Stopp«, sagte Waldi. »Wir haben einen der Täter. Okay, er ist tot, aber selbst über seine Leiche kriegen wir vielleicht die anderen zu fassen.«

»Vielleicht, vielleicht«, knurrte ich und steckte den nächsten Zettel nach hinten. »Nummer fünf: keine Zeugen, keine Tatwaffen, aber wir suchen einen grauen Passat aus Balingen, Biberach oder Bamberg. Nummer sechs: ein Besoffener, der beim Heimtorkeln angeblich Geräusche im Dom hört. Nachforschungen negativ, alles ist noch da, wo es hingehört. Nummer sieben: ein paar wirklich seltsame Dinge. Der Tote besucht vor seiner Ermordung eine Ausstellung. In die wurde vorher eingebrochen, die Totenmaske eines Psychiaters gestohlen. Der

Kurator pennt am Steuer ein, knallt gegen einen Baum, alles geht in Flammen auf. Da müssen wir noch nachfragen. Erinnere mich daran.«

»Was willst du nachfragen?«

»Nicht ich, du. Notiere es dir gleich. Wie das mit dem Unfall dieses Wesemann genau ablief. Am liebsten wäre mir eine Obduktion.«

»Ich dachte, er ist im Wrack verbrannt.«

»Trotzdem, vielleicht findet man noch was. Vielleicht ist was faul. Okay, weiter im Text beziehungsweise zurück zu unserem Mönch. Bruder Michael.«

Waldi holte einen Zettel hervor. »Das ist nur sein Künstlername bei den Benediktinern. Bürgerlich heißt er Winfried Kohlschreiber. Keine lebenden Verwandten. Eintritt in den Orden 1954.«

»Hast du etwas über die Zungenamputation herausgefunden?«

»Allerdings. Nach Auskunft des Münchner Abtes keine perverse Untermauerung eines Schweigegelübdes, sondern schlicht Zungenkrebs. Ziemlich radikaler Eingriff, aber wirkungsvoll. Bruder Michael wurde immerhin zweiundachtzig Jahre alt. Und der Krebs hat ihn jedenfalls nicht umgebracht.«

Da hatten wir es wieder einmal. Allzu leicht landete man bei so einer Sache in der Mystik- und Verschwörungsecke. Und was war die Wahrheit? Ganz einfach Krebs. Wie geheimnisvoll auch immer ein Mord auf den ersten Blick aussehen mag, es ist nichts anderes als rohe, blutige Realität. Dieses Geheimbundzeugs mit albernen verschlüsselten Botschaften wie bei einer Schatzsuche ist Kinderkram. So etwas gibt es bloß in Videospielen oder im Kino.

Ich schmiss die Post-its auf den Schreibtisch und drehte mich wieder zur Bilderwand um. Da war das Grab mit den einzelnen dargestellten Motiven, einmal mit und einmal ohne Mönch. Eine Aufnahme zeigte es von oben, ohne den Sarkophagdeckel, ein dunkles, leeres Rechteck wie ein Verlies. Der Mönch als Ganzes, hockend, das Kinn auf die Brust gesunken, als wäre er nach einem Krug Starkbier in der Fastenzeit eingenickt. Die

Kopfwunde in Großaufnahme, ein blutiger Krater mit schwarzroten Lavafeldern aus Blut, ein dunkles Loch, der Zugang zu seinem Hirn, in dem der Tod vielleicht die Wahrheit konserviert hatte. Seine hervorgetretenen Augen, das Entsetzen in einem blutigen Netzwerk feiner Äderchen geronnen.

»Scheiße, Top Gun«, fluchte ich, »warum muss uns dieser verdammte Idiot im Klinikum abkratzen, bevor er wenigstens noch ein bisschen plaudern konnte?«

»Hätte er wahrscheinlich so oder so nicht«, sagte Waldi. »Das waren Profis. Die hätten ihn nicht dort oben abgeliefert, wenn sie sich seiner nicht sicher gewesen wären.« Er wippte auf seinem Drehstuhl vor und zurück. »Ich glaube nach wie vor, dass das Ganze mit irgendeinem Ritual zu tun hat.«

Ich trat von der Bilderwand zurück. »Glaube ich nach wie vor nicht. Du sagst selbst, es sieht nach Profiarbeit aus. Das ist schon einmal ein Widerspruch. Religiöse Fanatiker oder Spinner sind genau das nicht: professionell. Mich wundert in diesem Zusammenhang, dass wir keinen Treffer mit seinen Fingerabdrücken hatten. Kriminelle, die schon länger im Geschäft sind, werden früher oder später einmal registriert. Unser Mann nicht.«

»Vielleicht war er bis dato sauber oder wurde einfach noch nie erwischt. Außerdem fehlen uns noch ein paar Rückmeldungen aus dem Osten, der halbe Balkan, Bulgarien und so weiter. Vielleicht kommt da noch was. Abgesehen davon, ich sag dir jetzt, wie das Ganze für mich aussieht.«

Nachdenklich blickte ich aus dem Fenster. Ein paar Sonnenstrahlen kämpften sich durch die Wolken. Drunten rollte der Verkehr. »Wie?«

»Es sieht so aus, als hätte der Mönch irgendeine Ahnung gehabt, dass so etwas passiert. Ist doch seltsam, dass er sich ausgerechnet zu *dem* Zeitpunkt hier einquartiert, als die Typen auftauchen, um das Grab leer zu räumen. Das kann doch kein Zufall sein.«

»Doch, kann es. Wenn einer über die Straße läuft und dabei von einem Bus überfahren wird, sagst du auch nicht gleich: ›Oh, da steckt mehr dahinter, es ist bestimmt eine Verschwörung.‹ Vielleicht war es ganz einfach so, unser Mönch ist alt, ein bisschen sentimental, er denkt sich, mach ich lieber noch mal eine letzte Reise. Er ist Benediktiner, daher besucht er Benediktbeuern, und anschließend kommt er nach Sankt Michael, in ein ehemaliges Benediktinerkloster. Er schläft in einer ehemaligen Klosterzelle, wo früher auch ein Benediktiner geschlafen hat, und plötzlich, nachts, wacht er auf, hört die Steinsäge, geht nachsehen und läuft den Dieben direkt in die Arme. Bum, Schlag auf den Schädel, aus die Maus.«

»Du vergisst den Meißel in seinem Rücken und das Kreuz, mit dem er noch einen der Diebe erschlägt.«

»Nein, vergesse ich nicht. Es war die Kurzversion. Ist doch klar – du wirst angegriffen, es geht um dein Leben, du wehrst dich mit allem, was in deiner Reichweite ist, und ein Kreuz steht schon mal in einer Kirche herum. Der Schlag auf den Schädel hat ihn nicht getötet. Zeugen darf es keine geben, die Arbeit muss ordentlich erledigt werden. Wer ein Marmorgrab aufbrechen will, hat neben einer Säge auch Hammer und Meißel dabei. Also nimmt man das.«

Waldi fand das nicht überzeugend. »Ich hätte ihm einfach noch einmal den Hammer drübergezogen. Das mit dem Meißel wäre mir zu kompliziert. Es sei denn, ich will mit dieser Art von Hinrichtung etwas ganz Bestimmtes aussagen.«

»Und was? Mir fällt dazu rein gar nichts ein.«

»Vielleicht so eine Art Exorzismus. Der extremeren Art.«

»Ich glaube, du hast zu viele Vampirfilme gesehen.«

»Du hast doch selbst keinen blassen Schimmer, Killer. Hör auf, mich zu verarschen.«

»Ich verarsch dich nicht, Partner. Deine Version ist mir einfach nicht plausibel genug. Allerdings muss ich zugeben, ich hab auch keinen Plan. Alles Spekulation, ohne irgendetwas Konkretes, ein äußerst schwieriger Fall, der in überhaupt kein gängiges Muster passt. Einfach mit links lösen wir den nicht. Wir müssen Tag und Nacht dranbleiben, das steht fest.«

»Gutes Stichwort«, sagte Waldi und blickte zur Uhr. »Schluss für heute. Feierabend.«

Die Sonne gewann gegen die Wolken, und ich wusste, Mutter würde ihr folgen wie eine Blume, die sich nach den Strahlen ausrichtet. Mutter war unheimlich gewieft, wenn es darum ging, auszubüchsen, so als gäbe es in den erloschenen Galaxien ihres Gehirns noch ein funktionierendes System, das ausschließlich um dieses Problem kreiste: Wie schaffe ich es, rauszukommen? Selbstverständlich kannte das Personal inzwischen das Sortiment ihrer Tricks und Kniffe, trotzdem ließ es sich immer wieder überrumpeln. Und meistens machte Mutter sich einfach den Zeitmangel der Pflegerinnen zunutze. Altenpflege ist Akkordarbeit, eine Pflegekraft pro Flur, zwanzig Zimmer à zwei Personen, sieben Uhr Windeln wechseln und waschen, sieben Uhr dreißig Frühstück, acht Uhr zehn Medikamente verabreichen und so weiter. Mutter wusste nicht mehr, wer oder wo sie war, sie kannte weder Uhrzeit noch Datum oder Jahreszeit, hatte ihre Familie vergessen und wie man sich den Hintern abwischt oder eine Suppe löffelt (dafür löffelte sie den Kaffee). Neunundneunzig Prozent ihrer Erinnerungen waren komplett gelöscht, wie Dateien von einer Festplatte, und die wenigen Daten, die noch existierten, waren von einem Virus befallen. Trotzdem – und auf wundersame Weise – behielt Mutter in diesem Fall den Überblick. Sie wusste auf die Sekunde genau, wann in Zimmer 19 Frau Soundso aufs Klo gesetzt werden würde und wie viel Zeit ihr deshalb blieb, ihren Rollator zu schnappen und durch die automatische Tür die Rampe hinunter zu verschwinden. Natürlich tricksten auch die Pfleger, veränderten spontan die Reihenfolge der Zimmer, fingen mal in der Mitte an, mal hinten, mal kamen sie zu zweit. Doch Mutter kriegte es fast immer mit und änderte genauso spontan ihre Strategie.

Menschen, die keine Ahnung von Demenz haben, kommen leicht zu dem Schluss, dass sie von der alten Frau verarscht werden. Dass alles nur Schauspielerei ist. Leider ist das ein Trugschluss. Die Dunkelheit in Mutters Kopf war echt. Vielleicht rührte von dieser Dunkelheit ihre Sehnsucht nach der Sonne.

Diesmal schaffte ich es rechtzeitig. Als ich den Station Wagon in der Ottostraße gegenüber dem Eingang in die Parklücke bugsierte, fuhr sie mit ihrem Rollator gerade die Rampe herunter. Sie trug Handschuhe, ihren alten Persianer mit passender Mütze (schon in den siebziger Jahren riskierte man, wegen eines solchen Mantels von militanten Tierschützern exekutiert zu werden; zur Herstellung war es üblich, einem frisch geborenen Karakulschaf das Fell abzuziehen, es musste von der Geburt noch nass sein).

Ich schnappte mir Mutter und brachte sie zunächst zurück in ihr Zimmer, wo ich ihr Handschuhe, Mütze und Mantel auszog, denn draußen herrschten sommerliche Temperaturen. Ihre Zimmergenossin lag auf dem Bett und schaute verwundert zu. Ich gab der Pflegerin Bescheid, dass wir in den Hof mit dem Garten gingen, und nahm unterwegs ein Spiel mit, bei dem man aus Würfeln mit Buchstaben Wörter zusammensetzt. Mutter war zwar dazu nicht mehr in der Lage, doch ich führte ihre Hände, legte ihr Buchstaben vor oder ließ sie auch wahllos Reihen erstellen, damit sie nicht ganz verlernte, wie man die Finger benutzte. Lag aber tatsächlich ein richtiges Wort vor uns, sagte ich es ein paarmal laut und ließ es sie wiederholen. Im Grunde ging es in erster Linie darum, sie zu beschäftigen.

Ich ging mit Mutter am Brunnen vorbei, einem länglichen Granitblock, über den sich eine Wasserlinie schlängelte und in den Kreisen eines Labyrinths endete. Mutter blieb vor einem Gehege aus niedrigem Maschenzaun stehen und betrachtete wortlos das weiße Kaninchen und die zwei Perlhühner. Ursprünglich waren es drei gewesen, bis irgendein Heimbewohner – putt, putt, putt – eine Wochenration Sedativa, Blutdrucksenker und Demenzmedikamente an eins der Hühner verfütterte. Ich hatte Mutter im Verdacht.

Ich dirigierte sie weiter, vorbei an der Reihe aufgehängter Klangrohre zu dem Tisch mit der Bank, schob ihren Rollator zur Seite und half ihr, sich zu setzen.

»Die Sonne scheint«, sagte sie ernst und blickte verwundert auf die Würfel, die ich vor ihr ausbreitete. Ich legte einen Stein in ihre Hand.

»Das ist ein S«, sagte ich.

Mutter wiederholte: »Die Sonne scheint.«

»S, Mutter. S. Der erste Buchstabe des Wortes ›Sonne‹. Jetzt brauchen wir ein O.«

Vorsichtig legte sie den Stein zurück, als wäre er aus Glas. Ich schob ihn in die Mitte des Tisches, suchte ein O und positionierte es neben dem S.

»Vielen Dank, Herr Doktor«, sagte Mutter. Ein Arzt war neben mir das einzige männliche Wesen, das sie im Heim regelmäßig zu Gesicht bekam. Mit diesem lag ich im Clinch, wenn die Liste der Pillen zu ihrer Ruhigstellung wieder einmal länger geworden war, was regelmäßig vorkam. Außerdem stellte er gern teure Privatrezepte aus, die von der Kasse nicht bezahlt wurden. Mutters Witwenrente reichte vorne und hinten nicht.

Inzwischen war das eingetreten, was ich gehofft hatte. Eine alte Dame verließ den Weg durch den Garten, kam zu uns und betrachtete neugierig die Steine auf dem Tisch. Sie hatte ein verwittertes Gesicht, durchzogen von Falten und Furchen, die Landschaft eines langen Lebens, mit ruhigen Augen wie grün schimmernde Bergseen. Sofort übernahm sie das Kommando, dirigierte die Hände meiner Mutter, und bald entstanden immer neue Wörter. Ich lehnte mich zurück. In meinem Körper kribbelte es, der Mordfall warf so viele Fragen auf, die ich nicht beantworten konnte, es machte mich unruhig.

»Sonne«, sprach Mutter ihrem Gegenüber wie in der Schule nach.

»Sonne, Mond und Sterne.«

Mutter nahm ein paar Würfel in die Hand, betrachtete sie schweigend und schüttelte den Kopf. »Rodney«, sagte sie, und es klang, wie es immer geklungen hatte, für mich vertraut, aber eigentlich lächerlich mit ihrem fränkischen Dialekt. »Herr Doktor, ich hatte einen Sohn. Rodney. Mein Mann wollte, dass er so heißt.«

Ich nickte. »Ein schöner Name.«

Die Sonne verschwand hinter den Dächern, ein leichter Windstoß ließ die Blätter rascheln. Die aufgehängten Klangkörper zitterten, und Mutter zog die Schultern hoch. Die alte Frau, die nur noch aus Haut und Knochen bestand, fror. Ich stand auf. Da beugte sie sich über den Tisch, ich sah es an ihren Augen, die über die Würfel irrten, dass sie etwas suchte. Sie sammelte Steine, reihte sie aneinander, grübelte, bis die andere Frau ordnend eingriff. Als das Wort lag, lächelten beide, betrachteten es mit Stolz. Ich las es mit gerunzelter Stirn: »Knochen«.

Ich fuhr zu meiner Wohnung, Bamberg-Ost, Troppauplatz, elfter Stock, ganz oben. Der Ort war stets ein Déjà-vu-Erlebnis. Einer meiner ersten Fälle in einer Mord-Soko, morgens um drei fand jemand zwei tote Männer, gleich um die Ecke in einem Hinterhof der Zollnerstraße. Ich war gerade eingezogen.

Dr. Meyer wählte damals die seltsamen Worte: »Herr Killer, ich lege Ihnen diesen Fall persönlich in die Hände.«

Die Sache wurde zum Running Gag im Präsidium, an jeder Ecke sprach mich einer an. »Kaum zieht Killer um und kriegt seinen ersten Mordfall, schon legt man ihm zwei Leichen vor die Haustür. Killer, guck doch mal im Keller nach, da ist bestimmt auch noch einer, und vergiss den Dachboden nicht.« Beim Thema Dachboden hörte es allerdings auf, witzig zu sein. Es war dann auch gar kein Mord, die Obduktion in Würzburg ergab als Todesursache eine Überdosis Heroin.

Ich schob die halbe Pizza vom Vortag in die Mikrowelle, nahm die Wasserflasche mit zum Schreibtisch und fuhr den Laptop hoch. Rechner und Mikrowelle schafften es fast gleichzeitig, ich stand noch einmal auf, holte den Teller mit der Pizza und stellte ihn neben eines der Bilder, die den toten Mönch zeigten. Es gehörte zu meiner Arbeitsweise, ich pflasterte meine Umgebung sozusagen mit den Bildern vom Tatort, manchmal ging ich sogar so weit und ließ die halbe Nacht das Tatortvideo laufen. Man mag es für einen blöden Tick halten – aber wenn man es sich einmal genau überlegt, ist diese Methode gar nicht so abwegig. Meine Theorie ist die: Umgibt man sich permanent mit dem Rätsel, das es zu lösen gilt, dann ist die Wahrscheinlichkeit keineswegs gering, dass einem irgendwann einmal genau dieses eine winzige Detail ins Auge sticht, das man sonst leicht übersehen hätte. Es ist eben ein Unterschied, ob man in seinem Büro jeden Tag fünf Minuten sinnierend vor ein paar Bildern steht oder ob sie einen vierundzwanzig Stunden lang jede Sekunde von allen Seiten anstarren, auf einen eindrängen, im Schlafzimmer, auf dem Flur, im Klo. Bei Damenbesuch ist eine solche Ausstellung allerdings nicht optimal.

Ich fluchte schlimme Dinge in verschiedenen Sprachen, als ich bemerkte, dass mein Internet immer noch nicht ging. Das Sofort-Versprechen meines neuen Providers hatte sich auf inzwischen dreizehn Tage ausgedehnt, und ich hatte den Verdacht, dass der Spielraum bei Weitem noch nicht ausgereizt war. Das Ganze lief wieder einmal auf eine Nachtschicht im Präsidium hinaus. Ich nahm ein Stück von der Pizza in die Linke, angelte mit der Rechten den Autoschlüssel und fuhr mit dem Aufzug nach unten. Es war zwanzig nach sechs, immer noch eine Menge Verkehr, und ich brauchte mit dem Auto über zehn Minuten für den kurzen Weg zum Präsidium.

In meinem Büro schloss ich hinter mir ab, ließ die Rollos herunter, plumpste in den Drehstuhl – und stand gleich wieder auf. Ich hatte meinen Laptop in der Wohnung vergessen. Nächste Regel: keine Privatsachen auf dem Dienstrechner, es gab doch wirklich Leute, die so dämlich waren, ihre Kinderpornos aus Angst vor der Gattin nicht daheim herunterzuladen, sondern im Büro. Eine bessere Möglichkeit, erwischt zu werden, gibt es nicht. Trotzdem, ich hatte keine Lust, noch einmal in der Gegend herumzufahren, außerdem ist Pokern nichts Illegales. Okay, das Portal, auf dem ich spielte, war nicht wirklich hochoffiziell, aber als ich den PC hochfuhr, dachte ich, es müsste schon mit dem Teufel zugehen, wenn gerade die Inhalte der heutigen Nacht auf dem Präsidiumsserver überprüft werden würden. Unser Systembetreuer hatte ganz andere Sorgen, als herumzuschnüffeln, wer was auf seinem Rechner machte. Ich winkte dem Glück zu und loggte mich ein.

Texas Hold'em ist nicht ganz einfach zu erklären. Es liegen

offene Karten auf dem Tisch, und jeder Spieler bekommt Handkarten. Es gibt Blinds und Head-ups, Flops und Turns und Rivers, und nach vier Wettrunden kommt es zum Showdown. Theoretisch können bis zu dreiundzwanzig Spieler teilnehmen, aber ich hatte es lieber etwas übersichtlicher und setzte mich nie an einen Tisch mit mehr als sechs Leuten. Am liebsten war mir ein Showdown Mann gegen Mann. Wer nie online spielt, kann es sich vielleicht nur schwer vorstellen, aber auch auf dem Bildschirm kann man seinem Gegner in die Augen blicken, ihn niederstarren, ihn angrinsen, ihm irgendetwas vorgaukeln, im übertragenen Sinne, meine ich.

Es ging ständig auf und ab, ich gewann ein bisschen, verlor ein wenig, keine großen Sachen, alles glich sich im Prinzip immer wieder aus. Eine solche Nacht ist ein Mikrokosmos, der den Makrokosmos eines Spielerlebens insgesamt widerspiegelt, es ist wie an der Börse, man muss die Nerven behalten und darf nicht gleich panisch alles von sich schmeißen, wenn die Kurve nach unten geht. Man braucht Sitzfleisch, bis die Rezession vorüber ist, die Wirtschaft sich erholt hat und der Dow Jones wieder über zehntausend steigt. Das Gesamtergebnis zählt, mal gewinnt man, mal verliert man, was zählt, ist das, was am Schluss unter dem Strich stehen bleibt. Richtig interessant wird es meistens erst nach zwei Uhr nachts – die Spieler werden müde, manche sind betrunken, und man kann einen dicken Fisch an die Angel kriegen, wenn man die Köder in verschiedene Richtungen auswirft, damit derjenige, wenn seine Konzentration flöten geht, den Haken in der Mitte nicht sieht.

Es war gegen drei Uhr morgens, die meisten hatten sich schon davongemacht, und ich saß noch mit fünf Leuten am Tisch, einer von ihnen mit dem einfallsreichen Accountnamen »Moneymaker«, ein Angeber, das war sofort klar. Er führte das große Wort, setzte meist schon im Preflop Summen, die die anderen Hals über Kopf die Flucht ergreifen ließen, und fühlte sich dabei wie Phil Ivey persönlich. Bisher war seine Strategie allerdings aufgegangen, und er hatte ganz schön abgeräumt, aber er war ein Bluffer. Und es gibt kein schöneres Gefühl, als einem solchen Großmaul das Fell über die Ohren zu ziehen und die Trophäe an die Wand zu hängen.

In diesem Spiel bekam ich zwei Buben als Handkarten, eine der zehn besten Starthände. Schon nach der ersten Runde waren wir nur noch zu viert, in der zweiten stiegen die beiden nächsten aus, und dann kam das, was ich mir erhofft hatte: Ab der vorletzten Setzrunde war ich mit Moneymaker allein. Der Dealer hatte die vier Karten aufgedeckt: eine Dame, eine Sieben, eine Zehn und einen Buben, was mir jetzt schon einen Drilling bescherte, bestimmt war auch noch ein Full House drin. Im Pot lagen bereits Chips im Wert von fünftausend Dollar, mein Konto wies noch insgesamt zwölftausend auf. Moneymaker warf sofort zehntausend auf den Tisch, ich wartete eine Weile, tat so, als zögerte ich und erhöhte auf elf.

Jetzt kamen zwei magische Stufen, Augenblicke, in denen die Welt aufhört sich zu drehen, zumindest für mich. Sie steht still, weil Adrenalin alles überflutet, weil der Atem stockt, weil nichts mehr Bedeutung hat außer dieser einen Karte, die nun aufgedeckt wird. Das ist die Vorstufe zur Magie, man sieht die Möglichkeit in ihrem ganzen Ausmaß, und es ist jetzt keine Entscheidung mehr, die man trifft, sondern es ist das Schicksal selbst, das sich auf den Fahrersitz setzt, das Steuer in die Hand nimmt und Gas gibt.

Die letzte Karte, die der Dealer umdrehte, war eine Sieben. Ich hatte ein Full House mit drei Buben und zwei Siebenen. Moneymaker hielt seine Großmaulstrategie bei und warf in dieser letzten Runde zehntausend in den Pot. Als ich mitging, poppte auf meinem Monitor das Fenster auf: »Geld von der Bank leihen?« Ich schrieb fünfzehntausend hinein und erteilte damit der virtuellen Bank die Genehmigung, diese Summe von meinem realen Konto abzubuchen.

Jetzt zögerte Moneymaker, er kopierte damit meinen Bluff und zog nach einiger Zeit doch nach. Ich hatte dieses arrogante Arschloch an den Eiern. Ich wollte sehen.

Und dies war die Endstufe – jener Augenblick, in dem das Adrenalin zu blauem Eis in den Adern gefriert, in dem selbst das Schicksal in die Speichen des Rades greift, um es für diesen Moment anzuhalten. Macht und Ohnmacht befinden sich in einem berauschenden Gleichgewicht. Alle Entscheidungen sind getroffen. Man kann nichts mehr tun. Ein Stromstoß zischte mir durch den Rücken bis in die Fingerspitzen.

Moneymaker zerstörte die Magie. Er zündete sich eine Zigarre an, solchen Firlefanz gab es tatsächlich in dem Programm. Man konnte seinem Konterfei eine Sonnenbrille aufsetzen oder eine Basecap, sich Whiskey einschenken, einen Colt neben sich legen oder eben eine Zigarre anstecken.

Moneymaker paffte zufrieden eine fette Rauchwolke, die den halben Bildschirm vernebelte, dann deckte er unendlich langsam seine erste Handkarte auf. Dabei blickte er mich völlig emotionslos an. Es war eine Dame. Und dann die zweite. Ich schlug mit der Faust auf den Tisch, dass es krachte. Noch eine Dame. Moneymaker hatte ebenfalls ein Full House. Nur dass seins mehr zählte.

»Fuck«, flüsterte ich.

SECHS

Die dritte Soko-Besprechung fand am nächsten Nachmittag im kleinen Kreis statt. Der zuständige Staatsanwalt, Dr. Herbert, hatte eine Obduktion des im Klinikum verstorbenen Verdächtigen angeordnet. Alle Vermisstenanzeigen waren mit seinem Bild abgeglichen worden, ohne Ergebnis. Was seine Identität betraf, tappten wir weiterhin im Dunkeln.

Storch berichtete über die Obduktion mit den für ihn typischen Halbsätzen. »Geschlecht männlich, Alter fünfunddreißig bis vierzig. Größe eins zweiundsiebzig, Gewicht dreiundachtzig Kilo. Athletischer Körperbau. Organe in Ordnung. Raucher. Vermutliche Todesursache: schweres Schädeltrauma durch spitzen oder eckigen Gegenstand aus Metall oder ähnlichem Material. Laborbericht folgt.«

Storch verkündete noch, dass die Leiche des Mönchs nach Beendigung der gerichtsmedizinischen Untersuchungen freigegeben und ins Kloster Andechs überführt worden sei. Er schloss mit den Worten: »Keine neuen Erkenntnisse. Der Bericht liegt auf Ihrem Schreibtisch, Herr Killer.«

Ich bedankte mich und gab das Wort an die Kriminaltechniker weiter. Ihre Arbeit am Tatort war beendet, und Koch-von-der-Leyen machte es kurz. »Von uns auch nichts Neues. Wir warten jetzt noch auf den Passat.«

Immerhin war das eine Neuigkeit, die einen gewissen Fortschritt in unserem Fall bedeuten könnte. Nachdem ein Angler eine Ölspur gemeldet hatte, fanden Polizeitaucher das Fahrzeug. Die Nürnberger Polizei fischte einen grauen Passat aus dem Rhein-Main-Donau-Kanal. Ich musste den zuständigen Nürnberger Kollegen ein Kompliment machen. Sie schickten die Taucher noch einmal ins Wasser, und die fanden tatsächlich einen Hammer, der nicht lange im Wasser gelegen haben konnte, denn er wies noch keine Rostspuren auf. Ob es sich um unsere Tatwaffe handelte, würde sich zeigen. Aber der Rest passte ins Muster. Die Kennzeichen des Passats waren im Biberacher Raum von einem weinroten Mazda abgeschraubt worden. Den Passat selbst hatte ein Lateinlehrer aus Kempten als gestohlen gemeldet. Bei beiden Bestohlenen konnte eine Verbindung zu unserem Fall zu hundert Prozent ausgeschlossen werden, schon allein aus dem Grund, weil sie in dem entsprechenden Zeitfenster ihren Wohnort nicht verlassen hatten.

Nun war ich an der Reihe. »Damit haben wir ein weiteres Indiz, dass es sich um die Arbeit von Profis handelt. Natürlich müssen wir noch abwarten, ob das tatsächlich unser Passat ist, aber ich bin mir ziemlich sicher. Jedenfalls wurde die Sache gründlich vorbereitet, die Täter wollten uns keine leicht verfolgbare Spur bezüglich ihrer Herkunft hinterlassen und haben sich die Nummernschilder und das Fahrzeug an weit auseinanderliegenden Orten beschafft. Schnittpunkt ist hier bei uns in Bamberg. Meines Erachtens haben wir es mit Auftragstätern zu tun, was die Sache nicht einfacher macht. Wenn es um Reliquiendiebstahl ging, wovon wir im Augenblick ausgehen, haben sie die Ware abgeliefert, den Lohn dafür kassiert und sind längst über alle Berge. In der Regel kommen solche Leute von irgendwoher aus dem Osten, Russland, Polen, Ungarn, dem Balkan. Unsere Möglichkeiten, einen Auftraggeber zu erwischen, beschränken sich im Augenblick auf den toten Verdächtigen. Oder ist jemand anderer Meinung?«

Einhelliges Kopfschütteln mit darauf folgendem kollektiven Zusammenzucken, als eine Maschinengewehrsalve losging. Waldi holte hastig sein Handy hervor, drückte den Kugelhagel weg und hüstelte entschuldigend. »Sorry.«

»Okay, weiter im Takt. Eine Spur, die wir auch verfolgen müssen, ist der Einbruch in die Ausstellung in Benediktbeuern. Ich kann zwar keine direkte Verbindung zu unserem Fall hier erkennen, aber immerhin war unser Mönch vor seiner Ermordung dort und hat sich auch etwas seltsam benommen. Zufall oder nicht, der Unfall dieses Kurators, Wesemann, wird jedenfalls auch noch einmal genauer unter die Lupe genommen. Der Ingolstädter Staatsanwalt hat uns eine Obduktion der Leiche zugesagt.«

»Wieso Ingolstadt?«, fragte Waldi.

»Der tödliche Unfall Wesemanns ereignete sich im Zuständigkeitsbereich der Ingolstädter Kollegen. Noch etwas in diesem Zusammenhang: Wesemann erhielt vor seinem Tod verschiedene Anrufe und Schreiben, in denen ein Verbot der Ausstellung gefordert wurde.«

»Worum genau geht es in dieser Ausstellung? Und welches Interesse könnte jemand an einem Verbot haben?«, fragte Koch-von-der-Leyen.

Ich rieb mir die Augen. Die Pokernacht hatte ihre Spuren hinterlassen, auch was meine finanzielle Lage betraf. Zum Glück gewährte man einem Beamten der bayerischen Polizei sofort einen entsprechenden Kredit. Allerdings sollte ich in nächster Zeit keine größeren Summen mehr verlieren, aber das würde auch nicht passieren, ich hatte meine Lektion gelernt. Trotzdem, es war jammerschade um diese Hand. In jeder anderen Runde hätte ich damit den Pot geholt. Es war einfach Pech. *Shit happens.*

Ich wandte mich Koch-von-der-Leyen zu. »In der Ausstellung geht es um einen gewissen Dr. von Gudden, einen Psychiater, der mit einem Gutachten die Entmündigung von Ludwig II. von Bayern initiierte. Diese Ausstellung wurde verwüstet, außerdem hat man die Totenmaske von Guddens gestohlen. Die ist wohl etwas Besonderes, sie sollte zum allerersten Mal der Öffentlichkeit präsentiert werden, nicht einmal Experten bekamen sie bisher zu Gesicht. Die Leichen der beiden Männer wurden seinerzeit nebeneinander im Starnberger See gefunden. Todesursache bei beiden: ungeklärt. Man könnte mutmaßen, dass der Diebstahl der Maske im Zusammenhang damit steht. Vielleicht trug sie irgendwelche Spuren, die den Tod des Arztes erklären könnten. Der oder die Diebe wollten dies verhindern. Aber Vorsicht, das ist eine Theorie, vielleicht wurde der Einbruch einfach nur aus Vandalismus begangen. Aber einmal angenommen, es gibt diese Verbindung, dann führt uns das zurück zu den Anrufen beziehungsweise Briefen, die an Wesemann adressiert waren, denn einer der Absender könnte vielleicht der Täter sein. Er schreibt Briefe, tätigt Drohanrufe, nichts geschieht. Also geht er einen Schritt weiter. Jedenfalls werden wir uns den oder die Absender vorknöpfen, vorausgesetzt, wir finden sie.«

Storch schaltete sich ein. »Herr Killer, ich stimme Ihnen hundertprozentig zu, dass die Obduktion des verunfallten Kurators wichtig ist, zumindest um ein Fremdverschulden am Unfall auszuschließen.«

»Fremdverschulden?«, fragte Waldi skeptisch. »Wie denn? Durchschnittene Bremsleitungen etwa? So etwas ist doch total aus der Mode gekommen.«

»Ich denke eher an Medikamente«, erwiderte Storch. »Vielleicht hat ihm jemand etwas in den Tee geschüttet, Psychopharmaka, Schlafmittel, K.-o.-Tropfen. Alles denkbar.«

»Kann man das bei einer verbrannten Leiche überhaupt noch nachweisen?«

»Wir hoffen, dass genug von ihm übrig ist. Es wird sich zeigen.«

»Wenn es so weit ist, werden wir über seinen Hausarzt überprüfen, ob er Medikamente eingenommen hat und welche«, sagte ich.

»Ich bin der Meinung, wir sollten nicht zu viel Zeit mit Dingen verplempern, die mit unserem Fall wahrscheinlich gar nichts zu tun haben«, erwiderte Waldi.

»Haben sie vielleicht aber doch«, antwortete ich. »Wir müssen jedem noch so kleinen Hinweis nachgehen. Es ist ja nicht so, dass unsere Asservatenkammer von Spuren überquillt.« Ich blickte zur Uhr. »So, ich denke, das war's. Oder hat noch jemand etwas?«

Hatte niemand. Ich wartete eine Weile, dann sagte ich: »Alles klar, Kollegen, Wochenende. Ein paar Dinge müssen trotzdem noch erledigt werden. Zum Beispiel ein Interview mit den Andechser Mönchen. Wir wissen noch zu wenig über diesen Bruder Michael.«

Ich verteilte die Jobs und bedankte mich bei allen. In meinem Jackett vibrierte das Handy. Ich holte es heraus und las die eingegangene SMS: »Bin jetzt in Bamberg. Haben Sie heute Zeit? Helene«.

Ich schrieb zurück: »Wo?«

Die Antwort ließ nicht lange auf sich warten: »Bergschlösschen. 18 Uhr?«

Ich duschte, wählte ein schwarzes Hemd, das gut zu meinen blonden Haaren passte, dazu eine ausgewaschene Jeans, damit es nicht zu förmlich wurde. Ich sollte rechtzeitig losfahren. Freitagabends war mit dem Feierabendverkehr nicht zu spaßen, vor allem wenn man einmal quer durch die Stadt fahren musste.

Es herrschte typisches Aprilwetter, böiger Wind, der die Wolken über den Himmel scheuchte, Regenschauer, die wie Überfallkommandos durch die Stadt stürmten. Ich fuhr mit Anlauf durch die Unterführung der Zollnerstraße, die unter Wasser stand. Am Bahnhof meldete sich mein Taxifahrergen, ich musste aufpassen, dass ich nicht links abbog und mich hinten am Stand anstellte, fünf vor sechs kam ein Intercity, der brachte in der Regel Kundschaft für acht bis neun Wagen.

Ich setzte den Blinker, bog links ab und wühlte mich durch den Verkehr in der Luitpoldstraße. Ich war gespannt auf Helene und fragte mich natürlich, wem oder was in erster Linie ihr Interesse galt, irgendwelchen Gräbern oder mir. Ich nahm mir vor, auf der Hut zu sein, ein bisschen zumindest, aber ich wollte es auch genießen, mit dieser schönen Frau den Abend zu verbringen. Nicole hatte vor einer Woche ihre Koffer gepackt, und es heißt, die Splitter zerbrochener Beziehungen stecken ein Leben lang in einem drin, und man kriegt sie nie wieder raus. Aber ich bin nicht der Typ, der Vergangenem hinterherheult, es ist eben aus und vorbei. Es gibt nur einen Blickwinkel, und der ist nach vorne gerichtet.

Am Schönleinsplatz blinkte mich ein früherer Taxikollege an, den Station Wagon kannte jeder. Ich dachte immer noch in Nummern, nicht in Namen – der »Sechsundsiebziger«, einer von vier Brüdern aus einer Bamberger Taxidynastie, Champion der internen Bußgelder, weil er mit seinen Geschichten stundenlang den Funk blockierte, wenn ihm nachts an irgendeinem einsamen Stand langweilig wurde. Einmal erzählte er von dem Bulgaren, der gewettet hatte, er könne sich einen Eimer Wasser an den steifen Penis hängen. Oder er moderierte wie ein Boxkommentator eine Schlägerei, die sich direkt vor seinem Taxi abspielte. Ich habe immer dieses Bild vor Augen, wie zwei Typen sich prügeln, während er den Funkknopf einfach niedergedrückt hält, in seinem Taxi sitzt wie in einer Reporterkabine und schreit: »Ja! Rechter Haken. Und jetzt die Linke. Wahnsinn! Das gibt es doch nicht. Jetzt segelt einer über meine Motorhaube, kein Scheiß!«

Im Schritttempo ging es über die Nonnenbrücke, ich reihte mich in die Linksabbiegerspur an der Schranne ein und fuhr den Kaulberg hoch, bis ich bei der Karmelitenkirche wieder abbog. Die Fassade glänzte dunkel, heftiger Wind peitschte einen Regenschauer dagegen, weiter unten kurbelte ich den Station Wagon um eine enge Kurve, die Automatik zwang den V8 zu einem wütenden Grollen, als die enge Maternstraße sich wie die Schlucht zwischen zwei Felswänden immer steiler nach oben zog. Am Scheitelpunkt blinkte ich nach links, geradeaus ging es zum Michaelsberg. Es war fünf vor sechs, und ich überlegte, ob sie sich für mich zurechtgemacht hatte. *Ziehe ich das an oder das? Was gefällt ihm besser, die Lippen dunkel oder hell? Das Parfüm süß und stark oder nur die kaum wahrnehmbare Ahnung eines kühlen Dufts?* Und die Schuhe, Farbe, hoch oder flach. Dieses komplette komplizierte Programm, das Frauen vor einem Date abspulen. Aber vielleicht trug sie auch diesmal nur wieder Jeans und T-Shirt, weil sie gar nicht an ein Rendezvous dachte, sondern in mir nur den sah, dem sie mit ihrem Wissen unter die Arme greifen sollte und der sich hier ein bisschen auskannte. Ich war mir sicher, an solchen Details würde ich den Grund ihres Besuchs in Bamberg erkennen.

Der Regen hatte schon wieder aufgehört, nur der Wind fauchte noch mit starken Böen und riss die dunklen Wolken am Himmel in Stücke.

Das »Hotel Café Bergschlösschen« lag ganz oben Am Bundleshof, ein flaches weißes Gebäude mit einem senkrechten roten Balken in der Fassade. Die großen Sonnenschirme standen zusammengeklappt auf der Terrasse, dahinter in ordentlichen

Reihen und Stapeln Tische und Stühle für wärmeres Wetter. Helene wartete still und zierlich wie eine zerbrechliche Statue unter dem Vordach des Hoteleingangs. Sie trug einen hellen Mantel über schwarzem Kostüm, schwarze High Heels, eine dunkelrote Handtasche, die Lippen rot geschminkt, das Gesicht wie eine schöne Maske aus weißem Porzellan.

Ich stieg aus, ging zu ihr und reichte ihr die Hand.

Sie hielt sie fest und lächelte mich an. »Schön, dass es heute geklappt hat, Rod.«

»Finde ich auch.« Ich trat einen Schritt zurück, vollführte eine demonstrative Geste der Bewunderung, drehte mich dann ein wenig zur Seite und wies auf die Stadt unter uns. »Sie haben sich den Ort mit dem schönsten Ausblick ausgesucht. Bamberg liegt Ihnen zu Füßen. Was wollen Sie alles sehen? Normalerweise führt man Touristen als Erstes ins Gasthaus ›Schlenkerla‹. Aber ich warne Sie. Das Rauchbier kann einem ganz schön die Sinne vernebeln.«

Über ihren Mund zog ein spöttischer Schatten. »Haben Sie vergessen? Mein Fachgebiet ist Kunstgeschichte, nicht Brauereiwesen.«

Ich lachte. »Nein, hab ich nicht. Sie sind ja keine echte Touristin, und ehrlich gesagt, das Bamberger Rauchbier ist auch nicht unbedingt mein Ding. Ich werde Sie lieber durch sämtliche Bamberger Kirchen scheuchen, und wenn Sie dann noch nicht genug haben, gibt es auch noch unser schwimmendes Rathaus, Klein-Venedig, den Gabelmann und –«

»Sollten wir nicht zuerst die Arbeit erledigen?«

»Wie, jetzt sofort?«

»Darf ich Sie daran erinnern, dass Sie mich gebeten haben, einen Blick auf das Grab zu werfen, in dem Ihr Toter liegt?«

»Lag. Und da wollen Sie tatsächlich als Erstes hin? Sankt Michael ist wegen Renovierungsarbeiten eigentlich geschlossen. Außerdem kleben natürlich auch noch die Marken der Spurensicherung an den Türen.«

»Und wo ist das Problem? Haben Sie keinen Schlüssel? Sie wollten doch, dass ich es mir ansehe.«

»Für mich ist es kein Problem.« Ich musterte demonstrativ ihre noble Kleidung. »Ich dachte nur, weil Sie so schön angezogen sind.«

Sie blickte an sich hinunter, dann lächelte sie schief: »Es ehrt Sie, dass Sie sich um meine Kleidung Sorgen machen. Aber es wird schon nicht so schlimm sein, oder?«

»Nein, nur ein bisschen staubig, vielleicht. Na gut, wenn Sie darauf bestehen. Gehen wir.« Ich zog den Reißverschluss meiner Jacke hoch.

Natürlich hatten Privatpersonen am Tatort nichts zu suchen. Andererseits hatte ich sie um Hilfe gebeten, und außerdem war die Arbeit der Spurensicherung längst abgeschlossen. Die Absperrung war eine Vorsichtsmaßnahme, falls den Technikern doch noch etwas einfiel. Die Krypta sollte ebenfalls renoviert werden, und waren dort erst einmal Handwerker zugange, konnte man weitere Ermittlungsarbeiten komplett vergessen.

»Wenn wir dort sind, sagen Sie mir, worauf ich achten soll?«, fragte sie.

»Ich möchte einfach nur, dass Sie es sich unvoreingenommen ansehen. Vielleicht fällt Ihnen etwas auf, dass die Polizei übersehen hat. Manchmal hat man Scheuklappen auf.«

»Gut. Ich bin schon ganz gespannt auf das Grab. Ich kenne es nur von Bildern her.«

»Und ich werde aufpassen, dass Sie keine Beweismittel vernichten und nichts mitgehen lassen. Wir müssen nur schnell im Präsidium vorbeifahren, damit ich den Schlüssel und neue Marken holen kann.«

Sie wirkte erschrocken und riss die Augen auf. »Ich werde doch nicht –«

»Es war ein Scherz.« Ich schob meine Hand unter ihren Ellbogen, bugsierte sie zum Station Wagon und öffnete die Beifahrertür. »Steigen Sie ein. Wir sollten nicht trödeln, sonst wird es dunkel, und Sie verpassen den einmaligen Anblick des ›Paradiesgartens‹.«

»Des was?«

»Sagen Sie bloß, das wissen Sie nicht? Es ist ein berühmtes

Deckengemälde, bestehend aus fünfhundertachtundsiebzig Heilpflanzen.«

»Nein, wusste ich nicht. Aber ich bin sehr gespannt.« Sie stieg ein, mit jener klassischen Eleganz, die nur in dieser Kombination zustande kommt: hohe Schuhe, enger Rock, die Geschmeidigkeit einer schönen Frau.

Ich lief um den Wagen herum, setzte mich neben sie und startete den Motor.

Ich hatte eine Stablampe mit einem ordentlichen Lichtstrahl dabei, doch als wir ins Dämmerlicht der Kirche traten, ließ ich sie zunächst aus.

Helene hatte sich bei mir eingehakt und bewegte sich vorsichtig an meiner Seite wie auf brüchigem Eis. Die Atmosphäre hatte etwas Feierliches, wie von einer stillen Trauer überschattet, aber es lag nicht daran, dass wenige Meter von hier vor ein paar Tagen ein Mensch gestorben war – damals hatte die Präsenz des Todes wie eine morbide Aura im Kirchenschiff gehangen. Die Stille jetzt hatte die Qualität von etwas Dichtem oder Greifbarem, etwas, das von allen Seiten heranrückt und einen umhüllt wie ein kühles Tuch.

Helene hob den Kopf in den Nacken und betrachtete das gemalte Herbarium wie ein Kind den Sternenhimmel. Ich spürte ihre Hand in meiner Armbeuge, ein federleichter Druck, der trotzdem die gesamte Präsenz ihres Körpers auf mich übertrug.

»Die Decke ist wirklich sehr schön. Die Mönche müssen wahre Künstler gewesen sein.« Ihr Flüstern hatte etwas Atemloses.

Obwohl kein Anlass bestand, flüsterte auch ich. »Der Name ›Paradiesgarten‹ ist sehr passend, finde ich. Kommen Sie weiter. Zur Krypta müssen wir hier entlang.« Ich dirigierte sie an den Kirchenbänken vorbei. Ein Windstoß rauschte draußen gegen die Mauern, schien sie zu durchdringen und fuhr in die Stille wie ein Raubfisch in den Schwarm der Beute. Vor dem Eingang der Krypta vibrierte das Absperrband im leichten Luftzug unserer Bewegungen. Ich hob es an, damit sie durchschlüpfen konnte, und knipste die Stablampe an. Der Lichtstrahl tanzte über die Steinfliesen, flackerte auf dem Grabmal und fokussierte dann den Durchgang, in dem der tote Mönch gelegen hatte.

»War es hier?«, fragte Helene leise.

»Ja. Er lag beziehungsweise hockte hier im Durchschlupf.«

»Wenn ich mir vorstelle, hier wurde ein Mensch ermordet – es ist schrecklich.« Ihre Stimme mit dem leichten Kratzen, das noch stärker hervortrat, wenn sie flüsterte, hatte in diesem Augenblick etwas kindlich Ernstes.

Die Stille hatte sich hier unten in der Krypta verändert. Sie war endgültiger, lastender, so als wollte sie den Finger in die Wunde des Unwiderruflichen legen. Der Strahl der Stablampe schnitt chirurgisch durch die Dunkelheit und stanzte grelle Kreise in das Grabmal.

»Kennen Sie die Bedeutung der Bilder?«, frage ich.

»Es sind keine Bilder. Es sind Reliefs.« Sie flüsterte nicht mehr, ihr Ton war stattdessen kühl, professionell und, wie ich fand, mit einem Mal reserviert.

»Verstehe«, sagte ich. Ich kam mir ein bisschen blöd vor, hatte aber keine Lust, ihren Stimmungswechsel zu interpretieren. »Wissen Sie, was diese *Reliefs* bedeuten?«

Sie berührte zuerst meine Schulter, nahm dann meine Hand und lenkte den Strahl der Lampe auf das Relief, das sogar ich erklären konnte.

»Okay, das da kenne ich«, sagte ich. »Kaiser Heinrich übergibt Kaiserin Kunigunde symbolisch den Dom. Ich nehme an, das heißt so viel wie: Hier, Schatz, nimm, hab ich dir gebaut, ich schenk ihn dir.«

Sie lachte mit einem hellen, hohen Ton, der im Gewölbe widerhallte. »Sehr gut erklärt. Ja, genau das soll es bedeuten. Oben links, das ist übrigens das Wappen des Herzogtums Bayern und gegenüber das Wappen des Hochstifts Bamberg.«

Ich ließ den Lichtstrahl nach rechts neben den Durchschlupf wandern. »Das war's auch schon mit meinem Heimatkundewissen. Und wer ist dieser Herr? Was hat er da in den Händen?«

»Der heilige Stephanus. Er war der erste Märtyrer der Christenheit und wurde gesteinigt. In seiner Rechten hält er deshalb Steine, in der Linken die Märtyrerpalme.«

»Sehen Sie, deshalb habe ich Sie um Ihre Hilfe gebeten. Könnte ja sein, dass es sich um eine Art Ritualmord handelt und die Bilder, Verzeihung, Reliefs, der Schlüssel zum Lösen des Falls sind. Sie sind die Expertin, die mir alles erklärt. Und der heilige Stephanus steht damit schon mal auf meiner Motivliste.«

»Glauben Sie wirklich, dass die Reliefs etwas mit dem Mord zu tun haben?«

»Ehrlich gesagt: nein. Aber wer weiß. Man muss sich alle Optionen offenhalten.« Ich ging zur Stirnseite des Sarkophags und leuchtete sie aus. »Gut, weiter im Takt. Ein Bischof, Maria mit dem Jesuskind und ein Engel. Richtig?«

»Ja. Der Bischof ist der heilige Kilian, auch Frankenapostel genannt, weil er mit elf Begleitern – ergibt mit ihm zusammen die Apostelzahl zwölf – nach Würzburg kam, um zu missionieren. Er wurde ermordet, und wenn die Geschichte stimmt, dann war es sogar ein richtiger Auftragsmord. Das interessiert Sie doch bestimmt, Herr Kommissar.«

»Hauptkommissar.« Ich leuchtete dem heiligen Kilian ins Gesicht. »Selbstverständlich interessieren mich berufliche Dinge. Erzählen Sie.«

»Gern. In den Chroniken steht Folgendes: Ein fränkischer Herzog, den Kilian schon getauft hatte, heiratet die Witwe seines Bruders. Klassischer Fall von Blutschande. Kilian, als strenggläubiger Christ, drängt den Herzog, die Ehe wieder aufzulösen. Seine Angetraute heuert daraufhin zwei Killer an, die ihn um die Ecke bringen. Das ist diese Geschichte.«

Helene deutete auf die mittlere Figur. »Mit Maria und Jesus liegen Sie völlig richtig. Und bei dem Engel handelt es sich um Erzengel Michael, übrigens nicht nur Schutzpatron dieser Kirche, sondern seit der siegreichen Schlacht auf dem Lechfeld auch des Heiligen Römischen Reichs und später Deutschlands. In der Johannesoffenbarung ist er der Bezwinger Satans, den er auf die Erde hinabstürzt.«

Während sie redete, betrachtete ich ihr Profil, das sich als dunkler Schatten vor dem Sarkophag abhob. Sie wirkte konzentriert, ganz in die Sache versunken. Ich kommentierte ihren Vortrag nicht, sondern folgte ihr zur Rückseite des Grabmals, wo sie erklärte, bei den dortigen Figurenreliefs handele es sich um Johannes den Täufer, Jakobus den Älteren und den heiligen Laurentius.

Ich ließ den Strahl der Taschenlampe weiter über das Grabmal wandern und sagte: »Mich interessiert, was Sie denken. Sehen Sie irgendeinen Zusammenhang zwischen all diesen Figuren auf dem Grab des Bischofs und einem ermordeten Mönch, den man hier in den Durchgang legte? Verstehen Sie, man kann in das Ganze schon etwas Symbolisches hineininterpretieren, deshalb frage ich mich, ob die Art und Weise, wie unser Mann starb, nicht vielleicht doch etwas mit einer dieser Figuren oder dem Gesamtbild zu tun hat.«

Sie dachte nach. Die Stille war in diesem Moment, in diesem Wechselbad zwischen Licht und Dunkelheit, beinahe greifbar, sie vibrierte in der Luft wie Staubpartikel, die in Sonnenstrahlen tanzen. Aus Helenes Gesicht waren die harten Linien der Konzentration gewichen, sie kräuselte beim Nachdenken die Nase, als müsste sie gleich niesen. Schließlich nickte sie. »Es wäre möglich. Wobei ich allerdings keinen direkten Zusammenhang sehe, dazu müssten Sie mir mehr über diesen Mönch erzählen. Wenn Sie Parallelen suchen, dann kann ich Ihnen nur mit dem ermordeten Kilian und den zwei Märtyrern dienen, die auf dem Sarkophag abgebildet sind, Stephanus und Laurentius.«

»Sie sagten, Stephanus wurde gesteinigt. Wie starb Laurentius?«

»Er wurde gefoltert und dann mit einem eisernen Rost hingerichtet.«

»Interessant.« Ich ging um das Grabmal herum, und sie kam mir nach. Ich sagte ihr nicht, was ich dachte: Diese Figuren und deren Bedeutung hatten nichts mit dem Mord zu tun. Ich war davon überzeugt. Es war einfach alles viel zu weit hergeholt. Außerdem sollte man sich prinzipiell nicht von Leuten, die nicht zum Team gehörten, zu tief in die Karten schauen lassen. Gut möglich, dass man sonst am nächsten Tag in allen Zeitungen lesen würde, auf welchem Stand der Ermittlungen man sich befand, ich sah schon die imaginären Schlagzeilen: »Bamberger Polizei hat in Mordsache keinen blassen Schimmer«, »Kripo rätselt über Ritualmord«. Oder irgendetwas in der Art.

Der Strahl der Taschenlampe blieb an einem seltsamen Ding auf dem Grabmal hängen, einem Tier, einer Echse, etwas Urzeitlichem wie einem Lindwurm mit geschuppter Haut und einem grimmigen Maul voller Zähne. Ich fokussierte den Lichtstrahl darauf und fragte: »Was ist das?«

Helene beugte sich kurz vor und richtete sich dann wieder auf. »Ein Draco bambergensis.«

»Wie bitte?«

»Ein Bamberger Drachen. Ich habe im Internet gelesen, dass es die Drachen überall in der Stadt gibt. Allerdings soll dieser hier die einzige farbige Darstellung sein.«

»Und was bedeutet er?«

»Die meisten Drachen stehen im kirchlichen Kontext und dienen als Widersacher im Kampf mit den himmlischen Mächten. Drachen drücken Schrecken und Macht aus, eine Bedrohung der Menschen. Sie werden häufig in Kirchen dargestellt, weil sie das Böse symbolisieren und uns diese Seite des Daseins vor Augen führen sollen.«

»Und das hier?« Ich leuchtete auf eine weitere Abbildung. Sie war wesentlich kleiner, beinahe winzig, und sah ein bisschen so aus, als hätte man sie mit dem Messer in den Stein gekratzt, so wie Verliebte ein Herz irgendwohin ritzen. »Sieht nach einem Schwan aus, oder?« Ich blickte angestrengt auf das winzige, primitive Abbild des Schwans, der mit langem, um den Körper gelegten Hals dahockte.

»Stimmt. Es ist ein Schwan.«

»Hat er auch eine besondere Bedeutung?«

Sie lächelte. »Selbstverständlich. Schwäne werden auch als Engel der Lüfte bezeichnet, als Sinnbild für Unschuld, Reinheit, Anmut, Liebe und Schönheit.«

»Hm, könnte so etwas wie ein Gegenstück des Guten zum

bösen Drachen sein. Ich frage mich nur, warum die Darstellung des Schwans so primitiv ist, fast kindlich. Sie passt eigentlich überhaupt nicht zu dem Drachen.«

Helene zuckte mit den Schultern. »Das kann ich Ihnen jetzt auch nicht erklären. Vielleicht hat irgendein Witzbold den Schwan mit dem Taschenmesser hier eingeritzt.«

»Ja, so sieht es aus.«

Wir schwiegen und betrachteten das Licht, das ich erneut auf die Reise über den Sarkophag schickte. Die Luft bewegte sich leicht, und der morbide Geruch von Staub und altem Stein vermischte sich mit einem Hauch ihres kühlen Dufts. Wir berührten uns nicht einmal an der Schulter oder am Arm, aber ich spürte ihren Körper an meiner Seite wie man die Wärme eines Feuers spürt oder auch die Kälte von Eis.

»Alles klar?«, fragte ich schließlich. »Haben Sie sich alles genau angesehen?«

»Ja«, antwortete sie. »Allerdings ist mir nichts Außergewöhnliches aufgefallen. Ich fürchte, ich kann Ihnen nicht sagen, wer der Mörder ist.«

Ich lachte. »Das habe ich auch nicht erwartet.«

Wir verließen die Krypta und gingen den Hauptgang im Kirchenschiff zurück. Das schwere Tor quietschte in den Angeln, es klang beinahe wie ein Kreischen. Ich klebte eine neue Marke über die eingerissene alte. Es war dämmrig geworden, der Himmel wölbte sich mit dunklem, von Wolken durchzogenem Blau über unseren Köpfen.

»Soll ich Sie zu Ihrem Hotel zurückbringen?«, fragte ich.

»Ich bin durstig«, antwortete sie. »Wenn Sie Lust haben, würde ich noch gern etwas trinken.«

Ich bin nicht der Typ, der nächtelang durch Kneipen zieht, obwohl es dazu in Bamberg reichlich Möglichkeiten gibt, keine Frage. Ehrlich gesagt ist es schon eine ganze Weile her, dass ich überhaupt abends aus war. An erster Stelle steht die Arbeit, und wenn man als Polizist bei der Kripo arbeitet, dann steckt man sowieso vierundzwanzig Stunden am Tag bis zur Halskrause im aktuellen Fall. Nicole war auch nicht unbedingt der Ausgehtyp, sie hatte es eher mit Kerzenlicht und leiser Musik zu Hause im trauten Heim. Wenn es tatsächlich mal einen Abend gab, an dem ich nicht Berichte tippte oder, seltener, meinen Platz auf Nicoles Sofa einnahm, dann zockte ich. Jeder hat seine eigene Methode, um runterzukommen, Pokern war meine.

Als Jugendlicher in Bamberg war ich tatsächlich noch regelmäßig ausgegangen, und mein Hauptwohnsitz war eine Zeit lang die Sandstraße. Es war eine Phase, in der ich mich im »Pelikan«, im »Mondschein« oder der »Weinstube Pizzini« austobte. Und natürlich kannte ich als Taxifahrer alle Lokalitäten, vom Fünf-Sterne-Restaurant über gemütliche Lokale bis hin zur letzten und allerletzten Absteige – in dieser Reihenfolge, je später der Abend und die Nacht. Es gab ein paar Spelunken, bei denen es sich manche Fahrer, vor allem am Zahltag der GIs, zweimal überlegten, ob sie für die zwölf Mark auf der Uhr wirklich ein ramponiertes oder vollgekotztes Auto in Kauf nehmen wollten.

Ich riskierte es jedes Mal – wenn der Wirt einer dieser Kneipen morgens um vier seine besoffene Kundschaft auf die Straße setzte, war es eine ganz besondere Sache. Ich liebte es, mit dem Station Wagon – meist mit ein, zwei Kollegen im Kielwasser – durch die betrunkene, schreiende Menge zu pflügen. Die Luft vibrierte vor Aggressivität, meine Nackenhaare sträubten sich, aber ich blieb so cool wie ein Eisblock, wenn die Fäuste auf die Motorhaube oder das Dach trommelten, weil vierzig GIs zurück in ihre Barracks wollten, aber nur zehn Plätze zur Verfügung standen. Sie prügelten sich um diese Plätze, die Türen wurden aufgerissen, die Kerle sprangen immer noch brüllend herein – doch ich blieb ruhig und sagte nur: *»Gate two?«*, startete die Uhr und fuhr los.

Manchmal begannen die wirklichen Probleme erst unterwegs oder am Zielort. Einmal kam morgens um fünf eine Fuhre für zwei Fahrzeuge, mein Kollege, »Hermann the German«, lud sich das Taxi mit vier besoffenen Amis voll, die mit einem Trupp von Schaustellern die Nacht durchgezecht hatten. Letztere stiegen bei mir ein beziehungsweise hievten zuerst ihren beinamputierten Kollegen auf den Beifahrersitz. Seine Stumpen ragten kaum über die Sitzkante, ein Totschläger lag griffbereit in seinem Schoß. Die Fahrt ging zum »Club Two« am Flugplatz. Dort auf dem leeren Parkplatz, als alle ausgestiegen waren, entbrannte ein wildes Wortgefecht in einem Kauderwelsch aus Englisch und Deutsch, es ging darum, wer zahlen sollte. Einer der Amerikaner schrie und tobte wie ein Irrsinniger, ging auf die anderen los, bis »Hermann the German« genug hatte, ihn mit einem harten rechten Haken von den Beinen holte und dem Mann mit der Stiefelspitze den Rest gab, als dieser sich wieder aufrappeln wollte. Dann zog er dem Bewusstlosen mit spitzen Fingern zwei Zehn-Dollar-Scheine aus der Hosentasche, zeigte sie allen und reichte mir einen. Wortlos stiegen wir ein und fuhren zurück in die Stadt.

Ein paar dieser Dinge gingen mir durch den Kopf, als ich überlegte, in welches Lokal ich Helene führen sollte. Ich parkte den Station Wagon unten an der Regnitz, wir hielten uns nach dem Leinritt links und gingen an der JVA vorbei hoch zur Sandstraße. Helene wirkte nachdenklich, sie war während der Fahrt sehr still gewesen. Bevor wir in Bambergs Kneipenstraße Nummer eins einbogen, sah ich durch die Häuserschlucht am Himmel einen weißen Vollmond, den die Wolken wie Gespenster jagten.

»Sind Sie eher der Bier- oder der Weintyp?«, fragte ich und blieb stehen, unschlüssig, ob ich mich nach links oder rechts wenden sollte.

»Wein«, antwortete sie. »Am liebsten rot. Und Sie?«

»Weder noch. Ich trinke keinen Alkohol, rauche nicht, weder Zigaretten noch Marihuana, treibe mich nicht herum, bin also ein durch und durch langweiliger Typ.«

»Ja, ja.« Helene lachte und legte ihre Federhand auf meinen Arm. »Das habe ich sofort gemerkt. Aber lügen Sie nicht – irgendein Laster hat jeder, sonst ist es ja wirklich langweilig.«

Ich beschloss, dass die »Weinstube Pizzini« eine gute Wahl wäre, und wandte mich nach rechts. »Finden Sie? Na gut, ich gestehe. Ich zocke gern. Poker.«

»Wirklich? Das interessiert mich. Gewinnen Sie oder verlieren Sie? Ich glaube, Sie gewinnen meistens. Stimmt's?«

Ich lächelte unverbindlich. Sie ließ das als Antwort gelten, und wir bummelten durch die Obere Sandstraße. Es war kurz vor neun und schon eine Menge los, aber wir hatten Glück. Als wir das Lokal betraten, war der runde Tisch in der Mitte noch frei. Ich spielte den Gentleman, half ihr aus dem Mantel und rückte ihren Stuhl zurecht. Dann nahm ich ihr gegenüber Platz. Die Einrichtung bestand hauptsächlich aus dunklem Holz, auch die Wände waren dunkelbraun, fast schwarz getäfelt, bestückt mit Bildern in Glas- und Holzrahmen. In all den Jahren hatte sich kaum etwas verändert, vielleicht waren die Tischflächen noch etwas blanker poliert, und die eine oder andere Lampe mochte neu sein.

Helene wollte italienischen Rotwein, und ich bestellte mir ein Mineralwasser. Während wir auf die Getränke warteten, blickte sie mich an, und das künstliche Licht verlieh ihren goldenen Augen einen weichen melancholischen Glanz. Sie schob mit einer kurzen, konzentrierten Bewegung, die ich schon kannte, eine Haarsträhne zurück hinter ihr Ohr, in dem eine schwarze Perle in einer schmalen goldenen Einfassung steckte. »Erzählen Sie mir ein bisschen von sich. Wie sind Sie bei der Polizei gelandet?«, fragte sie mich.

Es war der Klassiker unter den Fragen, mit denen man sich vorsichtig in den persönlichen Bereich eines Mitmenschen hineintastet.

Ich antwortete ebenso stereotyp: »Ich wollte schon als Junge Polizist werden, Sie verstehen, böse Räuber fangen, Pistole am Gürtel, mit Blaulicht und Sirene im Streifenwagen die Straße hinunterjagen, wilde Verfolgungsjagden – apropos, Sie sind die erste Person, die mein politisch unkorrektes Auto nicht kommentiert.«

»Ich mache mir nichts aus Autos, typisch Frau. Was ist denn unkorrekt an Ihrem Wagen?«

»Zum Beispiel der Spritverbrauch. Zyniker behaupten, ich sei ganz allein für die Erderwärmung verantwortlich.«

Sie lachte, ihre kleinen weißen Zähne blitzten, und die schwarze Haarsträhne fiel zurück und verdeckte ihr rechtes Auge. »Zurück zu meiner Frage. Ich stelle mir Ihren Beruf sehr aufregend vor, besonders, wenn es um einen Fall wie diesen geht und man einen Mörder überführen muss.«

»Ich zerstöre ungern Ihre romantischen Vorstellungen von meiner Arbeit«, winkte ich ab, »aber ich muss Sie leider enttäuschen. Vermutlich stellen Sie sich dabei einen ›Tatort‹-Kommissar vor, der jede Woche wie ein einsamer Wolf hinaus in die Wildnis des Verbrechens zieht und pünktlich vor den Sonntagabendnachrichten mit dem Serienmörder in Handschellen wieder zurückkommt, den er natürlich allein aufgrund seiner genialen Kombinationsgabe und überragenden Intelligenz gefangen hat. Leider ist das nicht so. Neunundneunzig Prozent meiner Arbeit bestehen aus Routine und langweiligen Details.«

Wieder ihr feines Lächeln. »Jetzt bin ich beleidigt.«

»Aha. Darf man fragen, warum? Ich habe Ihnen meinen Job geschildert. Das wollten Sie doch.«

»Sie haben mich gerade als langweiliges Detail bezeichnet.«

Ich brauchte eine Weile, bis ich kapierte, dann musste ich herzlich lachen. »Nicht doch. Sie sind das eine Prozent.«

Sie mimte gespielt die Beleidigte. »Hören Sie auf, Sie machen es nur noch schlimmer. Ich fasse es nicht! Jetzt reduzieren Sie mich auch noch auf ein Prozent.«

»Nein, das stimmt doch nicht –«

»Halt! Jedes weitere Wort von Ihnen wird in einer Katastrophe enden.«

»Also gut. Dann schweige ich von jetzt an für den Rest des Abends.«

Sie brachte es fertig, tragisch zu schauen. »Nein, das ist auch keine Lösung. Ich schlage vor, wir wechseln das Thema.«

Wir lachten beide, und ich spürte, wie mir das gefiel. Intelligenz und Humor bei Frauen sind zwei Eigenschaften, die aphrodisierend auf mich wirken. Die Getränke kamen, ich wartete, bis die Bedienung die Gläser abgestellt hatte, dann sagte ich: »Gut, dann sind Sie jetzt dran. Erzählen Sie. Wie kamen Sie zur

Kunstgeschichte und vor allem zu diesem typisch weiblichen Thema Gräber?«

Sie nahm ihr Glas in die Hand und betrachtete den funkelnden Rotwein, der darin hin und her schaukelte. »Vermutlich war es eine Trotzreaktion. Ich wollte meinem Vater den Rest geben.«

»Ein Racheakt?«

»Selbstverständlich. Wissen Sie, mein Vater hat mir nie verziehen, dass ich ein Mädchen bin. Er gehörte zu diesen Männern, bei denen Frauen nur zum Putzen und Kochen auf der Welt sind und am besten den ganzen Tag Reizwäsche unter der Küchenschürze tragen sollten. Er wollte einen Jungen, einen, aus dem er einen ganzen Kerl machen kann, der mit fünfundzwanzig seine erste Million verdient hat, der den Sekretärinnen an den Hintern langt und nachts um drei besoffen, den Geschäftspartner im Arm, schmutzige Lieder grölend aus gewissen Etablissements torkelt. Kunst war für ihn immer weibischer Plunder. Von daher war Kunstgeschichte optimal, um ihn so richtig zu ärgern. Verstehen Sie?«

Ich nickte. »Sie sagten, ›gehörte‹. Vergangenheit?«

»Ja, er ist vor drei Jahren gestorben. Ich habe ihn übrigens trotzdem geliebt, liebe ihn immer noch und vermisse ihn sehr.« Sie sagte es ohne Pathos, ohne weinerliches Selbstmitleid, und gerade deshalb hatte ich plötzlich einen Kloß im Hals.

Für einen kurzen Moment legte ich meine Hand auf ihre, und sie ließ es geschehen, lächelte mich sogar an. Wir schwiegen, während aus den Lautsprechern die akustische Gitarre von David Gilmour erklang und den nächsten Song einleitete.

Schließlich fragte Helene: »Sie gucken gerade so verträumt. Kennen Sie den Spruch: Was war zuerst – die Musik oder die Melancholie?«

»Stellen Sie immer solche Fragen?«

»Nein. Das stammt auch nicht von mir, sondern von Nick Hornby, ›High Fidelity‹: *What came first, the music or the misery?*«

Ich betrachtete die Bilder an der Wand, die Karikaturen, die mich an die Zeiten erinnerten, in denen ich hier gesessen hatte, unglücklich verliebt oder einfach nur gelangweilt und mit Hormonen überflutet, die Achterbahn fuhren. »Ich mag dieses Lied«, sagte ich schließlich. »Es ist so wunderbar hoffnungslos.«

»Sie plädieren also für die Hoffnungslosigkeit?«

»Nur in Liedern.«

Unser Gespräch war ein bisschen festgefahren, ich wusste nicht genau, woran es lag, wahrscheinlich an mir – jedenfalls fragte ich mich, ob die Chemie zwischen uns vielleicht doch nicht stimmte, obwohl es so ausgesehen hatte, als wenn unsere Formeln zusammenpassen würden. David Gilmour sang: *We're just two lost souls swimming in a fish bowl, year after year*, und ich betrachtete die Pärchen, die Händchen hielten und flüsterten, und die Einsamen, die an ihren Weingläsern drehten und so taten, als wären sie nicht unglücklich.

»Erzählen Sie mir von Ihrem Auto«, sagte sie plötzlich in unser Schweigen hinein. Sie hielt immer noch das Glas mit dem auf und ab schaukelnden Wein in der Hand, und ihre Augen reflektierten dunkelrote Punkte, die auf der Iris und ihren Pupillen tanzten.

»Das ist jetzt nicht Ihr Ernst, oder?« Meine Überraschung war nicht gespielt. Ging ihr der Gesprächsstoff aus, oder was war der Grund für diese Aufforderung? »Seit wann wollen Frauen etwas über die Autos von Männern wissen?«

Sie stellte das Glas ab. »Ich glaube nicht, dass Sie einer dieser Angebertypen sind, der mit einem riesigen Amischlitten in der Gegend herumfährt, weil er denkt, es würde die Damenwelt beeindrucken. Habe ich recht?«

»Glauben Sie nicht?«

»Nein, aber ich habe gerade das Gefühl, das Thema ist unangenehm für Sie. Wir können auch gern über etwas anders reden.«

»Ist schon in Ordnung.« Sie hatte die feinen Antennen, die nur Frauen oder gute Ermittler haben, die Fähigkeit, zwischen den Zeilen zu lesen, Tonlage, Mimik und Gestik intuitiv zu interpretieren. Da ich kein Freund von rührseligen Geschichten bin, entschied ich mich für eine gekürzte Version der Wahrheit. »Der Chevy ist eine Erinnerung an meinen Vater. Er war Taxifahrer, und als er starb, bin ich eine Zeit lang in seinen Fußstapfen herumgetreten, bevor ich mich dann für den Polizeidienst entschied.«

Das gedämpfte Licht zeichnete ihr Gesicht weich. Die letzte Textzeile des Songs legte sich wie eine zweite Stimme über das Gemurmel der anderen Gäste. *What have we found? The same old fears.*

Sie lächelte. »Ist das der typische Polizist? Klar strukturierte, möglichst emotionslose Antworten?«

»Der typische Polizist stellt Fragen.«

»Dann sind Sie wohl die Ausnahme.«

Ihr Lächeln übertrug sich auf mich und bewirkte, dass ich es zurückschickte. »Ich bin ein gebranntes Kind. Meine Ex hat mir immer vorgeworfen, ich würde meine polizeilichen Verhörpraktiken selbst im intimen Umfeld anwenden.«

Sie hob die Hand vor den Mund und gluckste, als wollte sie ein zu lautes Lachen unterdrücken. »Verzeihung. Ich hab mir das nur gerade vorgestellt.« Ihre Hand sank wieder hinab. »Eine Frage habe ich noch, dann sind Sie dran. Sie haben erzählt, Ihr Vater wäre gestorben. Und Ihre Mutter?«

»Sie lebt im Altenheim.« Ich wollte das Wort »dement« nicht aussprechen. Viele Menschen setzen es gleich mit »geisteskrank« oder »irre«, ich empfinde das als entwürdigend, niemand kann beurteilen, was in jener grausamen Dunkelheit stattfindet, was sie wirklich bedeutet.

Helenes Gesichtsausdruck verriet, dass sie über meine Antwort nachdachte, und mir war relativ klar, in welche Richtung. *Wieder so ein Kerl, der seine alte Mutter, die ihn unter Schmerzen geboren, ihm die Windeln gewechselt, ihn aufgezogen, alles, einfach alles für ihn getan hat – diese alte Frau schiebt so ein Schnösel ins Heim ab, wie man eine abgetragene Jacke in die Altkleidersammlung steckt. Ja, so einer ist das.* Sie blickte ein wenig traurig und sagte: »Ich musste meine Mutter auch in ein Heim geben. Sie ist zweiundneunzig, hat Parkinson und ist ein Vierundzwanzig-Stunden-Pflegefall. Ich mache mir oft Vorwürfe, dass ich mich als Tochter nicht von allem freimache und immer für sie da bin, so wie sie es für mich getan hat. Aber ich schaffe das nicht. Geht es Ihnen nicht manchmal genauso?«

Volltreffer! Ich nickte und wusste zunächst nicht, was ich antworten sollte. Sie hatte das ausgesprochen, was ich hätte sagen sollen. Mir fiel ein Streit mit Nicole ein, in dem sie mir vorgeworfen hatte, ich schlängelte mich wie ein Aal durch die raueren Gewässer unserer Beziehung, in den Konflikten, in denen es wirklich zur Sache gehe, verhielte ich mich wie ein neutraler Beobachter, ich bezöge keine Stellung, anstatt mir das Herz herauszureißen und es auf den Tisch zu werfen. Ich würde meine Gefühle verbergen – wenn ich überhaupt welche hätte – hinter Schweigen oder, noch schlimmer, Plattitüden.

Ich erwiderte ernst: »Ja, mir geht es genauso. Ich besuche meine Mutter zwar so oft wie möglich, aber Sie haben recht. Man schiebt als Ausrede immer Dinge in den Vordergrund, die so viel wichtiger sind, man stiehlt sich mit Entschuldigungen aus der Verantwortung. Manchmal kommt es mir wirklich vor wie Verrat.«

Helenes Blick, mit dem sie mich ansah, wirkte verschleiert, der Glanz ihrer Augen wie mit einer Patina überzogen, vielleicht lag es am Licht, oder sie zweifelte an der Ehrlichkeit meiner Worte, jedenfalls konnte ich mir nicht vorstellen, dass die Trübung von unterdrückten Tränen kam. Ihre Stimme wurde leise und weich und kratzte noch mehr als sonst. »Ja, es ist das richtige Wort. Manchmal denke ich auch, es ist Verrat.«

Ein neuer Song begann, zuerst Schlagzeug, dann Klavier, ein jazziger Sound mit einem eigensinnigen Rhythmus. So wie sich die Einrichtung kaum verändert hatte, war offensichtlich auch die Musik dieselbe geblieben, ich kannte dieses Lied, hatte es hundertmal gehört, und immer nur hier, nie an einem anderen Ort.

Helenes Finger schnappten den Rhythmus auf und übertrugen ihn auf das blanke Holz des Tischs, ein Leuchten huschte über ihr Gesicht, und sie rief: »Oh, hören Sie! ›Take Five‹. Mein absolutes Lieblingsstück. Ich bin ein Jazzfan und kann Ihnen alles über diesen Song erzählen. Hören Sie hin. Das ist ein Vierfünfteltakt, völlig untypisch für Jazz. Man sagt, Paul Desmond, der Saxofonist, hätte sich dabei angeblich vom Geräusch eines einarmigen Banditen in Las Vegas inspirieren lassen. Verrückt, nicht?«

Ich musste über ihre Begeisterung lächeln, ihre Mimik war wie der April, eben noch Wolken und jetzt wieder Sonnenschein. Ich machte eine entschuldigende Handbewegung. »Okay, dieses Stück ist vielleicht die winzige Ausnahme, das liegt wohl eher an sentimentalen Assoziationen. Aber prinzipiell kann ich mit Jazz so gut wie nichts anfangen. Tut mir leid.«

Sie wedelte aufgeregt mit dem Finger. »Nein, nein! Jazz ist wunderbar! Hören Sie doch nur diese Leichtigkeit, das Klavier ist verspielt wie ein Welpe, und das Saxofon flattert herum wie ein Schmetterling.«

»Für mich ist Jazz nur eintöniges Gedudel im Hintergrund, mehr nicht«, provozierte ich sie.

Sie schnappte nach Luft, ihre Augen sprühten Funken, und dann legte sie los. »Ich hätte es wissen müssen, Sie Banause, Sie klatschen sich wahrscheinlich beim ›Humba Tätärä‹ der Polizeikapelle auf die Schenkel. Wissen Sie überhaupt, was Jazz ist? Jazz ist Empathie, Energie und wilde Freiheit, Jazz ist strukturierte Unberechenbarkeit, in Bahnen gelenktes, geniales Chaos.« Sie holte noch einmal tief Luft, wartete, bis sie sich der großartigen Wirkung ihrer Worte sicher war, und kehrte dann zu einem liebenswürdigen Lächeln zurück. »Jazz ist genau so, wie das Leben sein sollte. Jede Menge Improvisation, aber man darf das Grundthema trotzdem nicht aus den Augen verlieren.«

»Wenn Sie es so sagen, klingt es gut«, sagte ich. »Ich verstehe, was Sie meinen.«

»Ha, verstehen! Jetzt hören Sie aber auf. Klären Sie mich lieber über diese sentimentalen Assoziationen auf, die Sie mit ›Take Five‹ verbinden. Woran denken Sie da? Sagen Sie's mir? Ich platze vor Neugier.«

»Ach, nichts Besonderes. Nur irgendetwas mit einem Mädchen. Tausend Jahre her.«

»Irgendetwas!« Sie beugte sich vor und lächelte. »Ich wette, es war der erste Kuss, Sie harter Bulle. Stimmt's?«

Ich murmelte leicht verlegen meine Zustimmung.

Ihr Grinsen wurde breiter, doch dann wurde sie wieder ernst und nickte. »Genau das ist Jazz. Unschuldig und unbekümmert wie der erste Kuss.«

»Unbeholfen trifft es eher«, erklärte ich.

Sie blickte mich erst prüfend an, prustete dann los und kicherte. »Okay, ich kann's mir vorstellen.«

»Vielen Dank auch.«

»Gern.« Sie lehnte sich zurück und verschränkte die Arme vor der Brust. Es wirkte nur auf den ersten Blick wie eine trotzige Abwehrhaltung, in Wirklichkeit war es eine Siegerpose, eine Geste des Triumphs, mit der sie mir die Überlegenheit ihrer Argumente demonstrierte. Dann forderte sie mich auf: »Und jetzt sind Sie dran.«

»Womit?«

»Mit Ihrem Musikgeschmack. Was gefällt Ihnen?«

Ich nippte an meinem Wasser, dann antwortete ich: »Ich mag Musik genauso, wie Sie es beschrieben haben: strukturiert unberechenbar, geniales Chaos, Empathie und Energie.«

Sie schüttelte den Kopf. »So etwas gibt es heutzutage nicht mehr, und wenn, dann ist und bleibt es ein Privileg des Jazz.«

»Ich spreche nicht von heutiger Musik, da haben Sie recht. Das ist mir alles zu oberflächlich, zu kommerziell, egal welche Stilrichtung, ob Pop, Hip Hop oder was weiß ich. Es klingt alles gleich, und man darf bloß nicht auf die Texte hören, sonst verliert man den Glauben an die Menschheit endgültig. Schwachsinn in lächerlichen Reimen. Ich bin ein Fan der großen Bands aus den sechziger und siebziger Jahren, Led Zeppelin, Deep Purple, Pink Floyd und so weiter. Ich war leider zu jung, um das alles mitzuerleben, aber ich denke, es war eine wilde, atemlose Zeit, alles war in Bewegung, alles Starre wurde aufgebrochen.«

»Ich glaube, Sie idealisieren das. Die nahmen alle Drogen, und das, was Sie als atemlos bezeichnen, war nur verzerrte Wirklichkeit. Sie erwähnten die Texte heutiger Lieder – haben Sie mal genauer bei ›A Whiter Shade Of Pale‹ von Procol Harum zugehört? Wenn Sie mich fragen, da hatte der Verfasser aber kräftig etwas eingeworfen.«

»Sie experimentierten damals eben mit allem, was das Leben und die Musik zu bieten hat. Die hatten keinen Schiss, sich über Normen hinwegzusetzen oder Grenzen zu überschreiten. Sie sprengten einfach die gängige Vorstellung und Phantasie.«

Helene lachte etwas hämisch. »Na klar. Das Orgelspiel war von Bach geklaut, und der Bandname Procol Harum stammte von der falschen Übermittlung eines Katzennamens.«

Ich war etwas angesäuert. Sie schlug große Brocken aus den Büsten meiner Götter und hatte dabei auch noch gute Argumente. »Sie sind blasphemisch, aber wenigstens gut informiert«, brummte ich.

»Das sollte man auch, bevor man sich eine Meinung bildet. Finden Sie nicht?«

»Na ja. Wenn Sie es sagen.«

Sie gab die Pose der Überlegenheit auf, legte die Hände in den Schoß und betrachtete mich ruhig. »Wenn ich es richtig sehe, dann sehnen Sie sich nach einem solchen Leben – wild, grenzenlos, ein wenig chaotisch. Ist es so?«

»Mein Leben ist okay«, antwortete ich. »Ich denke, man sollte nicht den Fehler machen, immer nach Dingen zu schielen, die man nicht hat oder von denen man sich erhofft, dass sie etwas besser machen. Ich habe einen Job, eine Wohnung, genug zu essen, und nach Dienstschluss kann ich tun und lassen, was ich will. Ich mag diese Musik, weil sie etwas ausdrückt, weil sie Kraft und Schönheit hat. Deswegen muss ich noch lange nicht selbst in Hippieklamotten herumrennen oder LSD konsumieren. Ich habe einige Zeit im Drogendezernat gearbeitet, da vergeht einem die Lust auf so etwas, darauf können Sie wetten.«

»Nun ja, ich meinte ja nicht, Sie sollten jetzt anfangen, zu koksen oder mit irgendwelchen psychedelischen Drogen Ihr Bewusstsein zu erweitern. Aber wenn Sie von wilden Zeiten schwärmen, dann steckt doch vielleicht ein kleiner Stachel in Ihrem Fleisch. Sie möchten Ihr Leben vielleicht ein kleines bisschen abgefahrener haben und nicht immer in so ordentlich gelenkten Bahnen.«

»Ein Mord wie dieser hier, und das ganze Drumherum dabei, ist mir abgefahren genug, glauben Sie mir. Und wenn in einer Pokerpartie zwanzigtausend Euro auf dem Tisch liegen, dann ist das auch nicht gerade zum Gähnen langweilig.«

Ihre Augen wurden groß und ungläubig. »Wow! Um so viel Geld spielen Sie?«

»Nicht immer. Manchmal aber schon. Das ist der Reiz der Sache.«

Sie lehnte sich vor und wirkte beinahe ein wenig aufgeregt oder atemlos. »Das klingt wirklich interessant. Ich würde gern einmal zusehen, wenn Sie spielen. Ich bin nämlich eine Glücksfee, müssen Sie wissen.«

»Klar«, sagte ich und dachte nicht im Traum daran, dass sie es ernst meinen könnte. »Aber ich spiele online. Ich glaube nicht, dass das so wahnsinnig interessant zum Zuschauen ist. Außerdem ist es sonst immer andersherum.«

Sie blickte mich fragend an. »Was ist andersherum?«

»Normalerweise versuchen Frauen, die Männer vom Spielen abzuhalten, das ist ihr Job. Einen Mann zum Spielen zu motivieren ist völlig untypisches Rollenverhalten.«

Sie lachte, und ihre kleinen weißen Zähne blitzten. »Ich bin ja nicht Ihre Partnerin. Und außerdem glaube ich, das ist der Fehler, den viele Frauen machen. Sie wollen ihren Männern die aufregenden Dinge verbieten. Die müssen das dann im Verborgenen tun, und schon hat man Heimlichtuerei und Lügen in einer Beziehung.«

Ich war mir ein wenig unsicher, ob sie es ernst meinte. Meiner Erfahrung nach gab es das nicht, Frauen, die ihre Männer lobten, wenn diese Zehntausende Euro am Pokertisch verjubelten. Es war einer der Gründe, warum Nicole mich verlassen hatte, sie war definitiv gegen die Zockerei gewesen. Daher hatte ich ihr die meisten Pokerrunden tatsächlich mit den typischen Ausreden vorenthalten: »Schatz, heute dauert es leider wieder länger im Büro« oder »Ich muss für einen Kollegen einspringen,

Personenbeobachtung, warte nicht auf mich, geh schon mal ins Bett«. Aber ich denke, sie wusste genau, was Sache war.

Als könnte sie Gedanken lesen, fragte sie in diesem Augenblick: »Ein Mann wie Sie hat doch bestimmt eine Freundin. Guckt die Ihnen gern über die Schulter, wenn Sie ein Spiel machen?«

Ich räusperte mich und blickte auf mein leeres Glas. »Wir haben uns vor ein paar Tagen getrennt. Und wenn Sie es genau wissen wollen, nein, sie war ganz und gar nicht amüsiert über meine Spielleidenschaft. Aber es kamen auch noch ein paar andere Dinge dazu. Polizisten sind nicht gerade die idealen Partner, wissen Sie.«

»Das tut mir leid.« Helene berührte meine Hand, ihre Bewegung war dabei vorsichtig und stockend, beinahe ängstlich. »Ich wollte kein Salz in Ihre Wunde streuen. Bitte entschuldigen Sie. Ich bin einfach zu neugierig.«

Sie zog die Hand zurück, eine leichte Berührung, und trotzdem spürte ich sie wie einen Abdruck, der lange bleibt. Ich setzte ein Lächeln auf und wiegelte ab. »Schon in Ordnung. Ich sitze jetzt nicht mit gebrochenem Herzen vor Ihnen, keine Sorge.«

»Da bin ich aber froh. Und noch einmal – entschuldigen Sie bitte, dass ich in Ihrem Privatleben herumgestochert habe.«

Beinahe hätte ich geantwortet, dass es mir nichts ausmachen würde, wenn sie sich für mein Leben interessierte, im Gegenteil – aber sie hätte es wohl als plumpe Anmache gedeutet, daher ließ ich es bleiben. Mein Handy summte. Ich entschuldigte mich, stand auf und ging nach draußen. Waldi war dran. »Was ist?«, fragte ich ein wenig ungehalten.

Waldi klang gut gelaunt, beinahe fröhlich. »Ich hatte Langeweile und habe noch mal ein bisschen im Archiv gestöbert.«

»Am Freitagabend? Hast du kein Zuhause?«

»Nein, ich bin ein armes Waisenkind. Außerdem bin ich daheim in meiner Bude. Ich meinte das Datenarchiv.«

»Und?«

»Rate mal, was ich da gefunden habe.«

»Woher soll ich das wissen?« Ich wurde ungeduldig. »Komm zum Punkt, Top Gun.«

»Ich hab die Dame eingegeben, die du wahrscheinlich gerade ausführst, stimmt's?«

Jetzt wurde ich richtig gereizt. »Waldi, was soll das? Du bist ein mieser kleiner Schnüffler, kümmere dich gefälligst um deinen eigenen Kram, verstehst du?«

»Entspann dich, Partner. Willst du gar nicht wissen, was ich herausgefunden habe?«

»Verdammt, jetzt sag's endlich. Ich steh hier draußen. Drinnen wartet jemand auf mich, und du kommst nicht zur Sache.«

»Sag ich's doch!« Waldis Stimme trällerte vor Freude. »Ich hab doch schon in Benediktbeuern gemerkt, wie dir der Sabber aus dem Mund läuft –«

»Waldi, ich warne dich –«

»Hör zu, Killer«, sagte Waldi, und ich konnte das wichtigtuerische Grinsen auf seinem Gesicht beinahe spüren, »deine liebe Helene«, wieder pausierte er triumphierend und effektheischend, »deine Helene Mantis ist tatsächlich eine Kunsthistorikerin, Spezialgebiet: alte Gräber. Ihre Magisterarbeit ist im Internet. Tödlich langweiliger Kram, ich hab nicht mal zwei Seiten geschafft.«

»Himmel, Waldi. Und deshalb rufst du mich am Freitagabend an? Um mir mit wichtiger Miene mitzuteilen, was ich eh schon weiß? Was soll das?«

»Mann, Killer, sie ist eine Kunsttussi. Du bist ein Bulle. Sag mir mal, wie das zusammenpassen soll. Und außerdem: alte Gräber. So eine tickt doch nicht richtig.«

Jetzt wurde ich wütend und blaffte ins Telefon: »Kannst du dich nicht einfach um deinen eigenen Scheiß kümmern?« In diesem Augenblick wünschte ich mir eines dieser prähistorischen Telefone, bei denen man den Hörer noch auf die Gabel knallen konnte. Stattdessen wischte ich ein paarmal wütend über das Display, bis ich es endlich schaffte, den Anruf zu beenden. Immer noch wütend ging ich zurück.

Helene saß da, wunderschön, und lächelte mich an. »Was Dienstliches?«

»Ja, mein Kollege.« Mein Lächeln kam etwas gequält, und sie bemerkte es.

»Stimmt etwas nicht?«

»Nein, alles in Ordnung.« Dennoch hatte ich auf einmal das Gefühl, dies wäre der richtige Moment, um den Abend zu beenden. Nach dem Gespräch mit Waldi war meine Laune hinüber. Deshalb schob ich einen Grund vor, um unser Treffen abzubrechen. »Aber trotzdem muss ich noch mal los. Tut mir leid, die Arbeit ruft.«

»Kein Problem.« Ihre Augenlider zitterten kurz, dann lächelte sie wieder. »Ihre Strategie ist jedenfalls ehrlich. Sie machen von Anfang an kein Geheimnis daraus, worauf man sich möglicherweise einlässt.«

Während ich sie mit dem Station Wagon zurückbrachte, schwiegen wir. Ich spürte ihren Blick von der Seite. Vor dem Hotel hielt ich an, der Motor brummte im Leerlauf. Sie wartete eine Weile, und der Mond kam hinter den Wolken hervor und zeichnete eine blasse Spur auf ihr Gesicht. Sie beugte sich herüber, küsste mich auf die Wange und sagte: »Danke für den schönen Abend.« Dann stieg sie aus und lief wie auf dem Catwalk, einen Fuß vor den anderen setzend, auf einer imaginären Linie zum Eingang.

SIEBEN

Es war vier Uhr morgens. Ich konnte nicht schlafen und tigerte in meinem Apartment auf und ab. Normalerweise hätte ich jetzt den Rechner für eine Pokerrunde angeworfen, aber mein Internet funktionierte nach wie vor nicht. Ich versuchte, den Gedanken an Helene beiseitezuschieben, aber er kam stets zurück, hartnäckig wie ein Ball, den man gegen die Wand kickt.

Ich ging in die Küche, schaltete die Kaffeemaschine an und trat dann ans Fenster, während ich wartete. Der Nachthimmel hatte sich im Westen wieder zugezogen, die Luft war dick und unbeweglich und lag über den Häusern wie eine nasse Decke. Es gab noch keine Anzeichen des kommenden Morgens, eine schmale Spur des Mondes zog wie ein milchiges Band über die Straße und die Rücken der Autos auf dem Parkplatz. Drüben, auf der anderen Seite der Stadt, duckten sich die Häuser des Berggebiets unter der Wolkendecke. Irgendwo dazwischen, weit oben am Hang in der Dunkelheit, lag das »Bergschlösschen«. Ich stellte mir vor, wie Helene in ihrem Bett lag und schlief.

Die Kaffeemaschine fing an zu spucken und zu fauchen. Nicole hatte schon vor Wochen angekündigt, sie zu entkalken, aber das hatte sich dann erledigt, und ich musste es wohl demnächst selbst machen. Ich ging wieder in den Wohnraum und blieb vor der Bilderwand stehen. Ich fing links oben an und schickte meine Augen langsam und behutsam auf die Wanderschaft, um die Bilder auf mich einwirken zu lassen. Ich betrachtete jedes Detail und prägte es mir ein, die Kopfwunde des Mönchs, seine altertümlich wirkende Tonsur, die Mönchskutte, seinen Rücken, in dem auf der linken Seite knapp unter dem Schulterblatt der Meißel steckte. Daneben das Bild vom nackten Rücken des Mönchs, nachdem man den Meißel entfernt hatte, ein rechteckiger, steril wirkender Einstich, in der Mitte dunkelrot, an den Rändern bläulich verfärbt. Das Bild mit seinem hockenden Körper und dem auf die Brust gesunkenen Kinn, wie von einem Schlafenden, im Durchgang des Grabs.

Insgesamt dreizehn Aufnahmen von dem Toten aus unterschiedlichen Winkeln und Perspektiven. Bilder von den beiden Blutlachen auf dem dunkelbraunen Karomuster des Steinbodens, gekennzeichnet durch die nummerierten Schildchen der Techniker. Das offene, leere Grab schräg von oben. Die Grabplatte auf verschiedenen Aufnahmen, ein gutes Dutzend Bilder von jeder Seite des Grabes – die Figuren wie stumme, gleichgültige Betrachter. Die Inschrift auf dem äußeren Rand der Grabplatte – »Otto anno« –, gefolgt von einer römischen Zahlenreihe.

Plötzlich stockte mein Blick. Ich trat einen Schritt vor, kniff die Augen zusammen und strich dann nachdenklich mit dem Finger über die winzige, neben der Grabinschrift eingeritzte Figur. Eins wurde mir jetzt sofort klar: die kindlich anmutende Strichzeichnung des Schwans war auf dem Sarkophag neben den kunstvollen Reliefs und Verzierungen vollkommen fehl am Platz, irgendjemand hatte sie nachträglich eingeritzt. Aber warum? Liebende signierten mit von einem Pfeil durchbohrten Herzen, Hassende mit Totenköpfen, doch aus welchem Grund zeichnete man einen Schwan auf ein tausendjähriges Bischofsgrab? Ich ging zu meinem Schreibtisch, klappte den Laptop auf, fluchte und klappte ihn wieder zu. Googeln ohne Internet geht schlecht. Mein nächster Fluch richtete sich gegen mein Handy, das ich im Chevy hatte liegen lassen. Ich schnappte mir meine Jacke und den Autoschlüssel, ging zur Tür. Draußen hallten meine Schritte auf dem Gang. Ich holte den Aufzug und schwebte unter der zuckenden Neonröhre nach unten. In meinem Briefkastens steckte ein Flyer. Ich zog ihn heraus und stopfte ihn in meine Tasche.

Ich knipste das Licht in meinem Büro an, rollte mit dem Drehstuhl zum Schreibtisch und holte mein Handy aus der Jackentasche. In dem Augenblick, als ich es auf den Schreibtisch legte, summte es los. Die SMS war von Helene: »Schlaflos, danke für den schönen Abend«. Sendezeit, vier Uhr siebenundvierzig. Ich schob das Handy zur Seite und fuhr den Rechner hoch.

Draußen kämpfte zäh das erste Grau des Tages gegen die schwarzen Nachtwolken an. Ich zog die Tastatur zu mir heran und tippte bei Google in die Textleiste: »Schwan Symbolik«. Zweihundertsechsundachtzigtausend Einträge. Ich klickte auf Wikipedia, überflog den Artikel und erfuhr, dass der Schwan im christlichen Sinne als Symbol für Martin Luther steht.

Die Geschichte ging so: Der als Vorreformator geltende Jan Hus wurde für seine Thesen als Ketzer verbrannt, obwohl ihm der Kaiser freies Geleit versprochen hatte. Auf dem Schafott soll er gerufen haben: »Heute bratet ihr eine Gans, aber aus der Asche wird ein Schwan auferstehen.« Das verstand ich, der auferstandene Schwan sollte anscheinend Martin Luther sein. Wikipedia zeigte auch ein Bild von ihm. Über seinem Kopf schwebte ein Engel, neben ihm hockte ein weißer Schwan.

Ich stand auf, ging zur Stellwand und studierte noch einmal das Bild mit der Inschrift und dem eingeritzten Schwan. Der Wiki-Schwan blickte zu Martin Luther hoch, während mein Schwan auf dem Grab den Hals eingerollt hatte, den Schnabel ins imaginäre Gefieder gesteckt. Wenn ich nun in Richtung Mystik oder Ritual dachte, dann landete ich unweigerlich bei dem Versuch, die gestohlenen Überreste des Bischofs irgendwie mit einem verbrannten Vorreformator zusammenzubringen. Für mich schien das weit hergeholt, allenfalls könnte man eine vage Verbindung mit den Märtyrern der Reliefs herstellen. Ich schrieb auf ein Post-it: »Martin Luther, Schwan, Bischof Otto, Benediktinermönch«, und heftete den Zettel an das Bild mit dem Schwan.

Die nächsten Treffer, die ich anklickte, besagten im Prinzip alle dasselbe. Der weiße Schwan galt als Symbol der Reinheit, des Lichts, der Anmut, der Tugendhaftigkeit – in manchen Einträgen auch des Eros, der Liebe und der Eitelkeit. Ich scrollte weiter und stieß auf einen Artikel über Traumdeutung. Prinzipiell halte ich davon in etwa so viel wie von Kaffeesatzleserei oder der Deutung von irgendwelchen Innereien. Meiner Meinung nach hat jemand, der von einem Schwan träumt, irgendwann einfach kürzlich so einen Vogel gesehen, und das Unterbewusstsein spuckt nachts das Bild wieder aus. Ich glaube nicht unbedingt daran, dass ein im Traum erschienener Schwan Sehnsucht nach reiner Liebe oder nicht erwiderte Gefühle bedeutet. Ein wenig spannender fand ich die Information, dass man in der Antike geglaubt hatte, ein Schwan singe, bevor er stirbt.

Vor allem aber interessierte mich der Absatz über den schwarzen Schwan, weniger, weil dessen Auftauchen in einem Traum als Todesbotschaft interpretiert wurde, sondern weil irgendetwas in meinem Kopf klick machte, als ich den Begriff »Lohengrin« las. Ich gab »Lohengrin« und »Schwan« ein, überflog die Opern- und Richard-Wagner-Einträge, erfuhr, dass es in Freiburg eine Aufführung mit einem lebenden Schwan gegeben hatte, und ließ den Cursor schließlich über einem Artikel schweben, der den Titel »Lohengrin – Neuschwanstein« trug. Aus irgendeinem Grund ging die Seite nicht auf, ich konnte nur den Text unter dem Titel lesen: »Plötzlich erscheint Lohengrin in schimmernder Ritterrüstung auf einem Kahn, den ein silberner Schwan zieht. Er ficht in einem Zweikampf gegen Telramund …«

Ich starrte auf den Bildschirm und überlegte fieberhaft, warum plötzlich alle Alarmglocken bei mir klingelten. In einem anderen Artikel las ich die Geschichte von Lohengrin und dem Gebot seines Ritterordens, seine Gattin Elsa dürfe nie nach seiner Herkunft fragen. Ich musste grinsen, Neugierde, dein Name ist Weib – ein solches Verbot war die todsichere Methode, eine Frau dazu zu bringen, dass sie genau das tat. Und tatsächlich kam es, wie es kommen musste, Elsa stellte die verhängnisvolle Frage, der Schwan, der Lohengrin gebracht hatte, tauchte wieder auf und brachte ihn zurück zur Gralsburg. Es war aber nicht die meiner Meinung nach reichlich naiv romantische Geschichte Lohengrins, die mich ins Grübeln brachte, sondern die Verbindung mit dem Namen, die sich beim Weiterlesen des Beitrags ergab. König Ludwig von Bayern, der Mann, der das Märchenschloss, das nie ganz fertig wurde, hatte bauen lassen.

Stirnrunzelnd nahm ich den nächsten Zettel, zögerte eine Weile, denn natürlich konnte es sich bei dem Schwan auf dem Grab nur um das bedeutungslose Gekritzel eines gelangweilten Besuchers handeln. Doch irgendwie waren es für meinen Geschmack ein paar Zufälle zu viel.

Ich schrieb: »von Gudden, Totenmaske, Schwan auf dem Grab, Benediktinermönch, König Ludwig«. Dahinter malte ich ein großes Fragezeichen. Ich stand auf und trat zum Fenster. Es war hell geworden, die Sonne schwebte über den Häusern und ließ die nassen Dächer wie Silber glitzern. Ich dachte an Helene und an ihre SMS. Ich nahm mein Handy, überlegte eine Weile und tippte dann: »Ja, schöner Abend. Lust auf Wiederholung?«

Eine gefühlte Ewigkeit musste ich auf ihre Antwort warten. Dann, endlich summte mein Handy. Ich las: »Gerne. Schon gefrühstückt? Falls nicht, kommen Sie zu mir. Helene«.

Sie hatte sich einen Tisch und einen Stuhl organisiert und saß eingehüllt in einen dicken Mantel auf der Terrasse. Ich blieb ein paar Meter seitlich hinter ihr stehen. Sie hatte mich noch nicht bemerkt und wirkte versunken in den Anblick des Doms, der von hier aus unweigerlich in den Fokus rückte. Das dunkle Band der Hügel am Horizont schien die Häuser Bambergs in unsere Richtung zu schieben, der Himmel wölbte sich stahlblau, zerfurcht von grauen Wolkenfetzen. Helenes Blick auf die Stadt war konzentriert.

Ich ertappte mich dabei, wie ich ihr Profil anstarrte, räusperte mich, sodass sie es hören konnte, trat zu ihr und sagte: »Guten Morgen, Sie haben sich einen schönen Platz für Ihr Frühstück ausgesucht. Allerdings ist es etwas frisch, finden Sie nicht?«

Sie drehte den Kopf zu mir, hielt eine Kaffeetasse in der einen Hand, in der anderen ein Croissant, von dem sie die Spitze abbiss, bevor sie mir zunickte. Ihr Blick war ruhig, aber unergründlich tief. »Wenn es Ihnen zu kalt ist, können wir hineingehen. Da wartet auch Ihr Frühstück. Ich habe Bescheid gegeben, dass noch jemand kommt«, sagte sie.

»Nein, nein, ich mag es lieber kühl als zu warm. Wenn Sie

mir versprechen, dass Sie nicht erfrieren – ich habe nichts gegen ein bisschen frische Luft. Allerdings frühstücke ich nie, eine Tasse schwarzer Kaffee genügt mir.«

Sie lächelte und deutete auf die übereinandergestapelten Stühle. »Gut, dann besorgen Sie sich eine Sitzgelegenheit, und ich hole den Kaffee. Sie sagten schwarz, das heißt dann wohl auch ohne Zucker?«

»Richtig.« Ich hievte einen Stuhl vom Stapel und stellte ihn an den Tisch, während Helene im Hotel verschwand. Ich setzte mich und sah mich um. Ein paar noble Schlitten parkten auf dem Hof, das »Bergschlösschen« war eine erstklassige Adresse, jemand mit einem klapprigen VW Polo stieg hier nicht ab.

Helene kam zurück und stellte eine dampfende Tasse vor mich auf den Tisch. »Bitte sehr.«

»Vielen Dank.« Ich beobachtete eine Weile, wie sich der Kaffee langsam zur Ruhe schaukelte, und dachte darüber nach, ob es angemessen wäre, Helene noch über ein paar Dinge zu unserem Fall zu befragen.

»Was überlegen Sie denn so angestrengt?«, fragte sie lächelnd.

Ich zögerte kurz, bevor ich antwortete. »Mir geht dieser Wesemann nicht aus dem Kopf, Ihr Vorgänger. Beziehungsweise sein Unfall. Als Polizist glaubt man selten an Zufälle. Rein logisch betrachtet ergibt sich folgendes Bild: Wesemann verunglückt tödlich, worüber Sie nicht ganz so traurig sein dürften, Sie treten seine Nachfolge an, und kaum sind Sie da, wird auch schon eingebrochen und eine wertvolle Maske gestohlen …«

»Was wollen Sie damit sagen?«

»Nichts. Aber ein weniger wohlwollender Polizist könnte gewisse Schlüsse ziehen.« Ich sah, dass Ihr das gar nicht gefiel. Doch bevor ich noch etwas hinzufügen konnte, legte sie schon los.

»Sie meinen, ich hätte etwas mit der Sache zu tun?«

»Nein, ich wollte lediglich –«

»Sie wollten mir lediglich mitteilen, dass ich verdächtig bin.«

»Nein.«

»Doch.«

»Ist ja gut«, wiegelte ich ab. Sie sah aus, als würde sie mir gleich an die Gurgel gehen, wogegen ich nicht einmal allzu viel hätte. Sie war wie ein exotisches Raubtier, mit blitzenden Augen und einer Spur erregter Röte auf ihren Wangen.

»Sie gehen aber schnell hoch«, sagte ich, aber als ich sah, dass sie das wieder wütend machte, hob ich sofort abwehrend die Hände. »Nein, hören Sie jetzt, bitte. Es besteht kein Grund, dass Sie sich so aufregen –«

Genervt fiel sie mir ins Wort. »Glauben Sie ernsthaft, ich habe zuerst meinen Vorgänger aus dem Weg geräumt, bin dann in mein eigenes Museum eingebrochen, um den wichtigsten Gegenstand der Ausstellung zu stehlen?«

»Bitte …«, ich seufzte, »kein Mensch hat –«

»Doch, haben Sie.« Sie verschränkte die Arme vor der Brust und starrte mich zornig an.

Ich musste wieder grinsen. »Jetzt stampfen Sie gleich mit dem Fuß auf, wetten?«

»Kann gut sein, und das ist dann Ihre Schuld.«

Wir fochten ein Blickduell aus, das unentschieden endete, weil wir am Ende beide lachen mussten.

Ihr Mund begann zu zucken, ihre Augen wurden groß und hell, und sie prustete los. »Sie haben so was von einem stahlharten Bullenblick, da kann ich nur kapitulieren. Ich ergebe mich und gestehe alles. Nehmen Sie mich fest und lesen Sie mir meine Rechte vor.« Ihre letzten Worte klangen spielerisch und lockend, alle Wut von zuvor war daraus verschwunden, sogar die Röte war von ihren Wangen gewichen, und dieser rasche Wechsel von blankem Zorn zu Koketterie ließ mich rätseln, ob sie nicht einfach nur eine großartige Schauspielerin war.

Gerade wollte ich etwas erwidern, als mein Handy klingelte. Ich zog es zusammen mit dem zusammengeknüllten Flyer aus der Jackentasche und nahm den Anruf mit einer entschuldigenden Geste an. Es war das Altenheim. Nach dem Telefonat seufzte ich. »Tut mir leid. Ich muss noch mal los.«

Sie nickte. »Verstehe, der Job. Als Polizist hat man selbst am Wochenende keine Ruhe.«

»Nein«, antwortete ich. »Meine Mutter. Es dauert nicht lange. Ich werde per SMS nachfragen, ob Sie dann noch hier sind.«

»Ihr Kaffee wird kalt sein«, antwortete Helene.

Diesmal dauerte es doch lange, bis ich Mutter fand, sie war an keinem der gewohnten Orte. Ich parkte den Station Wagon zunächst am Ende der Ottostraße vor den verwitterten Altglascontainern. Der Weg zum Wehr lag in Licht getaucht unter den Bäumen, das Rauschen des Wehrs klang gedämpft herüber, ich sah die weiße Gischtfahne, die schräg über den Bach wehte. Doch auf der Brücke war niemand. Deshalb kehrte ich um, stieg wieder ins Auto und fuhr die Hainstraße hinunter bis zur Brücke über den Hollerbach, aber auch hier Fehlanzeige. Das Wasser, auf das Mutter so gern blickte, floss in einem gleichgültigen grünen Strom dahin, ich lief noch hoch zum Ruderclub und zur Regnitz. Ein Mann ging mit einem großen schwarzen Hund spazieren, eine Frau mit Kinderwagen befand sich in zärtlicher Zwiesprache mit ihrem blonden Mädchen, sonst war niemand unterwegs.

Ich kehrte zum Chevy zurück, fuhr bis zum Ende der Hainstraße und stellte den Wagen auf dem Parkplatz ab. Eigentlich lag diese Entfernung zum Heim außerhalb des üblichen Radius meiner Mutter, doch es war Frühling, und die Magie der Sonne verhexte sie unweigerlich, erfasste sie wie ein animalischer Trieb, unerreichbar für ihr leeres Bewusstsein. Sie wusste selbst nicht, wo ihr Ziel lag, sie wurde gezogen wie von einer unsichtbaren Schnur.

Ich schlug einen der Wege unter der Hainbrücke ein. Über mir vibrierte und brummte der Verkehr, die Brücke verströmte ein allgegenwärtiges Zittern und ließ ein feines Kribbeln unter meine Fußsohlen fließen. Unter dem katakombengleichen Betongewölbe lag der Weg im Schatten. Auch das Kreisen der gemächlich dahintreibenden Wasserstrudel wurde verdunkelt. Ein übergewichtiger Jogger mit weißen Schweißbändern an den Handgelenken und um den Kopf wälzte sich keuchend und schwitzend den Weg entlang. Sein gefleckter Köter pinkelte dreibeinig gegen einen Baumstamm, musterte mich flüchtig und trottete dann gemächlich seinem Herrchen hinterher. Rechts von mir floss die Regnitz träge dahin, ein überhängender Ast, von einer schwachen Windböe bewegt, zeichnete ein vergängliches Muster in den Fluss. Auf der Hainwiese lag ein knutschendes Pärchen auf einer Decke, unantastbar unter der Glasglocke ihrer Verliebtheit.

Bald sah ich Mutters schmächtige Gestalt, sie hockte auf dem Steinsockel eines Denkmals, das aussah wie ein Grabstein, die Hände auf den Rollator vor sich gestützt, den Blick ins Nirgendwo gerichtet. Ich ging zu ihr, legte eine Hand auf ihren Arm und sagte: »Mutter, du hast einen Spaziergang gemacht. Und jetzt gönnst du dir eine Pause – bist du müde geworden?«

Sie betrachtete meine Hand, nachdenklich, wie einen Gegenstand, über dessen Verwendungszweck man sich im Unklaren ist, aber ihre Stimme klang sicher und bestimmt, als gäbe es keine leeren Kammern, keine unwiderrufliche Reise in die Dunkelheit. »E.T.A. Hoffmann war verrückt. Er stand hier, ich habe ihn gesehen. Er sprach mit einem Hund, der gar nicht da war. Er hat ihn sich eingebildet.« Erklärend fügte sie hinzu: »Der Hund konnte natürlich auch sprechen.«

Ich fand zunächst keinen Zusammenhang, keinen Sinn, und ich dachte, es wären wieder nur Worte oder Erinnerungsfetzten, die sie aus der Dunkelheit hervorzerrte und wahllos zusammensetzte, damit sie wenigstens etwas hatte. Doch dann sah ich auf dem behauenen Stein in ihrem Rücken das gemeißelte Bildnis von E.T.A. Hoffmann mit Stock, Frack und Zylinder und erhobener Rechten, vor ihm hockte der Hund, und sie waren tatsächlich in eine angeregte Unterhaltung vertieft.

Ich klopfte auf den Stein. »Du hast recht. Hier sind beide – E.T.A. Hoffmann und sein Hund. Aber lass uns zurückgehen, wenn du dich ausgeruht hast.«

Mutter stemmte sich an ihrem Rollator hoch, löste die Bremsen und marschierte entschlossen los.

»Halt, warte!« Ich ging zu ihr und dirigierte sie zurück. »Wir müssen hier entlang.«

Über die Wiese kam ein Hund daher, ein schwarz-weißer Mischling, groß, ein freundlicher Kerl – zumindest wirkte er so. Manche Hunde sehen immer so aus, als würden sie einen anlachen, und dieser hier grinste über das ganze Gesicht, als hätte er einen Heidenspaß. Doch Mutter hatte Angst vor Hunden, egal ob groß oder klein, Kläffer oder Schmuser. Ich sah, wie sich ihr schmächtiger Körper verkrampfte, wie ihre Augen hektisch zu flackern begannen und nach einem Ausweg umherirrten. Wie seltsam, dachte ich, sie vergisst alles, sogar, wer ich bin – warum kann sie nicht vergessen, was ein Hund ist? Ich stellte mich vor sie und redete beruhigend auf sie ein, da sprang der Mischling auf den Denkmalsockel, nahm die gleiche Position ein wie E.T.A. Hoffmanns Hund, mit erhobener Pfote und Schnauze, und Mutter packte mich aufgeregt am Arm und rief: »Siehst du, es gibt ihn doch.«

Ich lachte, der Hund blickte kurz zu uns herüber, sah uns an, dann sprang er vom Sockel und rannte über die Wiese zurück, dahin, wo er hergekommen war.

»Es hat wirklich nur noch gefehlt, dass er spricht«, sagte ich, immer noch lachend.

»Wer?«, fragte Mutter erstaunt und blickte sich verwirrt um.

Langsam gingen wir den Weg zurück, Mutter schwieg, den Blick starr nach vorn gerichtet, wie auf eine wichtige Sache konzentriert, einer Spur folgend, die nur sie sah. Unter der Brücke bimmelte mein Handy, ich holte es aus der Tasche. Dr. Meyer war höchstpersönlich am anderen Ende und erkundigte sich höflich, ob trotz Wochenende eine Soko-Besprechung möglich sei, es gebe ein paar Dinge, die vielleicht nicht bis Montag warten sollten. Ich erklärte, dass ich in dreißig Minuten im Präsidium sein würde, und legte auf.

Am Chevy angekommen, verfrachtete ich Mutter auf den Beifahrersitz, schnallte sie an und lud den Rollator in den Kofferraum. Wir fuhren zum Heim zurück. Dort erklärte mir die Heimleiterin, dass es so nicht weiterginge. Wenn ich keine Lösung wüsste, sähe sie sich gezwungen, Mutter so unterzubringen, dass sie nicht mehr weglaufen könnte. Ich versuchte, die Wogen zu glätten, indem ich versprach, mir etwas einfallen zu lassen.

Zurück im Auto fluchte ich laut. Ich hatte keine Ahnung, was ich tun sollte. Mutter war ein Zugvogel, sie folgte den magnetischen Strahlen der Sonne, eingesperrt würde sie vollends zugrunde gehen. Etwas Dunkles braute sich über meinem Kopf zusammen, ich konnte es spüren wie ein Rinnsal Eiswasser, das unter meiner Haut die Wirbelsäule hinunterlief. Es gelang mir nicht, es zu fassen, aber ich wusste, es betraf nicht nur Mutter, sondern auch den Fall. Ich hatte nicht die gewünschte Kontrolle, etwas, das sich meiner Macht entzog, lief aus dem Ruder.

Ich schickte Helene eine SMS, dass ich jetzt keine Zeit mehr hätte. Dann fuhr ich ins Präsidium.

Wir trafen uns in Dr. Meyers Büro, und es war nicht die komplette Mannschaft anwesend, sondern nur ein kleiner erlesener Kreis mit Koch, Storch, Waldi, zwei weiteren Ermittlern, die Reitmeier und Konrad hießen, und mir. Während das niedere Volk sich mit den üblichen flapsigen Sprüchen begrüßte wie »Na, wohnst du neuerdings auch hier?« oder »Samstagmorgen zu Hause wird überbewertet«, kam Dr. Meyer herein. Wie immer war er tadellos gekleidet, dunkler Anzug mit weißem Hemd und passender Krawatte. Mit seiner präzisen, höflichen Art kam er auch sofort zur Sache. Er hob entschuldigend die Hände und erklärte: »Liebe Kollegin, liebe Kollegen, es tut mir leid, dass ich Sie am Wochenende hereinbitten muss, aber uns liegen wichtige neue Informationen vor.« Er nickte einem der Kollegen zu. »Herr Konrad, darf ich Sie bitten, zu beginnen?«

Konrad, ein übergewichtiger Mann, der aussah wie ein ausrangierter Schwergewichtsboxer, stand auf, schob das Kinn vor und begann etwas umständlich: »Die Sache ist die, Reitmeier und ich … also, wir sollten uns ja um diese Meldung in Bezug auf den Dom kümmern, falls sich jemand erinnert. Das mit dem Besoffenen, der nachts auf dem Heimweg irgendwelche Geräusche hörte. Jedenfalls, wir hatten ja schon den Küster befragt, negativ, aber jetzt hat sich eine Stadtführerin gemeldet …« Umständlich kramte er einen Zettel hervor und las. »Elisabeth Stenschke heißt sie. Die war gestern mit einer Touristengruppe im Dom, und sie sahen sich die Gräber an …«, er spickte wieder auf seinem Zettel, »das Papstgrab und das von Heinrich und Kunigunde, und da fiel ihr eine dunkle Linie unterhalb der Grabplatten auf, die sie sich nicht erklären konnte, und sie meldete es dem Küster, und der rief mich an. Und wie es aussieht, hat man auch diese beiden Sarkophage aufgesägt. Es muss aber noch überprüft werden, ob etwas fehlt, aber erst muss die Spurensicherung ran. Es gibt übrigens noch andere Gräber im Dom, die sind aber, wie es scheint, unversehrt. Wir haben alles absperren lassen, was wegen der gebuchten Kirchenführungen einigen Leuten nicht gefällt, und das war's.«

Dr. Meyer nickte. »Vielen Dank, Herr Kollege. Es ist richtig, die Stadt sitzt uns im Nacken wegen der Kirchensperrungen, in Sankt Michael soll endlich mit den Renovierungsarbeiten fortgefahren werden, und im Dom fürchtet man größere Einbußen für den Tourismus, wir sollten uns mit den Ermittlungen sputen. Die Kollegen von der Spurensicherung sind gerade dort, Frau Koch, ich schlage vor, Sie machen sich jetzt auch auf den Weg, falls Sie keine Fragen mehr haben.«

Koch-von-der-Leyen verneinte, rief noch ein »Auf Wiedersehen und schönes Wochenende« in die Runde und verließ das Büro.

Dr. Meyer wandte sich an den Gerichtsmediziner. »Jetzt Sie, Dr. Storch, bitte.«

Storchs Aufstehen erinnerte immer ein bisschen an das einer Giraffe, es dauerte eine Weile, bis er seine langen Gliedmaßen sortiert hatte, doch schließlich stand er, in seiner typischen Art, etwas schief, den Rücken krumm, den Kopf nach vorne geschoben. »Ich habe einiges.« Auch er hielt einen Zettel in der Hand, auf den er etwas kurzsichtig schielte. Er zählte auf: »Der Hammer aus dem Nürnberger Hafenbecken ist tatsächlich die Tatwaffe. Die Spuren darauf stimmen mit denen des verstorbenen Täters überein. Die Taucher waren noch mal unten und haben in einem größeren Radius gesucht. Dabei haben sie das vermisste Kreuz aus der Kirche gefunden.«

Er hielt uns sein Handy hin, auf dem Display war ein goldenes Kreuz zu sehen. »Auf dem sind DNA-Spuren des Mönchs. Er wollte sich damit anscheinend verteidigen. Auch in dem grauen Passat, der aus dem Wasser gefischt wurde, sind verwertbare Spuren, ein paar davon ebenfalls dem Mann aus dem Krankenhaus zuzuordnen.«

»Schlaft ihr eigentlich auch mal, in der Gerichtsmedizin?«, brummte Waldi neben mir.

»Wir sind umgeben von Schlafes Bruder«, entgegnete Storch gespreizt und fuhr dann, wieder nüchtern, fort. »Der Ingolstädter Kollege hat mich kontaktiert. Bei der Obduktion dieses verunglückten Kurators – Wesemann heißt er, glaube ich – fanden sich keine Spuren irgendwelcher Medikamente oder Ähnlichem. Wir gehen von einem ganz normalen, wenn auch tödlichen Unfall aus. Aber jetzt kommt das Interessanteste.« Storch pausierte kunstvoll und warf einen dramatischen Blick in die Runde, bevor er weiterredete. »Anders ist es bei unserem toten Täter aus dem Krankenhaus. In seinem Blut fand ich eine schöne Menge an Thiopental.«

»Thiopental?«, fragte ich.

»Ein Barbiturat. Wird als Narkosemittel eingesetzt, eine Überdosierung führt zu Atemlähmung, Exitus.«

»Einen Moment. Der Mann lag doch im künstlichen Koma. Ist dafür der Einsatz von Narkosemitteln nicht sogar Voraussetzung?«

Storch strahlte siegessicher. »Selbstverständlich werden Sedativa, Hypnotika, Schlafmittel und in manchen Fällen auch Psychopharmaka verwendet. Aber im Bamberger Klinikum kommt kein Thiopental zum Einsatz. Ich habe mich extra erkundigt. Unser Mann ist mitnichten an seiner Kopfverletzung gestorben. Jemand hat nachgeholfen. Zur Sicherheit, schätze ich«, schob Storch nach.

»Aber wer –?«, begann Waldi.

Doch Storch unterbrach ihn mit schadenfrohem Gesicht.

»Tja, das müssen Sie herausfinden, liebe Kollegen. Nicht mein Job.«

»Das heißt«, sagte ich, »wir haben es jetzt mit einem zweiten Mord zu tun. Und der wurde quasi vor unseren Augen durchgeführt, schließlich war einer unserer Leute im Klinikum vor der Tür positioniert.«

»Das war der Kollege Baumgärtner«, erklärte Dr. Meyer. Er reichte mir eine Liste. »Wie es aussieht, hat sich Baumgärtner an die Vorschriften gehalten. Hier hat er alle Personen mit Uhrzeiten notiert, die im fraglichen Zeitraum das Krankenzimmer betraten. Einer oder eine davon muss unserem Täter das Thiopental injiziert haben, andere Personen sind auszuschließen. Baumgärtner ist sich da hundertprozentig sicher.«

In meinem Kopf begann das gute alte Gedankenkarussell zu kreisen. Wenn Baumgärtner tatsächlich eine komplette Liste abgeliefert hatte, dann war das eine sehr gute Nachricht. Die Liste war nicht lang, es standen gerade mal sieben Namen darauf. Dr. Meyer hatte recht, einer von ihnen war der Täter, und über ihn müsste es uns gelingen, den Rest der Mannschaft aufzutreiben.

Ich faltete die Liste, steckte sie in die Innentasche meiner Jacke und sagte: »Herr Schöps und ich werden nach dieser Besprechung unverzüglich mit der Befragung der Verdächtigen beginnen. Wir fahren ins Klinikum und schicken Kollegen zu denen nach Hause, die dienstfrei haben.«

»Gut«, sagte Dr. Meyer. »Herr Killer und Herr Schöps, Sie wissen, was zu tun ist. Ich bitte bis Montagmorgen um einen ausführlichen Bericht, die nächste Pressekonferenz steht an. Weiter im Takt. Herr Reitmeier, Ihr Beitrag, bitte.«

Reitmeier, ein mittelgroßer, unauffälliger Mann, nickte. Er sprach mit stark norddeutschem Akzent und leichtem Lispeln. »Um es kurz zu machen, unser Mönch war aktives Mitglied der Guglmänner. Diese Information stammt vom Andechser Abt. Meine Internetrecherche ergab, dass die Guglmänner eine Art Geheimbund sind, der sich als Hüter der Monarchie versteht und Verschwörungstheorien bezüglich der Legenden um den

Tod König Ludwigs II. von Bayern vertritt. Ich weiß nicht, ob es da einen Zusammenhang zum Tatmotiv gibt.«

Ich öffnete den Mund, schloss ihn aber sofort wieder. Es machte keinen Sinn, bei einer Soko-Besprechung die aufgezählten Fakten mit Vermutungen aufzuweichen, die weit hergeholt sein mochten. Allerdings war sofort wieder mein innerer Alarm losgegangen. Neben der Totenmaske und dem Schwan auf dem Grab war dies nun bereits die dritte Verbindung zu diesem Bayernkönig. Auch wenn das Gekritzel auf dem Grab bestimmt eher ein Witz war, der Diebstahl der Totenmaske konnte etwas völlig anderes bedeuten, und erfahrungsgemäß gibt es in einer Mordsache einen blöden Zufall, vielleicht auch zwei, aber niemals drei oder gar noch mehr.

»Sie wollten etwas sagen?« Dr. Meyer blickte mich erwartungsvoll an.

Ich überlegte kurz, dann antwortete ich: »Ich habe gerade über die beiden Domgräber nachgedacht. Wenn das die gleiche Sache ist wie in Sankt Michael, dann haben wir es mit einer Bande von Grabräubern zu tun, die auf heilige Reliquien aus sind, warum auch immer. Ich werde heute zunächst zum Krankenhaus und dann zum Dom fahren und die Sarkophage unter die Lupe nehmen.«

»Tun Sie das.« Dr. Meyer wandte sich an die anderen. »Meine Herren, gibt es noch etwas, was wir besprechen müssen?«

Einhelliges Kopfschütteln war die Antwort.

»Dann bedanke ich mich und wünsche Ihnen noch ein schönes Restwochenende. Guten Tag.«

Alle wandten sich zum Gehen, doch Dr. Meyer bedeutete mit einer Handbewegung, Waldi und ich sollten bleiben. Als die anderen draußen waren, sagte er: »Herr Killer, Herr Schöps, für Sie als leitende Ermittler habe ich noch eine weitere, äußerst sensible Information. Diese darf unter keinen Umständen nach draußen dringen, das ist absolut topsecret, verstehen Sie?«

»Selbstverständlich«, nickten Waldi und ich gleichzeitig.

Dr. Meyer schob die Hände in die Hosentaschen und marschierte vor uns auf und ab. Als er wieder stehen blieb, musterte er uns ruhig und sagte nur: »Thomas Ritter.«

Waldi und ich blickten ihn fragend an.

Dr. Meyer nahm die Hände aus den Taschen. »Das ist der Name unseres vermutlich ermordeten Täters im Krankenhaus – besser gesagt sein Alias.«

»Einen Augenblick. Nach bisherigem Ermittlungsstand konnte dieser Mann nicht identifiziert werden, weil er nicht in unserem System ist. Ich gehe davon aus, dass sich in der Zwischenzeit doch jemand gemeldet hat – Ehefrau, Verwandtschaft, ein Freund.«

Dr. Meyer schüttelte den Kopf. »Dann wäre die Sache nicht so delikat.« Er nahm eine Akte vom Schreibtisch, wiegte sie nachdenklich in den Händen und kaute auf der Unterlippe, bevor er weitersprach. »Ich habe das hier erst heute am frühen Morgen bekommen, pikanterweise in etwa gleichzeitig mit Dr. Storchs Untersuchungsergebnis. Um es kurz zu machen: Unser Mann ist in einem Zeugenschutzprogramm – deshalb die Geheimniskrämerei. Seine Identität soll auf keinen Fall bekannt werden, schon gar nicht, weil er jetzt tot ist.«

Ich runzelte die Stirn. »Das verstehe ich nicht – er soll anonym bleiben, weil er tot ist? Welchen Schutz braucht er da noch?«

Dr. Meyer seufzte. »Da muss ich weiter ausholen.« Er setzte sich auf seinen Ledersessel und wies uns mit einer Handbewegung an, ebenfalls Platz zu nehmen. »Thomas Ritter«, begann er, »und bleiben wir zunächst bei diesem Alias, kam ursprünglich aus der DDR, Stasivergangenheit. Für sein damals recht jugendliches Alter stand er ziemlich hoch in der Rangordnung als Agent und wurde über Beziehungen nach der Wende als Unteroffizier in die Bundeswehr übernommen. Er war 2001 einer der ersten deutschen Soldaten in Afghanistan, nachdem der Deutsche Bundestag das Mandat für die Beteiligung der Bundeswehr am ISAF-Einsatz erteilt hatte, und er blieb bis März 2011 mit wenigen Unterbrechungen in Kundus, zuletzt im Rang eines Stabsunteroffiziers.«

Verwundert schaute ich ihn an. »Er war zehn Jahre in Afghanistan und schaffte es in dieser Zeit nur vom Unteroffizier zum Stabsunteroffizier? Was für eine Karriere.«

»Es gab verschiedene Disziplinarverfahren«, erklärte Meyer. »Alkohol- und Drogenmissbrauch, Gewalt gegen Untergebene und Vorgesetzte. Ein paarmal stand er sogar direkt vor der unehrenhaften Entlassung, aber er schien das Protektorat höherer Kreise zu genießen. Irgendjemand hielt stets eine schützende Hand über ihn. 2011 war es dann aber trotzdem so weit, und die Bundeswehr warf ihn hinaus. Er hatte den Bogen endgültig überspannt – besonders grausame Folter eines gefangenen Taliban mit Todesfolge. Man stelle sich das vor: Der Taliban wurde mit Seilen an Händen und Füßen zwischen zwei Unimogs gespannt, die ihn zunächst Zentimeter um Zentimeter streckten, um ihn dann wie im Mittelalter zu vierteilen. Ein äußerst schweres Kriegsverbrechen. Eigentlich hätte ihn deshalb eine lange Haftstrafe erwartet, aber er und die Mittäter sagten aus, sie hätten auf Befehl eines Vorgesetzten gehandelt, der auch für weitere Kriegsverbrechen verantwortlich wäre.«

Waldi stieß einen beeindruckten Pfiff aus. »Dagegen ist ja die Ermordung unseres Mönchs der reinste Kindergeburtstag.«

»Könnte man so sagen.« Dr. Meyer klopfte auf die Akte. »Spätestens mit Aufnahme unseres Mannes ins Zeugenschutzprogramm wird die Sache allerdings undurchsichtig. Hier ist nicht vermerkt, gegen wen Thomas Ritter aussagte oder wen er auffliegen ließ. Man könnte vermuten, es handele sich entweder um führende Taliban, die ein Kopfgeld auf ihn aussetzten, oder um eine mafiöse Organisation, möglicherweise im Zusammenhang mit Drogen – doch, wie gesagt, das ist rein spekulativ. Fest steht nur, dass Ritter sich mit seiner Aussage die Freiheit und eine neue Identität erkaufte. Allerdings fand er nie den geraden Weg, ein unehrenhaft entlassener, traumatisierter Afghanistanveteran, der zwei Jahre lang in psychologischer Behandlung war und nebenher die Laufbahn eines typischen Kleinkriminellen einschlug.«

»Meine Fresse, was für krasse Typen es gibt«, kommentierte

Waldi, während Dr. Meyer mir die Akte über den Schreibtisch zuschob.

»Sehen Sie sich das in Ruhe an, allerdings dürfen die Unterlagen diesen Raum nicht verlassen. Es ist Ihnen auch untersagt, mit anderen Personen darüber zu reden. Und keinesfalls darf aus der Akte etwas kopiert werden, das Ganze ist streng vertraulich. Ich lasse Sie jetzt ein wenig allein, dann können Sie alle Informationen noch einmal nachlesen.« Dr. Meyer stand auf, nickte Waldi und mir zu, schloss im Gehen mit einer eleganten Bewegung den oberen Knopf seines Jacketts und verließ den Raum.

Waldi blickte mir über die Schulter, während ich die Akte durchblätterte. Es entsprach alles Dr. Meyers Beschreibung, mit noch ein paar zusätzlichen Informationen, zum Beispiel, dass Thomas Ritters Name vor dem Zeugenschutzprogramm Olaf Neumann gewesen war, dass er am Steuer eines der besagten Unimogs gesessen hatte und in Afghanistan in erster Linie als Scharfschütze eingesetzt worden war. Die Akte enthielt weiterhin eine Reihe von Bildern – jedes einzelne mit dem Stempel »Streng geheim« versehen –, als Soldat trug Neumann einen kurz getrimmten Bart und hatte extrem kurze Haare. Thomas Ritter war glatt rasiert mit halblangen Haaren. Ein Bild zeigte ihn mit zwei Männern, einem älteren Zivilisten und einem weiteren Soldaten, Ritter stand in der Mitte, die Arme um die Schultern der beiden anderen gelegt. Alle drei lächelten in die Kamera und hoben den Siegerdaumen. Ich zeigte Waldi das Bild. »Kennst du einen von denen?«

Waldi kam um mich herum, schob den Kopf vor und sagte dann: »Weiß nicht, irgendwie ist mir so, als hätte ich den links neben Ritter schon mal gesehen, bin mir aber nicht sicher, ist so ein Allerweltsgesicht.«

»Geht mir genauso«, murmelte ich. Waldi hatte recht. Es gab Gesichter, die hoben sich von der Masse ab wie schwarze Schafe unter lauter weißen, aber der Mann auf dem Bild gehörte zu den weißen Schafen – absoluter Durchschnitt, man blickte in das Gesicht, und zehn Sekunden später hatte man es wieder vergessen. Ich legte das Bild auf Dr. Meyers Schreibtisch, holte mein Handy aus der Tasche und fotografierte es ab.

»Hey!«, protestierte Waldi sofort. »Meyer hat ausdrücklich gesagt –«

»Dr. Meyer«, verbesserte ich. »Er hat gesagt, es darf nichts kopiert werden. Hab ich auch nicht, oder?«

Waldi warf mir einen schiefen Blick zu. »Dein Problem, wenn es rauskommt. Übrigens, du gehst doch heute Abend mit zum Spiel, oder?«

»Mal sehen«, antwortete ich, steckte das Bild zurück in die Akte, schloss den Deckel und legte alles auf den Tisch.

»Mensch, Killer, die Baskets gegen Alba!« Waldi fuchtelte mit dem Finger vor mir herum. »Das ist das Topspiel der Saison. Okay, die Bayern kommen auch noch.«

»Wie gesagt, ich weiß es noch nicht.« Ich steckte das Handy ein. In diesem Augenblick kam Dr. Meyer zurück und fragte, ob wir alles gesehen hätten.

Ich lief um den Schreibtisch herum, schlug die Akte auf und blätterte zu dem Bild, das Ritter mit den zwei Männern zeigte. Ich deutete darauf. »Ist bekannt, wer die anderen beiden sind?«

Meyer schüttelte den Kopf. »Tut mir leid. Ich weiß auch nur, was in der Akte steht, und habe keinen Hinweis auf Ritters Kameraden gefunden. Wenn Sie der Meinung sind, dass diese Personen von Bedeutung sein könnten, schlage ich vor, dass Sie sich mit der entsprechenden Dienststelle der Bundeswehr in Verbindung setzen. Ritters Vorgesetzte werden wissen, mit wem er Umgang hatte.«

»Gut«, sagte ich. »Ich kümmere mich darum.«

»Tun Sie das. Übrigens, noch etwas, eine Nachricht, die wir – natürlich inoffiziell beziehungsweise intern – als positiv empfinden.« Dr. Meyers Mund verzog sich zu einem reservierten Lächeln. Er klopfte auf die Akte. »Die Sache mit diesem Ritter ist recht prekär. Nun ja, der Mord auch. Jedenfalls wollte uns das BKA einen eigenen Ermittler schicken.«

»Wollte?«, fragte Waldi.

»Ja, aber ein Magen-Darm-Virus hat beim BKA eine ganze

Abteilung außer Gefecht gesetzt, und jetzt haben sie nicht genug Leute.«

Ich grinste. Kein Ermittler mochte es besonders gern, wenn man in seinem Fall herumschnüffelte oder gar das BKA sagte, wo es langging. Die Rangordnung war klar, im Zweifelsfall saßen die Beamten vom Bundeskriminalamt immer am längeren Hebel, und sie waren auch nicht unbedingt dafür bekannt, dass sie sich in besonderer Zurückhaltung übten.

Dr. Meyer riss mich aus meinen Gedanken. »Also, wenn Sie sonst nichts mehr haben … Halten Sie mich auf dem Laufenden. Viel Erfolg, und denken Sie an den Bericht.« Er gab Waldi und mir die Hand und komplimentierte uns dann zur Tür hinaus.

»Übrigens«, erklärte er dabei noch, »nur zur Erinnerung: Dienstrechner sind ausschließlich dem Dienstgebrauch vorbehalten. Aber das wissen Sie ja.«

Wir fuhren die Südtangente zum Klinikum hoch. Am Himmel marschierten graue Wolken auf, ich hoffte wegen Mutter auf Regen, England wäre ein gutes Land in der jetzigen Situation. Waldi lenkte den roten Passat, das erste Unfallfahrzeug der zivilen Dienstflotte, das aus der Werkstatt zurückgekommen war. Ich beantwortete eine SMS von Helene, die wissen wollte, ob ich mit ihr zu Mittag essen würde: »Leider keine Zeit, melde mich«. Dann schickte ich das Bild mit Ritter und seinen zwei Kameraden auf Waldis Handy.

Das Geknatter ging los, er fummelte seine Hand unter dem Sicherheitsgurt hindurch in die Hosentasche und holte sein Mobiltelefon heraus. Sein Blick wechselte vom Display auf die Straße, wieder zurück, und er fluchte: »Verdammt, Killer, was soll das?«

»Entspann dich«, antwortete ich. »Ich will nur, dass du das Bild auch hast. Wenn dir etwas zu einem der Typen neben Ritter einfällt, erspart uns das vielleicht eine Menge Arbeit. Du weißt doch, manchmal muss man eine Sache auf sich einwirken lassen.«

Waldi zog den Passat auf die Abbiegerspur in Richtung Klinikum. Man sah es ihm an, wenn ihn etwas beschäftigte, seine Augen wurden dann schmal, und er kaute auf seiner Unterlippe herum. Kurz vor dem Parkdeck rückte er damit heraus. »Killer, was hat Meyer damit gemeint, du weißt schon, Dienstrechner und Dienstgebrauch und so?«

»Ich denke mal, es sollte heißen: Herr Schöps, gucken Sie Ihre Pornos gefälligst zu Hause auf Ihrem Privatrechner.«

Waldi schnaubte. »Sehr witzig. Er hat nicht zufällig dich gemeint?«

»Ich gucke keine Pornos auf dem Dienstrechner.« Irgendwie machte es Spaß, ihn ein wenig damit zu ärgern.

Waldi hielt an der Schranke, ließ das Fenster runter, zog einen Parkschein und knurrte: »Ich habe jedenfalls nichts Privates auf dem Dienstrechner gemacht.«

»Dann lass es auch in Zukunft.« Ich klickte den Sicherheitsgurt auf und wartete, bis Waldi den Passat rückwärts in die Parklücke gefahren hatte. »Das war die Botschaft von Dr. Meyer.«

Waldi warf mir noch einen finsteren Blick zu, dann stiegen wir aus. Während wir über die Rollstuhlrampe zum Haupteingang liefen, blickte ich zum Himmel. Ich kam mir schon vor wie ein Bauer, der sehnsüchtig auf Regen wartet, damit die Ernte nicht verloren geht – in meinem Fall war es der Wunsch, Mutter möge nicht verloren gehen.

Der Aufzug brachte uns in den fünften Stock, wo wir eine Weile herumirrten, bis wir endlich eine Schwester fanden, der ich Dr. Meyers Liste zeigen konnte. Wir hielten ihr unsere Dienstausweise unter die Nase, und ich stellte uns vor. »Das ist mein Kollege Kommissar Schöps, ich bin Hauptkommissar Killer. Können Sie uns sagen, welche dieser Personen gerade Dienst haben?«

Die Schwester war klein und schlank, sie wirkte übermüdet und etwas gereizt. Ich schätzte sie auf Mitte vierzig. Sie hatte rötliches Haar, in dem eine Brille steckte, die sie jetzt aufsetzte. Sie nahm die Liste, studierte sie und sagte mit leicht östlichem Akzent: »Nur ich. Ich bin Schwester Jadwiga. Jadwiga Tomasz.

Ich nehme an, es geht um den Mann mit dem Schädeltrauma, der hier gestorben ist.«

Ich nickte. »Wir gehen inzwischen davon aus, dass er ermordet wurde. Bei der Autopsie fanden sich Spuren von Thiopental.«

Ihre dunklen Augen flogen auf – sie wirkten noch größer durch die gewölbten Bogen der Lidstriche und die schwere schwarze Tusche auf den Wimpern. »Ermordet, sagen Sie? Das ist ja furchtbar.« Die Liste in ihren Händen vibrierte leicht, als würde ein Luftzug darüberstreichen. Sie gab sie mir zurück. »Sind Sie sicher? Thiopental wird bei uns nicht verwendet.«

Ich bedeutete Waldi mit einem Blick, er sollte seine Rolle übernehmen. »Die Laborergebnisse sind eindeutig.«

Waldi tat so, als unterdrückte er ein Gähnen. »Jetzt erzählen Sie mal.« Er blickte auf seine Fußspitze, die er hin und her drehte, und spielte den lustlosen Polizisten, der kurz vor Dienstschluss noch eine lästige Routinebefragung durchführen muss. Seine ganze Körpersprache signalisierte: *Das führt sowieso zu nichts, bringen wir es hinter uns.* Dazu passte seine belanglose Frage: »Wie werden Komapatienten eigentlich behandelt?«

Ich beobachtete die Krankenschwester unauffällig aus den Augenwinkeln. Ihre Lider flatterten kurz, und sie schien für einen Moment nicht zu wissen, wohin mit ihren Händen.

Ein leichtes Wackeln war in ihrer Stimme, als sie antwortete. »Bei uns auf der Station ganz bestimmt nicht mit Thiopental. Wenn Sie die genaue Zusammensetzung der Narkosemittel wissen möchten, fragen Sie unsere Anästhesistin, Dr. Wagner. Meine Aufgaben bestehen in der Geräteüberwachung – Herz, Kreislauf, Atmung, künstliche Ernährung –, dem Wechseln von Infusionen und der Körperpflege.«

Ich blickte auf die Liste mit den Namen und den Informationen, die Dr. Storch in seiner akkuraten Schrift daruntergeschrieben hatte. »Unser Gerichtsmediziner gibt als Todeszeitpunkt den 24. April zwischen zwei Uhr und vier Uhr morgens an. Laut meiner Liste hatten Sie in diesem Zeitraum Dienst.«

Sie überlegte. »War das der Donnerstag?«

Waldi tippte etwas auf seinem Handy. »Ja. Donnerstag, der 24.«

»Ich hatte bis sechs Uhr morgens Dienst.«

»Ist Ihnen in dieser Zeit irgendetwas Besonderes aufgefallen? Zum Beispiel unbekannte Personen, die vielleicht auch noch ein seltsames Verhalten an den Tag legten?«

Jadwiga Tomasz unterstrich das, was sie sagte, mit einer resoluten Handbewegung. »Ich kann mich an nichts Ungewöhnliches erinnern, nur dass es eine sehr unruhige Schicht war. Wir sind hier nur zu dritt und hatten in dieser Nacht alle Hände voll zu tun, ein Unfall mit einem Schwerstverletzten, zwei Herzinfarkte. Es war sehr hektisch, und viele Leute rannten hier rum – Notärzte, Sanitäter, Angehörige.«

»Sie sagen, Sie waren zu dritt. Zwei Krankenschwestern und ein Arzt?«

»Ja. Am Donnerstag waren das mit mir zusammen Dr. Kurani und Schwester Marianne. Die haben an diesem Wochenende allerdings frei.«

»Jede Schicht besteht aus drei Personen?«

»Nein. Tagsüber ist die Station mit vier Leuten besetzt.«

»Ist das grundsätzlich so, oder kommt es auch einmal vor, dass nachts vier Personen Dienst haben?«

»Höchstens, wenn es so viele Notfälle gibt, dass die Bereitschaft angerufen werden muss.«

Waldi kratzte sich an der Nase und fragte: »Aber das war an diesem Donnerstag nicht der Fall?«

»Nein. Es war hektisch, aber nicht so, dass wir einen Kollegen oder eine Kollegin aus dem Bett holen mussten. Das versucht man zu vermeiden, man will selbst auch nur im äußersten Notfall herausgeklingelt werden.«

»Verstehe«, nickte Waldi. »Kommt auch nicht so gut beim Ehepartner an, wenn einen alle paar Tage das Telefon aus dem Schlaf holt.«

»Ich bin nicht verheiratet.«

»Kinder?«

»Ich habe einen sechsjährigen Sohn.«

Waldi mimte den Verständnisvollen. »Ist bestimmt nicht einfach, wenn Sie Nachtschicht haben. Wer kümmert sich dann um ihn?«

»Eine Nachbarin. Joschka hat mein Handy und kann sie im Notfall anrufen.«

»Joschka«, sagte Waldi.

Die Krankenschwester wirkte jetzt nicht mehr gereizt, sondern zunehmend reserviert. »So heißt mein Sohn. Hören Sie, es gibt hier eine Menge Arbeit, und ich weiß nicht, ob Sie mir unbedingt Fragen zu meinem Privatleben stellen müssen. Ich habe das Gefühl, Sie behandeln mich wie eine Verdächtige.«

Ich hob die Hände. »Entschuldigen Sie bitte. Wir verdächtigen Sie nicht. Wir versuchen uns nur ein Bild von der Situation zu machen. Wenn Sie sich in unsere Lage versetzen, werden Sie verstehen, dass wir von zwei Möglichkeiten ausgehen. Entweder ist jemand Donnerstagnacht hier in dem ganzen Trubel unbemerkt hereinspaziert und hat Ihrem Patienten eine tödliche Dosis Thiopental verpasst. In diesem Fall fragen wir uns, wie das möglich war, schließlich saß einer unserer Kollegen vor seiner Tür. Von seinen Aufzeichnungen ausgehend erscheint es uns eher unwahrscheinlich, dass es jemand von außerhalb war, es sei denn, unser Kollege hätte sich von Zeit zu Zeit ein Nickerchen gegönnt und Sie hätten außerdem den Überblick verloren, wer während dieser Zeit alles bei Ihrem Patienten zu Besuch war.«

Die blassrosa geschminkten Lippen der Krankenschwester wurden schmal. »Ich bin für meine Patienten verantwortlich, nicht aber für das Pflichtbewusstsein Ihres Kollegen. Es wäre mir allerdings sehr wohl aufgefallen, wenn er geschlafen hätte. Das hätte ich Ihnen auch gesagt. Und ja, es war hektisch, aber es ging keineswegs zu wie in einer Bahnhofshalle. Niemand kann hier einfach hereinspazieren, wie Sie sagen. Man muss klingeln und sich ausweisen.«

»Sehen Sie.« Ich klopfte auf die Liste. »Wenn wir jetzt aus dieser Aussage die logischen Schlüsse ziehen, kommen wir zwangsläufig zum zweiten Szenario. Falls es niemand von außerhalb war, dann bleiben eigentlich nur noch die Namen auf diesem Protokoll.«

Verärgert schüttelte sie den Kopf. »Also verdächtigen Sie mich doch. Dann müssen Sie mir allerdings erklären, warum ich oder eine meiner Kolleginnen einen Patienten umbringen sollten.«

Waldi schob sich vor. Seine Stimme bekam wieder einmal dieses leicht Proletenhafte. »Kann ich Ihnen gern erläutern. Was sind Sie, Polin? Alleinerziehende Ausländerin schuftet sich im Schichtdienst ab, weiß kaum, wie sie über die Runden kommen und sich dabei auch noch um ihr Kind kümmern soll. Da kommt jemand daher, wedelt mit einem Bündel Geldscheine vor Ihrer Nase herum, sagt, es ginge nur um einen kleinen Gefallen, Sie müssten nur einen kleinen Cocktail mischen und täten der Welt sogar noch einen Gefallen damit – dieses miese kleine Schwein, dieser Kinderschänder, der hätte es nämlich verdient. Und Ihnen selbst tun Sie den allergrößten Gefallen, denn erst einmal wären Sie alle Sorgen los ...«

Schwester Jadwiga schnappte entrüstet nach Luft. »Was erlauben Sie sich? Das ist eine Unverschämtheit! Nur weil ich aus Polen komme und alleinerziehend bin. Ich werde mich bei Ihrem Vorgesetzten beschweren –«

»Das bin ich.« Ich schob mich zwischen Waldi und die Krankenschwester. »Sie haben recht. Ich entschuldige mich in aller Form bei Ihnen. Das Verhalten meines Kollegen ist völlig unkorrekt und unverzeihlich. Es wird ein Nachspiel haben, ich verspreche es Ihnen.« Ich warf Waldi einen vernichtenden Blick zu und wandte mich dann mit der Liste wieder an die Schwester. »Also noch einmal, verzeihen Sie, wir belästigen Sie auch nicht länger, ich habe nur noch eine Bitte, dann verschwinden wir und lassen Sie wieder Ihre Arbeit tun.« Ich zeigte ihr erneut das Protokoll. »Sie sagten, in der Nachtschicht waren Sie zu dritt, Schwester Marianne, Dr. Kurani und Sie.«

Sie nickte zögernd, misstrauisch.

Ich deutete auf einen Namen. »Wer ist Dr. Naumann? Hier steht, er betrat um drei Uhr zweiundvierzig den Raum, in dem unser Mann lag, und verließ ihn drei Minuten später, um drei Uhr fünfundvierzig, wieder. Können Sie uns sagen, wann er wieder Dienst hat oder wie wir ihn erreichen können?«

»Einen Dr. Naumann kenne ich nicht. Vielleicht ist er ein Notarzt. Da müssen sie woanders nachfragen.«

Ich sagte: »Vielen Dank, das werden wir tun. Sie haben uns sehr geholfen. Und entschuldigen Sie noch einmal das unangemessene Verhalten meines Kollegen.«

»Gut gemacht, Top Gun«, lobte ich, als wir das Klinikum verließen.

»Politisch nicht ganz korrekt«, sagte Waldi.

Ich blickte zufrieden zu den dunklen Wolken, die der Wind über den Himmel trieb. Bald würde es regnen.

»Kümmerst du dich um die anderen? Dr. Kurani, Schwester Marianne und diesen Dr. Naumann?«, fragte ich Waldi.

»Kein Problem, mach ich.« Waldi drückte die Fernbedienung der Zentralverriegelung. Die Rückscheinwerfer blinkten auf.

Wir stiegen in den Passat ein, und ich sagte zu Waldi: »Setz mich bitte im Präsidium ab, Partner.«

ACHT

Es war Samstagmittag. Koch von der Spurensicherung teilte mir am Telefon mit, sie seien in einer halben Stunde fertig, daher wartete ich noch eine Weile. Es ging nur um die beiden Gräber, nicht um einen weiteren Toten, ich konnte die Techniker in Ruhe ihre Arbeit erledigen lassen.

Die Tür zu meinem Büro stand offen, und eine wohltuende Stille lag über dem Präsidium. Unten auf der Starkenfeldstraße rauschte leise der Verkehr, ein paar Regentropfen klopften ans Fenster. Ich nahm das Telefon und wählte eine Nummer der Bundeswehr. Eine Stimme vom Band teilte mir mit, dass man ab Montag, acht Uhr, wieder erreichbar sei. Ich legte den Hörer zurück.

Ich hatte die Füße auf dem Schreibtisch liegen, hielt eine Tasse Kaffee in den Händen und dachte über den Fall nach. Bei aller Unverschämtheit Waldis gegenüber Jadwiga Tomasz, in einem hatte er recht: Das Motiv, das er genannt hatte, war durchaus realistisch. Wenigstens sollten wir es vorurteilslos im Hinterkopf behalten. Krankenschwestern wurden noch schlechter bezahlt als Polizisten, und wenn man sich das Leben einer alleinstehenden Mutter in einem fremden Land vorstellte, dann musste man sie als mögliche Täterin zumindest in Erwägung ziehen. Vorausgesetzt, es gab tatsächlich jemanden, der den Mord in Auftrag gegeben und dafür eine hohe Summe bezahlt hatte. Ich brauchte einen Durchsuchungsbefehl für ihre Wohnung, falls sie so unvorsichtig gewesen war, dort Beweismaterial aufzubewahren. Ein Kollege musste außerdem ihren Lebensstil in nächster Zeit ein wenig genauer unter die Lupe nehmen. Kaum jemand, der immer am unteren Limit herumkrebst, ist in der Lage, einen plötzlichen Geldsegen lange zu verheimlichen.

Waldi wollte Jadwiga Tomasz mit seiner Respektlosigkeit gezielt provozieren. Und ich hatte die Reaktion der Krankenschwester darauf genau studiert und war mir nicht ganz sicher, ob ich echte Entrüstung gesehen hatte oder nur Schauspielerei.

Gerade machte ich mir ein paar Notizen für meinen Bericht, als sich draußen jemand räusperte. Ich nahm die Füße vom Tisch und ließ den Drehstuhl rotieren. In der Tür stand Hans Schuch, unser Pensionär, der vor zwei Jahren bereits verabschiedet worden war. Nach dem Tod seiner Frau war er immer wieder hier aufgetaucht, und als der Posten für die Asservatenkammer vakant geworden war und mit niemandem besetzt werden konnte, hatte Dr. Meyer die Idee, ihn für die Stelle zu reanimieren. Sein Hauptmerkmal war der gewaltige graue Haarwuchs, der aus seinem geöffneten Hemdkragen hervorquoll, in Büscheln aus Ohren und Nasenlöchern drängte und seine Augenbrauen zu beängstigenden, gefiederten Querbalken machte. Man sagte scherzhaft, er könnte bei Verhören mühelos jeden Kleinkriminellen dazwischen zerquetschen.

»Hans«, sagte ich. »Komm rein. Wie geht's?«

»Gut.« Zögernd kam er näher, drehte eine Schachtel in den Händen und blieb vor meinem Schreibtisch stehen. »Du wirst zu tun haben. Ich will nicht stören.«

»Du störst nicht. Hol dir den Stuhl da und setz dich.«

Er nickte, zog Waldis Drehstuhl zu sich heran und nahm Platz. »Danke.«

Seit seine Frau nicht mehr lebte, streifte er oft auch am Wochenende im Präsidium durch die Gänge wie ein ruheloser Geist. Ich schätzte seine ruhige, korrekte Art, ein Mann vom alten Schlag, bescheiden und zurückhaltend und dennoch mit überlegener Dominanz, wenn es erforderlich war. Früher schien jede Faser seines Körpers mit Energie aufgeladen zu sein, inzwischen war das Glimmen in seinen Augen stumpf geworden. »Wie geht es voran mit deinem Mönchsfall?«, fragte er.

»Kleinarbeit«, antwortete ich. »Kennst du ja. Eine Menge winziger Spuren, denen man folgen muss, bis sie im Sande verlaufen. Bis jetzt haben wir erst eine etwas größere, vielversprechende.«

»Ja, kenne ich sehr gut.« Er nickte, und ich wies auf die Schachtel in seinen Händen.

»Was hast du da Schönes?«

Er betrachtete die Schachtel, öffnete dann den Deckel und hielt sie mir hin. »Eine elektronische Fußfessel. Völlig neues Modell, wir haben es zum Ausprobieren hier. Funktioniert mit GPS. Du weißt ja, das war bisher nicht möglich, die Geräte waren zu leicht manipulierbar.«

Ich wurde hellhörig. Fußfesseln kamen in Deutschland seit 2009 in gewissen Fällen zum Einsatz. Damals hatte man eine Sicherungsverwahrung von bestimmten Straftätern nach Ablauf ihrer regulären Haftstrafe als Verstoß gegen die europäischen Menschenrechtskonventionen verurteilt. Seither war man mit dem Problem konfrontiert, dass zum Beispiel als gemeingefährlich eingestufte Sexualstraftäter entweder einfach so herumspazieren konnten oder aufwendig und teuer rund um die Uhr überwacht werden mussten. Dieses Problem versuchte man durch Fußfesseln zu lösen, die sich allerdings in manchen Fällen bereits als unzuverlässig erwiesen hatten. »Interessant. Und für wen sind die vorgesehen?«, fragte ich.

»Für niemanden«, antwortete Hans. »Im Augenblick gibt es in unserem Bereich keine geeigneten Straftäter.«

Die Idee kam mir wie eine plötzliche, elektrisierende Eingebung, sie raste durch meinen Kopf wie ein D-Zug. Vielleicht war das die Lösung. Ich fragte, beinahe ein wenig aufgeregt: »Wann musst du sie zurückgeben?«

»Gar nicht, erst einmal. Es soll ja gerade die Langzeittauglichkeit geprüft werden. Allerdings liegt die Fessel hier nur rum, und das ist schade. Ich werde ein bisschen mit Kollegen telefonieren und fragen, ob sie jemand haben will.«

»Hm«, machte ich.

»Was ist? Kannst du sie wohl brauchen?« Hans grinste verschmitzt. »Für deine Freundin, damit du immer weißt, wo sie sich gerade herumtreibt?«

»Nein«, antwortete ich. »Für meine Mutter.«

Ich rief Helene an, um zu fragen, ob sie Lust hätte, mir etwas über die Domgräber zu erzählen. Sie erklärte sich sofort dazu bereit, also holte ich sie mit dem Station Wagon am »Bergschlösschen« ab. Sie trug ein Kleid mit Blumenmuster, eine rote Lederjacke und schwarze Stiefel, eine vage Spur von Rouge auf den Wangen, dunkelroten Lippenstift und Schatten auf den Lidern, die dadurch noch schwerer wirkten.

Wir fuhren über den Stephansberg, durch den Torschuster hinunter zum Domberg. Ich parkte an der großen Treppe unterhalb des Osteingangs, direkt hinter dem weißen VW-Bus der Spurensicherung. Im Augenblick machte der Regen eine Pause, wir stiegen die Stufen hoch, und ich wollte gerade unter dem Absperrband durch, als Helene meinen Arm berührte.

»Bitte warten Sie einen Augenblick.« Sie drehte sich um und ließ ihren Blick über den Domplatz wandern. Die Mauern und Dächer der Alten Hofhaltung glänzten nass, vor dem Eingang der Neuen Residenz stand eine Gruppe Touristen, sie trugen Regenjacken und hatten Schirme dabei. »Es ist beeindruckend«, sagte Helene. »Hier kann man die Jahrhunderte auf der Haut spüren. Sie wohnen in einer der schönsten Städte, wissen Sie das?« Ihre Hand lag immer noch auf meinem Arm, die Berührung war leicht, kühl und fast schon ein wenig vertraut.

»Eigentlich können wir uns duzen«, sagte ich.

Sie lachte. »Aha, Sie sind eher der nüchterne Typ und mögen keine Schwärmereien, du, meine ich. Gut, dann lassen wir das eben. Aber sehr gern können wir uns duzen.«

»Okay, also ich bin Rod«, sagte ich linkisch und fügte noch linkischer hinzu: »Aber das weißt du ja.«

Ihr Lachen klang hell. »Und ich bin Helene. Ja, du hattest es bereits erwähnt. Dann lass uns die Formalitäten erledigen.« Während ich sie fragend ansah, legte sie ihre Hand in meinen Nacken, zog meinen Kopf herab und küsste mich auf den Mund. In diesem Augenblick schwang die Kirchentür der Adamspforte auf, und Koch-von-der-Leyen stand auf der anderen Seite des Absperrbands und blickte überrascht zwischen Helene und mir hin und her. »Hoppla! Verzeihung, ich wollte nicht stören.«

»Sie … äh, stören nicht«, stotterte ich. »Nur eine Formalität.«

Koch lächelte amüsiert. »Muss ich das verstehen?«

»Es ist kompliziert«, sagte ich verlegen und mied Kochs Blick. Die Sache war zu peinlich. Ich räusperte mich. »Darf ich vorstellen, das ist Frau Mantis, sie schreibt gerade an ihrer Doktorarbeit über Königsgräber. Vielleicht kann sie mir wichtige Hinweise geben.«

»Eine gute Idee. Angenehm, Maria Koch.« Sie schüttelte Helenes Hand und wandte sich dann mir zu. »Wir sind drinnen fertig. Meiner Meinung nach waren es dieselben Täter. So wie es aussieht, ist das Werkzeug identisch, die Gräber wurden auf die gleiche Weise aufgesägt wie in Sankt Michael, und beide sind leer geräumt – okay, Sie müssen vielleicht abklären, ob überhaupt etwas drin war. Die übrigen Gräber – zum Beispiel das Grab des Königs Konrad unten in der Krypta – wurden nicht aufgebrochen. Ich habe die Scheinwerfer stehen lassen, damit Sie etwas sehen können. Sie brauchen keine Handschuhe mehr, die Spuren, die da sind, haben wir. Kollege Huber ist noch drin, er baut alles ab, wenn Sie fertig sind. Sagen Sie ihm Bescheid, er klebt dann auch das Siegel auf die Tür.«

Ich bedankte mich, hob das Absperrband, wartete, bis Koch auf die eine und Helene auf die andere Seite gewechselt war, und duckte mich dann selbst darunter durch.

Im Dom lag jene kühle Stille, die nur dem Inneren von Kirchen zu eigen ist. Durch die hohen Fensterbogen schimmerten bleiche Lichtstreifen in die graue Dämmerung. Eine archaische Feierlichkeit ruhte zwischen den hohen Wänden, den Säulen, Figuren und dem unerreichbaren Deckengewölbe. Die Aura von Weihrauch, gemurmelten Gebeten und jahrhundertealten Formeln war hier konserviert wie eine allgegenwärtige Erinnerung. Für mich war es die Erinnerung an die zahllosen Proben, Messen und Hochämter als Domchorknabe auf den Stufen vor dem Altar im Ostchor. Diese immer wiederkehrenden Rituale, diese zähe, starre Ordnung, die man gleichzeitig als beschützend und beengend empfindet – wie als Jugendlicher das Elternhaus.

Helenes Schritte klackten überlaut auf den Steinfliesen, die Wände warfen den Hall zurück, als wollten sie einen Eindringling zurückweisen. Ich streifte die filigrane Figur des Domreiters mit einem flüchtigen Blick und blieb dann stehen. Das eingegitterte Kaisergrab lag da, angestrahlt von den Scheinwerfern der Spurensicherung wie in einer Filmszene.

Der Techniker, ein junger Bursche mit pickeligem Gesicht, stand davor und schälte sich aus seinem Plastikoverall. Darunter trug er Jeans, T-Shirt und Lederjacke. Er starrte Helene an wie eine Erscheinung, wurde rot und stotterte: »Hauptkommissar Killer, stimmt's? Ich bin … Kevin Roth. Wir haben leichte Kratzspuren hier am Schloss gefunden. Jemand hat es mit einem Dietrich oder etwas Ähnlichem geöffnet.« Er hatte sich endlich aus dem Overall befreit, knüllte ihn zusammen und trat zum Sarkophag. »Hier sehen Sie den Schnitt der Säge. Wir haben den Deckel wieder aufs Grab gelegt, es war leer.«

»Danke, ich weiß«, sagte ich, »Frau Koch hat uns bereits informiert. Wir sehen uns die beiden Gräber an, danach sage ich Ihnen Bescheid, damit Sie nach Hause können. Es dauert nicht lang.«

Unschlüssig blickte er von mir zu Helene, wieder flammte die Röte in seinem Gesicht auf, dann nickte er und deutete nach links. »Ist gut, ich bin dahinten, melden Sie sich, wenn Sie mich brauchen.«

»Alles klar, danke.« Ich wartete, bis er verschwunden war, dann wandte ich mich an Helene und lächelte. »Unser junger Freund scheint ziemlich beeindruckt von dir zu sein.«

Helene ging darauf nicht ein. Sie lächelte nur wissend, umkreiste das Grab und schoss mit ihrem Handy Bilder aus verschiedenen Perspektiven. »Für meine Doktorarbeit«, sagte sie und fragte dann: »Okay, was soll ich dir alles erzählen?«

»Irgendetwas, das mir hilft, den Mörder zu finden«, antwortete ich und blickte auf den Sarkophag. »Ich erinnere mich nicht mehr an alle Einzelheiten, aber doch an so viel, dass es sich bei den Reliefs auf den Seitenwänden um Legenden aus dem Leben des Kaiserpaars handelt.«

Helene ging zum Grab und deutete auf eine Szene. »Das ist die Feuerprobe, bei der Kaiserin Kunigunde über glühende

Pflugscharen gehen musste. Und hier das Pfennigwunder, das zeigt, wie sie den Bauarbeitern der Stephanskirche ihren Lohn auszahlt.«

Ich folgte nachdenklich ihren Ausführungen. »Ich kann keinerlei Verbindung zu dem ermordeten Mönch sehen.«

»Ich auch nicht. Aber vielleicht hier?« Helene deutete auf das nächste Abbild. »Kaiser Heinrich liegt auf dem Sterbebett. Am Fußende steht der verkleidete Teufel, der ihn lockt, aber Heinrich weist auf Kunigunde und erklärt, dass er sie als Jungfrau erhalten habe und sie auch als Jungfrau zurücklasse.«

»Aha, tolle Ehe. Und das hier? Sieht mir nach einem Engel aus.«

»Es ist der Erzengel Michael, der mit dem Teufel um die Seele des Kaisers streitet.«

Ich tigerte um das Grab herum. Mehr und mehr beschlich mich das Gefühl, hier nur meine Zeit zu verschwenden. Eigentlich war der Fall klar. Wir hatten es mit Grabräubern zu tun, und ich hatte wenig Zweifel, dass es sich um dieselben Täter handelte wie in Sankt Michael. Der Unterschied bestand lediglich darin, dass es hier keinen Toten gab. Das lag aber schlicht daran, dass niemand die Diebe gestört hatte.

Ich spürte Helenes Blick und drehte mich zu ihr. Sie sah mich stirnrunzelnd an und fragte: »Was ist? Hörst du mir überhaupt zu?«

»Ja, entschuldige. Ich rätsle nur die ganze Zeit über einen Zusammenhang mit dem Mord. Außer dem Knochendiebstahl gibt es wohl keinen. Aber mach weiter, bitte.«

»In Ordnung.« Helene zögerte noch einen Augenblick, dann ging sie zum letzten Abbild und erklärte: »Kaiser Heinrich litt an Nierensteinen. Hier ist er im Kloster Montecassino zu sehen, die schlafende Figur stellt seinen Arzt dar, die andere Person ist der heilige Benedikt, der ihn über Nacht von seinem Leiden heilt. Siehst du den überdimensionierten Stein in Heinrichs Hand?«

»Ja, sehe ich.« Wieder umrundete ich mit zusammengekniffenen Augen das Grab.

»Suchst du etwas Bestimmtes?«, fragte Helene.

Ich trat ein paar Schritte zurück und musterte das Grab aus der Distanz. »Sagt dir der Begriff Zinken etwas?«

»Zinken? Eine große Nase? Gezinkte Karten?«

»Nein.« Ich lachte. »Weder noch. Ich spreche von Gaunerzinken. Das sind Geheimzeichen, die Einbrecher, Hausierer oder Drückerkolonnen an Gartenzäunen, Hauswänden, Briefkästen und so weiter anbringen. Manchmal sind es einfache Kreise, Striche oder Pfeile, manchmal primitive Zeichnungen von Tieren oder Werkzeugen.«

»Verstehe. Ich nehme an, es handelt sich dabei um irgendwelche Botschaften?«

»Ja. Ein Hund besagt zum Beispiel: *Achtung, wer hier einbricht, legt sich mit einem bissigen Köter an.* Ein paar Kreise könnten bedeuten: *Leute, in diesem Haus lohnt es sich, da wohnen reiche Leute.* Oder eine Schaufel oder Axt gibt den Hinweis, dass man sich da womöglich etwas durch einfache Arbeiten verdienen kann.«

»Das heißt, Bettler oder Diebe ziehen durch Siedlungen und halten nach solchen Zinken Ausschau.«

Ich nickte. »Genau. Ich dachte, dass der Schwan auf dem Grab in Sankt Michael vielleicht auch eine solche Bedeutung hat. Hier auf dem Sarkophag kann ich aber nichts dergleichen entdecken.«

Helene blickte mich nachdenklich an. Ihre Augen wirkten im Dämmerlicht groß und starr wie Katzenaugen, die etwas fixierten, doch dann glitten sie schon wieder davon, wie etwas, das von einer glatten Oberfläche abrutscht. Sie umrundete noch einmal den Sarkophag; ihre Bewegungen waren langsam, aber von geschmeidiger Eleganz, das schöne Profil nur wenige Handbreit von den Reliefs entfernt. Ich stand regungslos da und betrachtete sie fasziniert. Ihr konzentriertes Gesicht, das sich hell von den Schatten des Grabes abhob, strahlte in beinahe unwirklicher Schönheit.

Nun richtete sie sich auf und kehrte zu mir zurück. »Ich konnte auch keinen Schwan oder irgendein anderes Zeichen auf dem Sarkophag entdecken.«

»Okay. Ich will mir noch kurz das andere Grab ansehen, dann können wir das hier abhaken.«

Wir gingen den Hauptgang hinunter. Durch die hohen gotischen Fenster im Westchor schien mit einem Mal die Sonne und flutete eine Hälfte des Doms mit Licht. Der Bischofsstuhl vor dem Altar leuchtete golden, zusätzlich angestrahlt von den Scheinwerfern der Spurensicherung, denn das Papstgrab Clemens' II. befand sich direkt hinter der Kathedra. Wir stiegen die Stufen hoch, und Helene zückte wieder ihr Handy, um als Erstes ein gutes Dutzend Bilder von dem grauen Marmorsarkophag zu machen. Die Sonne verschwand so abrupt, als hätte sie jemand ausgeknipst.

Der graue Block des Papstgrabes war niedriger als das Kaisergrab, und ich musste mich bücken, um die dunkle Linie zu finden, die auch hier den einzigen Hinweis auf den Diebstahl darstellte. Die Reliefs waren klarer, einfacher und markanter als die auf dem Kaisergrab, ich sah einen Mann, der mit einem Löwen kämpfte, und einen Drachen vor einer liegenden Frau.

»Du kannst mir sicher erklären, was das bedeutet«, sagte ich zu Helene.

Sie nickte. »Der Löwe steht für Stärke – eine der vier Kardinaltugenden – und der Drache für Weisheit.«

Ich kniff die Augen zusammen. »Aber auch hier kein Schwan.«

»Vielleicht gegenüber.«

Wir wechselten zur anderen Längsseite des Sarkophags und beugten uns hinunter. Ich konnte der Versuchung nicht widerstehen, einen verstohlenen Blick auf Helenes Dekolleté zu werfen. Dann untersuchte ich auch diese Seite des Sarkophags sorgfältig. »Wieder nichts«, sagte ich und richtete mich auf. »Ich schätze, dieses Gekritzel auf dem Bischofsgrab hat wohl doch nichts zu bedeuten. Was soll's.« Ich deutete nach unten. »Noch eine nackte Frau, die Wasser ausgießt.«

Helene lachte. »Dieses Bild stellt dar, wie sich der Strom, der aus dem Garten Eden fließt, in vier Flüsse teilt, von denen vor allem Euphrat und Tigris bekannt sind.«

»Gut«, seufzte ich. »Bleibt noch die Vorderseite.«

»Ein gängiges Bild auf solchen Gräbern. Der Erzengel Michael führt in diesem Fall den Papst ins ewige Leben.«

Ich hakte die Sache innerlich ab. Außer einem Haufen mittelalterlicher Symbole hatte ich keinerlei neue Erkenntnisse gewonnen. Meiner Meinung nach hatten die Darstellungen auf keinem der Gräber mit dem Fall zu tun. Eigentlich konnte ich froh darüber sein. Wie es aussah, ging es lediglich um den Diebstahl von Reliquien, bei dem der Mord an dem Mönch sozusagen ein Betriebsunfall gewesen war. Alles sprach gegen Waldis Theorie von einem Ritualmörder, und das konnte mir nur recht sein, denn so hing die Aufklärung von solider Polizeiarbeit ab und nicht von der Entschlüsselung irgendwelcher kryptischen Zeichen.

»Ich habe alles gesehen«, sagte ich zu Helene. »Vielen Dank für die Weitergabe deines Expertenwissens. Es war sehr interessant. Bleibt zu hoffen, dass die Spurensicherung etwas Brauchbares findet. Ansonsten bringt mich das hier leider keinen Schritt weiter. Sollen wir gehen?«

Helene nickte. Ich sagte dem pickelgesichtigen Techniker Bescheid, dass wir fertig waren. Als ich die Tür zum Ausgang öffnete, rauschte eine Sturmbö mit Regen heran und warf uns beinahe zurück in den Dom. Der Wind pfiff um die Mauern, und es schüttete wie aus Eimern. Helene drückte sich an mich und lachte. Geduckt rannten wir die Stufen hinunter. Als wir nach wenigen Metern den Station Wagon erreichten, waren wir klatschnass.

Ich fuhr Helene hoch zum »Bergschlösschen«. Sie lächelte während der Fahrt, wie bei einer angenehmen Erinnerung, und wischte sich die nassen Haarsträhnen aus dem Gesicht. Es regnete immer noch stark, die Scheibenwischer liefen auf Hochtouren.

»Du siehst aus wie ein begossener Pudel«, sagte ich belustigt.

»Und du wie eine blonde Vogelscheuche, die gerade aus der Waschstraße kommt«, antwortete sie.

»Was hat eine Vogelscheuche in einer Waschstraße zu suchen?«

Sie beugte sich zu mir herüber und drückte mir einen feuchten Kuss auf die Wange. »Das musst du die Vogelscheuche fragen.«

Ich bog vom Jakobsberg in den Bundleshof ein und zog den Chevy, der beleidigt grollte, den steilen Berg hoch. Am Scheitelpunkt lenkte ich nach links und rollte auf den Hof des »Bergschlösschens«. Helene machte keinerlei Anstalten, auszusteigen, sie löste nur den Sicherheitsgurt, lehnte sich zurück, sah mich an, und ich versank in ihrem Blick wie in tiefem Wasser.

»Willst du sitzen bleiben, bis es aufhört zu regnen?«, fragte ich.

»Nein.« Sie küsste mich wieder, dieses Mal auf den Mund, und flüsterte mir dann ins Ohr: »Ich will, dass du mitkommst.«

Wir fielen übereinander her, gierig wie zwei Raubtiere nach Beute. Es war keine Zeit, alle Kleidungsstücke auszuziehen, wir rissen nur zur Seite, was im Weg war. Und schließlich landete ich rücklings auf ihrem Bett, mein klatschnasses Hemd über der Brust aufgerissen, die Hose wie eine lose Fessel um die Fußgelenke. Sie hockte rittlings auf mir, die nasse Bluse weit geöffnet, der Rock war hochgeschoben, der Slip lag irgendwo herum. Ihr Mund stand weit offen, sie stöhnte und blickte mich mit halb geschlossenen Augen an. Dann nahm sie meine Hände, legte sie auf ihre kleinen, festen Marmorbrüste und begann, sich immer schneller auf mir zu bewegen. Ihr Anblick war heiß und sinnlich. Am Ende lagen wir übereinander, bebend, nach Luft schnappend wie nach einer halsbrecherischen Flucht, und erst als sie wieder etwas ruhiger atmen konnte, sagte sie zunächst nur dieses eine Wort, das wie eine Feststellung klang: »Rod.«

Sie protestierte, als ich mich später in meine nassen Klamotten zwängte und Anstalten traf, das Zimmer zu verlassen. Ich stand an der Tür und drehte mich zu ihr. Sie hatte die Decke hochgezogen, ihr Kopf lag auf das Kissen gebettet, das Gesicht weiß, umrahmt vom schwarzen Haarkranz, der Blick bernsteinglänzend, tief und unergründlich.

»Warte«, sagte sie, ohne mich aus den Augen zu lassen. Sie stand auf, kam nackt zu mir, schmiegte sich an mich und küsste mich. »Wohin gehst du jetzt?«

Ich spürte und roch sie, alle meine Sinne waren noch in sie getaucht. Leise sagte ich: »Zu meiner Mutter. Danach nach Hause.«

»Ruf mich an, wenn du zu Hause bist, versprichst du es?«

»Okay.«

»Du harter Bulle«, flüsterte sie zärtlich. »Keine Gefühle. Und bloß kein Wort zu viel.«

NEUN

Das Problem war nicht meine Mutter. Das Problem war zunächst die Heimleitung.

Natürlich weiß ich, dass der Begriff Fußfessel negativ besetzt ist. Jeder verbindet damit Sexualstraftäter, die kleine Jungs in den Wald fahren, dort missbrauchen, danach umbringen und verscharren – und nicht eine alte Frau mit Alzheimer und einer überdimensionalen Sehnsucht, mit dem Rollator loszuziehen und die Sonne einzufangen.

Die Heimleiterin redete deswegen auch gleich von Freiheitsberaubung, und es sei illegal, einer alten Frau oder irgendjemandem, der nichts getan hat, eine Fußfessel zu verpassen. Nachdem wir über eine Stunde darüber diskutiert und jedes Für und Wider erörtert hatten, schlug ich vor, den Radius zu begrenzen. Die Heimleiterin wollte wissen, wie das funktionieren könnte, und ich erklärte ihr, das System arbeite mit GPS und würde einen Warnton auf meinem Mobiltelefon abgeben, sobald Mutter sich mehr als fünfhundert Meter vom Heim entfernte. Einhundert, forderte die Heimleiterin. Nach zähem Ringen einigten wir uns auf dreihundertfünfzig. Damit konnte Mutter, ohne Alarm auszulösen, zu ihren beiden Lieblingsplätzen gelangen: der Brücke über dem Hollerbach und dem alten Wehr an der Walkmühle.

Als ich endlich die Erlaubnis erhielt, die Fußfessel bei Mutter in einer siebentägigen Probephase zu testen, gab das Leben ein anschauliches Beispiel dafür, was es für einen guten Witz hielt.

Ein junger Praktikant kam angerannt und rief aufgelöst: »Frau Killer ist schon wieder verschwunden, obwohl es regnet.«

Doch dieses Mal war Mutter gar nicht weggelaufen. Sie hatte sich schlicht in der Tür geirrt und lag friedlich schlafend in einem fremden Bett. Man brachte sie zurück auf ihr Zimmer, und ich ging zu ihr und zeigte ihr die Fußfessel.

»Eine Kette für den Fuß ist nichts für eine alte Frau wie mich«, sagte sie. »Das ist etwas für diese jungen …« Ihr fiel das Wort nicht ein.

Da es völlig belanglos war, was ich ihr erklärte, weil sie es sowieso gleich wieder vergessen würde, holte ich etwas weiter aus, denn sie mochte es, wenn ich redete. »Du meinst junge Mädchen. So, diese Kette funktioniert über GPS. Du weißt doch, was ein Satellit ist, oben am Himmel, er empfängt das Signal von dir und weiß so immer, wo du bist. Das Signal sendet er zurück auf die Erde, hierdrauf.« Ich zeigte ihr mein Handy. »Damit sehe ich immer, wo du bist, und kann gut auf dich aufpassen. Du kannst ein bisschen spazieren gehen, wenn du willst.« Ich legte die Fußfessel um ihr rechtes Fußgelenk, verschloss sie und schaltete sie ein.

»Ich will nicht spazieren gehen. Es regnet«, sagte Mutter.

»Ich meine, wenn die Sonne scheint.«

»Die Sonne scheint nicht. Es regnet.«

»Ich weiß, dass es regnet. Du sollst auch nicht jetzt spazieren gehen –«

»Ich *will* nicht spazieren gehen.«

Wir drehten uns eine Weile im Kreis, dann sah ich, dass der Satellit das Signal empfangen hatte, und ich hielt Mutter noch einmal das Handy hin. »Siehst du«, sagte ich und deutete auf den blinkenden Punkt. »Jetzt bist du hier.«

Mutter blickte in eine nur von ihr definierte Ferne und antwortete: »Ja, ich bin hier.«

»Du musst die Kette immer dranlassen, verstehst du?«

»Ja, dranlassen«, wiederholte Mutter freundlich.

»Versprichst du es mir?«

»Was?«, fragte Mutter.

Ich fuhr nach Hause und duschte. Danach zog ich eine Jeans und ein T-Shirt an und stand eine Weile vor den Fotos des Mordfalls, mit denen ich die Wände tapeziert hatte. Dabei fiel mir ein, dass noch ein Bild fehlte. Ich fuhr den Laptop hoch und schickte die Datei mit Ritters, alias Neumanns, Konterfei und dem der beiden anderen vom Handy auf den Rechner, druckte es dreimal aus und pinnte die Bilder neben die anderen. Als Nächstes überlegte ich, ob ich Helene wirklich anrufen sollte. Nicole war gerade erst vor einer Woche ausgezogen, und ich war mir nicht sicher, ob es eine gute Idee war, gleich wieder etwas Neues anzufangen, schon gar nicht mit jemandem, der fast dreihundert Kilometer von mir entfernt wohnte. Okay, man könnte argumentieren, so etwas sollte man sich überlegen, bevor man mit einer Frau ins Bett stieg, aber der Sex mit Helene war über mich gekommen wie ein Gewitter in den Bergen – urplötzlich und mit einer Gewalt, der ich nichts entgegenzusetzen hatte. Über meine Gefühle war ich mir auch noch nicht ganz im Klaren. Ohne Zweifel war sie eine wunderschöne Frau, intelligent und mit dem richtigen Maß an Humor. Die Luft um uns herum war voller Elektrizität, alles knisterte, wenn sie in meiner Nähe war, meine Nackenhaare stellten sich auf, und wenn sie mich berührte, flogen die Funken.

Ich griff nach meinem Handy und tippte auf ihren Kontakt. Es klingelte keine drei Mal, und schon war sie dran. Nachdem wir uns gegenseitig versichert hatten, dass wir uns vermissten, diktierte ich ihr meine Adresse. Eine Viertelstunde später stand sie vor der Tür, mit rotem Lippenstift, getuschten großen Augen, gekleidet in einen schwarzen Rock und eine graue Bluse, aber es sah weder streng noch farblos oder langweilig aus, im Gegenteil. Wir küssten uns noch vor der Tür, stolperten küssend in die Wohnung, ohne einander loszulassen, und Helene flüsterte zwischen den Küssen: »Wo ist dein Bett?«

Eine halbe Stunde später klingelte es erneut an der Tür.

»Bleib hier«, sagte Helene. »Geh nicht hin.«

Ich stand auf, stieg in die Jeans, nahm mein T-Shirt in die Hand und ging, um aufzumachen. Nicole stand da, mit dieser Botschaft in ihren Augen – ihre ganze Körpersprache sagte es: *Wollen wir es nicht noch einmal versuchen?* Meine Finger krampften sich um das T-Shirt, und sie fragte, ob sie mich aus der Dusche geholt habe, und blickte an mir vorbei direkt ins Schlafzimmer.

Ich sah, wie sie die Lippen aufeinanderpresste, und ihre

Stimme fiel um eine komplette Tonlage. »Eins kann man dir nicht vorwerfen«, presste sie hervor, bevor sie die Tür zuschlug, dass der Boden unter meinen Füßen erzitterte. »Du vergeudest wirklich keine Zeit.«

Ich stand da, den Mund geöffnet, um etwas zu erwidern, doch die Tür war zu, Nicole bereits weg, und die leise Frage kreiste in meinem Kopf, ob es mir leidtat. Ich hatte sie einmal sehr geliebt, doch irgendwann hatten sich die Gefühle im täglichen Hamsterrad abgenutzt, sie waren stumpf geworden wie ein Messer, das man andauernd benutzt, aber niemals schleift. Es ist eine Binsenweisheit, dass man eine Beziehung pflegen muss. Nicole hatte mir einmal im Streit vorgeworfen, ich behandelte sie wie eine Blume auf der Fensterbank, der ich nie Wasser gab, ich ließe sie einfach verdursten. Sie hatte geschrien: »Ich bin am Eingehen, am Verdorren, aber du verdammter Bulle siehst einfach nur gelangweilt zu!« Es stimmte nicht, ich war nicht gelangweilt, ich war nur unfähig, die Gegebenheiten um mich herum und vor allem in mir selbst zu verändern.

Ich spürte einen Hauch neben mir, einen Duft und dann die Hitze von Helenes Haut an meiner Seite. Mit den Lippen strich sie über meinen Hals. »War das gerade die Vergangenheit?«, flüsterte sie. Ihre Zunge flammte über mein Ohr. »Oder die Gegenwart und Zukunft?«

»Vergangenheit«, brummte ich und sah, wie sich das zögerliche Lächeln immer weiter ausbreitete, bis ihr ganzes Gesicht strahlte.

»Ich habe Hunger«, sagte sie, »du hast mich hungrig gemacht.«

»Kein Problem. Komm mit in meine Vier-Sterne-Küche.« Ich führte sie zum Kühlschrank, klappte das Gefrierfach auf und deutete auf den Stapel Tiefkühlpizzen. »Hier. Such dir eine aus.«

Helene fuhr fröstelnd mit dem Finger über die Aufschriften auf den Verpackungen. »Salami Peperoni, Salami ohne Peperoni, Salami Hot and Spicy, Salami Funghi. Lieber Himmel, ich hab mich mit einem Salami-Fetischisten eingelassen. Hm, was nehme ich bloß? Ah, ich weiß. Ich nehme Salami.«

»Hot and Spicy?«

»Was denkst du?«

»Alles klar.« Ich zog die scharfe Pizza aus dem Stapel, schälte sie aus der Verpackung und schob sie in den Ofen.

»Einschalten«, sagte Helene im Befehlston. »Und küss mich, bis sie fertig ist.«

Ich küsste sie ausgiebig, doch schließlich löste sie sich von mir und ging ins Wohnzimmer.

»Hast du einen Morgenmantel?«

»Ja, einen Moment.« Ich holte den Mantel aus dem Bad.

Sie zog ihn an, verknotete den Gürtel und schlenderte im Wohnzimmer vor der Bilderwand auf und ab. »Ein schönes Gruselkabinett hast du hier aufgehängt. Gefällt mir gut, die Bilder schaffen eine romantische Atmosphäre. Und halten vor allem die Konkurrenz in überschaubaren Grenzen.«

»Welche Konkurrenz?«

»Die weibliche.«

»Es gibt keine. Und ich habe ja nicht mit Damenbesuch gerechnet. Sonst hättest du sicher auch eine vegetarische Pizza im Kühlschrank gefunden.«

»Ich bin keine Salat-Wasser-Tussi.«

»Sondern?«

»Ich bin eine fleischfressende Pflanze.« Sie knurrte gespielt, hob den Kopf und biss mir in die Unterlippe. Dann wandte sie sich wieder den Bildern zu und studierte sie sehr ausführlich und konzentriert. Ich betrachtete sie dabei von der Seite. Ihre Augen hielten inne und wurden starr, ein fast unmerkliches Zucken hob ihre Schultern. Sie war wegen der Brutalität der Kopfwunde erschrocken oder der Großaufnahme mit dem Meißel im Rücken des Mönchs.

»Okay«, sagte ich. »Die Bilder sind ziemlich hart.«

»Ja. Es ist schrecklich.« Sie warf noch einen Blick darauf und wechselte das Thema. »Du hast noch keine Bilder von den Domgräbern. Ich kann dir Kopien von meinen geben, wenn du welche willst.«

Ich schüttelte den Kopf. »Danke, aber das wird nicht nötig

sein. Ich bin mir sicher, ich kriege von der Spurensicherung eine Speicherkarte, randvoll damit.«

Die Pizza war fertig, ich ließ den Pizzaschneider darüberrollen und brachte ihr die vier Stücke auf einem Teller.

Sie setzte sich an meinen Schreibtisch und aß mit Heißhunger. Mit der freien Hand kramte sie in ihrer Handtasche, die über dem Stuhl hing, und förderte schließlich einen zerknitterten Prospekt hervor. Sie glättete ihn auf dem Tisch und sagte kauend: »Nimmst du mich mit?«

Ich verstand nicht, was sie meinte. »Wohin?«

»Zu diesem Pokerturnier.« Mit dem Zeigefinger klopfte sie auf den Prospekt. »Du hast mir heute Morgen das da auf den Tisch gelegt. Du hast es zwar nicht kommentiert, aber ich nehme an, es war deine zurückhaltende Art, zu sagen: ›Hey, du wolltest mir doch mal beim Pokern zugucken, hier, lass uns da zusammen hingehen.‹«

Es dauerte eine Weile, bis ich die Bilder in meinem Kopf zusammengesetzt und alles kapiert hatte. Es war dieser Prospekt von heute Morgen aus meinem Briefkasten. Ich hatte ihn gedankenlos in die Tasche gesteckt und wieder in die Finger bekommen, als oben auf der Terrasse des »Bergschlösschens« mein Handy geklingelt hatte.

Ich langte nach dem Werbezettel, er war von einem Casino und kündigte ein Pokerturnier an, heute ab achtzehn Uhr. Ich legte den Prospekt zurück und sagte: »Das war keine Absicht. Der Zettel landete nur zufällig auf deinem Tisch. Also keine geheime Botschaft an dich. Ich spiele seit Jahren nur noch virtuell und Turniere schon gar nicht, das sind mir viel zu viele verschiedene Gesichter. Außerdem reizt es mich nicht, wenn es nur um Punkte auf einer Tafel geht. Turniere, in denen es um Geld geht, sind in Deutschland verboten. Es gibt legal nur noch Sachpreisturniere.«

Helene blickte mich unter ihren langen Wimpern an, ich spürte ihren Blick wie eine lockende Berührung. »Wäre es denn nicht mal wieder an der Zeit, echte Karten in den Händen zu halten und in realen Pokergesichtern zu lesen? Ich stelle es mir wahnsinnig interessant vor, dir dabei zuzusehen. Ich würde es lieben.«

»Meine letzte Runde lief nicht so gut. Ich habe ziemlich viel verloren.«

»Oh, das tut mir leid.« Sie zog einen Schmollmund. »Wenn du Nein sagst, heißt das aber auch, du vertraust mir als Glücksfee nicht.«

»Doch.« Ich lächelte schief. »Klar tue ich das.«

Ihre Augen wurden riesig, sie verstand es phantastisch, wie ein kleines Mädchen zu gucken, das gleich anfängt zu weinen, weil es die Puppe nicht bekommen hat. »Du spielst, ich sehe zu und drücke die Daumen. Wenn du gewinnst, küsst du mich, und wenn du verlierst, küsst du mich auch. Aber du wirst nicht verlieren.«

»Ich weiß nicht. Ich glaube, auf dieses Angebot kann ich nicht eingehen. Ich kann doch auf einem Pokerturnier keine Frauen küssen.«

»Doch. Kannst du.«

Wir diskutierten noch eine Weile, dann landeten wir wieder im Bett. Später lagen wir in der Dunkelheit und redeten über Gott und die Welt, und sie erwähnte das Thema Pokern nicht wieder. Aber irgendwie kreiste es trotzdem andauernd in meinem Kopf, bis es mich so in den Fingern juckte, dass ich selbst den Vorschlag machte, loszufahren. Um kurz nach acht standen wir auf, sie stieg in ihr Kostüm, und ich zog mir ebenfalls etwas Schickes an. Während der Aufzug hinunterschwebte, küssten wir uns die gesamten elf Stockwerke lang.

Ich lenkte den Station Wagon durch den spärlichen Samstagabendverkehr, bog bei der Kirche Sankt Otto rechts ab und fuhr an den Autohäusern vorbei in die Michelinstraße. Ich fand einen Parkplatz direkt vor dem Casino.

Vorher war ich noch nie hier gewesen, und nachdem wir die Gesichtskontrolle passiert hatten, sahen wir uns erst einmal in Ruhe um. Es gab verschiedene Mottoräume, in die man durch die Lounge gelangte. Da war die »Bonanza«, die große Halle mit über einem Dutzend Tische hieß »Saloon«, und in kleineren Räumen wie dem »Nugget« und dem »Royal Flash« gab es nur zwei oder drei Tische. Hübsche, als Cowgirls verkleidete Bedienungen brachten den Spielern lächelnd ihre Drinks, die Atmosphäre war insgesamt dezent und angenehm.

Als wir unsere Runde gedreht hatten, trat ein Mann auf uns zu, der in jedem Italo-Western den Bösewicht hätte spielen können: bulliger Typ, funkelnde, böse Augen, Schnauzer, dunkler Anzug, fehlte nur die Ausbeulung unter der Schulter. Er sprach mit leicht osteuropäischem Akzent, allerdings so höflich und freundlich, als wäre er ein Bibelverkäufer. »Seien Sie herzlich willkommen in unserem Haus. Wie kann ich Ihnen helfen? Möchten Sie vielleicht an unserem Turnier teilnehmen? Die nächste Runde beginnt in etwa zehn Minuten, die Teilnahmegebühr beträgt fünfzehn Euro. Es gibt schöne Sachpreise zu gewinnen. Sie dürfen sich aber auch gern erst noch eine Weile umsehen oder an der Bar einen Drink nehmen. Ganz, wie Sie wünschen.«

Helene warf mir einen fragenden Blick zu, aber ich war noch unentschlossen.

Da ergriff sie das Wort. »Der Herr überlegt noch.«

»Kein Problem.«

Helene schenkte dem Bilderbuch-Bösewicht ein strahlendes Lächeln. »Aber vielleicht spiele ich eine Runde mit.«

Seine Stimme wurde leiser und dunkler. »Das würde mich freuen. Kommen Sie mit, bitte.«

Wir folgten ihm zurück zum »Saloon«. Bevor wir eintraten, blieb er stehen, wandte sich mir zu und sagte leise: »Wenn die Herrschaften später vielleicht noch außerhalb des Turniermodus spielen möchten, haben wir einen Extratisch.« Er senkte die Stimme noch mehr. »Diese Veranstaltung wäre dann allerdings nicht öffentlich, demzufolge auch nicht im Casino direkt, sondern in einem der hinteren Privaträume. Auch weise ich darauf hin, dass Sie nicht an einem gewohnheitsmäßigen Spiel teilnehmen würden – sie bewegen sich vollkommen im legalen Rahmen.«

Helene hatte keine Ahnung von Strategie, das sah man sofort. Sie hatte das ein oder andere Mal Glück mit den Karten, aber sie war nicht in der Lage, die wirklich ausgebufften Gegner auszugucken. Sie wusste nicht, wie man blufft, und hatte keinen Plan, wie einfach es ist, einen Anfänger auszutricksen. Typisch Frau, sie setzte auf ihre Reize, dachte oder hoffte, die anderen am Tisch würden in ihren Ausschnitt fallen und in ihrem tiefen Blick versinken, während sie in aller Ruhe abräumte. Sie räumte aber nicht ab, weil es auf die schlechten Spieler nicht ankam und weil die guten Leute ihre körperlichen Vorzüge allenfalls registrierten, sich davon aber nicht ablenken ließen. Die meisten Siegertypen sind sowieso Machos und stehen eher auf dicke Dinger, Helene hatte aber nicht gerade viel in der Bluse. Während ich ihr über die Schulter spitzte, kribbelte es mir mächtig in den Fingerspitzen, ich war ein Junkie, der zusehen musste, wie die anderen sich den Schuss setzten. Ich konnte kaum stillhalten, wenn sie gute Blätter einfach versemmelte, weil ihr die Freude darüber allzu sehr anzusehen war, oder wenn sie schlechte Hände ausspielte, um sich am Ende zu wundern, warum niemand auf ihren Bluff hereingefallen war.

Aber ich beherrschte mich, lobte sie ein bisschen für ihre ordentliche Platzierung und schlug vor, dass ich die nächste Runde spielen würde, es sei denn, sie wollte es noch einmal selbst wissen. Sie meinte, sie wolle mir lieber zusehen, sie könne bestimmt etwas dabei lernen.

Konnte sie. Ich gewann beinahe mühelos, nur drei andere Spieler waren wirklich gut, das Gros der Leute war Möchtegern-Zocker, solche Typen, die es heutzutage immer häufiger gibt, die sich Pokern im Fernsehen ansehen und davon träumen, so cool zu sein wie diese Typen auf Eurosport: Millionäre, ohne sich je das Schwarze unter den Fingernägeln herausgekratzt zu haben, ausgerüstet nur mit einer dunklen Sonnenbrille und der Begabung, besser zu lügen als die anderen Lügner. Denn um nichts anderes geht es beim Pokern: Derjenige, der am besten ohne Worte lügen kann, gewinnt. So einfach war das, und manchmal beschlich mich das Gefühl, unsere ganze neue Welt funktionierte so. Der beste Abzocker stopft sich das ganze Geld in die Taschen und lacht die anderen aus.

Wir gingen an die Bar, um meinen ersten Platz und den sogenannten Sachpreis zu feiern, der aus einem Gutschein und ein paar Jetons für den Besuch eines dieser tschechischen Casinos an der Grenze bestand, wo Glücksspiel um Geld legal ist. Dieser Gutschein verdeutlichte, wie vernetzt das ganze Zockerbusiness ist. Okay, es war kein Geheimnis, dass das Geschäft mit Wetten und Spielen auf eine Weise mit Prostitution vergleichbar ist. Als Polizist wusste ich das besonders gut. Es gibt übrigens keine Nutten, die Nymphomaninnen sind und nur ihr Hobby zum Beruf machen, es gibt nur solche, die von irgendwoher kommen, weil sie auf ein besseres Leben hoffen, sich in der Realität aber ein viel schlechteres einhandeln. Genauso wenig gibt es Casinos, die mildtätige Gaben verteilen. Es gibt auch keinen lieben Gott, und wenn doch, dann ist er ein versoffener alter Zyniker.

»Hey, wo warst du gerade mit deinen Gedanken?« Helene schnippte mit den Fingern vor meinen Augen und streifte dann meine Wange mit einem vornehmen Kuss. Der Drink in ihrem Glas war türkisblau, wie aus der Karibik geschöpft.

»Beim lieben Gott.« Mein Wasserglas klirrte, als es gegen ihren Cocktail stieß.

Helene lachte, und ich sah sie fragend an, weil der liebe Gott nicht als Witz gemeint war. Es gibt manchmal dieses Lachen, das falsch oder deplatziert klingt. Nicole lachte einmal so, als ich mit ihr essen war und ich sie an meiner Lebensweisheit bezüglich des Pärchens am Nebentisch teilhaben ließ – einer wirklich schönen jungen Blondine, höchstens fünfundzwanzig, mit einem hässlichen, reichen alten Knacker. Diese typische Konstellation, die Kopfschütteln bei denen hervorruft, die nicht verstehen, dass Frauen praktisch veranlagt sind und unter Romantik nicht Kerzenschein und leise Musik verstehen, sondern eine eigene American Express Card. Außerdem, so erklärte ich damals Nicole, denken Frauen in erster Linie an den Nestbau, und es macht mehr Spaß, das Material dafür mit einem Porsche zu transportieren als mit dem Fahrrad. Eine Villa mit Seeblick ist außerdem als Nest komfortabler als eine Zwei-Zimmer-Wohnung im dritten Stock einer Mietskaserne. Ich kann mich noch sehr gut an Nicoles schrilles, unwirkliches Lachen erinnern, mit dem sie meine Ausführungen quittierte und dann sagte: »Aha, mein Freund ist wohl ein Frauenversteher, was bin ich doch für ein Glückskind.«

Wir hatten etwa zur Hälfte ausgetrunken, als sich unser Bilderbuch-Bösewicht dezent aus dem Hintergrund schälte und zu uns herüberspazierte, die Hände in den Hosentaschen seines Maßanzugs. Er fletschte die blendend weißen Jacketkronen zu einem Lächeln und sprach mit diesem leichten Akzent, der selbst seinem vermeintlich freundlichen Tonfall etwas Bedrohliches verlieh. »Herzlichen Glückwunsch. Sie sind ein sehr guter Spieler, Sie verstehen etwas vom Pokern.«

Ich bedankte mich artig und wartete, dass er zum eigentlichen Punkt kam. Was er auch sogleich tat.

»Hinten im Privatraum sind jetzt drei Leute«, sagte er leise und behielt dabei die anderen Gäste im Auge. »Wenn Sie wollen, können Sie gern noch einsteigen.«

Helene warf mir einen Blick zu, der bedeutete: *Los, Killer, sag Ja, es ist doch genau das, was du willst.* Das Kribbeln in meinen Fingern wurde stärker. Ich sagte zu dem Bösewicht: »Lassen Sie uns bitte einen Moment allein.«

Er lächelte wieder und verzog sich sofort ein paar Schritte nach links. Ich wandte mich an Helene. »Im Ernst, ich würde ja gern mitspielen, aber es funktioniert nicht. Ich habe gerade mal siebzig Euro im Geldbeutel. Es ist Samstag, die Banken haben zu, und am Automaten krieg ich nur tausend Euro. Das ist etwas wenig, wahrscheinlich müsste ich genau dann aussteigen, wenn es interessant wird.«

»Du glaubst, tausend Euro sind zu wenig? Und wenn ich auch tausend abhebe? Ich beteilige mich. Du spielst, ich sehe zu und drücke die Daumen. Wenn du gewinnst, gibst du mir meine tausend Euro zurück, wenn du verlierst, teilen wir den

Verlust. Aber du wirst nicht verlieren. Ich habe dir zugesehen, keiner von denen hatte eine Chance gegen dich. Und versteh mich bitte nicht falsch, ich will dich zu nichts überreden, aber wenn du wirklich spielen willst, dann können wir es so organisieren.«

Ich überlegte kurz, aber das Adrenalin fuhr schon Achterbahn in mir. Ich winkte dem Gorilla, erklärte ihm, dass ich erst Geld holen musste, worauf er nickte und sich wieder verzog.

Um halb drei löste sich die Pokerrunde auf, meine Mitspieler verschwanden frustriert. Ich hatte insgesamt neuntausendvierhundert Euro gewonnen. Wir fuhren zu mir, Helene hatte ihren Kopf an meine Schulter gelehnt. Oben in meinem Apartment stritten wir erst einmal um das Geld, weil ich darauf bestand, dass sie die Hälfte des Gewinns abbekam. Ich wiederholte bestimmt ein Dutzend Mal halber Einsatz, halber Gewinn, und sie antwortete genauso stur, wir hätten ausgemacht, sie würde lediglich die tausend Euro zurückbekommen. Zwischendurch hatten wir Sex wie zwei von einer plötzlichen Hungerattacke befallene Diätapostel.

Erst als ich später damit drohte, sie am folgenden Wochenende nicht in das Casino an der tschechischen Grenze mitzunehmen, willigte sie entrüstet ein und schimpfte: »Auf postkoitale Erpressung steht lebenslänglich, das musst du doch wissen, Herr Hauptkommissar. Und ohne deine Glücksgöttin gehst du in keine Spielhölle, verstanden?« Später kicherte sie und wiederholte: »Was für eine Rendite. Und was für ein Paar wir sind: der Bulle und die Glücksfee.«

Sie schlief ein, als das erste fahle Morgenlicht über den Himmel ins Schlafzimmer kroch. Sie lag hinter mir, die Arme um mich geschlungen, murmelte etwas im Schlaf, und ihre Lippen berührten meinen Nacken.

Wir verschliefen den nächsten Morgen, ich bestellte etwas beim Chinesen, und wir kamen bis zum Nachmittag nicht aus den Federn. Als ich die Rollos schließlich hochzog, blendete mich die Sonne. Ich holte mein Handy, blätterte zum GPS und seufzte erleichtert. Mutter war da, wo sie sein sollte, im Heim.

Wir zogen uns an, und ich schlug Helene vor, noch etwas zu unternehmen, bevor ihr Zug ging.

Es herrschte eine unwirkliche, schwülwarme Hitze, die Sonne stand halbhoch an einem kränklich wirkenden Himmel. Ich parkte den Station Wagon am Leinritt, wir ließen die Jacken auf dem Rücksitz, überquerten händchenhaltend wie verliebte Teenager die Untere Sandstraße, gingen den Abtsberg durch den Torbogen hoch zum Domplatz und in den Rosengarten der Neuen Residenz. Ich hatte gehofft, alles würde schon blühen, aber Helene deutete auf die nackten Rosenstöcke und lachte mich aus.

»Haha, der Herr Chefbotaniker glaubt, er führt eine Dame im April hierher, und alles steht ehrfürchtig in voller Blüte.«

»Na ja, was weiß ich, wann Rosen blühen«, brummte ich kleinlaut.

»Im Juni vielleicht?«, schlug Helene vor. »Wenn du mich dann noch liebst, können wir es ja noch einmal probieren.«

»Liebe ich dich?«

»Selbstverständlich liebst du mich. Was für eine Frage.« Sie trat vor zur Mauer, vollführte eine theatralische Geste über die Häuser und Kirchen Bambergs unter uns hinweg und rief: »Das ist meine Stadt, ich schenke sie dir, wenn du deinem Gott abschwörst und nur noch mich anbetest.«

»Sagte der Teufel zu Jesus. Und außerdem ist es schon meine Stadt.«

»Damit hätte ich jetzt nicht gerechnet.«

»Womit?«

»Ein Bulle, der bibelfest ist. Kann das sein?«

»Also bitte, ich habe meine halbe Kindheit in Kirchen verbracht.«

»Und eine halbe Nacht und einen halben Tag mit mir im Bett«, sagte Helene.

Wir standen im Rosengarten, in dem die Rosenstöcke noch nicht blühten, und auf den Dächern der Stadt lastete ein drückender, bleifarbener Himmel. Helene saß auf der Mauer, schlang ihre Beine um meine Hüften, ihre Zunge drang in meinen Mund, und für einen Moment erschreckte mich der Gedanke, welche Macht mir dieser Augenblick verlieh.

Wie leicht es wäre, sie hinunterzustoßen.

ZEHN

In der Nacht entlud sich die unwirkliche Aprilhitze in einem Gewitter, das über die Stadt zog wie das Jüngste Gericht. Ich stand auf dem Balkon und betrachtete das Schauspiel. Eine schwarze Wolkenfront wälzte sich über den Himmel, eine Zeit lang beleuchteten Blitze in kurzen Abständen den Himmel, als stände ein Kind am Lichtschalter und knipste ständig an und aus. Die Donner grollten wie urtümliche, brüllende Untiere, und dann kamen der Wind und Regen, der wie Schotter schräg vom Himmel prasselte. Innerhalb von fünf Sekunden war ich nass bis auf die Haut. Feuerwehrsirenen heulten an verschiedenen Stellen in der Stadt, und ich sah die Blaulichter wie Nervenimpulse über den Straßen zucken. Ich ging erst wieder hinein, als alles vorüber war, die Ruhe nach dem Sturm. Ich zog mich aus, holte ein Handtuch und trocknete mich ab. Die nassen Klamotten hängte ich ins Bad und holte mir trockene Sachen.

Es war fünf Uhr morgens, ich schaltete meinen Laptop und das Radio ein. Es kamen Nachrichten: Krieg im Gazastreifen, Krieg in der Ukraine, Krieg in Syrien, Bürgerkriege an allen Ecken, Ebola in Afrika und womöglich bald überall – man bekam das Gefühl, die Schlinge zog sich immer enger, die apokalyptischen Reiter waren ausgeritten, Pandora hatte die Büchse geöffnet. So sah es aus auf dieser Welt – und meine Welt war ein absurd anmutender Mikrokosmos mit einem toten Mönch und ein paar gestohlenen Knochen.

Hoppla, kaum zu glauben, mein Internet ging. »Sie haben Post«, die üblichen Spams – Gewinnspiele, Online-Apotheken, Penisvergrößerung – und eine Mail von Helene, gesendet um vier Uhr siebenundzwanzig, Betreff: »zur Erinnerung«. Kein Text, dafür im Anhang zwei Bilder von ihr, offensichtlich aufwendig mit professioneller Beleuchtung in einem Atelier gemacht. Das erste Bild zeigte ihr schönes, dezent geschminktes Gesicht im Profil, graue Farbe wie etwas Schweres auf dem

Lid, ein perfekt gebogener hellblauer Strich unter dem Auge, ihr hoher, von einem absichtlich gezogenen Schatten betonter Wangenknochen. Ihr sinnlicher Mund, die sanfte Biegung des Halsansatzes, halb verdeckt von wie mit dem Zirkel gezogenen Halbkreisen schwarzer Haarsträhnen. Das zweite Bild war ein Schwarz-Weiß-Akt. Wie eine Spinne saß sie mit weit gespreizten Schenkeln da, ihr weibliches Zentrum von einem Buch bedeckt, das sie in den Händen hielt, »Hamlet«, um jeden Vorwurf der Obszönität zu entkräften. Der Rest ihres attraktiven Körpers war ebenfalls vorteilhaft abgebildet: die Wespentaille, die kleinen, schneeballgroßen Brüste, das Gesicht konzentriert, der Blick fokussiert. Und auch hier das Spiel mit den Schatten, ihr Gesicht, ihr Körper, aufgeteilt in Hell und Dunkel.

Ich beugte mich vor, fühlte sie geradezu, spürte sie, roch ihren Duft und starrte auf die Bilder, die sie mir geschickt hatte. Im Radio lief eines meiner Lieblingslieder, die Choreografie des Augenblicks war sentimental, kitschig und unwirklich, und ich summte trotzdem mit. *»There's a lady who's sure, all that glitters is gold. And she's buying a stairway to heaven.«* Ich klickte von ihrem Akt zurück auf ihr Gesicht und vergrößerte es über den ganzen Bildschirm. Dann stand ich auf, ging in die Küche und schaltete die Kaffeemaschine an. Sie zischte, spuckte, fauchte und spie heißen Dampf. Ich warf einen Blick zurück ins Wohnzimmer. Helenes Bild auf dem Laptop leuchtete wie auf einer Wahrsagekugel. Ich wechselte kurz zu meinem Bericht, der halb fertig war, fügte einen Satz hinzu, der mir gerade einfiel, speicherte alles und wunderte mich kurz darüber, dass ich auch schon am Vortag um vierzehn Uhr zweiunddreißig an dem Dokument gearbeitet hatte. Dann schickte ich alles auf meinen Dienstrechner, damit ich im Präsidium nach der Soko die Sache für Dr. Meyer fertig machen konnte.

Es dauerte eine Ewigkeit, bis der Kaffee fertig war, ich goss eine Tasse ein und stellte mich damit ans Fenster. Der Kaffee schmeckte bitter. Der Himmel war verheißungsvoll frisch, doch die Stadt unter mir erwachte unwillig, zögernd und misstrauisch, als würde sie erst ein paar Späher ausschicken, um die Lage zu erkunden. Doch dann, mit einem Mal, gingen die Tore auf. Der Schalter wurde umgelegt, und das Leben des neuen Tages begann. Ich langte nach dem Autoschlüssel, meiner Jacke und meinem Handy, schwebte mit dem Aufzug hinunter und nahm meinen Platz ein in dieser Welt.

Die Soko hatte ich für acht Uhr dreißig anberaumt, und in erster Linie stand eine Berichterstattung und eine Neuverteilung der Aufgaben auf dem Programm. Ehrlich gesagt erwartete ich keine allzu tief greifenden Erkenntnisse, es ging lediglich um die Auswertung der Kleinarbeit, die Ergebnisse des typischen Klinkenputzens bei Routineuntersuchungen. Einige Kollegen waren das ganze Wochenende unterwegs gewesen, wie zum Beispiel Waldi und Reitmeier im Kloster Andechs.

Als Erstes erteilte ich Waldi das Wort, und gleich wurde es überraschenderweise interessant.

»Unser Bruder Michael war ein echter Freak«, begann Waldi und genoss es sichtlich, zu stehen, während alle anderen saßen, weil es für ihn sonst nicht so viele Möglichkeiten gab, auf seine Mitmenschen hinabzublicken. Er legte eine effekthascherische Pause ein, streckte den Brustkorb noch ein bisschen weiter vor und wartete anscheinend darauf, dass alle vor Neugier platzen würden. »Okay«, fuhr er dann fort, »wir wissen ja schon, dass Bruder Michael ein Mitglied bei den Guglmännern war, also bei diesen König-Ludwig-Verehrern. Reitmeier und ich sind in Andechs von Zelle zu Zelle gegangen und haben jeden einzelnen Mönch befragt. Die haben alle irgendwie komisch reagiert, gewiss hat keiner gelogen, aber wenn die Rede auf diese Guglmänner kam, redeten die, als würden sie sich um die Wahrheit herumwinden. Wir haben aber nicht lockergelassen und immer wieder nachgefragt, und schließlich rückte doch einer etwas heraus.« Waldi grinste, wartete wieder und schaute gewichtig in die Runde.

»Gut«, sagte ich. »Ihr wart enorm fleißig, und ich hoffe, das Andechser Bier hat euch auch geschmeckt. Und wie lautet jetzt diese Wahrheit? Oder sollen wir uns erst noch einen Kaffee holen?«

Waldi verschränkte die Arme vor der Brust und hatte diesen trotzigen Blick drauf. »Aha, Killer, willst du vielleicht erst mal sagen, was du am Wochenende mit der schönen Helene so alles herausgefunden hast? Beim Spiel warst du jedenfalls nicht, wahrscheinlich haben die Baskets deshalb verloren.«

Ich hatte nicht die geringste Lust auf einen Weitpinkelwettbewerb und erwiderte ruhig: »Mein Bericht kommt schon noch. Macht ihr erst mal euren fertig.«

Waldi guckte trotzig zu mir, zu Reitmeier und dann in die Runde, aber da die gesamte Soko ihn erwartungsvoll anblickte, beschloss er schließlich doch, über seinen Schatten zu springen und fortzufahren. »Okay, es gibt angeblich noch eine radikale Untergruppe dieser Guglmänner, aber nicht offiziell. Mir reicht es ja schon, wie die Normalos von denen rumrennen, ich bin mir nicht ganz sicher, wie ich es nennen soll – ob Faschingsnarren oder Ku-Klux-Klan. Aber die Gruppe, der Bruder Michael angehörte, ist schon etwas ganz Besonderes. Die führen keine Umzüge für diesen König Ludwig durch, um sein Andenken zu bewahren. Also echt, die sind Hardcore, man munkelt, sie haben einen Eid bei ihrem Leben geschworen, dass sie den Mythos Ludwigs bis in alle Ewigkeit bewahren und verteidigen werden.«

»Welchen Mythos?«, fragte Koch.

»Was weiß ich, dieses ganze Getue um den ungeklärten Tod des Königs. Ob er ertrunken ist, ob es Selbstmord war, ob ihn dieser von Gudden um die Ecke gebracht hat oder irgendjemand anders. Den normalen Guglmännern wäre es ja lieber, die Sache als klaren Mord hinzustellen, aber da fehlen ihnen wohl die Beweise. Im Gegensatz dazu kursiert das Gerücht, diese radikale Truppe habe das geheime Wissen, und sie wollen mit allen Mitteln verhindern, dass die Todesursache publik wird, keine Ahnung, warum. Ob sie die Wahrheit wirklich kennen, ist allerdings völlig unklar. Und ob es sie überhaupt gibt. Die Mönche, die wir vernommen haben, sprachen alle im Konjunktiv. Mehr kann ich dazu nicht sagen, ich habe nur zusammengefasst, was wir im Kloster Andechs herausgefunden haben. Ich weiß sowieso nicht, was das alles mit dem Grab des heiligen Otto in Sankt Michael zu tun hat.«

Das wusste ich allerdings auch nicht, bis auf den auf den Sarkophag gekritzelten Schwan sah ich keinerlei Verbindung zu dem seltsamen Märchenkönig und seinen Anhängern. Im selben Augenblick, als mir das durch den Kopf ging, mischte Reitmeier sich ein.

»Keine Ahnung, ob es wichtig ist. Aber diese radikale Untergruppe der Guglmänner hat angeblich sogar ein Geheimzeichen. Einen Schwan.« Er blickte in die Runde. »Sagt das jemandem etwas?«

»Allerdings.« Ich unterdrückte den Impuls, aufzuspringen, und zwang mich, langsam aufzustehen, obwohl gerade alle meine Alarmglocken schrillten. Ich ging zum Beamer, schaltete ihn an und suchte auf dem Laptop das entsprechende Bild mit dem Schwan auf dem Sarkophag. »Hier«, sagte ich und lenkte den Laserpointer auf die entsprechende Stelle der Projektion. »Dieses primitive Abbild eines Schwans befindet sich auf dem Grab des heiligen Otto in Sankt Michael.« Ich ließ den roten Punkt des Lasers um den Schwan kreisen. »Circa vier mal drei Zentimeter. Wie man sieht, passt das Gekritzel überhaupt nicht zu der Inschrift oder den anderen Bildern. Ich bin mir sicher, dass es nachträglich eingefügt wurde. Und ich frage mich schon die ganze Zeit, ob das irgendein Tourist mit dem Taschenmesser war oder ob mehr dahintersteckt. Inzwischen glaube ich fast Letzteres. Bei meinen Google-Recherchen stieß ich bei dem Stichwort Schwan neben diesem ganzen symbolischen Kram unter anderem auf einen Link, bei dem schon im Suchtext das Wort Märchenkönig auftauchte. Ich weiß nicht mehr alle Details, aber es hatte etwas mit Richard Wagners ›Lohengrin‹ zu tun, und ein Schwan taucht bei König Ludwig sehr häufig auf, sogar im Namen seines letzten Schlosses, Neuschwanstein.«

Koch-von-der-Leyen meldete sich zu Wort. »Einen Augenblick, bitte, aber mir fehlt da eine Verbindung. Gut, wir haben einen toten Mönch, der angeblich einer geheimen Organisation mit einem Schwan als Wappentier angehörte. Dieser Mönch wird neben einem Grab ermordet – und quasi sogar hineingelegt –, auf dem ein Schwan eingeritzt ist, da sehe ich auch einen Zusammenhang, es ist unwahrscheinlich, dass es sich dabei um einen Zufall handelt. Nur, was hat das mit dem heiligen Otto zu tun und der Tatsache, dass dessen Knochen aus dem Grab gestohlen wurden?«

Ich knipste den Laserpointer aus, ließ das Bild mit dem Schwan aber auf der Leinwand stehen und sagte: »Dazu ist mir auch noch nichts eingefallen. Es ist wirklich seltsam. Und da ist noch mehr. Ich habe mich nach den Renovierungsarbeiten in Sankt Michael erkundigt. Sie sind notwendig, weil es Probleme mit der Statik gibt – diese ganze kunstvolle Decke mit dem ›Paradiesgarten‹ wäre vielleicht irgendwann heruntergekommen, wenn man nichts unternommen hätte. Das Interessante aber ist, dass exakt einen Tag nach dem Mord damit begonnen werden sollte, auch die Krypta zu renovieren, einschließlich des Sarkophags. Er wäre geöffnet worden, man hätte die Reliquie herausgenommen und sozusagen generalüberholt.«

Waldi, der immer noch stand, fragte: »Was ist daran seltsam? Die machen eben Frühjahrsputz, und da kommt alles dran, auch der Keller.«

Koch kam mir zuvor. »Bei einer Kirche heißt es Krypta, nicht Keller. Ich glaube, Herr Killer spricht den Zeitpunkt an, das Timing. Die Diebe beziehungsweise Mörder schlugen zu, einen Tag bevor das Grab geöffnet werden sollte. Also müssen sie es gewusst haben. Wahrscheinlich genauso wie der ermordete Mönch, denn der war ja auch punktgenau vor Ort. Ich finde das alles sehr interessant. Noch interessanter aber ist es doch, dass sie sozusagen bis zum letzten Augenblick gewartet haben. Warum haben sie ihr Zeitfenster so eng gesetzt? Hält man sich bei so einer Aktion nicht einen Ausweichtermin offen?«

»Vielleicht haben sie das mit der Krypta erst so kurzfristig erfahren, dass es nicht anders ging.« Der Kommentar kam von einem der Soko zugeteilten Kollegen, den ich nur vom Sehen kannte. Er war kräftig gebaut, ein untersetzter heller Typ, Haare und Bart rötlich, und ich gab ihm sofort den Spitznamen »Hägar«.

Er gestikulierte mit seinen Riesenhänden. »Ich meine, die Kirche wird seit über zwei Jahren renoviert. Sie hatten alle Zeit der Welt. Aber dann starten sie ihre Aktion genau an diesem Tag. Dafür gibt es nur eine Erklärung. Sie haben erst kurz vorher von der Restaurierung erfahren. Stand das vielleicht in der Zeitung?«

Ich blickte in die Runde. Einhelliges Schulterzucken und Kopfschütteln. Keiner wusste es. »Okay.« Ich wandte mich an Schorndorfer, unseren Pressemann. »Können Sie das herausfinden? ›Fränkischer Tag‹, lokales Fernsehen und so weiter, Sie wissen schon.«

Schorndorfer tippte etwas in sein Tablet und sagte: »Klar. Kein Problem.«

»Oder wir haben es mit einem Insider zu tun«, schlug Reitmeier vor.

»Insider?«, fragte Waldi. »Wie meinst du das?«

»Jemand, der an den Restaurierungsarbeiten beteiligt ist, organisatorisch oder praktisch. Keine Ahnung. Einfach einer, der Bescheid wusste, wann die Krypta dran ist.«

»Gut, das wäre möglich«, sagte ich. »Das heißt, wir müssen allen auf den Zahn fühlen, die auf der Baustelle arbeiten oder irgendwie damit zu tun haben. Handwerker, Statiker, Bauleiter – wer hat Vorstrafen, wer Schulden und so weiter und so fort. Reitmeier und Kollegen, übernehmen Sie das bitte. Jetzt aber noch etwas ganz anderes, einige wissen es schon, aber für die meisten hier ist die Information neu. Es wurden auch zwei Domgräber aufgebrochen und die Reliquien daraus gestohlen – das Kaisergrab von Heinrich und Kunigunde und das Papstgrab. Gibt es diesbezüglich irgendwelche neuen Erkenntnisse von Ihnen, Frau Koch? Fingerabdrücke, die uns weiterbringen, DNA, andere Spuren?«

Koch verneinte. »Nichts, was wir im Augenblick verwerten könnten. Bei dem Steinschneider scheint es sich um denselben wie in Sankt Michael zu handeln. Auf dem Kaisergrab waren überhaupt keine Fingerabdrücke, Besucher haben da wegen des Gitters keinen Zugang. Das Papstgrab, das von jedem begrapscht werden kann, ist das genaue Gegenteil – ständig neues Futter für unsere Datenbank. Leute, die mit Vorstrafen registriert sind, fischen wir dann sofort heraus. Sobald wir welche haben, melden wir uns. Ach ja, die Diebe kamen über die Adamspforte in den Dom, die Kratzspuren am Schloss sehen nach einem umgebogenen Schlitzschraubendreher aus.«

»Waren bei den Domgräbern auch solche Schwäne irgendwo eingeritzt?«, fragte Schorndorfer.

»Nein. Ich hab die Gräber genau unter die Lupe genommen. Nichts.«

»Wir haben nicht explizit danach gesucht«, sagte Koch, »aber ich denke, ich kann auch von unserer Seite aus sagen: negativ.«

»Okay. Weiter im Takt.« Ich wandte mich an Hägar. »Gibt's Neuigkeiten aus dem Klinikum? Habt ihr irgendetwas herausgefunden und zum Beispiel dieser Jadwiga Tomasz und den anderen Schwestern auf den Zahn gefühlt, die zur Tatzeit Dienst hatten? Und was ist mit diesem Dr. Naumann?«

Hägar erhob sich mit der typischen Behäbigkeit korpulenter Menschen, und auch sein Sprachzentrum schien langsam zu arbeiten. Er zupfte an seinem Rotbart und kaute die Worte gründlich, bevor er im Bass losbrummte: »Sie meinen diese polnische Krankenschwester? Mein Eindruck war, die war ganz schön nervös. Ist sofort zum Gegenangriff übergegangen, von wegen sie hätte schon alle Fragen beantwortet und ob die Polizei nichts Besseres zu tun hätte, als hart arbeitende Menschen daran zu hindern, das Leben von armen Kranken zu retten.«

Er zupfte wieder an seinem Bart, was eine Marotte von ihm war. »Wir haben Dr. Kurani, den diensthabenden Arzt in dieser Nacht, befragt. Er war zur Tatzeit definitiv nicht bei unserem Ermordeten, er musste eine Notoperation durchführen, ein Verkehrsunfall, drei Stunden lang, genau in unserem Zeitfenster. Die anderen Schwestern haben wir ebenfalls verhört. Sie waren auch bei dieser Operation. Alle verheiratet, Kinder, gut verdienende Ehemänner – von denen hat auch keine wirklich ein Motiv, die bürgerliche Idylle aufs Spiel zu setzen und einen Mord zu begehen. Und wenn er noch so gut bezahlt wäre. Die Polin eigentlich auch nicht. So wie es aussieht, kommt sie zwar mehr schlecht als recht über die Runden, aber immerhin.«

»Jadwiga Tomasz ist trotzdem für mich eine Verdächtige. Sie war zur Tatzeit die stationsleitende Krankenschwester. Für sie wäre es kein Problem gewesen, Thiopental in die Infusion zu mischen. Mal angenommen, ich würde jemanden suchen, der mir einen Komapatienten vom Hals schafft, der besser nicht mehr aufwachen soll – vor wem würde ich da am ehesten mit ein paar Scheinchen herumwedeln?«

Hägars Bart bekam einiges ab, er wühlte jetzt kräftig darin herum. »Aber wie sollen wir ihr etwas nachweisen? Sie wird alles leugnen.«

»Ich kümmere mich um einen Durchsuchungsbefehl für ihre Wohnung, wir überprüfen die Anruflisten ihres Handys, und es wäre kein Fehler, nachzusehen, wie es ihrem Bankkonto in den letzten Tagen so ergangen ist. Allerdings ...« Ich hielt mitten im Satz inne, als mir klar wurde, welchen Haken die Sache hatte.

Waldi fragte: »Allerdings was?«

»Wenn ich genauer darüber nachdenke, kommt es mir doch unlogisch vor. Als ich sie bezüglich des Thiopentals befragte, sagte sie selbst, auf ihrer Station würde es nicht verwendet. Warum erklärt sie mir das, wenn sie sich damit im Zweifelsfall selbst belastet? Sie ist Krankenschwester und muss wissen, dass man es bei einer Autopsie nachweisen kann. Warum sollte sie es also benutzen? Sie hatte doch bestimmt die Möglichkeit und auch die Kenntnis, die Dosis des verwendeten Narkosemittels gerade so weit zu erhöhen, dass es tödlich gewesen wäre. Ich meine, wenn man jemanden mit einem kleinen Schubs von der Klippe stoßen kann, damit es so aussieht, als wäre er selbst hinuntergefallen, warum sollte man ihm vorher eine Kugel durch den Kopf jagen?«

»Sie haben recht«, sagte Koch. »Es deutet auf jemanden von außerhalb hin. Jemand, dem es nur darum ging, den Zeugen zu beseitigen, und der notfalls damit leben kann, dass wir die wirkliche Todesursache herausfinden. Wobei sich die Frage stellt, warum sie ihn überhaupt erst einmal ins Klinikum gebracht haben.«

Dieselben Überlegungen hatte ich auch schon hin und her geschoben. War es eine Art Kurzschlussreaktion gewesen, die sie im Nachhinein bereuten? Ich hielt das für eher unwahrscheinlich. Für mich sah es nach dem großen Unbekannten im Hintergrund aus, der ein paar Ganoven für die Drecksarbeit bezahlte, damit die eigenen Finger sauber blieben. Als man ihn dann über das Problem informierte, wird dieser Mann, der die Fäden zog, ihnen gehörig den Marsch geblasen und sie noch einmal losgeschickt haben, um die Sache schnellstmöglich in Ordnung zu bringen.

Hägar, der die Finger seiner Schaufelhände immer noch im Bart vergraben hatte, räusperte sich. »Ich hätte da etwas zu diesem Dr. Naumann zu sagen.«

»Was?«

»Den gibt es nämlich nicht.«

»Aha, sicher?«

»Ganz sicher. Es gibt im Klinikum aber einen Arzt, der Neumann heißt.«

Ich checkte das Protokoll. »Hier steht Naumann. Gut, das könnte ein Hör- oder Schreibfehler sein. Haben Sie mit Neumann gesprochen?«

»Ja, aber der ist in der Geburtenabteilung, und da haben wir es ja eher mit dem Gegenteil zu tun.«

»Und er ist sich ganz sicher, dass er sich in dieser Nacht nicht versehentlich verlaufen hat?«

»Dieselbe Frage habe ich ihm auch gestellt. Da wurde er sarkastisch und erklärte, wenn er nicht mehr zwischen den Neugeborenen der Geburtenabteilung und einem Komapatienten auf der Intensivstation unterscheiden könnte, würde er sich zunächst zu den Kollegen der Augenklinik begeben und danach auf direktem Weg nach Sankt Getreu.«

»Okay, aber noch einmal zurück zu Naumann. Könnte das ein

Notarzt sein, der in dieser Nacht Dienst hatte? Oder irgendein anderer Arzt?«

»Fehlanzeige. Ich hab sämtliche Dienst- und Belegpläne eingesehen und jede Menge Leute befragt. Nichts«, sagte Hägar.

»Dann ist das unser Mann. Gibt es eine Beschreibung?«

»Nein. Der ist ein Geist. Der Einzige, der ihn gesehen hat, ist Baumgärtner, der vor der Tür saß. Aber Baumgärtner kann sich an einen weißen Kittel und an sonst gar nichts erinnern.«

Ich schnaubte und schluckte einen Kommentar hinunter, obwohl ich jetzt am liebsten vor versammelter Mannschaft einen Vortrag darüber gehalten hätte, wie sich ein Kollege auf einem solchen Posten zu verhalten hatte. Es stand kein Naumann auf der Liste der diensthabenden Personen, also hätte auch kein Naumann zu unserem Mann vorgelassen werden dürfen. Baumgärtner hatte sich von einem Arztkittel täuschen lassen und damit einen Anfängerfehler gemacht, der einen Menschen das Leben gekostet hatte – egal, was für ein Mensch das gewesen war. Karrierefördernd war so etwas bestimmt nicht.

»Das ist Mist«, sagte ich nur. »Großer, verdammter Bockmist. Jetzt können wir ein Phantom in einem weißen Arztkittel jagen.«

Es bereitete mir Sorgen, dass die Täter insgesamt so viel Dusel gehabt hatten. Eigentlich hatten sie genug Fehler gemacht, um gefasst zu werden. Wir waren bloß nicht in der Lage dazu gewesen. Wir hatten es vermasselt.

Im Prinzip gab es nur eine Wahrheit. Wir mussten mit dem arbeiten, was wir hatten. Und das war verdammt wenig. Im Augenblick gab es für uns lediglich Jadwiga Tomasz, die Krankenschwester, diesen falschen Dr. Naumann und noch die vage Spur, die über die Bundeswehr zum toten Ritter im Zeugenschutzprogramm führte. Da fiel mir sein richtiger Name ein: Neumann. Olaf Neumann. Konnte das tatsächlich sein? Oder war das auch wieder nur ein verdammter Zufall?

ELF

Ich ging durch die Eingeweide des Präsidiums zum Fahrstuhl. Die Tür zischte, ich betrat die Kabine mit dem zerschlagenen Spiegel, der mein Bild in hundert Einzelteile auffächerte. Der Spiegel war zu Bruch gegangen, als Samstagnacht ein vorübergehend Festgenommener im Aufzug randaliert hatte. Auch der war mit der Niederlage der Baskets gegen Alba offensichtlich nicht klargekommen.

Ich fuhr hoch in mein Büro, um den Bericht für Dr. Meyer fertig zu machen, es fehlten nur noch die Ergebnisse aus der Soko-Besprechung.

Zwischendurch probierte ich wieder die Nummer der Bundeswehr und wurde von einer Stelle zur nächsten weitervermittelt, um schließlich wie erwartet zu erfahren, dass ein Thomas Ritter bei der Bundeswehr nie gedient hatte. Das war die offizielle Auskunft. Eine inoffizielle gab es nicht. So, wie es schien, funktionierte das Zeugenschutzprogramm hervorragend, das ursprüngliche Leben von Thomas Ritter war gelöscht, wie von einer Festplatte. Doch wie bei einem Computer brauchte man vielleicht nur ein wenig Expertenwissen, um das Gelöschte wieder sichtbar zu machen – in meinem Fall war dies Ritters Alias und damit die Akte Neumann.

Bei meiner zweiten Telefonrunde mit der Bundeswehr nahm ich die Abkürzung und ließ mich von der Vermittlung direkt mit Oberstleutnant Schierling verbinden, mit dem ich zuletzt gesprochen hatte. Als ich ihn an der Strippe hatte, zögerte er kurz und fragte mich dann: »Warum haben Sie nicht gleich nach Stabsunteroffizier Olaf Neumann gefragt?«

»Ich weiß, das hätte Zeit gespart«, antwortete ich. »Aber mir ist der Name Neumann gerade erst wieder eingefallen.«

Für einen Moment herrschte Stille am anderen Ende, dann sagte Schierling: »Die Akte ist aus Gründen, die ich am Telefon nicht erläutern darf, streng vertraulich. Aber soweit ich weiß, ist eine Kopie bereits vergangene Woche auf dem Dienstweg nach Bamberg gegangen.«

Ich erklärte ihm, dass ich auf der Suche nach Freunden Neumanns zu dessen Dienstzeit war, da es sich dabei um mögliche Komplizen in einem Mordfall handelte. Ich konnte förmlich spüren, wie der Oberstleutnant am anderen Ende der Leitung den Kopf schüttelte.

»Ich kannte Neumann nicht persönlich, und das Problem ist, dass Neumanns direkter Vorgesetzter, Major Laufer, letztes Jahr bei einem Angriff der Taliban auf die deutschen Truppen ums Leben gekommen ist. Er wäre derjenige gewesen, der zu Ihrem Anliegen am ehesten etwas hätte sagen können. Die Unteroffiziere oder gar Mannschaftsdienstgrade, die seinerzeit in Neumanns Zug gedient hatten, sind meines Wissens längst in alle Winde zerstreut. Alles, was ich für Sie tun kann, ist, zu überprüfen beziehungsweise herauszufinden, welche Scharfschützen zu Neumanns Zeit im Kundus eingesetzt waren. Das ist eine eingeschworene Gemeinschaft, wissen Sie – eine schwierige Gemeinschaft allerdings. Ich sage Ihnen das jetzt wieder streng vertraulich, mit der Bitte, es auch so zu behandeln. Die meisten von ihnen erkennen erst später, wie schwer sie traumatisiert sind, schließlich besteht ihr Geschäft aus dem Töten. Meistens sind sie schon nach Deutschland zurückgekehrt, wenn die Bilder aus dem Fadenkreuz wieder auftauchen – jede Nacht, durch jede Person, die sie anvisierten, auf der Straße, irgendwo.«

Ich schwieg und hörte ihm weiter zu.

»Aufgabe der Bundeswehr ist es, diese Traumata zu behandeln, aber all dies steckt, ehrlich gesagt, noch in den Kinderschuhen, und man will keineswegs versagen, wie die Amerikaner nach dem Vietnamkrieg. Man muss die Verantwortung für das Schicksal dieser Menschen übernehmen, das ist eine große, sensible Aufgabe. Ich werde versuchen, eine Liste mit diesen Scharfschützen zusammenzustellen, aber es wird mit Sicherheit eine Weile dauern.«

Ich bedankte mich, legte auf und unterdrückte einen Fluch. Es war wie verhext. Auch diese Spur schien erst einmal ins

Nichts zu führen. Ich hatte nicht die Zeit, wochenlang auf irgendwelche Namen zu warten.

Ich setzte mich wieder an den Rechner, beendete den Bericht und schickte eine Kopie an meine private E-Mail-Adresse. Dann druckte ich alles aus und ging damit zu Dr. Meyers Büro. Den Bericht legte ich der Sekretärin, die gerade telefonierte, auf den Tisch, als sie mir, den Hörer zwischen Schulter und Ohr geklemmt, mit den Händen gestikulierend bedeutete, ich solle warten. Sie gab irgendjemandem höflich und präzise Auskunft, lächelte und zeigte dabei ihre weißen, vom Lippenstift ein wenig rot verfärbten Zähne mit dem kleinen, liebenswerten Überbiss. Mit ihrer gewaltigen Körperfülle strahlte sie eine mütterliche Ruhe aus. Sie hörte jetzt ihrem Gesprächspartner geduldig zu, nickte dabei in Richtung Dr. Meyers Tür, und ihre Lippen formten eine Botschaft an mich, die wohl bedeutete, der Polizeipräsident wollte mich sprechen. Ich nahm meinen Bericht wieder von ihrem Tisch und wartete, bis sie das Gespräch beendet hatte.

Die Sekretärin verabschiedete sich am Telefon, legte den Hörer auf und sagte zu mir: »Herr Killer, der Chef möchte Sie sprechen. Sie können gleich hineingehen.«

Ich bedankte mich, klopfte und trat ein.

Dr. Meyer saß hinter seinem Schreibtisch, wie immer tadellos in Anzug, Hemd und Krawatte. Er legte die Akte, die er gerade studiert hatte, zur Seite, reichte mir über den Schreibtisch hinweg die Hand und deutete auf einen freien Stuhl. »Herr Killer, guten Morgen. Setzten Sie sich. Wie war die Soko? Wie kommen Sie voran?«

Ich reichte ihm den Bericht und sagte: »In Bezug auf den Ermordeten im Klinikum haben wir eine Verdächtige, meines Erachtens eine Mittäterin. Da brauche ich noch einen Durchsuchungsbefehl für ihre Wohnung, eine Anrufliste und Einsicht in ihr Konto. Meiner Meinung nach hat sie jemand bezahlt, und deshalb müssten wir entweder Bargeld, entsprechende Kontobewegungen oder eine Nummer auf ihrem Handy finden, die nicht zu ihrem Bekanntenkreis gehört.«

Dr. Meyer blätterte in meinem Bericht. »Jadwiga Tomasz. Krankenschwester auf der Intensivstation. Hm, alleinerziehend.«

»Und Polin.«

»Sind das Ihre Gründe?«

»Wofür?«

Dr. Meyer lächelte sein feines Lächeln. »Dafür, dass sie Ihre Hauptverdächtige ist. Verstehen Sie mich nicht falsch, aber ich kann nicht bei Dr. Herbert einen Durchsuchungsbefehl mit der Begründung beantragen, dass die Verdächtige alleinerziehende Polin ist. Und wenn ich das nachher in der Pressekonferenz so sage, können wir morgen in der Zeitung lesen, die Festnahmen der Bamberger Polizei beruhen nicht auf Beweisen oder Indizien, sondern werden nach den klassischen Vorurteilen vorgenommen.«

»So ist es nicht. Wir haben alle Schwestern und Ärzte, die im fraglichen Zeitfenster auf der Station Dienst hatten, genau unter die Lupe genommen. Wegen einer Notoperation nach einem Verkehrsunfall kommt nur Frau Tomasz in Frage. Auch Baumgärtners Liste untermauert das.«

Bei der Erwähnung des Namens Baumgärtner umwölkte sich Dr. Meyers Stirn ein wenig, aber er ging nicht auf das Thema ein, sondern widmete sich wieder meinem Bericht und fragte: »Und was ist mit dem Arzt, diesem Naumann?«

»Es gibt keinen Dr. Naumann, und diese Tatsache spricht für sich, obwohl es fast schon zu billig ist. Der Täter zieht sich einen Arztkittel an, verschafft sich Zutritt und beseitigt den einzigen Zeugen.«

»Und wie passt Frau Tomasz in Ihr Puzzle? Sagten Sie nicht, sie ist Ihre Verdächtige?«

»Ich sagte: Mittäterin. Sie hat dem falschen Dr. Naumann die Tür aufgemacht. Sie musste nur einen Knopf drücken und ist damit zunächst einmal viele finanzielle Sorgen los. Eine sehr große Verlockung, finden Sie nicht? Meines Erachtens ist sie dieser Verlockung erlegen. Mit der entsprechenden Einstellung hat sie vielleicht nicht einmal ein allzu schlechtes Gewissen, sie hat ja nur den Summer betätigt. Im schlimmsten Fall wirft sie sich vor, einem Mörder dabei geholfen zu haben, einen anderen Mörder zu beseitigen.«

Dr. Meyer erhob sich und spazierte mit meinem Bericht herum. »Gut«, sagte er schließlich. »Ich besorge Ihnen den Durchsuchungsbefehl und die anderen Sachen. Wenn wir Glück haben, können Sie heute Nachmittag schon loslegen.« Er blätterte wieder in meinem Bericht, studierte ihn grübelnd und kaute dabei auf der Unterlippe. »In einer Stunde trete ich vor die Presse. Ich kann hier in unserem Hauptfall allerdings nichts Weltbewegendes finden, was ich den Leuten berichten könnte.«

»Um ehrlich zu sein, da treten wir im Augenblick etwas auf der Stelle. Meine Nachforschungen im Umfeld von Ritter, alias Neumann, sind bisher leider im Sand verlaufen. Es ist unsere einzige Spur. Aber ich bleib dran.«

»Tun Sie das. Noch eine andere Sache.«

»Ja?«

Dr. Meyer kehrte zu seinem Schreibtisch zurück und legte den Bericht ab. »Sie wissen, dass wir uns im Beurteilungszeitraum befinden?«

Ich nickte. Natürlich wusste ich es, jeder wusste es, und es gab Kollegen, die machten sich deswegen in die Hosen oder kamen auf ihrer eigenen Schleimspur ins Schleudern. Dabei konnte man Dr. Meyer keinen Vorwurf machen, er war keiner dieser Chefs, die sich göttergleich über die Niederungen der Normalsterblichen erheben. Er versuchte, die Sache so dezent und fair wie möglich über die Bühne zu bringen, man hatte eher das Gefühl, das Ganze war ihm selbst etwas unangenehm.

Er nahm wieder hinter seinem Schreibtisch Platz und sagte: »Bitte, Herr Killer, das muss jetzt unter uns bleiben. Aber wie ist Ihre Einschätzung von Herrn Schöps?«

»Gut«, antwortete ich. »Er leistet hervorragende Arbeit.«

»Schön«, sagte der Polizeipräsident. »Vielen Dank. Das war's schon. Ich will Sie nicht länger aufhalten und wünsche Ihnen weiterhin viel Erfolg.«

Als ich Dr. Meyers Büro verließ, ging der Piepton des GPS auf meinem Handy los. Ich sah auf der Karte, dass Mutter von der Ottostraße in den Mühlwörth eingebogen und in südlicher Richtung unterwegs war. Ich beschleunigte meine Schritte, wenn ich mich beeilte, erwischte ich sie vielleicht noch, bevor man ihre Abwesenheit im Altenheim bemerkte.

Waldi kam mir auf dem Gang entgegen. »Hey, Killer, ich glaube, mir ist da was eingefallen –«

»Später«, sagte ich, hastete an ihm vorbei und hörte noch, wie er mir hinterherrief: »Es ist wichtig!«, aber da war ich schon im Treppenhaus und nahm drei Stufen auf einmal.

Unten auf dem Parkplatz sprang ich in den Chevy und warf das Handy auf den Beifahrersitz. Der GPS-Punkt meiner Mutter bewegte sich mit der Präzision einer Schweizer Uhr auf der Höhe des Amts für Ländliche Entwicklung am Kanal entlang. Unten an der Ampel am Pfisterberg – und außer Sichtweite des Präsidiums – langte ich durchs Seitenfenster und pflanzte das Blaulicht auf das Dach des Station Wagon. Ich gab Gas, der V8 stieß sein tiefes, böses Grollen aus, und ich teilte mit der Sirene den Montagmorgenverkehr wie Moses das Rote Meer. An der Nonnenbrücke holperte ich mit dem Chevy rechts hinunter zum Kanal und fuhr mit Blaulicht am Kanal entlang, bis ich Mutter sah.

Sie war beim mittelalterlichen Ladekran angelangt und betrachtete interessiert das schwarze Ungetüm.

»Mutter«, sagte ich erleichtert, nachdem ich rechts angehalten hatte und ausgestiegen war, und schob meine Hand unter ihren Ellbogen. »Komm, wir müssen zurück, bevor du vermisst wirst.«

Sie rührte sich nicht, widersetzte sich mit dem ihr eigenen stoischen Starrsinn meinem sanften Druck.

»Mutter, bitte. Du siehst doch, ich bin mit Blaulicht hergefahren, es ist immer noch an. Die Leute denken, ich bin im Einsatz.«

»Viele Autos heute«, stellte sie fest.

»Es sind die Autos der Anwohner. Sie parken hier.«

»Sie parken hier.« Es war die Strategie, mit der ihr Instinkt immer noch ihre Krankheit verschleiern wollte, obwohl sie sich längst hoffnungslos darin verloren hatte. Sie wiederholte das, was man sagte, und glaubte, dadurch vor Fehlern gefeit zu sein. Sie sagte es noch einmal, hielt dabei das Gesicht zur Sonne gewandt wie eine Blume und schien die Strahlen einzuatmen, als wären sie Sauerstoff.

»Mutter, kommst du jetzt? Du kannst im Garten in der Sonne sitzen und den Kindern der Hainschule zusehen, wie sie in der Pause spielen.«

»In der Pause spielen.«

Ich drehte sie mit dem Rollator vorsichtig, als dürfe sie es nicht bemerken, in die andere Richtung. Sie wirkte enttäuscht, mit der Sonne im Rücken und dem Schatten im Gesicht, nahm aber meinen Schritt auf und marschierte folgsam an meiner Seite, die Füße in den braunen Schuhen mit dem Klettverschluss funktionierten einwandfrei. Mutter war immer viel gelaufen, überallhin, zur Arbeit, zu Freunden, zum Einkaufen, oder einfach nur spazieren gegangen, ihre Füße hatten darunter nicht gelitten, sie verrichteten Tag ein, Tag aus ihren Dienst. Würde sie hundert Jahre alt werden, könnte es für einen Marsch einmal rund um die Welt reichen. Ich stellte mir vor, sie wäre als Kind, sobald sie laufen konnte, von hier aufgebrochen, immer stur in nur einer Richtung, und kehrte jetzt, am Ende ihres Lebens, auf ihrer Umlaufbahn zum Ausgangspunkt zurück.

Wir erreichten die Nonnenbrücke, ein sanfter Bogen über dem schmalen Kanal. Das Blaulicht tanzte auf dem Dach des Station Wagon, ein paar Schaulustige standen herum und versuchten herauszufinden, was los war. Ich half Mutter auf den Beifahrersitz, schnallte sie an, schloss die Tür und lud den Rollator in den Kofferraum. Ich klickte das Blaulicht aus, fädelte mich in die Richard-Wagner-Straße ein und fuhr Mutter zurück ins Heim. Hinten im Garten, auf der Bank neben dem Klangspiel, war eine andere alte Frau. Mutter ging zu ihr, setzte sich und richtete ihr Gesicht zur Sonne aus. Auf dem Schulhof wuselten und lärmten die Kinder. Die beiden alten Frauen betrachteten still den überschäumenden Lebensdrang, dieses Bild, das erklärte, warum es mit der Welt immer weiterging.

Ich berührte Mutter an der Schulter, sie veränderte ihren Blick nicht, aber die winzige Anspannung ihres Körpers verriet mir, dass sie meine Geste des Abschieds wahrgenommen hatte. Ich ging zum Station Wagon, lenkte ihn aus der Parklücke, umkurvte einen Lieferwagen und fuhr zurück ins Präsidium.

Waldi hockte im Büro auf seinem Drehstuhl und trommelte ungeduldig mit den Fingern auf die Schreibtischplatte. Jetzt sprang er auf und fuchtelte mit seinem Handy vor meiner Nase herum. »Mensch, Killer, wo bleibst du denn? Ich habe etwas Interessantes herausgefunden, und du rennst einfach weg.«

»Entspann dich, Top Gun. Ich musste was erledigen. Was gibt es denn so Wichtiges?«

Waldi hielt mir das Display seines Handys hin. Es zeigte das Bild mit Ritter, dem älteren Mann und dem Bundeswehrkameraden. Aufgeregt deutete er auf den Mann zur Rechten Ritters, einen schmalen blassen Typen mit dem Leutnantstern auf den Schulterklappen. »Ich glaube, mir ist eingefallen, wer das ist.«

»Aha. Und? Sollte ich ihn auch kennen?«

Waldi machte eine seiner berüchtigten Pausen, bevor er das Handy zurückzog und mich angrinste. »Allerdings. Du bist ihm erst neulich begegnet.«

»Freut mich.«

»Aber du kannst dich nicht mehr erinnern, stimmt's? Ich jetzt schon. War doch ein schöner Ausflug.«

»Komm schon, Top Gun. Mach kein Ratespiel daraus.«

»Der Ausflug nach Benediktbeuern –«

Ich langte nach dem Handy und zog es ihm aus der Hand. Das Display war dunkel. Ich sagte: »Mach es wieder an.«

Waldi malte mit dem Daumen ein Muster auf den Bildschirm, und die drei Typen tauchten wieder auf, fröhlich lächelnd, die Arme um die Schultern des Nachbarn gelegt.

»Hm …«

»Mensch, Killer!« Wieder deutete Waldi auf den Leutnant

zur Rechten Ritters. »Es ist der Assistent deiner Helene. Ich habe bloß seinen Namen vergessen.«

Ich reagierte bewusst gelassen, aber mein Pulsschlag beschleunigte sich mit einem Mal. Eine Menge Gedanken rasten wie auf einer Achterbahn durch mein Gehirn. Helenes Assistent, ein Kriegskamerad von Ritter, der einzige Täter und Zeuge, den wir bisher hatten beziehungsweise nicht mehr hatten. Wie passte das zusammen?

Ich holte mein Handy hervor und wählte Helenes Nummer. Nach dem fünften Klingeln schaltete sich die Mailbox an. Ich sprach darauf, sie solle mir den Namen ihres Assistenten durchgeben. Waldi brabbelte im Hintergrund, aber ich hörte nicht hin. Der Gedanke, Helene wäre irgendwie in die Sache verstrickt, fraß sich wie giftige Säure in meinen Kopf. Waren das wirklich alles nur Zufälle ohne Zusammenhang – Ritter und der Assistent, der verunglückte Wesemann, die gestohlene Totenmaske, der Grabraub, der tote Mönch – und dazwischen oder mittendrin immer irgendwie Helene? Oder war sie nur zufällig stets so nahe am Geschehen?

Mit einem Mal hatte ich das Gefühl, von Puppenspielern umgeben zu sein, aber ich sah die Fäden nicht.

Der Signalton meines Handys riss mich aus den Gedanken. Eine SMS von Helene, warum rief sie nicht zurück? »frank bohnsammer warum? hat sich krankgemeldet vermisse dich abends skypen? helenemantis78«.

»Frank Bohnsammer«, murmelte ich, suchte auf dem Schreibtisch die Nummer der Bundeswehr und gab den Namen gleichzeitig in den Dienstrechner ein. Während ich auf die Verbindung mit Oberstleutnant Schierling wartete, meldete unser Programm mit dem Vorstrafenregister unter dem Suchbegriff »Franz Bohnsammer« Fehlanzeige. Endlich hatte ich den Offizier an der Strippe, der mir sofort zusagte, eine Kopie der Akte von Leutnant Bohnsammer an die Bamberger Dienststelle zu schicken.

»Sprichst du auch mal wieder mit mir?«, fragte Waldi, als ich den Hörer aufgelegt hatte.

»Ja, Partner. Ich habe nur gerade das Gefühl, es kommt endlich Bewegung in die Sache.« In Gedanken fügte ich hinzu: Allerdings bin ich mir nicht sicher, ob ich über die Richtung glücklich bin. »Wenn das mit Bohnsammer was bringt, dann ist es ganz allein dein Verdienst«, sagte ich.

»Das bringt was«, erwiderte Waldi. »Ich hab's im Urin. Wir schnappen uns den Burschen, legen ihn auf den Grill und schüren ordentlich an.«

»Na ja«, sagte ich. »Dass er zusammen mit Ritter auf einem Bild ist, macht ihn noch nicht zum Täter. Wir werden sehen. Ein paar Fragen werden wir ihm auf jeden Fall stellen.«

»Glaub's mir. Er steckt in der Sache mit drin. Darauf kannst du wetten.«

»Kann sein. Genau wie diese Jadwiga Tomasz.« Ich griff wieder zum Handy und textete an Helene: »kein skypen, ich komm dich besuchen, ok?«

ZWÖLF

Waldi rollte die Augen, als Helene sich auf die Zehenspitzen stellte, die Arme um mich schlang und mich küsste. Als sie mir auch noch zärtliche Dinge ins Ohr flüsterte und keine Anstalten traf, aufzuhören, hüstelte er gekünstelt. Ich schickte ihm hinter Helenes Rücken eine Botschaft mit dem Mittelfinger. Dann löste ich mich von ihr und trat einen Schritt zurück. Sie war ungeschminkt, trug eine Jeans mit verschlissenen Stellen, ein T-Shirt mit Che-Guevara-Aufdruck und darüber ein offenes kariertes Hemd. In dem engen Büro sah es noch genauso aus wie beim letzten Mal, Kisten stapelten sich überall, und das Chaos auf dem Schreibtisch war unverändert.

Waldi hatte wohl genug davon, wie wir uns anhimmelten, er nahm die Napoleon-Position ein, streckte Helene sein Handy entgegen und setzte seine gewichtige Arbeitsmiene auf. »Frau Mantis, wir sind uns sicher, dass es sich bei der Person links auf dem Bild um Ihren Mitarbeiter Frank Bohnsammer handelt.«

Helenes Blick flackerte von Waldi zu mir. Dann trat sie einen Schritt vor, kniff die Augen zusammen und sagte: »Nein, den Mann links kenne ich nicht.«

Waldi drehte das Handy zu sich und dann wieder zurück. »Links von mir aus gesehen. Von Ihnen aus rechts.«

»Ach so.« Sie kam wieder näher. »Ja, das ist Bohnsammer.« Helene strahlte mich an. »Ich freue mich so, dass du gekommen bist. Es ist so unverhofft und dadurch umso schöner.«

Waldi räusperte sich etwas lauter. »Frau Mantis, Ihr Kollege hat sich heute krankgemeldet?«

»Ja. Er hat heute Morgen angerufen.«

»Was hat er denn?«

»Ich habe ihn nicht gefragt.«

»Frau Mantis, wären Sie so nett, uns die Adresse von Frank Bohnsammer zu geben?«

Wieder ihr Blick zuerst zu mir. »Warum?« Sie wirkte plötzlich enttäuscht. »Du bist gar nicht wegen mir hier. Was ist mit Bohnsammer?«

Ich zuckte entschuldigend mit den Schultern. »Eigentlich nichts. Außer, dass er auf dem Bild zusammen mit einem Mann ist, der an dem Grabraub beteiligt war.«

»Du meinst – Bohnsammer?« Sie schüttelte entschieden den Kopf. »Das glaube ich nicht. Nein. Ich bin mir sicher.«

»Helene –«

Waldi baute sich zwischen uns auf und hob die Hand wie zu einer Schiedsrichterentscheidung. »Frau Mantis. Die Adresse, bitte.«

Ich beobachtete Helene genau. Sie fixierte Waldi für einen Moment, und sofort geriet seine aufgesetzte Selbstsicherheit ins Schwimmen.

»Er wohnt in Weilheim.«

»Weilheim?«

»Das ist circa dreißig Kilometer von hier. Vielleicht ein bisschen weiter.«

»Straße?« Immer wenn Waldi etwas verunsicherte – was leicht passieren konnte, wenn sein Gegenüber eine schöne Frau war –, reduzierte er die Kommunikation auf das Nötigste, und sein Gesicht nahm einen trotzigen Ausdruck an. Außerdem hielt er sich dann gern an seiner Dienstwaffe fest, es sah zumindest so aus, als suchte er dort Halt.

Helene quittierte dies mit einem kaum sichtbaren ironischen Lächeln, sie ging zum Schreibtisch und fing an, in dem Wust von Papieren und Schnellheftern zu graben. Schließlich zog sie eine graue Mappe unter einem Stapel hervor, schlug sie auf, suchte mit dem Zeigefinger und las schließlich vor: »Weilheim, Giesingerstraße 12.«

Waldi zeigte auf die Mappe und fragte: »Steht da auch eine Telefonnummer drin?«

Helene hielt ihm die Mappe hin und sagte knapp und mit aufgesetzter Freundlichkeit: »Bitte, bedienen Sie sich.«

Waldi griff danach, tippte dann die Nummer in sein Handy und hielt es ans Ohr. Er ließ es ziemlich lang klingeln, bis er wieder auflegte, das Handy einsteckte und mit einem bedeutungsvollen Blick zu mir sagte: »Okay, krank. Wahrscheinlich sogar so schwach, dass er es nicht mal mehr zu seinem Handy auf dem Nachttisch schafft. Und jetzt?«

Ich ging zu Helene, legte meine Hand an ihre Wange, küsste sie und sagte: »Tut mir leid. Kurzer Besuch.«

»Hab schon verstanden. Rein dienstlich.« Ihre Augen wurden groß, und der goldene Glanz darin schien zu schmelzen oder zu verschwimmen.

Sofort tat es mir leid, dass ich so kurz angebunden war. Ich nahm sie in den Arm und sagte: »Hör zu, Helene, wir können uns ja am Wochenende wieder treffen, ja? Dieser Fall hat es in sich, ich kann mir gerade nicht allzu viel Privatleben leisten. Ich bin Polizist. Das muss dir klar sein.«

»Ja«, sagte sie nur, schmiegte sich an mich, und sofort regte sich in mir dieser typische Drang, sie zu beschützen. Dazu kam noch ihre Stimme, leise, verletzlich, ein wenig kratzig. »Ich könnte mir schon ab Mittwoch freinehmen und zu dir nach Bamberg kommen. Ich lass dich auch arbeiten, versprochen. Es wäre nur einfach schön, in deiner Nähe zu sein.«

»Lass uns telefonieren, ja?«

»Gern.«

Waldis Räuspern im Hintergrund klang schon eher wie ein Knurren. Ich löste mich von Helene und sagte: »Gut, Top Gun. Nur kein Neid, sind auch schon fertig. Auf geht's.«

Waldi wirkte perplex. »Wohin? Zurück nach Bamberg?«

»Nein. Erst machen wir einen Krankenbesuch.«

Waldi fuhr nicht Auto, er ging geradezu eine Symbiose mit dem Wagen ein. Oder umgekehrt. Der Prozess des Gasgebens, Kuppelns und Schaltens war für ihn wie ein lebenserhaltender Prozess, jedes unbedachte Ruckeln würde Herzrhythmusstörungen hervorrufen, ein Abwürgen des Motors an einer Ampel käme einem tödlichen Infarkt gleich. Aber das würde ihm sowieso nie passieren. Er brauchte das Auto, und wie es schien, brauchte das Auto ihn. Egal ob Maybach oder klappernder, verrosteter

Kia. Waldi war ein Autoflüsterer. Vielleicht lag es daran, dass er im Auto die ganze Zeit sitzen konnte und sich nicht ständig mit einer Welt herumschlagen musste, die ihn um ein oder zwei Köpfe überragte.

Der Nachteil bestand darin, dass es schwierig war, ein sinnvolles Gespräch mit ihm zu führen, während er einen Wagen lenkte. Meistens bekam man nur Versatzstücke als Antwort, wie »Hm« oder »Aha« und »Okay«, denn er war ja bereits im Dialog – mit dem Wagen und auch mit den anderen Verkehrsteilnehmern. Unaufmerksamkeiten, Fahrfehler, alles, was nicht rundlief, bereitete ihm beinahe körperliche Schmerzen, brachte ihn schier aus der Fassung.

Im Prinzip hätte er nur eins werden sollen: Chauffeur. Oder Taxifahrer wie mein Vater. Ich glaube, es wäre ein glückliches Leben für ihn gewesen.

Es war später Nachmittag, und der Verkehr hielt sich in Grenzen. Waldi lenkte den Dienstpassat geschmeidig über die Landstraße, stets in der Ideallinie, die Landschaft glitt vorbei wie in einem Videospiel. Immer wenn ein Hindernis vor uns auftauchte und die Gegenspur frei war zum Überholen, flog Waldi vorbei, und ich konnte an seiner grimmigen Zufriedenheit sehen, wie sehr es ihn befriedigte, schneller zu sein, besser zu sein, die anderen hinter sich zu lassen wie einen Furz.

Etwa zehn Kilometer vor Weilheim geschah etwas Seltsames. Ein Traktor tauchte vor uns auf, ein uraltes Gefährt ohne Kabine oder Windschutz, der Fahrer schaukelte in einer grünen Sitzschale, aus deren Rändern die Zipfel eines Kissens quollen, bei jeder Bodenwelle auf und ab, ein Kind hocke auf dem rechten Kotflügel, die Hände an den schmalen, eisernen Umlauf geklammert. Der Traktor tuckerte mit fünfundzwanzig Sachen dahin. Es war frei, doch Waldi traf keinerlei Anstalten, zu überholen. Stattdessen schaltete er ruckartig zurück in den zweiten Gang, fixierte den Traktor mit zusammengekniffenen Augen wie ein Ziel und sagte dann: »Killer, das ist Kacke. Ziemlich große Scheiße sogar.«

Ich hatte absolut keine Ahnung, wovon er sprach, sah und spürte nur, dass ihn irgendetwas so sehr beschäftigte, dass er nicht einmal in der Lage zu einem einfachen Überholvorgang war. »Was ist los, Top Gun?«, fragte ich. »Was ist Scheiße?«

Er kniff die Lippen zusammen, trat die Kupplung und ließ den Passat aufheulen. »Du und diese Helene Mantis. Das ist Scheiße.«

»Aha.«

»Ja, aha. Ich versteh dich nicht, Killer. Du lässt dich von dieser Tussi abschlecken und sonst was, und dabei ist doch sonnenklar, dass irgendwas an ihr faul ist. Oder kannst du mir erklären, warum sie überall da auftaucht, wo es mit unserem Fall zu tun hat?«

»Top Gun, das liegt daran, dass wir zusammen sind. Ist doch logisch, dass sie dadurch in der Nähe des Falls ist, an dem wir arbeiten. Aber das heißt noch lange nicht, dass ich ihr irgendetwas darüber erzähle, kapiert? Ich hab sie in den Dom mitgenommen, weil sie sich mit Gräbern auskennt. Das ist der Grund.«

»Und was ist mit diesem Bohnsammer? Ihrem Assistenten? Der ist der beste Kumpel unseres Täters, und ich verwette meine Eier, dass er in der Sache mit drinsteckt.«

»Kann sein, glaube ich aber nicht. Ich denke, es ist eher Zufall.«

Waldi schnaubte. »Zufall! Mann, Killer, komm zurück auf die Erde! Du bist entweder befangen oder blöd. Wenn nicht wenigstens ich objektiv wäre. Allein schon dieser Name. *Mantis!* Und dann auch noch Helene. Fehlt nur noch, dass sie anfängt, Schlager zu singen.«

»So viel zum Thema Objektivität.« Ich lächelte ironisch. »Übrigens, wenn wir schon bei Namen sind … deiner bedeutet nämlich Hammel.«

»Was?«

»›Schöps‹ sagen die Österreicher zu einem Schafbock, dem man die Eier abgeschnippelt hat.«

Waldi schnappte nach Luft. Wie immer, wenn es emotional wurde, plusterte er sich auf und schimpfte: »Killer, du Arschloch, wenn ein Name Scheiße ist, dann doch deiner!« Der Motor heulte auf, und wir schossen über den durchgezogenen Mittelstreifen an dem Traktor vorbei, einen Millimeter, bevor ein Truck mit Lichthupe und laut hupend an uns vorbeidonnerte. Sein Fahrer glotzte uns mit weit aufgerissenen Augen an und zeigte uns den Vogel und alles Mögliche.

Die zwei Weilheimer Kollegen fuhren mit dem Streifenwagen voraus und dirigierten uns in eine lang gezogene Straße, in der sich einstöckige Häuser mit grauen, fleckigen Fassaden neben der Bahnlinie aneinanderreihten. Eine übergewichtige Burger-Pommes-Tussi in grauen Jogginghosen führte ihren Köter Gassi. Waldi parkte vor der Nummer 12 hinter dem Streifenwagen. Ein nicht enden wollender Güterzug ratterte vorbei, der Luftzug ließ meine Hosenbeine rhythmisch flattern. Ich dachte an Bruce Springsteens Zeile aus dem Song »I'm On Fire«: *There's a freight train running through the middle of my head* – die Gegend hier war wie die Inspiration dafür. Nummer 12 hatte mehr Satellitenschüsseln als Stockwerke, nur ein Namensschild neben den Klingeln war beschriftet, besser gesagt, es klebte ein Sticker mit dem verwitterten, primitiven Abbild einer aufgerollten Peitsche darauf. Ich drückte alle vier Klingeln gleichzeitig, so lange, bis der Summer ertönte.

Ich schob die Tür auf. Eine Neonlichtröhre blinkte nervös am helllichten Tag im Hauseingang. Werbung hing aus den Briefkästen, und die Wände waren da, wo der Putz noch nicht herunterkam, mit irgendwelchen Schmierereien vollgemalt. Eine Tür rechts hinten am Ende des Gangs ging auf, eine hagere Gestalt in schwarzen Lederklamotten trat in den Türrahmen, ich konnte zunächst nicht erkennen, ob Mann oder Frau. Die schwarz gefärbten Haare waren kurz geschnitten und zu einem akkuraten Scheitel gekämmt, auch die Stimme erlaubte keine klare Zuordnung, sie klang nach zwei bis drei Schachteln Zigaretten täglich.

»Die Polizei – gleich in Kompaniestärke. Was verschafft mir die Ehre?«

Erst als wir näher kamen, erkannte ich hinter der dicken

Schicht Schminke das verlebte, zynische Gesicht einer Frau. Alles, was sie trug, war aus schwarzem Leder, die lackglänzenden Stiefel reichten bis über die Knie und ruhten auf mindestens zehn Zentimeter hohen, bleistiftdünnen Absätzen, sodass es aussah, als balancierte sie auf Zehenspitzen. Ich schätzte ihr Alter auf irgendetwas zwischen fünfundfünfzig und sechzig. Eine schwarze bösartige Krähe, die einem die Augen aushacken würde, wenn man nicht aufpasste.

Einer der Weilheimer Kollegen flüsterte hinter mir: »Eine Domina. Künstlername ›Lady Tina‹. Gewerblich angemeldet, alles sauber. Soweit man das als sauber bezeichnen kann.«

»Wir suchen Frank Bohnsammer«, sagte ich zu der Domina.

»Oh, hab ich ihn doch glatt auf der Folterbank vergessen. Das kann schon mal vorkommen.« Ein spöttisches, maskenhaftes Grinsen, bei dem sie für einen Moment zwischen den dünnen, grellrot bemalten Lippen verfärbte Zähne bleckte. »Ich nehme an, er hat sich wegen Lärmbelästigung beschwert?«

»Tut er wohl öfter.«

»Nicht alle meine Kunden stehen auf Knebel. Und Sie?«

»Er wohnt in diesem Haus. Sagen Sie uns einfach, in welcher Wohnung.«

In aller Ruhe holte sie eine schmale Schachtel aus einem Täschchen, zog eine dünne schwarze Zigarette hervor und ließ ein mit Glitter besetztes Zippo aufschnappen. Hohlwangig inhalierte sie den Rauch, blies ihn in meine Richtung und deutete mit dem Daumen nach oben. »Genau über mir. Aber ich glaube, das Vögelchen ist ausgeflogen.«

»Gut, vielen Dank.«

Wir gingen den schmutzigen Gang zurück bis zum Treppenhaus und hörten noch, wie sie rief: »Wie wär's, wenn ich euch nachher einem nach dem anderen den Arsch versohle?« Darauf folgte ein rasselndes Lachen oder Husten.

Über die Schulter sagte ich zu Waldi: »Na, keine Lust?«

Die Kollegen lächelten, und Waldi knurrte: »Killer, übertreib's nicht, ja?«

»Schon gut«, sagte ich, »bleib locker, Kumpel.«

Oben im ersten Stock fanden wir das gleiche Bild wie unten. Ein düsterer, heruntergekommener Hausflur mit je zwei Türen links und rechts und einem vom Dreck blinden Oberlicht am Ende. Vor Bohnsammers Tür blieben wir stehen. Auch hier kein Namensschild neben dem Klingelknopf, nur ein Spion auf Augenhöhe, der Türknauf ein runder, abgegriffener Metallknopf. Ich klingelte ein paarmal, wir warteten, nichts.

»Die Nutte hat recht«, sagte Waldi. »Der ist nicht da.«

Ich wechselte einen Blick mit den Weilheimer Kollegen. Sie standen eine Weile unschlüssig herum, dann sagte einer von ihnen: »Wir gehen dann, wenn Sie uns nicht mehr brauchen. Sie kommen hier allein klar?«

»Ich denke schon. Danke.«

Sie tippten sich an die Mützen und verschwanden.

»Und jetzt?«, fragte Waldi.

Ich nahm ein Etui aus der Innentasche, wählte einen passenden Dietrich und drehte ihn im Schloss, bis es knackte und ich die Tür aufschieben konnte.

»Oh«, sagte Waldi. »Der Typ hat die Tür offen gelassen. Ganz schön nachlässig in so einer Gegend.«

Bohnsammers Wohnung bestand aus einem engen, dunklen Flur mit einer leeren Garderobe und ein paar ausgelatschten Schlappen, die jemandem gehörten, der die hinteren Ränder platt gedrückt hatte, weil er zu faul war, sich zu bücken. Es roch alt, verstaubt, als hätte man tagelang nicht gelüftet. Drei offene Türen gähnten uns wie dämmrige Löcher entgegen. Die erste Tür führte in ein Bad: lindgrüne Kacheln mit schwarzem Schimmel in den Fugen, eine Badewanne mit gelben Flecken, einem Schmutzrand an der Wasserlinie und Haaren und Schamhaaren auf dem Boden. Ein ungeputztes, nach Urin stinkendes Männerklo mit hochgeklappter Brille, ein Boiler an der Wand. Als Nächstes gingen wir in die Küche. Ein Tisch, zwei Stühle, Elektroherd mit zwei Töpfen auf den Platten, Spüle mit schmutzigem Abwasch, Linoleumboden. Von der Decke baumelte eine Glühbirne.

»Meine Fresse«, flüsterte Waldi. »Der hat's aber gemütlich hier.«

Wir verließen die Küche und gelangten in einen etwa zwanzig Quadratmeter großen Raum, der Schlaf- und Wohnzimmer zugleich war. Es herrschte die gleiche Unordnung, mit hingeworfenen Kleidungsstücken auf einer Matratze in der Ecke und einem Stapel leerer Pizzakartons und Tellern auf einem Beistelltisch. Der braune Teppichboden war fleckig und hatte ursprünglich wahrscheinlich eine ganz andere Farbe gehabt. Das Bemerkenswerte war allerdings nicht die Müllhalde, auf der Bohnsammer hauste, sondern das, was so alles an den Wänden hing und klebte. Da waren verschiedene Poster mit eindeutigen Emblemen, in fetten schwarzen Ziffern die 18 und 88, ein Riesenposter mit den Buchstaben ZOG, eine Hakenkreuzfahne zusammen mit einer schwarzen Flagge, beide in eine hohe, tönerne Blumenvase gesteckt, ein Hakenkreuz, eine Triskele, eine waschechte SS-Uniform, die an der Wand baumelte, ein Stahlhelm, auf einem Schreibtisch jede Menge CDs von Stahlgewitter, Blutschuld, Aryan Brotherhood und wie sie alle hießen.

»Meine Fresse«, wiederholte Waldi, doch diesmal ohne zu flüstern. »Dein Bohnsammer ist einer, bei dem oben in der Birne kein Hirn ist, sondern nur braune Kacke herumschwimmt.«

»Er ist unser Bohnsammer, Partner.« Ich ging zum Fenster und schob die vergilbte Gardine zur Seite. Der Lack des Fensterrahmens war überall gesprungen. Ein weiterer Güterzug ratterte vorbei, das ganze Haus vibrierte. Zwei Jugendliche in Hip-Hop-Outfit umkreisten den Passat. Ich trat zurück ins Zimmer und gesellte mich zu Waldi, der an die Wand gepinnte Fotos betrachtete.

»Bohnsammers Poesiealbum. Siehst du irgendein Bild, auf dem er ohne Uniform drauf ist?«

»Nein.« Waldi hatte recht. Die meisten Bilder zeigten Bohnsammer in Uniform, entweder in der SS-Kluft, die daneben an der Wand hing, oder in Bundeswehruniform. An seiner Seite auf mindestens der Hälfte der Fotos war Ritter, alias Neumann, zu sehen. Ansonsten Aufnahmen, die Aufmärsche oder Treffen der rechtsradikalen Szene zeigten.

Waldi deutete auf ein Foto, das nur Bohnsammers Kopf mit

weinrotem Bundeswehrbarett zeigte. Er tippte auf das Abzeichen, es zeigte einen silbernen Eichenlaubkranz mit dem Dolch im Zentrum, der mit dem Griff auf Schwarz-Rot-Gold stand. Darunter eine lateinische Inschrift. »Ich weiß, dass Fallschirmjäger ein weinrotes Barett tragen, aber nicht mit einem Dolch im Abzeichen. Kennst du das?«, fragte Waldi.

Ich nickte. »KSK.«

»Und was heißt das?«

»Hast in der Schule wohl wieder nicht aufgepasst. KSK: Kommando Spezialkräfte. In Calw stationiert. Der Special Air Service der Briten und die Special Operations Forces der Amis standen bei der Aufstellung und Ausrichtung Pate. Bei uns entspricht das in ungefähr der GSG 9 von der Bundespolizei.«

»Aha. Und was machen die so?«

»Offiziell Terrorismusbekämpfung und Aufklärung, zum Beispiel hinter den feindlichen Linien. Genaues ist aber nicht bekannt. Höchste Geheimhaltungsstufe. Es werden weder Angaben über Erfolge noch über Verluste veröffentlicht. Ich denke, im Wesentlichen läuft es darauf hinaus, böse Terroristen in Afghanistan zu fangen. Wahrscheinlich war diese mittelalterliche Hinrichtung der Taliban das Endergebnis einer solchen Aktion, und ich wette, Bohnsammer war mit von der Partie. Blöd nur, dass sie dabei Selfies geschossen haben.«

»Im Prinzip die ganz harten Jungs.«

»Darauf kannst du wetten. Wenn du zu dieser Truppe willst, musst du ordentlich was draufhaben. Physisch sowieso, aber auch mental. Die Auswahlkriterien sind berüchtigt, genauso wie die Ausbildung. Hätte ich diesem Bohnsammer ehrlich gesagt nicht zugetraut. Der sieht ja nicht gerade aus wie Superman.«

»Das stimmt allerdings. Ich hatte gedacht, den zerdrücke ich zwischen Daumen und Zeigefinger.«

»Tja, unterschätzen sollten wir ihn jedenfalls nicht.«

»Stimmt.« Waldis Augen wanderten nun zu dem lateinischen Spruch unter dem Bild, und er buchstabierte mit deutlich fränkischer Aussprache: »*Facit omnia voluntas* und *Non sibi* – hast du eine Ahnung, was das heißt?«

»Soweit ich weiß, ist es das Motto oder, wenn du so willst, der Ehrenkodex der Truppe: Der Wille entscheidet. Und das Zweite bedeutet: nicht für sich allein.«

Waldi streifte mich mit einem misstrauischen Blick. »Großes Latinum oder was?«

»Selbstverständlich. *Carpe diem*, mein Freund.« Ich grinste. »Das kennst sogar du als Mitglied der Generation Yolo, stimmt's?«

»Als Bulle gehöre ich eher zur Generation Yodo.«

»Yodo?«

»You only die once.«

Waldi war schon beim nächsten Foto angelangt und rief aufgeregt: »Hey, da ist ja doch einer in Zivil. Sogar in einem piekfeinen Anzug. Blütenweißes Hemd, Krawatte. Und guck mal, der und Bohnsammer haben sich richtig lieb.«

Es stimmte. Die beiden strahlten auf dem Foto wie die allerbesten Freunde, die Köpfe so eng nebeneinander, dass sie sich beinahe berührten – wobei der Mann im Anzug so gar nicht zu Bohnsammer zu passen schien. Er war ein feiner Pinkel mit grauen Schläfen, Goldrandbrille und allem, was sonst noch dazugehörte.

»Komisch, oder?«, sagte Waldi. »Ich würde den Typen in die Schublade Politiker oder Manager stecken. Warum ist so einer so dicke mit unserem Kumpel hier?«

»Du könntest sogar recht haben«, antwortete ich langsam und kramte dabei in meinem Bildergedächtnis.

»Womit?«

Ich grübelte eine Weile, dann sagte ich: »Ich bin mir nicht sicher, aber ich glaube, der Typ ist wirklich Politiker. Ein Staatssekretär.« Ich nahm mein Handy, gab bei Google »bayerische Staatssekretäre« ein und wählte die Option Bilder. Sofort erschien die Galerie, und ich musste nicht lange suchen. Zufrieden hielt ich Waldi das Display hin. »Hier, Volltreffer. Dr. Heinrich Müller, Bayerisches Staatsministerium für Bildung und Kultus, Wissenschaft und Kunst.«

»Bingo. Tatsächlich, das ist er. Wahnsinn. Wie passt das denn zusammen? KSK und Kultur?«

»Nicht besonders gut, würde ich sagen«, murmelte ich mehr zu mir selbst als zu Waldi. Ich nahm mein Handy wieder und knipste alle Bilder auf Bohnsammers Fotostrecke ab. Von dem, das ihn zusammen mit dem Staatssekretär zeigte, schoss ich sogar mehrere.

»Vielleicht will das Bayerische Kultusministerium den Taliban in Zusammenarbeit mit dem KSK Lesen und Schreiben beibringen«, schlug Waldi vor. »Verstehst du, sie missionieren die gemeinsam. Das KSK fängt die bösen Buben, und unser Staatssekretär schickt sie zur Frau Lehrerin in die Schule.«

»Die können lesen und schreiben, sei dir da mal sicher. Zum Beispiel verfassen die im Internet Anleitungen, wie man Bomben bastelt.« Ich wandte mich von der Bilderwand ab und sah mich im Raum um. Es sah alles völlig trostlos aus. Ich öffnete noch ein paar Schubladen und Schränke, fand aber nichts Interessantes, überhaupt war alles ziemlich leer. »Entweder unser Bohnsammer ist ein genügsamer Mensch oder …«, dachte ich laut.

»Oder was?«

»Oder er ist weg.«

»Wie weg?«

»Weg eben. Fort. Ausgeflogen. Apropos, tu mir doch bitte den Gefallen und klingle noch mal bei dieser schwarzen Lady. Gib ihr unsere Karte und bitte sie, uns Bescheid zu geben, wenn Bohnsammer wieder auftaucht.«

Waldis Augen weiteten sich vor Schreck. »Spinnst du? Ich geh da nicht allein hin.«

»Komm schon, Top Gun. Du schaffst das. Ich würde vielleicht nicht unbedingt mit den Handschellen vor ihrer Nase herumwedeln …«

DREIZEHN

Traumforscher behaupten, die Dinge, die uns passieren, die uns gedanklich beschäftigen, und alles, was wir erleben, spiegelt sich in unseren Träumen wider – sozusagen ein seelischer Stoffwechsel in unserem Unterbewusstsein. Während tagsüber das normale Bewusstsein dominiert, übernimmt nachts im Schlaf das Unterbewusstsein die Herrschaft und hält uns den gesamten Schlamassel, in dem wir uns in Wirklichkeit befinden, unter die Nase. Das, was wir am Tag der Welt und uns selbst präsentieren, ist wie ein blank polierter Stein, der in der Sonne glänzt, doch wenn ihn unser Unterbewusstsein im Schlaf umdreht, winden sich darunter feucht glänzende Würmer und fettige weiße Maden. Kriechen und krabbeln die Tausendfüßler unserer Ängste, Blockaden, Hemmungen, dunklen Triebe und Gedanken, die sich unser Bewusstsein selbst nicht eingesteht.

Ich träumte nachts fast immer, und zwar total verrücktes Zeug; und wenn ich der Traumforschung Glauben schenken würde – was ich nicht tue –, dann wäre das Gewürm unter meinem Stein ein ziemlich übles Gewimmel. Der Kaffeesatz all dessen, was man lieber nicht sein möchte. Doch sonst maß ich dem Ganzen nicht viel Bedeutung bei. Ich träumte, wachte auf, dachte: Oh, wie verrückt. Manchmal lachte ich darüber, aber ich sah keinen tieferen Sinn darin. Schon gar nicht irgendwelche kassandrischen Vorhersagen.

Der Traum, den ich in dieser Nacht hatte, gab mir allerdings noch eine Weile zu denken. Der Ort, an dem ich mich darin befand, glich einer Wüste oder einer Mondlandschaft, es wuchs weder Baum noch Strauch. Ich war in einer Ebene, aber es gab auch Berge oder Hügel, und dort zog sich eine klare Trennlinie zwischen den Farben Rotbraun und Grau. Irgendwo flatterte weiße Unterwäsche auf einer Leine im Wind, und plötzlich stand ich am Ufer eines Sees aus gegossenem Silber.

Zwei Jeeps tauchten wie U-Boote an der Oberfläche auf, die Scheiben waren verspiegelt, sodass ich zunächst nicht sehen konnte, wer dahinter saß. Kaum hatten die Jeeps festen Boden unter den Rädern, zog sich über die Oberfläche des Sees – wie die zugezogene Abdeckung eines Swimmingpools – eine weiße, gewellte Schicht, die sich fortwährend in meine Richtung schob. Es dauerte eine Weile, bis ich erkannte, dass die Schicht aus Knochen bestand, Knochen aller Art: Schienbeine, Oberschenkel, Schädel, Hüften, Arme, Hände, Wirbelsäulen – all dies fein säuberlich verwoben durch etwas, das aussah wie weißer Bast.

Der Knochenteppich machte vor mir nicht halt, ich war gezwungen, darauf zu springen, zu gehen und schließlich zu joggen, wie ein Läufer auf dem Laufband, schnell und immer schneller. Dann stoppte alles abrupt, und die Jeeps standen wie drohende Raubtiere vor mir. Soldaten hoben einen Stuhl und einen Schreibtisch aus einem der Geländewagen und stellten beides auf die Knochen.

Dr. Meyer spazierte daher, nahm Platz, blätterte zunächst in einer Akte, hielt dann inne und beobachtete interessiert, wie Soldaten mit Sturmhauben mich ergriffen, zu Boden warfen und Seile an meinen Händen und Füßen befestigten. Mir war sofort klar, was sie vorhatten, sie wollten mich zwischen die Jeeps spannen und losfahren, bis es mir die Glieder herausriss. Plötzlich hatten die Sturmhauben der Soldaten höhnische Züge wie in einer Art zynischer Vorfreude auf das kommende Schauspiel.

Doch zunächst setzten sich die Soldaten noch einmal direkt neben mich. Sie zogen Pokerkarten heraus und begannen zu spielen. Ich merkte sofort, dass einer von ihnen falsch spielte. Er holte ein komplettes Royal Flash aus seinem Ärmel. Doch dann sah ich, dass jeder von ihnen ein Royal Flash auf der Hand hatte. Sie lachten, zerrissen die Karten, warfen alles in die Luft, und es kam als Schnee wieder herunter, der auf meinem Gesicht schmolz.

Dann standen sie auf, und ich wusste, nun wurde es ernst.

Sie kamen zu mir, nahmen die Masken ab, und Waldi sagte: »Pass auf deinen Kopf auf, mein Freund, nicht, dass du ihn verlierst.« Helene stand auf dem Dach eines der Jeeps und schoss Fotos mit ihrem Handy. Ritter, mit einer Spritze in der Hand, und Bohnsammer setzten sich hinter die Steuer der Jeeps und fuhren langsam los. Die Seile spannten sich. Ich hörte lautes, hysterisches Lachen, wusste aber nicht, von wem es kam, von Helene oder von Dr. Meyer. Eine unwiderstehliche Kraft riss an meinen Gliedern, ich wusste, gleich wäre es vorbei.

Da wachte ich auf. Ich war nicht panisch, spürte nur, wie mein Herz laut schlug. Und ich tastete zuerst meine Arme und Beine ab und hielt dann im Zimmer Ausschau nach den Jeeps, die natürlich nicht da waren. Ich stand auf, ließ mir in der Küche ein Glas Wasser aus der Leitung ein und trank es in einem Zug leer. Dann ging ich ins Wohnzimmer. Die Jalousie vor dem Fenster bewegte sich leicht im schwachen Luftzug. Ich schob zwei Lamellen auseinander und spähte auf die Dächer der schlafenden Stadt, über die das erste fahle Grau vom Osten her kroch. Ich zog die Jalousie hoch und hielt meinem Unterbewusstsein einen Vortrag darüber, dass ich Polizist war – objektiv, kaltblütig, die Gefühle im Griff. Der Traum war ein Traum, weiter nichts, und schon gar kein Blick in die Abgründe meiner Seele. Ich kochte Kaffee und las, während die Maschine zischte und fauchte, auf meinem Handy die Online-Ausgabe des »Fränkischen Tags«, bis der Traum immer weiter in die Ferne rückte, nur noch ein Schemen in meiner Erinnerung war und ich wieder die schöne, glänzende Seite des Steins sah, der ordentlich an seinem Platz lag. Denn ehrlich gesagt hatte ich keine Lust, einen genaueren Blick darunter zu werfen, die blank polierte Oberfläche war mein bevorzugtes Terrain. Aber vielleicht hatte ich auch einfach Angst, etwas Bedrohlicheres darunter zu sehen als Würmer, Maden oder Tausendfüßler.

Um halb acht war ich im Präsidium. In meinem Kopf kreiste die ganze Zeit die Frage, warum wir Bohnsammer nicht einfach zur Fahndung ausschrieben. Das Problem war, dass wir nichts anderes hatten als dieses Bild mit ihm und Ritter, und das war noch nicht einmal der Ansatz eines Beweises für eine Mittäterschaft. Auch aus der Tatsache, dass wir ihn nicht zu Hause angetroffen hatten, konnten wir ihm keinen Strick drehen – selbst wenn ich mir fast sicher war, dass er längst über alle Berge war. Jeder Staatsanwalt würde nur den Kopf schütteln und sagen: Meine Herren, tut mir leid, aber was, wenn er einfach nur ein paar Tage zu Oma gefahren ist? Wegen des Besitzes von rechtsradikalem Bild- und Tonmaterial konnten wir ihn ebenfalls schlecht belangen. Eine Menge Sachen standen zwar auf dem Index, aber wir hätten nie ohne sein Einverständnis in die Wohnung eindringen dürfen.

Ich war ruhelos, schon die ganze Zeit kribbelte es in mir, als wären Ameisen in meinem Inneren unterwegs. Wir hatten einen spektakulären Fall, aber wir kamen keinen Schritt weiter. Irgendwie waren wir immer zu spät: erst bei Ritter und dann bei Bohnsammer. Ich kam mir vor wie bei einem Hütchenspiel, ich sah gerade noch die Münze oder die Kugel, war mir sicher, wo sie war, und hob das Hütchen, aber darunter war nichts, der Spieler war zu schnell für mich. Die täglichen Presseberichte waren auch nicht unbedingt schmeichelhaft, als Leiter der Soko und somit Hauptverantwortlicher musste ich mitansehen, wie Kollegen Schlagzeilen wie »MÖNCHSMÖRDER UND HEILIGE RELIQUIEN BLEIBEN VERSCHWUNDEN – IST DER FALL FÜR DIE BAMBERGER POLIZEI ZU KOMPLIZIERT?« oder »POLIZEI KANN MORD UND RELIQUIENRAUB NICHT AUFKLÄREN« an die Pinnwand hefteten.

Ich zog den Ordner mit allen Zeugenaussagen heraus und ging jede einzelne noch einmal durch, zum vierten oder fünften Mal. Nichts, rein gar nichts, was mir weiterhelfen könnte. Als Nächstes nahm ich mir die Protokolle der Hotline vor, die wir eingerichtet hatten, auch das zum wiederholten Mal. Es war verrückt, was die Leute dachten, gesehen oder gehört zu haben, vor allem wenn bestimmte Einzelheiten durchgesickert waren, was wir natürlich immer so weit wie möglich vermeiden wollten. Aber die Nachrichten waren zum Beispiel voll mit Meldungen über die Steinsäge gewesen, die Dr. Meyer in der letzten Pressekonferenz nicht mehr verheimlichen konnte. Es waren über hundert Anrufe eingegangen, in denen Leute behaupteten, nicht nur in sämtlichen Kirchen Bambergs Sägegeräusche gehört zu haben, sondern auch in beinahe jeder Art von öffentlichem Gebäude und sogar in einem Schwimmbad. Leider mussten wir alles überprüfen, jeden einzelnen Verrückten befragen, was die Laune nicht gerade verbesserte, da wir eine Menge Zeit vergeudeten und schon im Voraus wussten, dass es nichts bringen würde.

Ich ließ die Ordner auf dem Schreibtisch liegen, ging zum Fenster und blickte hinunter, der Verkehr auf der Starkenfeldstraße rollte dahin, und der Parkplatz vor dem Präsidium füllte sich langsam. Ein böiger, unberechenbarer Wind rauschte immer wieder gegen das Gebäude, die Böen hetzten dunkle Wolken über die Stadt und machten mir Hoffnung auf Regen. Ich fischte mein Handy aus der Jackentasche und blätterte durch die Bilder aus Bohnsammers Wohnung. Ich überlegte einen Moment, dann lud ich sie auf den Dienstrechner und druckte sie aus.

Ich war gerade dabei, ins Klebeband zu beißen, um sie an unsere Bilderwand zu hängen, als Waldi eintrudelte, die Hände in den Hosentaschen versenkt, gut gelaunt, pfeifend, als hätte er ein erfolgreiches Date hinter sich oder einen Sechser im Lotto gewonnen.

Er stellte sich hinter mich, studierte eine Weile die Bilder, und als ihm dann aufging, worum es sich handelte, trat er wieder einen Schritt zurück und stemmte die Fäuste in die Hüften. »Killer, sag mal, spinnst du? Was meinst du, was los ist, wenn jemand herausfindet, wie wir an die Bilder gekommen sind?«

Ich riss das letzte Klebeband ab, hängte das Bild unter die anderen und machte eine ausladende Bewegung. »Ich will das alles vor Augen haben, Partner. Hier irgendwo ist die Lösung, verstehst du? Wir müssen nur oft genug hinsehen. Außerdem, wo ist das Problem? Ich hänge Bohnsammers Bilder ja nicht im Soko-Raum auf. Vielleicht schaut Reitmeier mal vorbei oder Schuck, wenn ihm langweilig ist. Meinst du, einer von denen sagt: ›Oh, oh, wo habt ihr das denn her, das ist doch bestimmt gegen die Dienstvorschrift?‹ Vergiss es. Und wann hat Dr. Meyer zum letzten Mal hier reingeschaut? Ich kann mich nicht erinnern. Er kommt zu manchen Soko-Besprechungen, ansonsten klingelt das Telefon, Frau Schnell ist am anderen Ende und sagt: ›Jungs, schwingt die Hufe, der Chef möchte euch sprechen.‹«

»Trotzdem.« Waldi hatte die Hände wieder in den Taschen seiner Anzughose versenkt, was ihn ein bisschen aussehen ließ wie einen Konfirmanden, der vor seinen Kumpels besonders cool dastehen möchte. »Ich finde, es ist ein unnötiges Risiko.«

»Ach was. Sag mir lieber, wie wir am besten und am schnellsten Bohnsammer auftreiben. Die Tatsache, dass er und Ritter befreundet waren, reicht für einen Fahndungsbefehl bei Weitem nicht aus.«

»Wer sagt dir überhaupt, dass er abgehauen ist?«

»Mein Gefühl.«

Waldi lachte. »Das finde ich jetzt komisch. Eigentlich sogar zum Totlachen.«

»Was denn?«

»Killer, wer predigt denn immer Objektivität, sich an Fakten halten, Puzzleteile sammeln, Beweise Stück für Stück zusammensetzen – und jetzt hast du plötzlich Gefühle?«

»Instinkt, Partner, das meine ich damit, und Instinkt hat nichts mit einem diffusen Bauchgefühl zu tun, sondern macht bei unserer Arbeit manchmal den Unterschied zwischen Erfolg und Misserfolg. Du weißt es doch selbst, wir haben akribisch alles ausgewertet, und das nicht nur ein Mal, jedes noch so winzige Detail gedreht und gewendet und von allen Seiten immer wieder ausgeleuchtet. Trotzdem sind wir nicht sehr viel weiter als am Anfang. Also kommt jetzt mein Instinkt dazu, der mir ins Ohr flüstert, wir brauchen diesen Bohnsammer, und wenn wir ihn haben, sind wir einen Schritt weiter, wenn nicht sogar zwei oder drei.«

»Okay, dann rufen wir eben jetzt die Weilheimer Kollegen an und bitten Sie, ab und zu bei ihm vorbeizuschauen und uns Bescheid zu geben, sobald er wieder da ist.«

»Top Gun, manchmal hast du richtig gute Ideen.« Ich klopfte Waldi auf die Schulter und sagte zu ihm, um meinen Ärger zu verbergen, dass ich nicht selbst darauf gekommen war: »Mach du das, und wenn du schon dabei bist, kannst du gleich auch noch bei deiner Lady Dingsda klingeln, die weiß es bestimmt als Erste, wenn er wieder da ist.«

»Es ist nicht meine Lady Dingsda«, blaffte Waldi ein wenig zu heftig zurück. Im selben Augenblick klingelte das Telefon. Waldi hob ab. »Ja. Okay. Nein, kein Problem. Ja, soll raufkommen.«

»Wer war das?«, fragte ich.

Waldi legte den Hörer zurück auf die Gabel. »Meyers Tippse. Ein Anwalt will dich sprechen. Hat angeblich äußerst wichtige Informationen in Bezug auf unseren Fall. Er sagt, er kennt dich von früher. Kommt gleich hoch.«

»Ein Anwalt?« Nachdenklich schlenderte ich von der Bilderwand zu meinem Schreibtisch. Irgendetwas regte sich in meinem Kopf, zu tief vergraben, als dass ich es hätte greifen können. Aber ich spürte plötzlich, es lag etwas in der Luft, das unserem Fall eine neue Richtung geben würde. Und ich sollte recht behalten.

Der Anwalt hieß Gerolf Kratzberger, er hatte einen Teil seines Studiums mit Taxifahren verdient, und daher kannten wir uns. Damals, als mein Vater mit dem Station Wagon anfing, liefen die Geschäfte mit den Amis noch ganz gut, und viele Taxiunternehmer, besonders die mit Familie, suchten sich Aushilfsfahrer für die Nachtschichten. Allerdings wurde deutlich zwischen Berufsfahrern und Studenten unterschieden, die meistens nur an den Wochenenden und den Zahltagen der GIs fuhren, wenn das Geschäft brummte. Es hieß, sie kämen dann wie die Ratten aus ihren Löchern. Deshalb wurden sie auch so genannt: Ratten.

Gerolf war eine dieser Ratten und von Anfang an dabei, ich glaube, er war überhaupt der zweite oder dritte Student als Aushilfsfahrer. Diese Ratten der allerersten Stunde erhielten den Status »Edelratten«. Die einfachen Ratten wurden von jedem normalen Taxifahrer als Abzocker und Abschaum betrachtet, unterschwellig, weil sie Abitur hatten und studierten und deshalb früher oder später zu arroganten Arschlöchern mutieren würden, die sich für etwas Besseres hielten. Vor allem aber, weil sie überhandnahmen und man sie letztlich für die immer schlechter laufenden Geschäfte verantwortlich machte. Die Edelratten hingegen wurden nahezu als Gleichgestellte betrachtet. Das beinhaltete zum Beispiel das Privileg, dass eine Edelratte fünfzig zu fünfzig abrechnen durfte und nicht nach Kilometern auf der Uhr. Man war viel flexibler, brauchte sich nicht jeden Meter, den man leer fuhr, zweimal zu überlegen und musste deshalb auch nicht die halbe Nacht an einem wenig lohnenden Stand herumhängen, sondern konnte quer durch die Stadt dorthin fahren, wo viele Fahrgäste waren.

Außerdem wurden Edelratten nicht von den anderen Fahrern geschnitten. Wenn morgens um halb vier auf dem »Grünen Markt« nichts mehr ging und die Fahrer, die bis fünf Uhr Schicht hatten, in Gruppen beieinanderstanden, um tiefgründige Gespräche über das immer schlechter werdende Geschäft und die immer schlechter werdende Welt zu führen, dann zeigte man jeder Ratte die kalte Schulter. Edelratten hingegen erhielten Einlass zu dem illustren Kreis der Nachtschicht-Philosophen und wurden auch schon mal gefragt: »Und, was hältst du von der Sache, ist doch eine Riesensauerei, oder?«

Gerolf Kratzberger war im Paralleluniversum seines Taxifahrerlebens also eine Edelratte gewesen. Er hatte praktisch während jeder Semesterferien jede Nacht, sieben Tage die Woche, im Taxi gesessen. Nachts, wenn nichts lief, kam er häufig zu mir nach hinten, krabbelte in meinem Station Wagon auf den Beifahrersitz, und wir diskutierten über Gott und die Welt. Damals erzählte er mir noch, er wolle Journalist werden, weil es nichts Wichtigeres gebe als die Wahrheit, denn genau das sei die Aufgabe eines Journalisten – von der Wahrheit zu berichten, von nichts anderem. Er studierte allerdings Jura, weil er kein Volontariat fand. Doch eines Nachts schoss er ein gigantisches Eigentor, er produzierte seinen eigenen persönlichen Super-GAU. Es galt nämlich als ungeschriebenes Gesetz, dass man sofort alles stehen und liegen lassen musste, wenn ein Kollege in Schwierigkeiten geriet. Man raste mit hundertsechzig Sachen – im Notfall noch mit den verdatterten Fahrgästen im Wagen – durch die Stadt und sofort an den Ort des Geschehens, sodass nach Eintreffen des Funkspruchs in kürzester Zeit dreißig, vierzig Taxen da waren. Eine gewaltige Übermacht, die jedem Angreifer Furcht einflößte. Wenn es sich um Amis handelte, rannten die weißen GIs in wilder Flucht davon, die Schwarzen dachten, sie wären schlauer, und rollten sich unter parkende Autos. Aber jeder Fahrer kannte den Trick, und wir zogen sie an den Füßen wieder hervor.

Gerolf meinte in dieser Nacht, er wäre besonders gewieft. Ich kannte die Geschichte nur vom Hörensagen, Mutter war gerade krank geworden, ich musste nach Hause und rief einen Ersatzfahrer an, der den Station Wagon übernehmen sollte. Ausgerechnet der verbreitete später über Funk die Nachricht, was Gerolf getan hatte: Er stand mit seinem Taxi ganz in der Nähe, als ein anderer Taxifahrer überfallen wurde, dachte aber nicht im Traum daran, Beistand zu leisten, es würde ja eh gleich eine Hundertschaft anrücken. Stattdessen sammelte er in den nächsten Stunden seelenruhig all die Fahrten ein, die liegen blieben, weil jeder Taxifahrer am Ort des Geschehens war und auch danach noch stundenlang dort blieb, um mit den anderen hitzig über die Sache zu diskutieren. Gerolf machte den großen Reibach, verlor dabei aber jegliche Achtung, weil er in den Augen der Kollegen einen von ihnen im Stich gelassen hatte, verraten – und dabei noch Geld verdient, das die anderen verloren hatten.

Er fuhr dann zwar noch eine Weile, wechselte auch auf ein anderes Auto mit einer anderen Nummer, kam aber nie mehr richtig in die Gänge, weil sogar die Dispatcher von der Konkurrenz ihm nur noch Fahrten gaben, wenn sie sonst wirklich niemanden hatten.

Es klopfte an der offenen Tür, und eine Stimme, zu laut und zu jovial, rief von draußen: »Hallo, die Acht Zwo, die ›Wunderbar‹, kannst du das machen?«

Die Zweiundachtzig war meine alte Taxinummer, eingebrannt in mein Gedächtnis wie ein Tätowierung, ein Stichwort, das sofort alle Automatismen in Gang setzte, und ich hörte mich, als käme die Antwort von einer anderen Person aus einer anderen Zeit: »Hier Acht Zwo, alles klar, ›Wunderbar‹, fünf Minuten.«

Waldi streifte mich mit einem dieser Blicke mit hochgezogenen Brauen. *Was zum Teufel, bist du jetzt verrückt geworden?*

Und dann kam Gerolf herein, die Arme ausgebreitet, mit einem Grinsen von einem Ohr zum anderen, aber auf der Straße hätte ich ihn niemals wiedererkannt. Wenn man jemanden lange Zeit nicht gesehen hat, fünfzehn oder zwanzig Jahre, dann gibt es zwei Kategorien. Die einen haben sich kaum verändert, man ruft ihnen zu: »Hey, du siehst ja noch genauso aus wie früher, das bisschen Grau steht dir übrigens sehr gut.« Die anderen sind verwandelt, als hätten sie eine neue Haut über neue Knochen gestülpt, und man rätselt hilflos: *Gütiger Himmel, wer könnte das sein? Kenne ich nicht, nie gesehen.*

Haut und Knochen wäre hier allerdings das falsche Stichwort. Gerolf, der auf mich zuwalzte, war fett geworden, mit Dreifachkinn, schweren Tränensäcken unter winzigen Augen, einem blanken, massigen Schädel wie eine Abrissbirne, wo früher dunkles gewelltes Haar gewesen war. Seinen zerknitterten braunen Anzug trug er wie einen Sack über dem aufgebläht wirkenden Leib. Alles fühlte sich weich und leblos an, als er mich umarmte, er roch säuerlich, und ich schaute, dass ich schnell wieder aus dieser Umarmung wegkam.

»Ich glaub's ja nicht, Gerolf! Gut siehst du aus. Schön, dich zu sehen. Himmel, ist das lange her. Wie geht's, wie steht's?«

Gerolf spielte weiter den Begeisterten. »Mensch, Rod, ich fasse es nicht! Die gute alte Zeit. Ich hab dich immer mal wieder gesehen in deiner Amikiste. Und jetzt bist du also Polizist?«

»Tja, wie das Leben so spielt. Und du?«

»Ich habe Jura studiert, weißt du noch? Ich wollte ja eigentlich Journalist werden, aber das hat nicht geklappt. Na ja, egal. Mensch, Rod, wie oft saßen wir nachts in deinem Chevy, meine Güte, es ist wie in einem anderen Leben. Jedenfalls, ich bin jetzt Anwalt, ein Rechtsverdreher.«

»Und? Frau, Kinder?«

»Nein, keine Zeit. Du?«

»Auch nicht. Aber setz dich doch. Willst du einen Kaffee?« Ich deutete auf einen Stuhl und dann auf Waldi. »Das ist übrigens mein Kollege, Kommissar Waldemar Schöps. Waldi, das ist Gerolf Kratzberger, wir sind zusammen Taxi gefahren.«

Waldi und Gerolf tauschten einen misstrauischen Händedruck, sie sahen beide aus, als wären sie auf der Hut, zwei Rüden, die sich beschnüffelten, der eine massig und fett, der andere kurzbeinig und grimmig, mit dem Blick: *Du bist in meinem Revier, pass bloß auf.*

Ich goss Kaffee in eine unserer gezwungen humorvollen Gästetassen mit einer Pistole als Henkel und stellte sie vor Gerolf auf den Tisch. »Milch? Zucker?«

»Schwarz wie meine Seele.« Gerolf lachte dröhnend, das brachte sein Dreifachkinn mächtig in Bewegung. »Weißt du noch, Rod, wie ich zum ersten Mal jemanden im Puff abholen sollte …« Er wedelte mit der Hand. »Wie hieß dieses Etablissement noch mal?«

»›Club Two‹.«

»Genau! Du warst mit von der Partie, es waren zwei Taxen bestellt. Ich glaube, es war nachmittags, absolut tote Hose da draußen, die Mädchen saßen im Foyer oder wie das heißt, sie hockten auf Sofas und strickten oder häkelten, ich war noch völlig verklemmt damals und traute mich kaum, eine anzusehen. Ich war total schockiert, weil ich dachte, wow, diese wunderschönen Geschöpfe sitzen da wie die braven Hausfrauen …«

Ich stand vor ihm, in Gedanken bei den tausend Dingen, die

erledigt werden mussten, und wartete mit einem geduldigen Lächeln darauf, dass er aufhörte zu schwadronieren und endlich zur Sache kam.

»Wir fuhren damals zwei Kunden, ich glaube, du hattest diese wirklich zierliche Blonde, sah aus wie ein Püppchen aus Glas, das bloß nicht runterfallen darf, und ich ihren Freier, einen Ami, der ausflippte und neben mir herumschrie: ›*Fifty fucking bucks! What a fucking rip-off! That is like throwing a fucking salami into a fucking hallway.*‹ Stell dir das vor! Ich dachte nur: Und das bei diesem zierlichen Persönchen, ich hätte Angst gehabt, ihr wehzutun.« Er lachte scheppernd, langte nach der Kaffeetasse, deutete auf den Henkel und hob den Siegerdaumen. Dann beugte er sich vor und nahm schlürfend einen Schluck.

Ich ergriff die Chance und sagte rasch: »Ja, ›Club Two‹. Irre. Diese ganzen alten Geschichten. Aber sag mal, die Sekretärin meinte, du hättest etwas Interessantes zu unserem Fall, dem Mönchsmord und den Reliquiendiebstählen?«

Er schluckte, machte hektische Bewegungen mit der Hand, als hätte er sich den Mund verbrüht, und stellte die Tasse ab. »Ja, richtig. Deswegen bin ich hier. Als ich nämlich erfuhr, dass du der leitende Beamte bist …« Er ließ den Satz unbeendet und warf einen schrägen Blick zu Waldi. »Können wir, ich meine, die Sache ist ziemlich heikel … es darf nichts, rein gar nichts, an die Öffentlichkeit …«

»Du kannst ganz offen reden. Herr Schöps ist mein Partner und leitet mit mir die Ermittlungen. Alles bleibt in diesen vier Wänden, nichts dringt nach draußen. Aussagen werden von uns grundsätzlich vertraulich behandelt. Du hast mein Wort.« Ich ging zur Tür und schloss sie.

»Ich muss mich wirklich zu hundert Prozent darauf verlassen können –«

»Hundertzehn Prozent«, erklärte Waldi ernst. »Mein Wort haben Sie auch.«

»Gut, okay.« Gerolfs winzige dunkle Augen wirkten unter der fleischigen Stirn wie zwei Stecknadelköpfe, die ständig hin und her ruckten. »Es geht um einen Mandanten von mir, eine Person des öffentlichen Interesses, aber nicht nur um ihn, sondern um die ganze Familie. Uraltes Adelsgeschlecht. Wenn ich alles erzählt habe, kommst du vielleicht selbst darauf, wer es ist, aber ich werde den Namen niemals erwähnen, kein Sterbenswort, das habe ich meinem Klienten bei meiner Berufsehre versichert. Außerdem wäre ich sonst den Fall sofort los und hätte vermutlich selbst eine Anklage am Hals.«

Ich dachte an seine Berufsehre als Taxifahrer und nickte aufmunternd, damit er fortfuhr.

»Um es kurz zu machen, mein Mandant wird erpresst.«

Ich runzelte die Stirn. »Und da wendet er sich an seinen Anwalt und nicht an die Polizei?«

Es schien eine Marotte Gerolfs zu sein, die ich von früher nicht kannte – er wedelte mit der Hand, wie um etwas Lästiges zu verscheuchen, das ihm vor den Augen herumschwirrte. »Du wirst gleich verstehen. In dem Erpresserschreiben steht, neben der Forderung von zehn Millionen Euro, dass die sterblichen Überreste eines Vorfahrens der Familie entwendet wurden –«

»Was?« Alle Alarmglocken schrillten plötzlich bei mir so durchdringend wie ein morgendlicher Wecker.

Gerolf wedelte erneut. »Warte. Die Sache ist nicht ganz einfach. Es ist nämlich gar nicht klar, ob dieser Vorfahre, respektive seine Überreste, tatsächlich entwendet wurde.«

»Man kann doch einfach nachsehen.«

»Eben nicht. Es ist kein normales Grab. Es ist ein Sarkophag, der an einem öffentlichen Ort steht und –«

»Trotzdem, ich würde –«

»Nein, du verstehst nicht.« Gerolfs Stimme war plötzlich kalt und hart wie gebrochenes Glas, und das passte so gar nicht zu seinen weichen, wabbeligen Gesichtszügen. »Der Tod dieses Vorfahren ist ein Mysterium. Und genau das muss es auch bleiben. Im Zweifelsfall ist die Familie sogar bereit, viel Geld dafür zu bezahlen.«

»Sich erpressen zu lassen.«

Gerolf verzog das Gesicht, als hätte er in etwas Saures gebissen. Er fuhr mit dem Daumen über den geschmacklosen Pistolengriff seiner Kaffeetasse und schien über etwas nachzudenken. Meine Frage beantwortete er nicht, stattdessen stellte er selbst eine: »Du hast keine Ahnung, von wem ich spreche, oder?«

Ich erwiderte Gerolfs arroganten Blick und sagte: »Ahnungen sind mir völlig egal. Mir geht es um Tatsachen. Und Tatsache ist, dass hier in Bamberg drei Gräber ausgeraubt wurden. Jetzt haben wir wohl ein viertes. Ein Erpresserbrief oder etwas Ähnliches ist allerdings bei uns nicht eingegangen. Es kann natürlich sein, dass morgen oder übermorgen noch ein weiterer Anwalt hier hereinmarschiert und uns ein ähnliches Schreiben unter die Nase hält. Das ist aber schwer vorstellbar. Wer zum Teufel sollte wen mit den Knochen des heiligen Otto oder Heinrich und Kunigunde erpressen? Und sag mir doch jetzt bitte, wo ist dein ausgeraubtes Grab?«

»München.« Gerolf schlürfte wieder einen Schluck Kaffee, während ich versuchte, sein fettes, verlebtes Katergesicht mit jenem frischen, jugendlichen Gerolfgesicht von damals in Einklang zu bringen.

»Ich habe keinen blassen Schimmer«, sagte Waldi.

Kurzes, höfliches Schweigen trat ein. Ich überlegte, ob ich mit meiner Vermutung richtiglag. Allerdings gab es nicht allzu viel Auswahl an Prominenten, die in einem Sarkophag an einem öffentlichen Ort in München lagen beziehungsweise gelegen hatten, und deren Tod ein Mysterium darstellte.

»Ich muss es noch einmal in aller Deutlichkeit wiederholen«, sagte Gerolf, »alles, was wir hier besprechen, darf niemals an die Öffentlichkeit gelangen, es sei denn, mein Mandant stimmt zu. Du musst mir das zusichern, sonst sage ich jetzt kein Wort mehr und marschiere einfach durch diese Tür wieder hinaus. Ist das klar?«

»Aber klar. Du hast unser Wort. Versprochen«, sagte ich, und Waldi nickte mit wichtiger Miene. Wir wussten beide, dass wir dieses Versprechen niemals halten konnten, wenn die Sache, um die Gerolf ein Geheimnis machte wie um den Heiligen Gral, tatsächlich zur Aufklärung der Morde an dem Mönch und an Ritter beitrug.

»Also gut.« Gerolf verknotete dicke, manikürte Finger vor seinem gewaltigen Bauch und schnaufte hörbar. »Ich sage nur: Märchenkönig.«

»Ach du Scheiße«, entfuhr es Waldi.

Ich behielt meine Pokermiene bei.

»König Ludwig II. von Bayern. Dämmert dir jetzt langsam, wie brisant die Sache ist, Rod? Bis zum heutigen Tag ist ungeklärt, wie der König ums Leben kam. Es sind eine Menge Verschwörungstheorien und Gerüchte im Umlauf, angeblich gibt es sogar eine Handvoll Leute, die wissen, was damals geschah, dieses Geheimnis aber wie ihren Augapfel hüten. Und jetzt geht ein Brief an diese Familie, in dem behauptet wird, man hätte die sterblichen Überreste des Märchenkönigs einfach gestohlen.«

»Die Wittelsbacher«, platzte es aus Waldi heraus, und als er merkte, was er gerade ausgesprochen hatte, machte er eine Bewegung, als wollte er sich den Mund zuhalten.

Gerolf blickte bloß stur geradeaus, auf seiner Stirn bildeten sich tiefe Rillen.

»Hat man denn wenigstens Spuren an diesem Sarkophag gefunden?«, fragte ich.

»Es geht gar nicht um diesen Sarkophag.«

»Nicht?«

»Nein. Es ist ja nicht einmal klar, ob die Leiche des Märchenkönigs überhaupt dort lag, auch dazu gibt es die verrücktesten Theorien. Zum Beispiel wird behauptet, es lag von Anfang an nur eine Wachsfigur unter der Totenmaske, sogar schon damals während der Aufbahrung in der alten Kapelle der Residenz, als noch die Trauergäste am toten König vorbeidefilierten. Es wurden immer wieder Anträge zu einer Exhumierung gestellt, doch alle wurden stets abgelehnt.«

»Okay«, sagte ich. »Nur der Klarheit wegen: Es ist eine Tatsache, dass man nicht weiß, ob König Ludwig in diesem Sarkophag lag oder nicht?«

»Korrekt.«

»Das heißt aber doch, der Erpresser könnte einfach behaupten, er hätte die Leiche gestohlen. In Wirklichkeit hat er aber gar nichts, er spekuliert lediglich darauf, dass der Sarkophag nach wie vor nicht geöffnet werden darf, dass die Familie das Risiko einer möglichen Offenlegung der wirklichen Todesursache um jeden Preis verhindern will und deshalb bereit sein wird zu zahlen.«

Gerolf schüttelte bekümmert den Kopf. »Das glaube ich nicht. Und mein Mandant auch nicht. Aus folgenden Gründen: In dem Brief steht ganz genau beschrieben, wo die Überreste gestohlen wurden, und vor allem, wie sie dorthin gelangten. Die ganze Sache wird so logisch erklärt, dass sogar die besagte Familie von der Richtigkeit der Angaben überzeugt ist.«

Gerolf kratzte sich nachdenklich an der Nase und fuhr dann fort. »Meiner Meinung nach wissen sie sogar, dass es stimmt, aber offiziell lassen sie natürlich nichts verlauten. In dem Erpresserbrief steht Folgendes: Die sterblichen Überreste des Königs lagen bis 1938 oder 1939 tatsächlich in dem Sarkophag in München, bis dahin war alles in Ordnung, und alle anderen Versionen sind nur Unsinn. Wir sprechen von der Zeit Hitler, Beginn des Dritten Reichs. Hitler war ein erklärter Bewunderer des Märchenkönigs, er verspürte eine große Affinität zu dessen Ideen, bestimmt auch, weil Ludwig das Ideal des edlen Ritters sehr verehrte, was ja auch bei Hitler und im Dritten Reich eine große Rolle spielte. Jedenfalls befürchteten jene Kreise, die angeblich das Geheimnis um den Tod des Königs kennen beziehungsweise kannten, dass Hitler den Leichnam exhumieren lassen würde, um die tatsächliche Todesursache herauszufinden. Es gab ja niemanden, von dem er es sich hätte verbieten lassen.«

»Einen Moment.« Ich hob den Oberlehrerzeigefinger. »Eine Sache verstehe ich nicht. Warum wollen gewisse Kreise, wie du es nennst, verhindern, dass die wahre Todesursache des Königs bekannt wird? Wo ist denn überhaupt das Problem?«

Waldi, der sich mit dem Thema wohl schon intensiver auseinandergesetzt hatte als ich, sah mich an, als wäre ich ein richtig hoffnungsloser Fall von Begriffsstutzigkeit. »Mensch, Killer, kapierst du's wirklich nicht? Ganz einfach, weil diese gewissen Kreise den König vielleicht selbst auf dem Gewissen haben, und das würde dann herauskommen. Er hat Bayern mit seiner Bausucht in den Ruin getrieben, er wollte immer neue Sachen, immer verrücktere und kostspieligere, das weiß doch jeder. Als man ihn anders nicht loswerden konnte, hat man vielleicht jemanden beauftragt, ihn umzubringen.«

»Aha. Und du hast bestimmt einen Verdächtigen parat.«

»Na klar, zum Beispiel diesen von Gudden, dessen Totenmaske gestohlen wurde. Klingelt's da bei dir?«

Es klingelte schon, aber im Augenblick kam ich mir vor wie damals mit vier oder fünf, als ich meinen neuen Drachen bekam und ihn steigen lassen wollte, obwohl die Eltern es mir verboten hatten. Sie wollten nicht, dass ich allein irgendwohin ging. Trotzdem war ich auf eine Wiese gelaufen, draußen bei der Galgenfuhr, wo aber zu wenig Wind war, der Drachen stürzte ab, und die Schnur verhedderte sich im hohen Gras. Je verzweifelter meine Versuche wurden, die Verwirrung aufzulösen, in die sich alles verwandelte, umso schwieriger wurde das verknotete Schnurgebilde auf der Wiese. Schließlich gab ich auf, hockte mich hin und heulte, bis mein Vater kam, mir links und rechts eine runterhaute, alles einsammelte und mich nach Hause brachte. Im Augenblick hatte ich aber keinen Vater, der die Schnüre für mich entwirren konnte, dafür hätte ich die Ohrfeigen gern in Kauf genommen. »Also gut. Mal angenommen, es war alles so. Wie ging es dann weiter?«, fragte ich.

Gerolf musterte skeptisch seine Kaffeetasse, als würde eine Fliege darin herumschwimmen. Trotzdem trank er noch einen Schluck, behielt die Tasse in den Händen und sagte: »Rod, ich denke, es war so. Man beschloss in einer Nacht-und-Nebel-Aktion, Ludwigs Überreste aus dem Münchner Sarkophag zu holen, um sie vor den Nazis in Sicherheit an einen geheimen Ort zu bringen. Offensichtlich hatte man auch eine ganz gute Idee, wohin. Es sollte ein Ort sein, an dem niemand den Märchenkönig je vermuten würde.« An dieser Stelle machte Gerolf, ganz nach waldischer Manier, eine kunstvolle Pause.

Höflich ging ich auf das Spiel ein und fragte: »Wie sah denn die Umsetzung dieser guten Idee in der Praxis aus?«

Ich sah Gerolf an, dass er sich des Erfolgs seiner Pointe sicher war. »Man hat die Leiche einfach zu einer anderen Leiche ins Grab gelegt«, sagte er trocken.

»Aha, und zu welcher?«

»Zu deinem heiligen Bischof Otto.«

VIERZEHN

Mit einem Mal ergab alles, was Sankt Michael betraf, einen Sinn. Der aufgebrochene Sarkophag, der tote Mönch, der eingeritzte Schwan, der gewählte Zeitpunkt des Raubs, einen Tag bevor das Grab restauriert worden wäre.

Mit offenem Mund betrachtete ich Gerolf, der mir feist und fett gegenübersaß, die Hände selbstgefällig über dem Bauch gefaltet, als wollte er sagen: *Kein billiges Bier dadrin, Kumpel, alles Steaks, teure Weine, Sachen, die du dir bestimmt nie leisten kannst.* Sein Blick war gleichzeitig abschätzend und arrogant, er besagte: *Na, du kleiner Bulle, da staunst du aber, was ich weiß und du nicht, oder?* Er betrachtete mich mit ruhiger, lauernder Distanz, und ich dachte an einen Pokerspieler, der weiß, dass er das bessere Blatt hat, aber noch eine Weile wartet, bis er es aufdeckt, um den Moment der Überlegenheit so lange wie möglich zu genießen.

Währenddessen brachen sich die Gedanken in meinem Kopf wie das Licht auf den Kristallen eines Kaleidoskops. Denn einerseits beantwortete Gerolfs Information – wenn es sich denn um die Wahrheit handelte – eine Menge Fragen. Andererseits warf sie mindestens genauso viele auf. Das betraf zum Beispiel den Aufbruch der beiden Domgräber. Bisher war ich der Meinung gewesen, wir hätten es mit gewöhnlichen Dieben zu tun, die es auf die wertvollsten Reliquien Bambergs abgesehen hatten. Wenn es aber bei dem Raub um die sterblichen Überreste des Bayernkönigs ging, bekam der Fall eine völlig neue Dimension.

»Das haut mich jetzt um«, unterbrach Waldi ehrfürchtig die Stille, die sich in unserem Büro ausgebreitet hatte.

Gerolf schaute zufrieden, er saß da wie einer dieser unförmigen Fische auf dem Discovery Channel, die regungslos und unsichtbar wie Steine auf dem Meeresgrund lauern und wie aus dem Nichts zuschnappen, wenn eine ahnungsloses Beute vorbeischwimmt. Ich fragte mich, warum er wohl so in sich ruhte. Hätte er nicht eher unruhig oder besorgt sein sollen?

Sein Mandant wurde erpresst, und dabei ging es, weiß Gott, nicht um Peanuts. Die Polizei, die er gerade informierte, sollte aber außen vor bleiben – und er, der Anwalt, musste diese Gratwanderung bewältigen. Irgendwie hatte ich das Gefühl, dass Gerolfs Gelassenheit nicht in besonderer Coolness begründet war. Irgendwo gab es eine Hintertür, einen doppelten Boden, und Gerolf würde wie damals in aller Ruhe die Scheine aus der Kasse holen, während wir anderen uns die Hacken abliefen und Ganoven unter Autos hervorzerrten.

»Was weißt du sonst noch, das ich auch wissen sollte?«, fragte ich vorsichtig.

Er hob die Hände. »Nichts mehr. Ich habe dir den Inhalt des Erpresserbriefs mitgeteilt sowie das Anliegen meines Mandanten, das ja ein Einschalten der Polizei ausschließt. Ich bin dennoch zu dir gekommen, da es um Mord geht und du das alles womöglich für die Aufklärung deines Falls brauchst. Dabei verlasse ich mich zu hundert Prozent auf deine Diskretion. Wenn irgendetwas davon an die Öffentlichkeit gelangt, bin ich geliefert. Ich habe mich sehr weit aus dem Fenster gelehnt, nur um dir einen Gefallen zu tun. Ich hoffe, du vergisst das nicht.«

»Wie gesagt, du hast mein Wort. Ich hätte allerdings noch eine Frage bezüglich des Sarkophags in dieser Kapelle.«

»In der alten Residenzkapelle in München? Ja?«

»Ich verstehe einfach nicht, warum unklar ist, ob die sterblichen Überreste des Königs in dem Münchner Grab waren – oder sind. Das will mir nicht in den Sinn. Mit ein bisschen Technik wäre es doch ein Leichtes, das herauszufinden: röntgen, Computertomografie, was weiß ich. Du gehst zum Oberstaatsanwalt, beantragst eine entsprechende Verfügung und fertig.«

»Bringt nichts«, sagte Gerolf. »Es ist ja eine Leiche in dem Grab. Die Frage ist nur, welche.«

»Dann ein DNA-Test ...«

Gerolf verzog das Gesicht. »Rod, du verstehst es anscheinend wirklich nicht.«

»Dann erklär's mir.«

»Bestimmte Kreise wollen einfach nicht, dass diesbezüglich irgendetwas ans Licht kommt, Schluss, aus. Und glaub mir, diese Kreise bewegen sich auf höheren Sphären als der Mount Everest, da kommt unsereins auch nicht annähernd in die Nähe, viel zu dünne Luft, wir gelangen nicht einmal ins Basislager. Soweit ich weiß, ist das im Prinzip schon seit dem 13. Juni 1886 so, dem Todestag des Märchenkönigs. Schon damals begann dieses Versteckspiel, und es wird noch anhalten bis in alle Ewigkeit.«

»Ein ordentlicher Oberstaatsanwalt –«

»Ein ordentlicher Oberstaatsanwalt am Arsch, Rod. Diese Leute haben Riesenfüße, die treten damit auf deinen ordentlichen Oberstaatsanwalt und zerquetschen ihn wie einen Regenwurm. Von dir ganz zu schweigen. Piss denen bloß nicht ans Bein.«

Ich bin weder sonderlich naiv, noch gehöre ich zu jenen Weltverbesserern, die für Wahrheit und Gerechtigkeit den Märtyrertod sterben würden. Die Welt ist ein zynischer Ort, sie wird von Geld regiert, und Geld kennt keine Skrupel, sondern nur die Macht – und umgekehrt. Gerolf hatte eine Warnung ausgesprochen, das war sonnenklar. Aber ich bin nicht der Typ, der ins offene Messer rennt. Ein paar Tricks kenne ich auch, und ich weiß, gelegentlich gelangt man nur ans Ziel, wenn man sich einklinkt in das Spiel der Seilschaften, der Lügen, Intrigen und gezinkten Karten. Ich will damit nicht sagen, dass ich so etwas grundsätzlich gutheiße, aber manchmal ist es sinnlos, die Lösung in keuscher Güte und reiner Wahrheit zu suchen. Man zieht sich keinen weißen Anzug an für einen Spaziergang in der Kloake, und manchmal braucht man eine Lüge, um die Wahrheit zu finden. Daran würde ich denken, falls ich es mit den Leuten zu tun bekäme, von denen Gerolf so abstrakt gesprochen hatte. Wenn die Luft dort oben wirklich so dünn war, würde ich eben ein Sauerstoffgerät mitnehmen.

»Rein hypothetisch«, sagte ich, »nur mal angenommen, ich käme zu dem Entschluss, mein Fall könne nur aufgeklärt werden, indem ich diesen Sarkophag in der Residenzkapelle genauer unter die Lupe nähme …«

Gerolf lächelte mitleidig. »Denk nicht mal dran, Rod. Es sei denn, du willst dir wieder eine Uniform anziehen und Tickets wegen Falschparkens ausstellen. Oder Taxi fahren.«

»Der Mut wächst mit der Gefahr«, sagte ich.

»Mein Freund, ich will lediglich verhindern, dass du ausgelacht wirst oder dir eine blutige Nase holst.«

»Vielen Dank auch. Aber du willst doch bestimmt etwas dafür. Im Gegenzug.«

Gerolf schaukelte in seinem Stuhl vor und zurück. Sein Blick wanderte von mir zu Waldi, der mit verschränkten Armen und ohne sichtbare Regung in der Ecke stand. »Nur eine Kleinigkeit«, sagte Gerolf. »Nichts Besonderes.«

Ich nickte und wartete, bis er weitersprach.

»Es wäre nett, wenn du mich auf dem Laufenden halten würdest. Weißt du, vielleicht könnte mein Mandant dadurch einen Haufen Geld sparen, und er würde sich bestimmt erkenntlich zeigen.«

Jetzt schaltete Waldi sich ein. Er kam einen Schritt aus seiner Ecke hervor, hakte die Daumen in den Gürtel und sagte: »Wenn Sie damit Bestechung meinen, vergessen Sie's. Hauptkommissar Killer und ich machen so was nicht. Wir sind sauber und bleiben es.«

Gerolf zog die Augenbrauen hoch. »Nein, so war das nicht gemeint.« Weiter sagte er nichts.

Das Telefon auf meinem Schreibtisch klingelte. Dr. Meyers Sekretärin war am anderen Ende. Er wollte mich sprechen. Ich legte wieder auf und wandte mich an Gerolf. »Gut. Ich danke dir für die Informationen und versichere dir, dass nichts davon an die Öffentlichkeit gelangt. Jetzt muss ich mich leider verabschieden, ich habe gleich einen Termin. Ruf einfach mal an oder komm wieder vorbei.« Ich gab ihm die Hand, wartete dann, bis er sich schnaufend aus dem Stuhl gehievt hatte, und verabschiedete mich von ihm. Ich schloss die Tür, lehnte mich mit dem Rücken dagegen und sagte zu Waldi: »Wir reden gleich darüber. Aber zuerst muss ich zum Chef.«

Dr. Meyer saß an seinem Schreibtisch und tippte etwas in sein Ultrabook. Er trug einen grauen Anzug, dazu ein schwarzes Hemd und eine taubenblaue Krawatte mit weißen Tupfen. Wie immer sah er frisch und ausgeschlafen aus, als käme er gerade nach der morgendlichen Joggingeinheit frisch rasiert, eingecremt und geföhnt aus dem Bad. Er warf noch einen Blick auf den Bildschirm, klappte den Laptop zu, nahm einen Umschlag vom Tisch und wandte sich mir zu. »Herr Killer, schön, dass Sie es gleich einrichten konnten. Es gibt Neuigkeiten. Das hier wurde uns heute Morgen zugestellt. Nehmen Sie nur, die Spurensicherung ist schon fertig damit.«

Er reichte mir einen Umschlag. Der Sprengstoffexperte hatte ein unleserliches Kürzel auf seinen Stempel über die Anschrift ›Bamberger Polizeipräsidium‹ gekritzelt. Keine Briefmarke, kein Absender. Ich zog den zusammengefalteten Bogen heraus und klappte ihn auf. Computerbeschrieben, Times New Roman, Schriftgröße vierzehn. Ich las den Inhalt, und als ich fertig war, noch einmal. Ich ließ das Schreiben sinken. »Das glaube ich jetzt nicht.«

»Dass jemand von der Stadt Bamberg für die Reliquien Lösegeld fordert?«

»Ich hatte gerade Besuch von einem Anwalt. Der sprach auch von einer Lösegeldforderung für sterbliche Überreste. Allerdings ging es dabei nicht um das Kaiserpaar und Bischof Otto, sondern um den Leichnam König Ludwigs.«

Dr. Meyer hob erstaunt die Brauen. »Wie bitte?«

Ich erklärte ihm, was Gerolf mir erzählt hatte. Er hörte konzentriert zu, bis ich fertig war.

»Interessant«, sagte er. »Sehr interessant.« Er stand auf, spazierte hin und her, hob den Zeigefinger, klopfte damit leicht gegen die Unterlippe, blieb wieder stehen und nickte. »Das klingt plausibel. Damit haben wir endlich ein Motiv, nicht wahr? Die Täter erpressen zum einen die Familie Wittelsbach – es kann sich meines Erachtens nur um diese Familie handeln – und zum anderen die Stadt Bamberg. Wie hoch ist die Summe im ersten Fall, sagten Sie?«

»Zehn Millionen.«

»Da nehmen sich die fünf Millionen für unsere Bamberger Reliquien ja geradezu bescheiden aus.«

»Wahrscheinlich kennen die Erpresser den finanziellen Engpass der Stadtkasse ganz gut.«

Dr. Meyer verzog den Mund zu einem feinen Lächeln. »Dann müssten sie uns eher ein paar Millionen als Spende anbieten. Aber Scherz beiseite, die Erpresser scheinen Profis zu sein, jedenfalls gehen sie sehr clever vor, wenn sie damit drohen, eine Reliquie nach der anderen zu vernichten, falls die Stadt nicht auf ihre Forderung eingeht.« Dr. Meyer nickte in Richtung des Erpresserbriefs in meinen Händen. »Ich denke, wir können auch ausschließen, dass es sich hierbei um Trittbrettfahrer handelt. Der Zufall dieser Parallelität wäre mir, ehrlich gesagt, zu groß.«

Dr. Meyer hatte recht. Unser Fall lief seit einer Woche alle Medien rauf und runter, und die Presse spekulierte und diskutierte, genau wie wir, über mögliche Motive. Das mochte vielleicht jemanden, der ursprünglich mit der Sache überhaupt nichts zu tun hatte, auf die Idee bringen, uns ein Motiv zu liefern und viel Geld damit zu verdienen. Ohne den anderen Erpresserbrief hätte ich diese Möglichkeit vermutlich zumindest in Erwägung gezogen. Doch so war die Wahrscheinlichkeit einfach zu gering.

Dr. Meyer nahm seinen Spaziergang wieder auf. Bewegung schien ihm beim Nachdenken zu helfen. Seine Schuhe klackten leise auf dem hellgrauen Laminatfußboden. Schließlich sagte er: »Ich finde es ein wenig beunruhigend, dass dieser Kratzberger plötzlich in unserem Fall auftaucht.«

»Inwiefern beunruhigend? Ich kenne ihn von früher. Da war er nur ein kleiner Taxi fahrender Student.«

»Gerolf Kratzberger.« Dr. Meyer sprach den Namen aus wie den einer giftigen Spinne. »Ursprünglich ein Shootingstar unter den Anwälten der oberen Zehntausend. Oder sagen wir besser Hundert. Einer von jenen, die hinter Ihnen in die Drehtür hineingehen und vor Ihnen wieder herauskommen. Man sagt ihm einzigartige Verbindungen nach, und er gewann ein paar spektakuläre Fälle, die Kollegen zuvor als aussichtslos abgelehnt hatten. Dabei ging es immer um High Society, Politiker, Prominente. Hinter hervorgehaltener Hand wird von unlauteren Mitteln gemunkelt, Bestechung, Erpressung, Bedrohung von Zeugen. Das kann natürlich auch purer Neid sein. Was ich sagen will, ist – seien Sie übervorsichtig. Sichern Sie sich ab, machen Sie alles hundertfünfzigprozentig wasserdicht. Früher hieß es, selbst wenn man einen Täter schon sicher hinter Schloss und Riegel hat, zaubert er plötzlich eine fiese Überraschung aus dem Hut, und Simsalabim, steht man wieder mit leeren Händen da. Dafür ist er berühmt beziehungsweise berüchtigt. In letzter Zeit hat seine Staranwaltrobe allerdings einige Flecken abbekommen. Es heißt, er hat in ein oder zwei Fällen gehörig danebengelangt und sich zudem noch in einen finanziellen Engpass manövriert – aber das sind keine Fakten, sondern Gerüchte. Sie wissen schon. Jedenfalls kann ich mir nicht vorstellen, dass er aus reiner Menschenfreundlichkeit hier bei Ihnen aufgetaucht ist. Kratzberger macht nichts umsonst, er will etwas dafür, er bezweckt etwas. Also passen Sie gut auf.«

»Zu mir hat er gesagt, es wäre nett, wenn ich ihn auf dem Laufenden hielte. Was ich nicht tun werde, solange sein Mandant sich nicht an uns oder die Münchener Kollegen wendet.«

»Haben Sie ihm das gesagt?«

»Nein. Natürlich nicht.«

»Gut.« Dr. Meyer kehrte zu seinem Schreibtisch zurück und nahm wieder Platz. »Eigentlich hatte ich vor, die Soko personell abzuspecken. Da wir es jetzt aber auch noch mit dieser Erpressergeschichte zu tun haben, behalten wir die Vollbesetzung lieber noch ein paar Tage bei. Ich denke, Sie können jeden Mann gebrauchen.«

Ich nickte. »Ja, vielen Dank. Sie haben recht. Es steht noch eine Menge Laufarbeit auf dem Programm.«

Dr. Meyers Telefon klingelte. Er langte nach dem Hörer und sagte, bevor er abhob, zu mir: »Entschuldigen Sie mich jetzt. Der Herr Staatsanwalt. Bitte informieren Sie mich regelmäßig. Und viel Erfolg weiterhin.«

Waldi empfing mich in unserem Büro, indem er mit ein paar ausgedruckten Seiten voller Zahlen unter meiner Nase herumwedelte und euphorisch rief: »Hier sind die Kontoauszüge und die Telefonlisten von unserer Krankenschwester, Partner. Und welche Überraschung! Rate mal, was es da alles gibt?«

»Was?« Ich wollte die Listen an mich nehmen, doch Waldi zog sie grinsend wieder weg. »Du sollst raten, nicht gucken!«

Ich seufzte. »Sag's mir doch einfach. Dann sparen wir eine Menge Zeit.«

Waldi hielt die Listen vor der Brust, als müsste er sie vor mir beschützen. »Es kommt Bewegung in die Sache, Partner.« Er klopfte auf die Papiere. »Fangen wir mit ihrem Handy an. Sie hat in ihren Kontakten allen Nummern akribisch Vorname, Nachname und Adresse zugeordnet, keine Abkürzungen, sogar alle Straßen hat sie ausgeschrieben. So weit, so gut. Aber dann taucht vor zwei Wochen plötzlich ein neuer Kontakt auf. Und weißt du, was sie macht? Sie nennt ihn lediglich Xyz. Einfach Xyz. Sonst nichts.«

»Xyz?«

»Ja, und jetzt pass auf. Seit genau fünf Tagen herrscht Funkstille mit Xyz – kein Anruf, keine SMS mehr. Na, sagt uns das was?«

Ich rechnete das Zeitfenster durch. Ritter hatte vor vier Tagen im Krankenhaus seine Extraportion Thiopental erhalten. Bis zu einem Tag vorher hatte Jadwiga Tomasz Anrufe von unbekannt erhalten. Ich überlegte eine Weile, drehte es hin und her. Es passte einfach zusammen.

Waldi fuhr schon fort. »Ich hab diesen Xyz bereits angerufen. Männliche, unauffällige, normale Stimme. Eine leichte Prise sächsischer Akzent. Normal ist allerdings nicht, was er gesagt hat, bevor er auflegte.«

»Was hat er gesagt?«

»Pass auf, Kumpel, wörtlich: ›Du blöde Fotze, warum rufst du noch mal an?‹ Danach war sofort Schluss. Wir haben die Nummer zurückverfolgt. Prepaidkarte. Also leider kein Name. Die Karte wurde auch nach meinem Anruf nicht mehr genutzt, und vorher war immer nur eine Nummer drauf, die gewählt wurde. Die der Polin.«

»Er hat damit nur Jadwiga Tomasz angerufen?«

»Ja, ein gutes Dutzend Mal. Wir kennen, wie gesagt, keinen Namen, weil es ja kein Vertrag, sondern nur eine Karte ist, aber der Anbieter war so freundlich, uns über die angewählten Handymasten ein Bewegungsprofil des Besitzers zu erstellen. Und jetzt halt dich fest. Laut Protokoll wurden alle Anrufe aus der Nähe von Weilheim und Benediktbeuern getätigt, bis auf einen. Der kam aus Bamberg.«

Es ratterte in meinem Kopf, und dann wusste ich sofort, was los war. »Bohnsammer«, sagte ich ungläubig. »Bohnsammer und Jadwiga Tomasz?«

»Wenn nicht absichtlich irgendwelche durchgeknallten Götter Zufälle über uns ausschütten, gibt es keine andere Möglichkeit. Wetten, dass es Bohnsammer ist?« Waldi guckte mich triumphierend an und kramte umständlich in den Zetteln vor seiner Brust. »Aber es kommt noch besser. Warte, hier. Ihre Kontoauszüge von den letzten zwei Monaten. Alles unauffällig, bis auf eine Einzahlung. Achtung – setz dich lieber hin. Am 21. April wurde auf das Konto von Jadwiga Tomasz eine beachtliche Summe überwiesen.« Waldi reichte mir jetzt endlich die Listen und verband das Ganze mit einer seiner theatralischen Pausen.

»Was für eine Summe?«, fragte ich gespielt geduldig.

Waldi holte tief Luft, stieß sie hörbar wieder aus und rief wie ein Schauspieler auf der Bühne: »Zehntausend Euro. Die Einzahlung wurde laut Bankauskunft von ihr selbst vorgenommen, bei Barüberweisungen verlangen die Banken einen Ausweis. Die Polin hat von irgendjemandem zehntausend Eier auf die Hand bekommen und dann gleich auf ihr Konto gelegt. Stell dir vor, zehn verdammte Riesen. Der Preis für Ritters Leben. Entweder sie war es selbst, oder sie bekam das Geld, weil sie heimlich jemanden reingelassen hat.«

»Finden wir's raus«, sagte ich entschlossen, stopfte den Papierkram in eine Tasche und nahm meine Jacke. »Komm. Wir fahren sofort ins Klinikum.«

»Montag. Ihr freier Tag.«

»Wo wohnt sie, Top Gun? Haben wir ihre Adresse?«

»Haben wir.« Waldi wühlte in einem Papierstapel auf dem Schreibtisch, kramte schließlich einen Zettel heraus und las vor: »Ziegelhof, Hausnummer 3. Wo ist das? Als ehemaliger Taxifahrer müsstest du das doch wissen.«

»Genau gegenüber von Sankt Michael.«

Waldi zog den Reißverschluss der Lederjacke hoch und ruckte martialisch am Griff seiner P7. »Nehmen wir sie gleich dort in die Mangel?«

»Nein.« Ich warf ihm einen Autoschlüssel zu. »Wir holen sie auf unser Territorium. Und zwar schön dramatisch. Mit dem Streifenwagen.«

Waldi quasselte während der ganzen Fahrt wie ein Wasserfall. Ich hörte nur mit einem Ohr zu (»Jetzt haben wir die Typen an den Eiern, aber so richtig, glaub mir, diese Giftmischerin wird singen wie eine polnische Nachtigall«), und als wir oben am Torschuster nach links abbogen, wurden, wie schon bei den anderen Fahrten zum Michelsberg, Erinnerungen an früher wach, die in einer Ecke meines Bewusstseins schlummerten. Behaglich und behütet wie eine Katze auf der warmen Fensterbank.

Wenn man wie ich aus der Gereuth stammte, wuchs man mit einem archaischen, primitiven Kodex auf: Du hilfst immer deinem Kumpel, selbst gegen eine aussichtslose Übermacht. Egal wie pleite du bist, du schmeißt den Jungs in der Kneipe eine Runde. Du verpfeifst niemals einen aus der Gereuth, auch wenn er dein Todfeind ist, weil er ein paar Straßen weiterwohnt und ihr euch normalerweise nach den Worten »Ich fick deine Schwester und deine Mutter« als Eingangsritual an die Gurgel geht und euch die Nasen blutig schlagt.

Im Ziegelhof, kerzengerade gegenüber von Sankt Michael, hatten meine Großeltern mütterlicherseits gewohnt, und dort war es anders, es herrschte ein ganz anderer Grundsatz – der der Familie. Der Mädchenname meiner Mutter war Hagen. Oberregierungsrat a. D. Hagen hielt als klassischer Patriarch das

Ruder der Familienbarkasse sicher und ruhig und steuerte sie mit fester, aber strenger Hand durch das Leben. Meine Mutter war aber keine echte Hagen. Sie stammte aus einem kleinen Dorf in der Nähe von Forchheim, hatte ursprünglich sieben Geschwister gehabt und wurde im Alter von vier Jahren von der Verwandtschaft meines Opas an die Hagens (die keine eigenen Kinder bekommen konnten) wie ein Stück Vieh – wie sie es später nannte – verhökert. Mutter hat das nie richtig verwunden, wie kann man sein eigenes Kind einfach verkaufen! Und sie sagte mir einmal, das sei der Grund, warum ich ein Einzelkind geblieben war, sie wollte nur eins, und ich sollte im wahrsten Sinne ihr Ein und Alles sein und bleiben bis in alle Ewigkeit.

Das Haus meiner Großeltern war der alte Ziegelhof. Man gelangte dorthin durch den Torbogen hinter der Sankt-Getreu-Straße und folgte der Gasse mit der gewölbten, brüchigen Teerdecke knapp fünfzig Meter bis zum Brunnen. Dann ging es durch eine weitere Toreinfahrt auf dem Kopfsteinpflaster mit den blank polierten Steinen, auf denen man sich die Knöchel brechen konnte, hinunter zum Ziegelhof. Der Ziegelhof war ein Mikrokosmos, eine Insel mit Gemüsefeldern, einem Stall und einem flachen, einstöckigen Wohngebäude aus hellen Backsteinen und einem rotbraunen bemoosten Ziegeldach. Er bestand aus zwei hintereinanderliegenden Wohnungen, die vordere gehörte meinen Großeltern, daneben wohnte die Mutter meiner Großmutter. In meiner Erinnerung war sie an die hundert Jahre alt, ihr Gesicht wie ein verwittertes vom Sand und Wasser geschliffenes Stück Treibholz. Meistens saß sie in der Sonne auf der krummen Holzbank vor dem Gebäude, umgeben von ihren Katzen, vor denen stets eine Schale mit geflockter Milch stand. Auf ihrer linken Schulter hockte der Rabe mit dem gebrochenen Flügel (ein zahnloses Grinsen: *links der Teufel, weil er Angst hat, rechts sitzt ein Engel*) und perfektionierte das Bild von der hakennasigen Hexe in ihren schwarzen Röcken, von denen sie angeblich Sommer wie Winter sieben übereinandertrug. Ich verbrachte viele Schulferien dort, das Leben hatte einen eigenen Rhythmus, einen eigenen Klang und eigene Gerüche.

Mit Ritualen wie dem morgendlichen Kirchgang nach dem dumpfen Glockenläuten von Sankt Michael, dem samstäglichen Autowaschen mit Opa Hagen oben am Brunnen, mit der frischen Wäsche, die auf der Leine über dem Beet mit den gelben Rüben flatterte, oder dem holzigen Rauch, den der Wind im Spätherbst auf den Hof hinabdrückte. Jeden Abend um sechs wurde ich mit dem Tonkrug mit Zinndeckel (den ein Relief des Doms zierte) zum »Klosterbräu« geschickt, um einen halben Krug Bier zu holen, drei Liter für eine Mark zwanzig. Doch wehe, ich brachte den Krug tatsächlich nur halb voll zurück, ein halber Krug hatte drei viertel voll zu sein, alles andere war Halsabschneiderei, Betrug an einem armen unschuldigen Kind. Noch schlimmer aber war es, als ich einmal im Winter auf dem schneeglatten Pflaster ausrutschte und nicht mit dem Bier zurückkehrte, sondern nur mit dem Zinndeckel, an dem gerade noch eine größere Tonscherbe hing.

All das ging mir durch den Kopf, als Waldi oben am Michelsberg links abbog, durch die enge Toreinfahrt zielte und die schmale Straße entlangholperte, die in all den Jahren um keinen Deut besser geworden war. Er parkte auf dem Wendeplatz, wo früher der Brunnen stand, wir stiegen aus, und ich unterdrückte den Impuls, ein paar Schritte weiterzugehen, um einen Blick zurück auf einen wohlbehüteten Teil meiner Kindheit zu werfen.

Es war dreizehn Uhr dreißig, und Jadwiga Tomasz öffnete auf Waldis Klingeln nach zehn Sekunden, zurechtgemacht wie zu einem Date, die rötlichen Haare zu einer Frisur der Sechziger hochtoupiert, ein wenig zu viel Rouge, Make-up und Lippenstift, die Wimpern schwarz und schwer von Tusche. Rote offenherzige Bluse mit Goldkreuz zwischen den Brüsten, schwarzer Rock, Nylons und hochhackige Schuhe.

»Ja?« Ihre Oberlippe vibrierte wie ein Blatt in einem plötzlichen, schwachen Windstoß.

»Dürfen wir reinkommen?«

Ein flackernder Blick von mir zu Waldi. »Warum …?«, fragte sie, wich aber zur Seite und ließ uns vorbei.

Wir traten ein.

Waldi positionierte sich im Flur. Er hatte mit der zierlichen Polin nicht sein typisches Frauenproblem, mit Frauen, die kleiner waren als er, kam er besser klar. »Wir wollen Ihnen ein paar Fragen stellen, wenn das in Ordnung ist.«

»Ich dachte –«

Ich schob mich an Waldi vorbei. »Machen Sie sich keine Sorgen. Ein paar Ungereimtheiten, denen wir nachgehen müssen. Nichts Aufregendes, nur Routine.«

Waldi folgte mir ins Wohnzimmer, lauernd, tastend, als bewegte er sich auf brüchigem Eis.

Ich nickte beflissen und sagte: »Nur fürs Protokoll.« Doch innerlich schüttelte es mich. Der ganze Raum sah aus wie das Zimmer einer Zwölfjährigen in ihrer Boygroup-Phase, nur dass da keine Poster von One Direction oder Justin Bieber hingen. Von den Wänden lächelte gütig ein halbes Dutzend verschiedener Päpste, mehrere Versionen eines langhaarigen Christus mit schmachtenden Augen, Heilige, die Lämmer mit durchbohrten Herzen auf den Armen trugen, Kerzen, Kreuze und pausbäckige Engel.

Jadwiga Thomasz' Wohnzimmer war ein kitschiges Heiligtum – eine Art Kirche. In einer Ecke, in einem Schrein, stand eine blinkende Figur, die aussah wie einer jener Wackel-Elvisse, die eine Zeit lang auf jedem Armaturenbrett der Welt die Hüften geschwungen hatten. Aber es war ein leuchtender Porzellan-Jesus, mit wallendem Haar und ebensolchem Gewand. Der Raum quoll über von religiösen Motiven, doch der Blick wurde geradezu magisch in eine Ecke gezogen, die einer Grotte glich, eingerahmt von einem Kranz blinkender Glühbirnen in Rot, Gelb und Blau. Im Zentrum stand eine Muttergottes, die Augen streng und ernst geradewegs auf mich gerichtet, mit einem Blick, der besagte: *Freundchen, solche wie dich kenne ich zur Genüge.*

»Schön haben Sie's hier.« Ich drehte der kitschigen Muttergottes den Rücken zu, wandte mich an Tomasz und sagte knapp: »Frau Tomasz. Ich muss Sie bitten, dass Sie uns aufs Präsidium begleiten.«

»Präsidium, aber warum?«

»Wir möchten Ihnen zum Beispiel ein paar Bilder zeigen, und außerdem gibt es einige Dinge, die wir besser auf dem Revier besprechen. Wir wissen, dass Sie alleinerziehend sind. Haben Sie jemanden, der sich ein, zwei Stunden um Ihren Sohn kümmern kann?«

Jadwiga Tomasz schien immer nervöser zu werden. Ihre Lider zitterten mit ihrem Blick um die Wette, als vermute sie hinter jedem Möbelstück ihres seltsamen Wohnzimmers einen Geist. Sie zupfte an ihren Fingern herum und sagte leise: »Joschka ist bis heute Abend bei einem Freund.«

»Na, dann ist doch alles bestens.« Waldi hakte die Daumen in den Gürtel. »Worauf warten wir? Bringen wir's hinter uns.«

Wir brachten Jadwiga Tomasz im Präsidium in eines der gemütlicheren Verhörzimmer, lasen ihr ihre Rechte vor, und während Waldi auf seinem Stuhl die Position des bösen Bullen einnahm – breitbeinig, eine Hand lässig auf dem ausladenden Griff seiner P7 –, holte ich mit meinem allerfreundlichsten Lächeln Kaffee und Kekse, stellte alles vor die Polin hin und säuselte: »Bitte sehr. Bedienen Sie sich.«

Waldi fügte spöttisch hinzu: »Fühlen Sie sich wie zu Hause.«

Ich konnte sehen, dass die Kombination aus Waldis kriegerischem Gehabe und meiner aufgesetzten Freundlichkeit sie noch nervöser machte. Sie ahnte, dass etwas im Busch war und versuchte panisch, das Ausmaß der Gefahr einzuschätzen, in der sie sich befand. Ich schlenderte zum Laptop, stöpselte den Beamer ein, und während alles lud, sagte ich freundlich: »Frau Tomasz, wir werden Ihnen jetzt zunächst das Bild eines Mannes zeigen. Sie müssen nichts weiter tun, als das Bild betrachten und uns dann sagen, ob Sie den Mann kennen oder nicht. Das ist nicht weiter aufregend, oder? Entspannen Sie sich.«

Ich klickte die entsprechende Datei an, wählte ein Bild, auf dem Bohnsammer zu sehen war, und beobachtete Jadwiga Tomasz unauffällig, aber genau, während ich es an die Wand warf. »Also, kennen Sie diesen Mann?«

Trotz ihrer Angst und Nervosität hatte sie sich ganz gut im Griff. Ihre Augen weiteten sich für einen Moment, und etwas beinahe Unbemerkbares passierte mit ihrer Körperhaltung. Aber das alles dauerte nicht länger als eine halbe Sekunde – eine Momentaufnahme, vergleichbar mit dem Gefühl, das man manchmal hat, wenn man sich nicht sicher ist, ob der Boden unter den Füßen sich bewegt oder ob es Einbildung ist.

»Nein, ich glaube nicht.«

»Glauben Sie nicht? Oder sind Sie sich sicher?«

»Ziemlich sicher, ja.«

Ich nickte ihr freundlich zu. »Gut. Sehen Sie, ist doch gar nicht so schlimm.« Während ich selbst das Bild ansah, tauchte vor meinem geistigen Auge das andere Foto auf, das Bohnsammer neben Ritter zeigte, beide in der Uniform der Bundeswehr mit dem Abzeichen des KSK auf dem Barrett. Mit einem Mal erfasste ich intuitiv ein weiteres Puzzleteil, das bisher gefehlt hatte. Ich war nicht in der Lage gewesen, wirklich sinnvoll zu erklären, warum die Täter Ritter zunächst ins Klinikum gebracht hatten, um ihn dann zwei Tage später eigenhändig um die Ecke zu bringen. Die Erleuchtung kam so plötzlich und unverhofft wie ein Blitz. Bohnsammer und Ritter waren Kriegskameraden in einer Eliteeinheit gewesen, verbunden und verschworen auf ewig, wie Blutsbrüder. Es gehörte zum Ehrenkodex, den verwundeten Kameraden vom Schlachtfeld zu tragen und in Sicherheit zu bringen. Als dann allerdings klar wurde, welches Sicherheitsrisiko er darstellte, änderte sich alles drastisch. Ritter war gleichsam in die Hände des Feindes gefallen. Um ihn und seine Kameraden vor Schlimmerem zu bewahren, war es Bohnsammers Pflicht, ihm eine Kugel durch den Kopf zu jagen respektive einen Schuss in die Vene zu setzen.

»Sie kennen ihn wirklich nicht, hundertpro?« Waldi wippte auf seinem Stuhl, ohne die Polin anzusehen.

»Nein. Sage ich doch.«

Waldi hörte auf zu wippen. Er beugte sich vor und fixierte Jadwiga Tomasz. »Okay, dann müssen Sie uns jetzt aber erklären, wie seine Nummer auf Ihr Handy kommt. Sie haben sie bei

Ihren Kontakten unter dem Kürzel Xyz abgelegt. Alle Ihre anderen Kontakte sind ordentlich mit Namen, Adresse, Hausnummer und so weiter gespeichert. Was ist mit dieser Nummer? Warum bekommt die eine Sonderbehandlung?«

Es war ein Bluff, wie bei einem Pokerspiel, denn wir wussten ja nicht, ob es tatsächlich Bohnsammers Nummer war. Wir vermuteten es nur. Aber der Trick schien zu funktionieren.

Die Krankenschwester wurde kreidebleich und stotterte: »Ich … was?«

Waldi betrachtete gelangweilt seine Fingernägel und fragte: »Was ›was‹?«

Jadwiga Tomasz' Pupillen wurden weit wie bei einer Drogensüchtigen, und sie wusste nicht, wohin mit ihren Händen.

Ich sah ihr an, dass sie fieberhaft überlegte. »Frau Tomasz, wovor haben Sie Angst?«, fragte ich.

Sie schien erst jetzt zu bemerken, was ihre Hände taten, ihr Blick senkte sich, wurde starr, und sie verknotete die Finger, bis die Knöchel weiß wurden. Dann sah sie mich an, unvermittelt, zu lang und zu gezwungen. Sie wollte, dass ihre Stimme fest klang, aber da war etwas Brüchiges, mit gezackten Rändern, wie bei hastig abgerissenem Papier. »Ich mache das mit Nummern, die ich nicht kenne, immer so … so hebe ich sie ein paar Tage auf, falls sie wichtig sind, bis ich sie lösche.«

»Und speichern sie mit Xyz ab.«

Ein nervöser Versuch, zu lächeln. »Oder Abc oder etwas in der Art.«

»Frau Tomasz, Sie haben diesen Xyz mehrmals angerufen.« Ich nahm eine der Handylisten vom Tisch und fuhr mit dem Finger über die Zahlen. »Und zwar genau drei Mal. An verschiedenen Tagen.«

Ihre Hände begaben sich wieder auf Wanderschaft. »Ich wollte wissen, wer der Anrufer ist, aber es ging nie jemand dran.«

»Frau Tomasz, es ging jemand dran, jedes Mal.« Ich reichte ihr die Liste. »Sehen Sie selbst. Rechts neben der Nummer steht die Gesprächsdauer. Immer zwischen drei und fünf Minuten.«

Die Liste vibrierte zwischen ihren Fingern. Ihre Lippen

wurden zu Strichen, etwas Wildes, Verzweifeltes fieberte in ihrem Blick. Sie hatte beschlossen zu kämpfen, koste es, was es wolle. »Mein Sohn. Joschka. Er darf mein Handy auch benutzen. Dann hat wohl er da angerufen.«

Waldis Mundwinkel senkten sich verächtlich. »Bullshit, Frau Tomasz. Ihr Sohn ruft drei Mal diese Nummer an? Warum? Woher kennt er ihn?«

»Ihn? Wen meinen Sie?«

Ich nahm der Polin die Liste wieder aus der Hand. »Der Mann heißt Frank Bohnsammer. Wir wissen, dass Sie mit ihm Kontakt hatten.«

»Nein … ich …«

»Okay, gut. Lassen wir Frank Bohnsammer für einen Augenblick.« Ich legte die Liste auf den Stapel der anderen, tat so, als müsste ich überlegen, und sagte schließlich ohne Überleitung, damit ihr keine Zeit zum Nachdenken blieb: »Zehntausend Euro. Eine schöne glatte Summe. Eingezahlt am 21. April auf Ihr Konto. Von Ihnen selbst. Das ist ungewöhnlich, finden Sie nicht? Bitte erklären Sie es uns.«

Jadwiga Tomasz reagierte rasch und wechselte die Strategie. Sie ging zum Angriff über, ihre Augen funkelten zornig. »Was erlauben Sie sich? Wie kommen Sie an meine Kontodaten und an meine Handydaten? Wer gibt Ihnen das Recht dazu?«

»Der Staatsanwalt«, sagte Waldi kalt.

Ich zog ein weiteres Papier aus dem Stapel. »Frau Tomasz, Ihr Handyanbieter und Ihre Bank gaben uns Zugang zu den Daten, weil wir eine richterliche Verfügung haben. Sehen Sie selbst.«

»Das heißt, Sie verdächtigen mich, den Patienten ermordet zu haben?« Die Polin wollte jetzt wirklich wütend wirken, aber man konnte sehen, dass ihre Wut nur aufgesetzt war – unter der Oberfläche schlugen Angst und Verzweiflung heftig mit den Flügeln, wie ein Vogel, der immer wieder gegen ein und dieselbe Fensterscheibe fliegt.

»Frau Tomasz«, sagte ich ganz ruhig, »ich fasse noch einmal alles zusammen, damit Sie den Ernst Ihrer Lage verstehen. Ja, Sie sind verdächtig. Wir glauben zwar nicht, dass Sie Ihren Patienten ermordet haben, aber es spricht einiges dafür, dass Sie den Täter eingelassen haben. Was würden Sie an unserer Stelle denken? Auf Ihrem Konto tauchen zwei Tage vor dem Mord plötzlich wie aus dem Nichts zehntausend Euro auf, die Sie selbst eingezahlt haben. Auf Ihrem Handy sind verschiedene Anrufe einer Nummer, die vermutlich Frank Bohnsammer – unserem Hauptverdächtigen im Mordfall – zuzuordnen ist. Zur Tatzeit waren Sie die einzige Krankenschwester auf der Intensivstation, alle anderen nahmen an einer Notoperation teil. Sie streiten ab, Frank Bohnsammer, den Mann auf dem Bild, je gesehen zu haben. Sie geben uns keine stichhaltige Erklärung für die Anrufe dieser Xyz-Nummer, ebenso wenig, wie Sie uns sagen, woher das viele Geld kommt. Mal ehrlich, Frau Tomasz, was würden Sie an unserer Stelle denken?«

Sie kniff die Lippen zusammen. »Ich habe das Geld von einer Tante aus Lodz geerbt, die gestorben ist.«

»Ja, klar«, sagte Waldi.

Ich beugte mich vor. »Frau Tomasz, können Sie das belegen? Haben Sie ein Testament oder etwas in der Art?«

Sie lachte schrill. »So läuft das nicht bei uns in Polen.«

»Wie läuft es dann?«

»Man … man hat es mir gegeben. Ich war bei der Beerdigung, und danach hat man mir das Geld gegeben.«

Ich wechselte einen Blick mit Waldi, der nur verächtlich den Mund verzog und schnaubte: »Erzählen Sie doch keine Märchen.«

Die Polin erwiderte trotzig seinen Blick, die Schultern hochgezogen, die Arme vor der Brust verschränkt. »Jakub Kowalski. So heißt mein Bruder. Er hat es mir gegeben. Fahren Sie hin und fragen Sie ihn.«

»Sehr witzig. Ihr Bruder. Geben Sie uns lieber seine Telefonnummer.«

»Sie haben sie auf Ihrer Liste. Es ist die einzige mit polnischer Vorwahl.«

Waldi stand auf, baute sich vor der Polin auf und blaffte: »Sie glauben wohl, Sie können uns verarschen! Der Bruder – logisch. Für wie blöd halten Sie uns eigentlich?«

Jadwiga Tomasz blickte zur Wand, zuckte mit den Schultern und schwieg.

Ich übernahm wieder das Kommando. »Frau Tomasz, ich sage Ihnen jetzt Folgendes, und hören Sie gut zu: Sie haben nämlich genau zwei Möglichkeiten. Erstens, sie zeigen sich kooperativ, erzählen uns keine Märchen mehr, sondern sagen einfach die Wahrheit. Dann haben Sie eine Chance, nicht allzu viele Federn zu lassen. Wir werden Ihnen ein gewaltiges Stück entgegenkommen und Ihnen glauben, wenn Sie sagen, Sie hätten nicht gewusst, dass Sie einem Mörder die Tür öffnen. Wenn Sie zugeben, dass Sie Bohnsammer kennen und er Ihnen das Geld für den Zutritt auf die Station gezahlt hat, lautet die Anklage Beihilfe zu einer Straftat, und Sie werden nicht einmal wegen Beihilfe zum Mord belangt, sondern kriegen, wenn es dumm läuft, lediglich eine Bewährungsstrafe, wahrscheinlich aber nicht einmal das. Die zweite Möglichkeit ist weniger angenehm. Also hören Sie jetzt noch besser zu. Wenn Sie weiter Lügen erzählen, müssen wir davon ausgehen, dass Sie es waren, die Thomas Ritter mit einer zusätzlichen Dosis Thiopental getötet hat. Dann lautet die Anklage auf vorsätzlichen Mord, und Sie landen lebenslänglich im Gefängnis. Haben Sie das verstanden?«

Jadwigas Augen waren weit aufgerissen. In ihnen lauerte das blanke Entsetzen. Ihr Kopf ruckte hin und her, sie rang nach Worten und wimmerte schließlich: »Das können Sie nicht tun! Ich habe ihn doch nicht umgebracht. Und was wird aus meinem Kind?«

»Für so was haben wir hier in Deutschland das Jugendamt«, sagte Waldi mit gnadenloser Gleichgültigkeit.

»Frau Tomasz.« Ich legte vorsichtig meine Hand auf ihren Arm, sah sie eindringlich an und sagte mit sanfter Stimme: »So weit muss es doch nicht kommen. Und wir würden Ihnen ja auch gern glauben, dass Sie den Patienten nicht ermordet haben. Aber verstehen Sie nicht? Das geht nur, wenn Sie alles zugeben. Wenn Sie sagen, wie es wirklich war. Erst dann können wir

Sie aus der Schusslinie nehmen. Dann glaubt Ihnen auch der Richter, und man wird Verständnis für Ihre Situation zeigen. Es ist doch vollkommen klar. Sie sind alleinerziehend, in einem schlecht bezahlten Job, müssen jeden Cent zweimal umdrehen, und dann kommt jemand daher, bietet Ihnen einen Haufen Geld und erklärt: ›Hey, Sie müssen doch nichts anderes tun, als auf den Summer zu drücken, ich tu diesem Ritter doch nichts, aber ich muss ihn unbedingt etwas fragen.‹ Wie gesagt, diese Version ist absolut glaubwürdig. Den Unsinn mit ihrem Bruder oder der unbekannten Nummer, die Ihr Sohn dreimal anruft, nimmt Ihnen aber kein Mensch ab. Verstehen Sie? Sie allein, Sie bestimmen jetzt die Richtung. Entweder Sie sind eine Mutter, die einen Ausweg aus ihrer bescheidenen finanziellen Lage sucht, weil sie nur das Beste für ihren Sohn will, oder …«, ich fing ihren Blick ein und sah ihr tief in die aufgerissenen Augen, »oder …« – und jetzt machte ich selbst eine dramatische Pause – »oder Sie sind eine Mörderin.« Ich lehnte mich zurück, ohne den Blick von ihr zu nehmen, und konnte förmlich sehen, wie ihr das Wasser in die Augen schoss.

Und schon heulte sie los. Sofort marschierte ich zum Schrank, um ein Taschentuch zu holen. Ich gab es ihr und sagte noch sanfter: »Sehen Sie, so liegen die Dinge, und Sie müssen uns glauben, uns wäre Variante eins lieber. Putzen Sie Ihre Nase, beruhigen Sie sich wieder und lassen Sie uns die Uhr auf null stellen. Sie erzählen uns noch einmal von Anfang an, wie es wirklich war. Das, was Sie vorhin gesagt haben, vergessen wir, Sie standen unter Schock, da passiert es schon mal, dass man sich vertut. Einverstanden?«

Die Polin schnäuzte sich verstohlen, und ich konnte förmlich sehen, wie sie kapitulierte. Sie sank in sich zusammen, die Wimperntusche mäanderte in dunklen Rillen ihre Wangen hinab, und der teure Rock, die Seidenbluse und die hochhackigen Schuhe, ihre ganze noble Ausgehstaffage wurde zur billigen Maskerade.

»Einverstanden?«, wiederholte ich mit festem Blick.

Sie nickte. Sie hatte jetzt verstanden, dass gerade alles um sie herum zu Bruch gegangen war, ihre ganze Geschichte. Ihr verlaufenes Make-up war ein Sinnbild dafür, wie hilflos sie war. Sie brauchte jemanden, der sie aus dem Schlamassel herausholte, und unternahm nicht einmal mehr einen letzten Versuch, sich zu wehren. Ihre Schultern sanken herab, und ihre Stimme wurde tonlos. »Also gut. Es stimmt. Ich kenne den Mann auf dem Bild. Aber Sie müssen mir glauben, ich wusste wirklich nicht, was er vorhatte. Er sagte nur, er müsse mit ihm reden, es ginge um seine Familie, und dann hat er mir so viel Geld angeboten ... Ich habe Schulden, musste einen Kredit aufnehmen ... verstehen Sie nicht ...?«

Meine Hand lag auf ihrem Arm, und ich tätschelte ihn. »Doch, das verstehe ich. Verstehe ich gut.« Ich wollte, dass sie weitersprach, denn wenn wir ein volles Geständnis von ihr hatten, konnten wir endlich Bohnsammer zur Fahndung ausschreiben. »Ich denke, jeder in Ihrer Situation hätte über ein solches Angebot zumindest nachgedacht. Erzählen Sie weiter. Wie war es genau? Wie hat dieser Mann den Kontakt zu Ihnen aufgenommen?«

»Er kam ins Krankenhaus und fragte mich nach diesem –«

»Ritter.«

»Er sagte, er sei der Bruder, aber dann sah er den Polizisten vor der Tür und zog mich zur Seite und erklärte, er müsse seinen Bruder ohne die Polizei sprechen, er könne mir nicht genau erklären, warum, aber es sei sehr wichtig.«

»Und dann?«

»Ich erklärte ihm, dass ich den Polizisten nicht wegschicken könne und dass sein Bruder im Koma liegt, aber er sagte, das wäre schlimm, aber nicht zu ändern, und ich solle mir etwas einfallen lassen, dass er ihn wenigstens sehen könnte. Er wäre bereit, mir sehr viel Geld dafür zu bezahlen. Er gab mir einen Zettel mit seiner Handynummer, und dann verschwand er wieder.«

»Wann haben Sie ihn angerufen?«

»Einen Tag danach.« Jadwiga Tomasz wischte mit dem Taschentuch fahrig in ihrem Gesicht herum. Ihre Rede wurde immer noch von Schluchzern unterbrochen, es klang wie ein Schluckauf, und sie sah mich mit großen, tränennassen Augen an, aus denen die verzweifelte Hoffnung sprach, alles würde gut werden.

Ich lehnte mich zurück und nickte ihr beruhigend zu. »Gut. Sie machen das sehr gut. Erzählen Sie weiter. Wie war es möglich, dass er ungesehen zu dem Patienten gelangen konnte?«

Die Polin klang jetzt fast ein bisschen stolz. »Ich habe ihm gesagt, wir müssten es so anstellen, dass er genau zu einem Notfall kommt, wenn hier Chaos und Hektik herrschen und alles drunter und drüber geht. Ich habe ihm einen Arztkittel besorgt, damit es aussehen würde, als wäre er Arzt im Klinikum oder ein Notarzt.«

Waldi schaltete sich ein. »Aha. Und wie haben Sie das gedeichselt? Ich meine, Sie sind also Hellseherin und wissen, wann ein Unfall passiert, oder wie?«

»Ich habe ihm gesagt, ich rufe ihn an, sobald wir einen Notfall haben, und dass er dann schnell kommen soll.«

»Frank Bohnsammer wohnt in Weilheim, das ist in Oberbayern. Das heißt, er musste hier in Bamberg auf Abruf warten? Wissen Sie, wo er sich einquartiert hatte?«

Aus Tomasz sprudelte es jetzt nur so heraus. Es war typisch, dass ein Verdächtiger eisern an seiner Lügengeschichte festhielt – bis zu dem Punkt, an dem er sich mit der Unwahrheit so weit festgefahren hatte, dass er sich selbst nicht mehr aus dem Dreck ziehen konnte. Hielt man ihm dann die Hand und gab ihm das Gefühl, man könnte ihn aus der hoffnungslosen Lage befreien, dann brachen die Dämme, und oft hatte ich das Gefühl, der- oder diejenige war richtig glücklich, endlich die Wahrheit erzählen zu dürfen.

»Ich glaube, er hatte kein Quartier, er wartete unten auf der Straße in seinem Auto und hatte Glück, dass wir in derselben Nacht gleich diesen Notfall hereinbekamen«, sagte Jadwiga Tomasz.

»Ja, ein richtiger Glückspilz, dieser Typ«, sagte Waldi. »Aber hallo.«

»Sie hatten tatsächlich einen Notfall und haben Bohnsammer angerufen. Kam er sofort?«

»Es dauerte keine fünf Minuten und er war da.«

»Wann war das?«

Sie überlegte. »Ungefähr um drei Uhr morgens.«

»Sind Sie mit ihm hineingegangen? Ich meine, zu Ritter?«

»Nein, er ging allein hinein.«

Ich machte ein paar Notizen auf dem Block, der vor mir lag, und fragte dann: »Welche Rolle spielte dabei mein Kollege? Der Beamte, der vor der Tür saß?«

»Keine. Er schrieb den Namen auf und ließ ihn hinein.«

Mein Handy summte in der Jackentasche. Ich holte es heraus, blickte kurz auf das Display und sagte: »Frau Tomasz, ich muss leider zu einer wichtigen Besprechung. Mein Kollege setzt die Befragung fort. Wenn er fertig ist, können Sie nach Hause gehen. Ich muss Sie aber bitten, Bamberg in nächster Zeit nicht zu verlassen.«

Diesmal musste ich noch schneller sein als beim letzten Mal. Der blinkende Punkt auf meinem Display bewegte sich so zügig über die Hainstraße, als joggte Mutter mit ihrem Rollator Richtung Schönleinsplatz und Stadtmitte. Damit verließ sie sicheres Terrain und begab sich auf gefährlichen Boden. Mir blieb nichts anderes übrig, als wieder das Blaulicht auf das Dach des Station Wagons zu pflanzen und mit Sirenengeheul durch den dichten Nachmittagsverkehr zu pflügen. Als ich am Bahnhof bei Rot über die Ampel fuhr und rechts abbog, sah ich auf der GPS-Karte, dass Mutters am Schönleinsplatz stehen geblieben war. Ich hielt das Handy neben dem Lenkrad und schielte mit einem Auge auf den blinkenden Punkt, der sich nun nicht mehr fortbewegte.

Bis zur Königstraße fuhr ich mit voller Beleuchtung und jaulender Sirene Stoßstange an Stoßstange hinter einem silbergrauen Mercedes der A-Klasse, dessen Fahrer wohl dringend die Batterien seines Hörgeräts wechseln musste. Die Ampel an der Kreuzung war rot, und ich jagte an dem verschreckten

Rentner vorbei über die Regnitz, die Luitpoldstraße hinunter bis zum Schönleinsplatz.

Sofort sah ich Mutter und holperte mit dem Chevy über den Radweg auf den Bürgersteig. Sie hockte auf ihrem Rollator zwischen den acht roten Kunstchinesen auf dem Rasen vor dem »Bamberger Hof«. Ich wusste ganz genau über die Skulpturen Bescheid, weil eine von ihnen ein paar Wochen zuvor gestohlen worden war. Damals bekamen wir von Dr. Meyer persönlich ein Briefing über die roten Chinesen, weil keiner von uns so richtig etwas mit ihnen anzufangen wusste, aber die Interessen des chinesischen Künstlers, als Gast Bambergs, natürlich mit besonderer Sorgfalt vertreten werden mussten. Ich erinnerte mich noch an alle Einzelheiten. Es handelte sich um Skulpturen des Künstlers Wang Shugang, und das Kunstwerk trug den Titel »Meeting«. Die Figuren sahen ziemlich real aus, wie rot bepinselte tibetanische Mönche, die auf den Fersen im Kreis hockten, die Hände zwischen den Beinen auf den Boden gestützt – als ginge es um eine Thai-Chi-Übung oder fernöstliche Meditation.

Die Kollegen hatten mit dem Fall allerdings so gut wie keine Arbeit. Der Pförtner des »Bamberger Hofs« hatte den Diebstahl beobachtet, war dem Täter sogar noch gefolgt, hatte ihn aber am Schillerplatz aus den Augen verloren. Doch ein paar Tage später tauchte der achte Chinese im Harmoniegarten wieder auf, mit der Botschaft »Bruder Thak ist zurück« auf der Stirn und zwei Tüten Gummibärchen mit Tesafilm an die Ohren geklebt. Die Bamberger Polizei wurde aufgefordert, die Figuren in Zukunft vor Anbruch der Dunkelheit gegen Diebstahl zu sichern. Allerdings stieß der Vorschlag, sie nachts anzuketten, bei Herrn Shugang auf wenig Zustimmung. Er wolle keine Chinesen in Ketten zeigen, die acht Skulpturen seien als friedliche Botschafter seiner Kultur nach Bamberg gekommen – auf den Rasen vor dem Bamberger Hof, zu Füßen des bayerischen Prinzregenten Luitpold auf seinem hohen Ross.

Mutter hatte sich zum »Meeting« nicht nur einfach dazugesellt, sie nahm die zentrale Position inmitten der illustren

Runde ein. Als ich zu ihr ging, sprach sie mit wichtiger Miene zu ihrem geduldigen Publikum. Wie ein griechischer Philosoph thronte sie im Kreise der Skulpturen auf ihrem Rollator, den Zeigefinger erhoben, in ernster Ansprache und eindringlicher Rede den Chinesen die Welt erklärend. Ich nahm ihren Arm, beugte mich zu ihr, doch sie wehrte mich resolut ab und sagte schmallippig: »Sehen Sie nicht, dass ich mich unterhalte?«

»Doch, Mutter, ich sehe es.« Ich schickte den Gaffern, die uns vom Bürgersteig aus misstrauisch beäugten, ein freundliches Lächeln. »Es sind Figuren. Ein chinesischer Künstler hat sie hier aufgestellt.«

»Sie sitzen«, sagte Mutter.

»Ja, stimmt. Aber es sind nur Figuren. Keine echten Menschen, auch wenn sie sehr echt aussehen.«

»Sie sehen echt aus«, bestätigte Mutter.

»Allerdings tun sie das. Wie echte, rot angemalte Menschen.«

Mutter schickte noch einen skeptischen Blick in die Runde. Dann sanken ihre Schultern hinab, sie schüttelte den Kopf und stemmte sich an den Griffen ihres Rollators hoch. Ich bugsierte sie zum Station Wagon und fuhr sie zurück ins Heim.

FÜNFZEHN

Waldi hockte im Büro, die Füße in den Cowboystiefeln lässig auf dem Schreibtisch. Er warf irgendeine Akte, die er studiert hatte, zu dem Chaos auf seiner Seite des Tisches, zielte mit dem Zeigefinger, drückte den Daumen nach unten und feuerte einen imaginären Schuss auf mich ab. »Peng! Du bist tot, Killer. Genau zwischen die Augen.« Auf seinem Gesicht lag ein Grinsen, das von einem Ohr zum anderen reichte.

»Wo ist sie?«, fragte ich.

»Tomasz?«

»Wer sonst?«

Waldi klopfte auf das Protokoll, das neben seinen Krokodillederstiefeln lag. »Ich hab sie heimgeschickt, alles fertig. Hier. Fein säuberlich im Protokoll. Und du bist bis zum Ende auch mit drin, also ist alles paletti.« Er verschränkte vergnügt die Hände hinter dem Nacken. »Wie ich es gesagt habe. Sie hat gesungen wie eine polnische Nachtigall.«

Ich ging zum Waschbecken, holte die sauberste Tasse heraus und goss aus der Glaskanne den Rest kalten Kaffees hinein. Ich nahm einen Schluck, verzog das Gesicht, als hätte ich Zahnschmerzen, und fragte: »Hast du sonst noch was unternommen?«

»Klar. Ich hab Meyer informiert –«

»Dr. Meyer.«

»... und ihm berichtet, dass wir Bohnsammer zur Fahndung ausschreiben. Ist übrigens bereits geschehen, nicht nur bundesweit, sondern auch per Interpol. Meyer sagt, wir haben ein dickes Lob verdient und dürfen die Neuigkeiten persönlich an die Presse weitergeben. Wir sollen uns aber nicht auf unserem Erfolg mit der Polin ausruhen, sondern – O-Ton! – gleich Nägel mit Köpfen machen ...« Waldi stoppte und hob wichtigtuerisch die Augenbrauen.

»Top Gun, es nervt.« Ich stellte die Tasse hart ab. »Wir sind nicht im Theater, hör mit diesen theatralischen Pausen auf.«

Sofort war Waldi wieder beleidigt. Sein sonniges Grinsen erlosch, als wären plötzlich Wolken aufgezogen.

»Was ist denn jetzt?«, fragte ich ungeduldig. »Was hast du noch Großartiges zu verkünden? Wir haben Tomasz und hoffentlich bald auch Bohnsammer. Was noch?«

Waldi zierte sich wie eine Diva, rückte dann schließlich aber doch mit der Sprache heraus. »Nichts. Das war's.«

Ich verkniff mir ein Seufzen und erklärte mit aufgesetzter Geduld: »Waldi, zuerst brauchen wir Bohnsammer. Er hat einen Mittäter und möglichen Zeugen beseitigt, und das sehr professionell. Also ist er entweder selbst der Haupttäter oder zumindest sehr nahe dran am führenden Kopf. Das kriegen wir heraus, wenn wir ihn haben und durch den Wolf drehen.«

Waldi nahm die Füße vom Tisch und stützte das Kinn in die Handfläche. »Meiner Meinung nach sollten wir die Sache mit den sterblichen Überresten des Bayernkönigs in der Pressekonferenz publik machen.«

Etwas in mir erstarrte. »Warum?«

»Um gewisse Leute aus der Reserve zu locken.«

»Gewisse Leute?«

»Killer, na klar. Es geht doch nicht um Tomasz und Bohnsammer, oder? Die haben wir im Sack, Bohnsammer so gut wie, die sind nichts weiter als Fußvolk. Aber wir wollen die Generäle, die Könige. *The big boss!* Stimmt's? Das ist keine kleine Ganovennummer, es ist ein Millionenspiel. Ich bin mir sicher, wir sehen nur die Spitze des Eisbergs, der richtig große Brocken liegt unter Wasser. Denk doch mal nach. Der Mönch zum Beispiel ist bestimmt nicht nur durch Zufall am Grab aufgetaucht, und er war ja auch vorher schon in Benediktbeuern. Ich habe genau über diese Guglmänner recherchiert. Das ist ein richtiger Geheimbund – sie sehen sich immer noch als Leibwache des Märchenkönigs. Sie glauben, der preußische Geheimdienst hat Ludwig damals ermordet, und sie hoffen, dass sie das irgendwann einmal auch beweisen können. Ihr Wahlspruch lautet: ›Inmitten des Lebens sind wir vom Tod umfangen.‹ Weißt du, was ich glaube? Unser toter Mönch wollte seinen König bewachen.«

»Komischer Name, Guglmänner«, sagte ich abwesend. Ich zerbrach mir bereits den Kopf über die anstehende Pressekonferenz. Es gab Angenehmeres, als einem Haufen sensationshungriger Reporter Frage und Antwort zu stehen. Bei dieser Aufgabe trat ich nur zu gern hinter dem Polizeipräsidenten zurück.

Dr. Meyer war ein begnadeter Stratege. Wenn es um Öffentlichkeitsarbeit ging, manövrierte er sich stets souverän an allen Fangstricken und Fallen der Presseleute vorbei, mit denen sie versuchten, Informationen zu ergaunern, die eigentlich intern bleiben sollten. Und dabei brachte er trotzdem das Kunststück zustande, dass es nicht aussah, als würden wir mauern, sondern als wären wir ein fleißiges, effektives und auskunftsfreudiges Team.

»Das kommt von diesen schwarzen Mönchsklamotten, die sie bei ihren Umzügen tragen«, erklärte Waldi. »Die Kapuze heißt ›Gugl‹ und ist eigentlich verboten, denn sie verdeckt den Kopf vollständig. Das verstößt gegen das Vermummungsverbot.« Waldi gab die Denkerposition auf und fuchtelte mit den Armen. »Aber der Mönch ist ja noch lange nicht alles bei dieser Sache, es geht ja noch viel weiter. Ein renommierter Anwalt der High Society rauscht hier herein, verkündet gönnerhaft ein Riesengeheimnis und droht uns gleichzeitig mit Pest, Cholera, Tod und Teufel, wenn wir auch nur eine Winzigkeit davon an die Öffentlichkeit weitergeben. Weißt du, was ich denke?«

»Was?«

»Genau aus diesem Grund sollten wir die Sache an die große Glocke hängen. Und ich meine die wirklich große! Denn wenn das, was der Fettsack verkündet hat, tatsächlich auch nur annähernd stimmt, dann ist das ein richtig großes Ding. Genau unsere Kragenweite.«

»Ich hab Kratzberger mein Ehrenwort gegeben –«

Waldi lachte hämisch. »Ehrenwort am Arsch, Killer. Ich meine, ein Ehrenwort für einen Anwalt? Der weiß doch nicht einmal, was das ist.«

»Trotzdem.« Ich nahm die Tasse und trank einen weiteren Schluck kalten Kaffees. Er schmeckte ölig und bitter, widerlich. Ich schnitt erneut eine Grimasse. »Abgesehen davon, dass ich meistens zu meinem Wort stehe, denke ich, es ist keine gute Idee. Mal ehrlich, wir wissen doch gar nichts. Da ist ein dubioser Erpresserbrief, den wir nicht einmal zu Gesicht bekommen haben –«

»Du vergisst die beiden neuen Erpresserbriefe, die haben wir sehr wohl –«

»Es geht nicht darum, und lass mich ausreden, Top Gun. Es ist doch so: Bezüglich der genauen Motive des Mönchs stochern wir nach wie vor im Nebel. Und was diesen dubiosen Erpresserbrief meines ehemaligen Taxikollegen Kratzberger betrifft, möchte ich auch gern erst noch ein bisschen mehr herausfinden, bevor ich Pressefritzen Rede und Antwort stehen muss, die den Saft aus mir herausquetschen wollen.«

»Und wie willst du das machen, mehr herausfinden? Willst du ins Schloss Nymphenburg marschieren, dem Butler deinen Dienstausweis zeigen und sagen: ›Hauptkommissar Killer, ich hätte da ein paar Fragen, es geht um die geklauten Knochen des Märchenkönigs.‹«

»Schloss Nymphenburg?«, fragte ich.

Waldi sah mich von unten herauf an wie ein Lehrer einen besonders begriffsstutzigen Schüler. »Herzog Franz von Bayern. Der wohnt da. Meistens.«

»Schön für ihn. Und wer ist das?«

Waldi lehnte sich zurück und nickte dabei wissend und mit abschätziger Miene. »Setzen, sechs, Killer. Du solltest mal deine Hausaufgaben machen. Ludwig II. von Bayern war ein Wittelsbacher. Also handelt es sich demzufolge um genau diese Familie. Aber das haben wir ja bereits festgestellt. Was macht dann aber der fleißige Polizist, wenn er erfährt, dass die Wittelsbacher per Erpressung um ein paar Millionen erleichtert werden sollen? Na? Richtig! Der fleißige Polizist nimmt die Herrschaften mal genauer unter die Lupe. Und findet dann unter anderem heraus, dass es sich bei dem derzeitigen Familienoberhaupt um besagten Herzog Franz von Bayern handelt. Wohnsitz ›Schloss Nymphenburg‹, München. Wenn es diese Erpressung tatsächlich gibt, dann läuft sie über ihn. Er ist der Chef.«

»Brav, Kommissar Schöps. Bekommst ein Fleißbildchen von mir. Hast du ihn schon angerufen?«

»Wen?«

Ich seufzte. »Himmel, Waldi. Diesen Herzog.«

Waldis Lachen klang leicht hysterisch. »Den ruft man doch nicht einfach so an! Hast du mal ein Telefonbuch? Ich probier's dann auch gleich bei Barack Obama.«

»Irgendwie kommen wir schon an den Herrn heran. Es geht schließlich um Mord und Erpressung.« Ich zog meinen Drehstuhl heran, setzte mich und stellte die leere Kaffeetasse neben Thomasz' Protokoll. »Ich finde, das ist etwas für dich, Top Gun. Adel und so. Du hast eindeutig die besseren Manieren von uns beiden. Also häng dich dran. Versuch, so viel wie möglich herauszufinden, zum Beispiel wäre es nicht schlecht, wenn wir den Erpresserbrief hätten, damit wir ihn mit den beiden anderen abgleichen können.«

»Wie soll ich denn –«

»Und wenn du schon dabei bist, frag doch den Herzog auch gleich, wie das mit dem Leichnam des Königs ist – wo liegt oder lag er, wurde Ludwig von Bayern ermordet oder nicht –, du weißt schon, zieh ihm am besten das ganze Geheimnis aus der Nase, du bist ja der Experte.«

Waldi schnappte nach Luft, aber ich ließ ihm keine Zeit, welche zu holen. »Und erledige das bitte alles bis heute Abend, ich lade die Presseleute für zwanzig Uhr ein. Ich gehe jetzt noch mal zu Dr. Meyer und frage ihn, was er davon hält, wenn wir die Erpresserbriefe und den angeblichen Diebstahl der Königsreliquie in die ganze Welt hinausposaunen. Außerdem müsste die Akte Bohnsammer inzwischen eingetroffen sein, und ich hoffe, die Befragungen der Bauarbeiter von Sankt Michael liegen endlich komplett vor.«

Waldi hyperventilierte immer noch leicht. Er stotterte: »Ist alles ... gekommen, als du weg warst. Ich meine, außer Meyer. Der ist weg.«

»Dr. Meyer ist weg?«

»Irgendeine wichtige Besprechung. In München.«

»Wann kommt er wieder?«

»Heute nicht mehr. Irgendwann morgen.«

Na prima, dachte ich. Das hieß, ich konnte die Verantwortung für die Inhalte der Pressekonferenz allein übernehmen. Nicht, dass ich mich davor scheute, aber es ging um eine prekäre Angelegenheit, und ich hätte mich lieber abgesichert, bevor ich irgendetwas ausplaudern würde, für das ich später zu einem dieser berühmten Ermahnungsgespräche zitiert würde. Was bedeutete, dass ich mein Mitteilungsbedürfnis auf die Neuigkeiten über die Polin und Bohnsammer beschränken würde.

»Warum machst du das nicht?«, fragte Waldi. »Ich meine das mit dem Wittelsbacher.«

Manchmal kann ich ganz schön arrogant sein. »Weil ich der Chef bin. Und weil ich genug anderen Kram um die Ohren habe. Wo ist Bohnsammers Akte?«

Waldi schielte zu dem Aktenstapel auf seiner Seite des Schreibtischs. Er zog einen Ordner hervor, betrachtete ihn eine Weile und reichte ihn mir dann mit den Worten: »Ich hab alles hier abgeheftet, die Bohnsammer-Akte und die Aussagen der Bauarbeiter. Es sind übrigens zwei mit Vorstrafen dabei.« Er grinste dämlich. »Keine Polen diesmal.«

Den letzten Beisatz hätte er sich sparen können.

Ich nahm Bohnsammers Akte und rollte mit meinem Drehstuhl in eine ruhige Ecke. Bevor ich anfing zu lesen, blätterte ich auf meinem Handy zur GPS-Anzeige und legte es aufs Fensterbrett. Die Wolken hatten sich verzogen, und die Sonnenstrahlen fielen schräg herein, von den Lamellen zerschnitten wie von einem Eierschneider. Das schöne Wetter machte mich nervös. Der schwach leuchtende Punkt auf dem Display befand sich am richtigen Ort, doch er lag nur auf der Lauer, ich war mir sicher, Mutter wartete nur auf einen günstigen Augenblick, bevor sie wieder loszog.

Frank Bohnsammer war siebenunddreißig Jahre alt, ein Meter neunundsiebzig groß, mit grauen Augen und dunkelblonden Haaren. Genau wie Ritter stammte auch er aus der ehemaligen

DDR, aus Zwickau, doch diese Vergangenheit war ausgespart oder ausradiert worden. Sein offizielles Leben begann sinnigerweise am 3. Oktober und auch noch mit dem symbolischen Jahresdreher 1998, seinem Eintritt in die Bundeswehr. Dort wurde er zunächst zum Sanitäter ausgebildet, das erklärte einiges in Bezug auf seine Aktivitäten im Klinikum. Ich blätterte weiter und fand dasselbe Bild wie in Ritters Akte: er, Bohnsammer und Staatssekretär Dr. Müller – alle drei in inniger Freundschaft vereint. Ich sah genauer hin. Das Bild war großformatiger als das aus der anderen Akte, die Personen nahmen nur etwa die Hälfte ein, den Hintergrund bildete karges Bergland, Kundus, vermutete ich.

Bohnsammer lehnte mit der linken Seite an einem gepanzerten, spiegelnden, schwarzen Maibach. Was mich stutzig machte, war die Standarte mit dem goldenen CC und das geschwärzte Nummernschild der Staatskarosse, bei der es sich um ein Diplomatenfahrzeug handelte. Eine Weile betrachtete ich grübelnd das Bild. Es war eine unstimmige Komposition: zwei Soldaten in Kampfanzügen und ein geschniegelter Staatssekretär des bayerischen Kultusministeriums in der afghanischen Wüste, als Dreingabe eine Diplomatenkarosse. Wenn schon, dann sollte der lächelnde Besucher aus Deutschland aus dem Verteidigungsministerium stammen, und anstelle des schwarzen Maibachs müsste ein Jeep der Bundeswehr dort stehen oder meinetwegen ein Aufklärungspanzer »Luchs«. Nachdenklich legte ich das Bild neben mein Handy auf das Fensterbrett. Der ruhende Punkt meiner Mutter auf dem Display glomm so schwach, als würde er gleich verlöschen.

Ich blätterte um und pfiff leise durch die Zähne. Hier, auf Seite drei, begann Bohnsammers Karriere beim KSK. Die Informationen über seinen Werdegang waren spärlich gehalten, doch das Wenige genügte, um mir einen weiteren leisen Pfiff zu entlocken. Bereits 2002 hatte Bohnsammer an der umstrittenen »Aktion Anakonda« teilgenommen, die dadurch in die Medien gelangte, dass ein Ziegenhirte einen geheimen Beobachtungsposten der Einheit enttarnte, die sich daraufhin zurückzog.

Das führte zu heftiger Kritik seitens der US-Amerikaner, die derartige Bedrohungen dadurch zu lösen pflegten, dass sie solche Zivilisten – wie es im offiziellen Jargon hieß – »neutralisierten«, damit die Aktion nicht gefährdet wurde. 2009 war Bohnsammer an der Festnahme des Talibanführers Abdul Razeq in der Nähe von Faizabad im Norden Afghanistans beteiligt und 2012 an einer weiteren spektakulären Aktion, die zur Gefangennahme des Mullahs Abdul Rahman führte, dem Schatten-Gouverneur Nordafghanistans. Weiterhin gehörte Bohnsammer verschiedenen Kommandos an, die erfolgreich europäische und amerikanische Geiseln aus den Händen der Taliban befreiten. Ich wusste, dass Geiseln der Taliban und neuerdings des IS ein äußerst heikles Thema darstellten. Die Diskussion um die Handhabung von Entführungen wurde seit der Enthauptung amerikanischer und britischer Staatsbürger besonders heftig geführt, denn während sich Amis und Briten strikt weigerten, Lösegeld zu zahlen, flossen aus anderen europäischen Regierungskassen Millionen Euro in die Taschen der Terroristen. Und während immer wieder Deutsche, Franzosen und Italiener wohlbehalten aus der Gefangenschaft zu ihren Familien zurückkehrten, drohte schon die nächste Exekution eines Amerikaners oder Engländers. Als umso wichtiger wurde die Befreiung möglichst vieler Geiseln angesehen. Drei solcher erfolgreicher Aktionen waren in Bohnsammers militärischer Vita besonders vermerkt.

An dieser Stelle sprang die Akte ins Jahr 2004 zurück, zu einem besonderen Anlass. Der damalige US-Präsident George W. Bush verlieh verschiedenen Spezialeinheiten, darunter auch dem KSK, die »Presidential Unit Citation« für ihren »außerordentlichen Mut, Einfallsreichtum und aggressiven Kampfgeist im Gefecht gegen einen gut ausgestatteten, gut ausgebildeten und heimtückischen terroristischen Feind«. Es handelte sich dabei um eine der höchsten Kriegsauszeichnungen. Bohnsammer befand sich unter den Ausgezeichneten.

Ich blätterte um, stutzte und blätterte wieder zurück. Seite vier fehlte. Die Akte wurde auf Seite fünf fortgesetzt. Das konnte bedeuten, dass jemand schlampig kopiert hatte, wahrscheinlich aber war die Seite absichtlich aus der Akte entfernt worden, vielleicht, damit ich nur Bohnsammers glänzende Pokale im Glasschrank sah, nicht aber den Dreck unter seinem Teppich. Und so brachte mir das letzte Umblättern lediglich zwei weitere Erkenntnisse. Frank Bohnsammer war, neben allen anderen Fähigkeiten, über die man als Elitesoldat verfügt, ausgewiesener Sprengstoffexperte und hatte eine intensive Ausbildung zu effektiven Verhörmethoden erhalten. Den exklusiven Unterricht genoss er bei Spezialisten der US Army. Und dieser Beschäftigung war er in seinem letzten Jahr bei der Bundeswehr in Afghanistan nachgegangen. Zusammen mit unseren amerikanischen Freunden hatte er die Köpfe gefangener Taliban-Terroristen in Wassereimer gesteckt oder ihnen mit anderen perfiden Methoden den Weg nach Guantanamo geebnet.

Ganz am Schluss las ich noch, dass Frank Bohnsammer am 17. Dezember 2012 aus der Bundeswehr entlassen worden war.

Ich legte die Akte auf den Schreibtisch und lehnte mich nachdenklich zurück. Es war nicht so sehr die fehlende Seite vier, die mich beschäftigte, denn man musste kein Hellseher sein, um zu erraten, was dort stand. Bohnsammer und Ritter, die beiden Blutsbrüder, hatten bestimmt gemeinsame Sache bei der Vierteilung des Talibans gemacht, und so etwas durfte im Kontext der Bundeswehr auf keinen Fall publik werden. Es blieb die Frage, warum sich Ritter damit eine unehrenhafte Entlassung und ein Zeugenschutzprogramm eingehandelt hatte, während Bohnsammer mit vermutlich derselben Geschichte zum Abschied einen großen Zapfenstreich bekam.

Gedankenverloren griff ich wieder zu der Fotografie auf dem Fensterbrett. Ich konzentrierte mich auf den Staatssekretär, Dr. Heinrich Müller. Gebräuntes, kantiges Politikergesicht mit in die Zukunft gerichtetem, entschlossenem Blick. Ich nahm das Bild, rollte hinüber zum Rechner und tippte den Namen ein. Der erste Eintrag führte zu Heinrich Müller, genannt »Gestapo Müller«, Leiter der entsprechenden Dienststelle ab Oktober 1939. Ich klickte den Nazi wieder weg und öffnete die zweite

Seite. Das war er. Oder doch nicht? Ich hielt das Bild neben den Bildschirm. Der Haaransatz Heinrich Müllers im Internet war höher als der Heinrich Müllers auf dem Foto. Die Lippen des einen wirkten schmaler als die des anderen. Ein Lächeln wirkte wissend, beinahe gütig, das andere verbarg nur flüchtig die Neigung zur Arroganz.

Ich scrollte zum Text und begann zu lesen, die übliche Beschreibung des Werdegangs Müllers: Abitur, Eintritt in die CSU, Studium der Politikwissenschaft, Beginn der politischen Karriere und so weiter und so fort. Dann stolperte ich über einen Namen. Ich beugte mich vor und traute meinen Augen nicht. Handelte es sich erneut um einen dieser Zufälle, die sich in dieser Sache häuften und die vielleicht gar keine Zufälle waren? Aber da stand es schwarz auf weiß: Walter Bohnsammer, Botschafter im deutschen Konsulat Kabul. Cousin Dr. Heinrich Müllers. Ich klickte den Namen des Konsuls an, wählte als Suchoption Bilder, und sofort öffnete sich eine Galerie mit den Porträts des Mannes neben Frank Bohnsammer und Ritter auf dem Foto. Kein Zweifel. Der Mann war nicht Dr. Heinrich Müller, sondern Graf Walter von Bohnsammer. Die Ähnlichkeit der beiden Cousins war jedoch frappierend. Ich hatte mich getäuscht. Wir hatten es nicht mit einem Staatssekretär zu tun, sondern mit einem adeligen Konsul.

Als Nächstes nahm ich mir Frank Bohnsammers Abbild genauer unter die Lupe und verglich es mit dem des Botschafters. Die Augenpartie, die schmalen Lippen, das Kinn; wenn man genauer hinsah, konnte man erkennen, dass sich diese Gesichtspartien ähnelten. War es möglich, dass es sich um Verwandtschaft handelte – oder gar um Vater und Sohn? Und war der Diplomaten- und Adelsstatus des Verwandten vielleicht der Grund dafür, dass Ritter seine Strafe erhalten hatte, Bohnsammer junior aber ungeschoren davongekommen war? Handelte es sich dabei um die Kreise, vor denen mich Kratzberger so eindringlich gewarnt hatte? Diplomaten und deutscher Hochadel, ein Graf und ein Herzog? Waren das die Leute, denen ich nicht ans Bein pinkeln sollte?

Ich stand auf, ging zum Fenster, zog die Jalousie hoch und machte das Fenster auf. Wo war Bohnsammer? Er hatte seine Wohnung, dieses mit braunem Unrat gepflasterte Loch, verlassen wie eine Ratte. Wo trieb er sich jetzt herum, in einem neuen Rattenloch? War er auf der Flucht, in irgendeiner geklauten Karre, die Reliquien im Kofferraum? Aber die noch wichtigere Frage war die: Warum war er überhaupt auf der Flucht? Einfach nur, weil er damit rechnete, dass wir irgendwann bei ihm auftauchen und unangenehme Fragen stellen würden? Oder hatte ihn jemand gewarnt? Wenn ja, wer?

Eine seltsame Unruhe lag über Bamberg, verstärkt durch das gedämpfte, unrhythmische Rattern eines Güterzugs unter der Pfisterbrücke und einen Schwall hektischer Autos, die eine Grünphase an der Kreuzung auf die Starkenfeldstraße gespuckt hatte. Die Sonne schillerte, und die Luft war in einer lauernden Stille erstarrt, als hätte die Stadt aufgehört zu atmen. Plötzlich begann mein Handy auf der Fensterbank zu brummen und sich zu bewegen wie ein auf dem Rücken liegendes Insekt. Der Leuchtpunkt auf dem Display bewegte sich zuckend vorwärts und erinnerte mich an ein einsames Irrlicht in einem dunklen, gottverlassenen Moor.

Ich schloss das Fenster, steckte das Handy ein und machte mich mal wieder auf den Weg.

SECHZEHN

Waldi kam ein paar Minuten vor der Pressekonferenz mit der Neuigkeit hereingeschneit, dass es eine genau solche nicht gab.

»Dieser Herzog«, platzte es aus ihm heraus, kaum, dass er einen Fuß zur Tür hereingesetzt hatte, »ist ein verdammtes Phantom!«

Ich blickte von meinem Konzept für die Pressekonferenz auf, über dem ich beinahe den gesamten Nachmittag gebrütet hatte, und fragte: »Was?«

Waldi baute sich in voller Zwergengröße vor mir auf. Seine Stimmlage schwankte irgendwo zwischen Anklage und Verachtung. »Der Herzog ist nicht zu sprechen. Zuerst wurde ich von unbekannt an seinen Anwalt verwiesen. Genau, Kratzberger. Der hörte kurz zu, sagte dann ›Moment, ich verbinde‹, es kam eine halbe Stunde lang klassisches Gedudel, Bach oder Mozart oder was weiß ich, und dann hob endlich Mister Arroganz persönlich ab – nein, nicht der Herzog, sondern sein Sekretär. Jedenfalls hält der sich definitiv für etwas Besseres, das will er einem deutlich verklickern, deutlicher geht's nicht. Dabei macht er einen auf begriffsstutzig, lässt sich fünfmal erklären, worum es denn genau geht, und du kannst regelrecht spüren, wie seine Mundwinkel immer weiter verächtlich nach unten hängen. Und rate mal, was er dann in einem Ton von sich gibt, als würde er mit einer Kröte oder etwas noch viel Ekeligerem sprechen?«

»Was?«, fragte ich, in Gedanken noch mit dem Problem beschäftigt, ob ich vor der Presse mit Bohnsammer oder Tomasz beginnen sollte.

»Nicht zuständig. Er sagt, er ist nicht zuständig!« Waldis Entrüstung war echt, er sah aus wie ein Fünftklässler, dem man das Pausenbrot geklaut hatte.

»Okay«, sagte ich.

»Und jetzt rate mal, an wen mich der Lakai verwiesen hat. Du kommst nicht drauf.«

Ich seufzte und schielte zur Uhr. Noch sieben Minuten. »Stimmt.«

»Was stimmt?«, fragte Waldi verwirrt.

»Dass ich nicht drauf komme.« Ich sprach zu laut und zu ungeduldig. »Spuck's schon aus!«

»Kratzberger«, antwortete Waldi mit einer Art hysterischem Lachen am Schluss.

Ich rekonstruierte Waldis nachmittägliche Telefonate und musste mir das Lachen verkneifen. Er war in die klassische Endlosschleife geraten. »Und Kratzberger verbindet dich wiederum mit dem Sekretär?«, fragte ich mit gezwungener Anteilnahme.

Waldi kochte jetzt regelrecht über. »Das musst du dir mal vorstellen! Die verarschen uns doch. Dieses scheinheilige Arschloch! Säuselt mit aufgesetzter Engelsgeduld, dass er mir bereits vor fünf Minuten erklärt hätte, er wäre nicht zuständig. Ich brülle zurück, dass seine fünf Minuten eine halbe Stunde gedauert hätten und er sich seinen Sekretär in den Arsch schieben könne, und er, er spricht sanft und geduldig mit mir wie zu einem Vollidioten, dass er mich sehr gern noch einmal verbinden würde, und schon geht das Bach-Mozart-Gedudel wieder los.«

»Gut, Top Gun«, sagte ich. »Dann musst du wohl morgen den nächsten Versuch starten. Aber jetzt steht erst einmal die Pressekonferenz auf dem Programm.«

Das Konzept lag vor mir auf dem Tisch. Waldi saß zu meiner Linken. Ich zählte genau dreiundzwanzig Presseleute, ausgerüstet mit Kameras, Tablets, Laptops, Handys und Aufnahmegeräten. Ein Fossil saß mit Bleistift und Notizblock in der letzten Reihe.

Die Sache begann wunderbar harmlos. Ich begrüßte die Journalisten, bedankte mich für ihr Kommen, stellte Waldi und mich vor und fasste zusammen, was bereits alle wussten: dass wir einen toten Mönch hatten, einen ermordeten Täter im Klinikum, die Tatwaffe, dass wir nach wie vor in einer dreißigköpfigen Soko quasi rund um die Uhr am Fall arbeiteten und dabei vielen Spuren nachgingen. Dann ließ ich zuerst die Katze mit der Polin Frau Tomasz aus dem Sack und tat anschließend, als müsse man mir die Neuigkeit mit dem zur Fahndung ausgeschriebenen Bohnsammer mühsam, mit aller journalistischen Raffinesse und stückweise aus der Nase ziehen. Die Pressefritzen sollten dies als Lohn für ihren Spürsinn und ihre Hartnäckigkeit verbuchen. Zweck der Übung war, Ihnen einzureden, sie hätten eine Menge mehr erfahren, als sie eigentlich bekommen sollten, und deshalb von weiteren unangenehmen Fragen absahen.

Dann war ich fertig und fragte Waldi der Form halber, ob ich etwas vergessen hätte. Waldi schüttelte den Kopf, und ich öffnete gerade den Mund, um die Pressekonferenz zu beenden, da meldete sich aus der hinteren Reihe das Fossil. Der Mann war bestimmt schon siebzig und gekleidet wie bei einem Columbo-Lookalike-Wettbewerb, mit zerknittertem Anzug und Trenchcoat, es fehlte nur die erkaltete Zigarre, mit der er gestikulierte. Ich erteilte ihm freundlich das Wort. Er erhob sich umständlich, legte die Stirn in Columbo-Falten, klopfte mit seinem Bleistift auf den Block und sagte, während sich alle anderen Journalisten zu ihm umdrehten: »Dünn, Herr Hauptkommissar. Äußerst dünn. Zu dünn.«

Die Pressefritzen drehten sich wieder zu mir.

»Wie bitte?«, fragte ich.

»Na ja.« Er schien tatsächlich die gesamte Palette der Columbo-Gesten zu beherrschen und machte nun einen auf unterwürfig. »Verstehen Sie mich nicht falsch, ich will auf keinen Fall die Qualität Ihrer Arbeit in Frage stellen, aber …«, er hüstelte entschuldigend, »mir kommt das, was Sie uns präsentieren, wie ich schon sagte, reichlich dünn vor. Immerhin arbeiten Sie nun schon seit einer Woche an dem Fall.«

Er zählte mit den Fingern auf. »Sie haben eine möglicherweise bestochene Krankenschwester, Sie haben möglicherweise ein Täter-Auto aus dem Kanal gefischt, und Sie haben einen flüchtigen möglichen Täter. Dreimal möglicherweise.« Columbos Gesichtsausdruck verwandelte sich schlagartig von unterwürfiger Dummkopf-Miene in eine Mimik, die besagte: *So, mein Freund. Jetzt legen wir aber mal die Tatsachen auf den*

Tisch. »Sonst haben Sie nichts. Gar nichts. Nicht einmal ein mögliches Motiv. Das sehe ich doch richtig, Herr Hauptkommissar, oder?«

Bevor mir einfiel, was ich erwidern könnte, nahm das Unheil in Gestalt von Waldi seinen Lauf. Der plusterte sich neben mir auf wie eine australische Kragenechse und blaffte: »Von wegen nichts! Jetzt hören Sie mal gut zu, und ich hoffe, Sie haben genug Papier auf Ihrem Block, damit Sie alles schön mitschreiben können –«

»Herr Schöps, ich weiß nicht, ob –«, versuchte ich ihn zu stoppen, bevor er ein großes Unheil anrichten konnte, doch Waldi war schon nicht mehr zu bremsen.

»Meine Herren, schalten Sie Ihre Mikrofone ein. Und Sie, spitzen Sie Ihren Bleistift, denn jetzt wird es erst richtig interessant!«

»Da bin ich aber wirklich gespannt«, sagte Columbo, nahm – gar nicht mehr so umständlich – wieder Platz und legte den Block auf seinem Schoß zurecht.

»Wir haben drei Erpresserbriefe«, erklärte Waldi großspurig und ignorierte meine Hand, die ich mahnend auf seinen Arm gelegt hatte.

»Erpresserbriefe?« Die Journalisten riefen durcheinander: »Wer wird erpresst? Womit? Warum?«

»Immer mit der Ruhe. Eins nach dem anderen.« Waldi machte einen auf dicke Hose. »Ich werde Ihnen jetzt alles genau erklären. Die Erpresserbriefe sind natürlich anonym, keine Absender, logisch, Nullachtfünfzehn-Computerschreiben. Zwei der Briefe sind direkt hier im Präsidium eingegangen. Der oder die Verfasser drohen mit der Vernichtung der Bamberger Reliquien.«

»Wie hoch sind die Forderungen?«

Ich schaltete mich zur Schadensbegrenzung ein. »Das können wir Ihnen aus ermittlungstechnischen Gründen leider nicht sagen.«

Waldi riss sofort wieder das Wort an sich. »Genau. Richtig interessant wird es beim dritten Erpresserbrief. Darin geht es nämlich gar nicht um die Bamberger Reliquien, sondern um einen ganz besonderen Leckerbissen.«

Ich hoffte auf eine von Waldis berühmten Pausen, damit ich dazwischenfunken konnte, ohne den Eindruck zu erwecken, hier wüsste die linke Hand nicht, was die rechte tut, oder der Hilfssheriff plauderte verbotenerweise streng vertrauliche Geheimnisse aus. Doch diesmal blieb die Pause aus.

Waldi war richtig in Fahrt. »Es handelt sich um die sterblichen Überreste des Bayernkönigs Ludwig II., die sich angeblich zusammen mit der anderen Reliquie im Sarkophag in Sankt Michael befanden. Der dritte Erpresserbrief richtet sich an eine Adelsfamilie, deren Namen wir leider nicht nennen dürfen.«

»Die Wittelsbacher!«, rief unser Columbo entzückt.

Und dann ging es in der Pressekonferenz so richtig drunter und drüber.

Waldi wollte ein High five von mir und grinste mich dabei so breit an, dass es breiter nicht ging, während er erklärte, dass den Pressegeiern die Kinnlade bis zu den Eiern runtergeklappt sei. Ich gab ihm den High five nicht, schwieg und hing noch eine Weile im Präsidium herum. Später fuhr ich nach Hause, wo ich eine schlaflose Nacht mit zwanzig SMS von Helene, wie sehr sie mich lieben und vermissen würde, Herumwandern vor meiner Grusel-Bilderwand und einer frustrierenden Online-Pokersession mit hundertzwanzig Euro Miesen verbrachte.

Am nächsten Morgen dann rollte eine gigantische Medienlawine aus allen Zeitungen, Radio- und Fernsehsendungen und dem Internet auf mich herab. Unser Fall war zum zweiten Mal, nachdem der Mord an dem Mönch bekannt geworden war, der absolute Hit, überall die unangefochtene Nummer eins. Die Leitung meines Telefons lief den ganzen Morgen über heiß, eine Anfrage nach der anderen kam herein. Nachdem ich alle Interviews und Gespräche ablehnend beantwortet hatte, tröpfelten die Anrufe nur noch vereinzelt herein, bis sie schließlich ganz aufhörten. Und dann trat jene lähmende Stille ein, wie man sie von heißen Augusttagen kennt, wenn sich die Luft ohne einen

Windhauch erstickend auf den Asphalt und die Häuser presst, wenn eine ganze Stadt den Atem anhält und man gleichzeitig spürt, wie sich jedes Molekül elektrisch auflädt, flirrt, flimmert, wartet und lauert, bereit für den großen Knall.

Ich rief Helene an, fragte sie, ob sie etwas von Bohnsammer gehört hätte. Sie verneinte, und ihre Stimme war genauso: flirrend und flimmernd. Sie sprach schnell, atemlos, erklärte mir, wie groß ihre Sehnsucht nach mir sei, und morgen, gleich morgen, würde sie losfahren und zu mir kommen. Ich antwortete, dass es mir mit der Sehnsucht genauso ginge, dass ich mich auf sie freue, und aus den Augenwinkeln sah ich, wie eine weiße Seite Papier langsam und beständig aus dem Faxgerät wuchs und mit Eleganz hinab auf die Ablage schwebte.

Helene hatte aufgelegt, der Hörer an meinem Ohr war heiß, ich ließ ihn langsam auf die Schulter sinken. Mit der freien Hand langte ich nach dem Fax mit der offiziellen Kopfzeile und dem Wappen der bayerischen Polizei. Ich begann zu lesen, spürte, wie sich die Muskeln meiner Schultern, meines Nackens anspannten, und legte den Hörer behutsam zurück auf die Gabel. WM-JP-661 – diese Nummer war von der Kennzeichenerkennung auf dem Frankenschnellweg zwischen Forchheim und Hirschaid gescannt worden.

Ich erinnerte mich noch deutlich an den kollektiven Aufschrei, den die Installation der Kameras entlang der Autobahn ausgelöst hatte. Mit Plakaten, Bürgerinitiativen und Demonstrationen versuchte man, ein Referendum gegen den gläsernen Bürger und gegen die Bespitzelung durch den Staat zu erreichen – die gewohnte Klientel, immer dieselben Schwachköpfe, in der Pubertät hängen gebliebene Vintage-68er. Aufruf vor der letzten Demonstration gegen die Kameras auf dem Maxplatz: »Werft nicht mit Eiern auf Polizisten, das sind auch Lebewesen.« Hallo? Wer jetzt, die Eier oder die Polizisten? Dabei konnte man den Möchtegern-Hippies hundertmal erklären, dass die Kennzeichenerkennung ein äußerst sinnvolles, wichtiges Instrument zur Verbrechensbekämpfung darstellte und damit überhaupt niemand bespitzelt oder durchleuchtet wurde. Typischerweise schreien gerade diese Leute immer auf, dass die Polizei nicht ihrer Aufgabe nachgeht, um sie zu schützen, gleichzeitig unternehmen sie alles, damit dieser Schutz nicht gewährleistet werden kann. Eine Kamera zur Kennzeichenerkennung macht nämlich nichts anderes, als alle dreißig Sekunden ein Bild zu schießen, es an einen Polizeirechner zu schicken, der dann abgleicht, ob das Kennzeichen zu einem gesuchten Fahrzeug gehört. Alle anderen Nummernschilder werden ignoriert, sind bedeutungslos und gehen auf dem direkten Weg in den Müll.

WM-JP-661. Ein dunkelblauer Citroen Jumper, zugelassen auf: Thomas Ritter. Ich ließ das Fax sinken. Wer auch immer da mit Ritters Lieferwagen in der Gegend herumfuhr, es wäre interessant, sich mal mit ihm zu unterhalten. An Ritters Geist glaubte ich nicht, für Verbrechen waren bisher immer die Lebenden verantwortlich. Ich nahm den Telefonhörer, wählte und gab die Kennzeichennummer für die Fahndung durch. Unter meiner Haut prickelte es, und das Blut rauschte in meinen Adern. Alles verdichtete sich, bündelte sich und ging schussbereit in Stellung. Ich konnte es spüren, wie in einem Spiel um eine irrsinnige Summe. Jetzt kam die Zeit, da einer nach dem anderen die Karten auf den Tisch legen musste, und die Spannung sammelte sich in der Luft wie hunderttausend Volt.

Mein Handy hatte ich auf laut gestellt und fuhr zusammen, als es plötzlich bimmelte. Ich blickte aufs Display, wollte die unbekannte Nummer schon wegdrücken, hob dann aber trotzdem ab und bereute es sofort.

»Kratzberger«, dröhnte es am anderen Ende.

»Gerolf«, sagte ich abwartend und lauerte auf das, was jetzt kommen würde.

Seine Stimme war aggressiv und roh und strotzte vor Gewalt. Sofort brüllte er am anderen Ende los: »Steck dir dein Gerolf sonst wohin, ab jetzt bin ich Herr Kratzberger für dich, du mieser, kleiner Bulle! Hast du auch nur die blasseste Ahnung, was du und dein Scheißkompagnon mit eurer beschissenen Pressekonferenz angerichtet habt? Habe ich dich nicht eindringlich gewarnt? Ich hab dir vertraut, ich Schwachkopf, verdammte Scheiße! Killer, du bist am Arsch, ich schwör's dir, du hast nicht die leiseste Ahnung, mit wem du dich da eingelassen hast. Ein Fingerschnippen von denen, und du landest auf dem Müll. Und weißt du was, die haben schon mit den Fingern geschnippt. Die schneiden dir die Eier ab und schmücken damit ihren Weihnachtsbaum. Und weißt du, was ich mache? Ich guck zu und rühr keinen Finger für dich, im Gegenteil, ich reich denen noch die Schere. Killer, du bist geliefert. Du sensationsgeiler kleiner Scheißbulle!«

Rums! Ich konnte hören, wie er sein Handy in irgendeine Ecke pfefferte, es gab ein hässliches Geräusch, und dann war er weg.

Ich brauchte frische Luft, schnappte meine Jacke und ging nach unten auf den voll besetzten Parkplatz. Die Stadt schnaufte und ächzte wie eine alte Frau beim Treppensteigen mit vollen Einkaufstüten. Der Himmel lastete grau und tief auf den Dächern. Zwei Kollegen, die in der Raucherecke qualmten, nickten mir zu, und ich grüßte zurück. Ich lehnte mich an die Heckklappe meines Station Wagon und dachte nach.

Auf Gerolfs Gebrüll musste ich nicht viel geben. Vermutlich hatte sein Klient nach unserer Pressekonferenz den Auftrag gecancelt, und nun war Gerolf wütend und wollte irgendwo seinen Ärger abladen. Dieses ganze Drohgehabe war nichts anderes als heiße Luft. Hunde, die bellen, beißen nicht, so lautet die Regel. Viel wichtiger war es jetzt, durch all die Türen zu gehen, die wir geöffnet hatten. Wir hielten jede Menge Fäden in den Händen und mussten nur noch kräftig daran ziehen, um alles aufzutrennen wie einen alten Wollpullover.

Ich ging zum Gebäude zurück und traf vor dem Aufzug Reitmeier, der aufgeregt mit einem Schnellhefter wedelte. »Rod, dich habe ich gerade gesucht. Ich hab hier vielleicht etwas Interessantes.« Reitmeier wirkte aufgedreht, was seinen norddeutschen Akzent und sein leichtes Lispeln betonte.

Die Tür zischte auf, und er schob mich ungeduldig in den Aufzug. Während wir nach oben schwebten, redete er auf mich ein: »Die Befragungen der Bauarbeiter in Sankt Michael haben nichts gebracht. Es gibt keinerlei Anhaltspunkte, dass einer von ihnen in die Sache verwickelt ist. Es gibt nur zwei Leute, die einen Schlüssel für die Kirche haben und somit den Einbrechern aufgesperrt haben könnten. Einer ist der Vorarbeiter, ein gewisser Gökhan Tamer. Ein sehr höflicher, bescheidener Mann, Mitte vierzig, verheiratet, vier Kinder, wasserdichtes Alibi, war zur Tatzeit mit der ganzen Familie in Berlin auf Verwandtschaftsbesuch.«

Der Aufzug hielt und spuckte uns auf den Gang des dritten Stocks. Reitmeier klopfte im Gehen auf den Schnellhefter. »Er hat sogar die gestempelten Bahntickets aufgehoben, die sind hier drin. Der war es sicher nicht.«

In meinem Büro blätterte ich durch die Akte, die Reitmeier mir gegeben hatte, und stieß dabei auf einen Namen, der mir etwas sagte. »Schultz?«, fragte ich. »Kommt mir bekannt vor.«

Reitmeier nickte. »Du kennst ihn ja auch. Herbert Schultz. Der Küster. Besser gesagt Ex-Küster.«

Sofort tauchte das Bild des Glatzkopfes mit dem Bulldoggengesicht vor mir auf. »Was ist mit ihm? Warum Ex?«

»Sie haben ihn gefeuert. Willst du wissen, warum?«

Ich nickte. »Aber sicher.«

»Er war nicht nur der Küster von Sankt Michael, sondern hat auch noch für das Bistum in einer Art Tourismusabteilung gearbeitet, und zwar hauptsächlich als Koordinator für ausländische Reisegruppen. In erster Linie ging es dabei darum, Kirchenbesichtigungen mit Führung zu terminieren.«

»Er war also auch für die japanische Truppe in Sankt Michael zuständig.«

»Genau. Und das ist der Knackpunkt. Sankt Michael ist seit circa zwei Jahren eine Baustelle und für Besucher komplett gesperrt. Ich habe mich beim Bistum erkundigt. Da gibt es auch keine Ausnahmen.«

»Das heißt, Schultz hat aber genau diese Ausnahme gemacht.«

»Richtig. Und er hat es sich ganz gut bezahlen lassen. Inzwischen hat er zugegeben, dass er dafür zweitausend Euro kassiert hat. Das ist der Grund für die fristlose Entlassung: Bestechung.«

Ich überlegte laut. »Okay, die Japaner kamen morgens um sechs an. Der Knochendiebstahl und der Mord geschahen aber schon nachts. Am Kirchentor waren keinerlei Aufbruchspuren. Ich erinnere mich daran, dass Schultz aussagte, er habe sich gewundert, dass die Tür schon offen war, als er den Japanern aufsperren wollte. Er konnte oder wollte mir dafür keine Erklärung geben. Aber wenn dieser Gökhan Tamer ein wasserdichtes Alibi hat, dann muss eigentlich der Küster mit den Tätern gemeinsame Sache gemacht haben. Was sagt er dazu?«

Reitmeier lehnte sich zurück. »Ich glaube auch, dass es so war. Er hat den Tätern bereits nachts aufgesperrt. Entweder er ist ein Komplize, oder er hat gleich zweimal abkassiert, einmal von den Japanern und noch einmal von den Mördern. Vielleicht wissen wir es schon bald. Schöps und Heinrichsmeier haben ihn unten gerade in der Mangel.«

»Heinrichsmeier?«, fragte ich.

»Das ist der Kollege, den du immer Hägar nennst. Durch seine imposante Erscheinung ist er besonders gut für solche Befragungen geeignet. Willst du hinuntergehen und mitmachen?«

Ich wollte gerade zustimmen, als das Telefon klingelte. Frau Schnell, Dr. Meyers Sekretärin, war am anderen Ende. Sie flötete: »Herr Killer, Sie sollen zum Chef kommen. Sofort. Haben Sie vielleicht etwas angestellt? Seit Dr. Meyer aus München zurück ist, wirkt er ein bisschen verschnupft.«

Dr. Meyer saß im grauen Anzug hinter seinem Schreibtisch, drehte nachdenklich seinen noblen schwarzen Montblanc zwischen den Fingern und musterte mich eine Weile stirnrunzelnd. Schließlich legte er den Füllfederhalter behutsam zur Seite. »Herr Killer, erzählen Sie mir von der Pressekonferenz gestern.«

Ich wusste sofort, worauf er hinauswollte, und machte mir nicht die Mühe, um den heißen Brei herumzureden. Auch sah ich keinen Sinn darin, Waldi die Schuld allein in die Schuhe zu schieben. Ich war sein Vorgesetzter und trug damit die Verantwortung für das, was er tat oder sagte. Im Polizeijargon hieß das, Scheiße rinnt immer nach oben. Ich erklärte: »Herr

Dr. Meyer, mir ist bewusst, dass die Sache um den Bayernkönig, die Wittelsbacher und so weiter sehr heikel ist. Trotzdem bin ich der Meinung, die Öffentlichkeit hat ein Recht, vom neuesten Stand unserer Ermittlungen unterrichtet zu werden.«

»Prinzipiell stimme ich Ihnen zu. Solange dies nicht dazu führt, dass die Ermittlungen dadurch behindert werden.«

»Und? Ist das so?«

Dr. Meyer betrachtete seinen Füllfederhalter und antwortete nach längerem Überlegen: »Indirekt. Ich habe in München einige Leute getroffen, die mir eindringlich nahelegten, König Ludwig II., die Familie Wittelsbach und andere hochgestellte Persönlichkeiten, die dieses Umfeld bestimmen, sollten mit unserem Mordfall keinesfalls in Verbindung gebracht werden.«

»Was für Leute sind das?«, fragte ich.

Dr. Meyer verschränkte die Arme vor der Brust und lehnte sich ein wenig zurück. Sein Lächeln wirkte reserviert, als er antwortete. »Unter anderem der Herr Innenminister, unser oberster Dienstherr. Und der Staatssekretär im Kultusministerium, Dr. Müller.«

»Dr. Müller?«, rutschte es mir heraus. »Was für ein Zufall.«

Der Polizeipräsident schüttelte den Kopf. »Kein Zufall. Der Staatssekretär ist sehr gut über unseren Mordfall und die Reliquiendiebstähle unterrichtet. Und wegen der nicht zu leugnenden Ähnlichkeit wurde er auch von der Presse schon des Öfteren mit seinem Cousin verwechselt, bei dem es sich, wie Sie sicher wissen, um den Grafen von Bohnsammer handelt, seines Zeichens Botschafter in Afghanistan. Dessen Sohn – adoptiert übrigens – ist genau der Frank Bohnsammer, den wir gerade erst zur Fahndung ausgeschrieben haben. Ich denke, Sie verstehen, dass Dr. Müller da lieber außen vor bleiben möchte. Das Kultusministerium steht augenblicklich wegen der Bildungspolitik genug in der Schusslinie, verschiedene Studien, Sie wissen schon. Da möchte man nicht auch noch von der Presse unter die Nase gerieben bekommen, in der Verwandtschaft des Staatssekretärs tummle sich der eine oder andere potenzielle Kriminelle.«

Ich stand immer noch vor Dr. Meyers Schreibtisch wie ein

Schuljunge beim Direktor, er hatte mir keinen Platz angeboten. Jetzt fand ich es an der Zeit, Flagge zu zeigen. Ich beugte mich vor und stützte die Hände auf. »Herr Dr. Meyer, bei allem Respekt den hohen Herren gegenüber – ich habe ein Kapitalverbrechen aufzuklären. Und wenn sich dabei herausstellt, dass in die Sache auch noch, drücken wir es einmal vorsichtig aus, gewisse höhergestellte Persönlichkeiten verwickelt sind, dann sehe ich ehrlich gesagt nicht ein, warum ich nicht auch einmal einem dieser Herren auf die Füße treten sollte.«

»Herr Killer, Sie verstehen nicht. Sie haben da in ein Wespennest gestochen. Besser gesagt in ein Hornissennest. Jetzt fliegen die Hornissen wild aufgescheucht herum, und Sie müssen damit rechnen, dass Sie gestochen werden.«

»Verzeihen Sie mir die bildhafte Sprache, aber ich dachte, es ist ein Scheißhaufen. Und Schmeißfliegen stechen nicht, sie sind nur lästig und riechen unangenehm, weil sie ja ständig um den Scheißhaufen herumschwirren oder sogar auf selbigem hocken.«

Dr. Meyer hüstelte und räusperte sich. Dann stand er auf, kam um den Schreibtisch herum und blieb vor mir stehen. »Herr Killer, Sie sind ein hervorragender Polizist, ich schätze Ihre Arbeit wirklich sehr. Ich erhoffe mir von Ihnen in diesem Fall aber ein besonderes Fingerspitzengefühl. Der Innenminister hat mich nachdrücklich gebeten, dass keine Namen von hochgestellten Persönlichkeiten an die Öffentlichkeit gelangen. Er hat mir versichert, dass es da auch keinerlei Verbindung zu unserem Mordfall oder den Reliquiendiebstählen gibt, ob wir das nun glauben wollen oder nicht. Tatsache ist, wir können nun Ihre Pressekonferenz nicht mehr rückgängig machen, und ein paar Dinge haben sich die Journalisten natürlich zusammengereimt, so zum Beispiel den Namen Wittelsbach. Und mit Frank Bohnsammer kommt automatisch dessen Adoptivvater Graf von Bohnsammer mit ins Spiel. Wir dürfen diese Namen auf keinen Fall verunglimpfen. Haben Sie verstanden?«

»Sicher. Aber zwei Dinge, Herr Polizeipräsident.« Ich blickte Dr. Meyer fest in die Augen, und er erwiderte meinen Blick genauso fest. »Erstens, für mich ist allein die Tatsache, dass – wie Sie so schön sagen – die Hornissen aufgescheucht herumfliegen, Hinweis für eine Verwicklung dieser hohen Herren, von denen Sie sprechen. Warum sonst die Aufregung und die Anweisung von ganz oben, gewisse Namen aus dem Spiel zu lassen? Und zweitens, das Kind ist schon in den Brunnen gefallen. Die Pressekonferenz war gestern. Was erwarten Sie nun von mir?«

Dr. Meyer musterte mich noch einmal kurz, dann kehrte er hinter seinen Schreibtisch zurück, nahm den Füller und schrieb mit geschwungener Schrift in ein ledergebundenes Notizbuch. Ohne aufzusehen, sagte er dann: »Herr Killer. Beraumen Sie für heute Abend eine weitere Pressekonferenz ein. Rudern Sie zurück. Das erwarte ich von Ihnen.«

SIEBZEHN

Helene klingelte an meiner Tür und stand dann vor mir, mit großen, unergründlichen Augen. Über ihr, an der Decke des Flurs, brummte und flackerte das Neonlicht. Sie schlang ihre Arme um meinen Nacken und schob mich zurück ins Dämmerlicht. Ihre Lippen waren weich und glatt und wanderten über mein Gesicht. Sie dirigierte mich rückwärts ins Schlafzimmer, das Bett ächzte unter uns. Durch die Ritzen und Spalten des Rollos drängten sich schmale, gebündelte Lichterstreifen und malten Muster aus Schwarz und Weiß auf die Wände und unsere Körper, als wäre alles ein Negativ. Lange Zeit war es nur bloße Gier mit hastigen, atemlosen Bewegungen, als ginge es ums Überleben. Später unterhielten wir uns ausgiebig, die Lichtstreifen wurden fahler, und irgendwann schlief Helene ein. Ich stützte mich auf den Ellbogen und betrachtete sie. Sie schlief wie ein Kind, die Atemzüge tief, das Gesicht weich, verletzlich, doch um den Mund ein verbissener, angespannter Zug. Ich stand auf, zog das Rollo hoch und blickte auf die Stadt. Beleuchtete Straßenzüge schnitten durch die Häuserschluchten, die Hügel der Bergstadt duckten sich dunkel am Horizont.

Etwas in mir fühlte sich falsch an, und ich versuchte einzuordnen, was es war. Dr. Meyers Aufforderung zu einer zweiten Pressekonferenz mit Widerruf einiger Dinge aus der vorangegangenen war ich nicht nachgekommen. Es hatte mich zuerst wütend und dann nachdenklich gemacht, dass sich unser Polizeipräsident so nahtlos in die Riege der Obrigkeitshörigen und widerspruchslosen Befehlsempfänger einreihte. Nachdem ich mich geweigert hatte, die zweite Pressekonferenz abzuhalten, wurde ich erneut vorgeladen.

Dr. Meyer hielt mir dann eine Art Vortrag. »Herr Killer, Sie müssen verstehen, dass ich als Präsident mehr Politiker denn Polizist bin. Und in der Politik gilt ein eigener Überlebensmodus, der aus Kompromissen, Absprachen und einer eigenen Moral besteht. Diese erscheint zwar auf den ersten Blick zwielichtig und verwerflich, doch im Prinzip geht es dabei erstens um das Überleben des jeweiligen Politikers und dann beinahe immer um die klassische Frage: Mit welchem kleineren Schaden ist ein größerer abzuwenden? Dabei gibt es Dinge, die nicht öffentlich werden dürfen, weil die Menge Entscheidungen nicht immer einordnen kann, denn ihr fehlt meist der große Zusammenhang. Im Prinzip muss man nur verstehen, dass es – wie bereits gesagt – nur um eins geht: nämlich, wieder bildlich gesprochen, um die Verhinderung des großen Krieges. In der Politik ist ein banales Sprichwort umso wahrer: Manchmal heiligt der Zweck die Mittel.«

»Inwiefern kann meine Presseerklärung denn einen großen Krieg auslösen?«, fragte ich ihn.

Doch darauf schwieg er, geleitete mich zur Tür und verabschiedete mich mit den Worten: »Ich respektiere trotz alledem Ihr Verhalten und werde Ihnen, soweit es in meiner Macht steht, den Rücken stärken.«

Später brachte mir die Sekretärin noch das Protokoll über die Befragung des Küsters. Darin stand nichts, was ich nicht sowieso schon wusste. Er hatte sich tatsächlich für den Einlass der Reisegruppe bestechen lassen, das hatte er unterschrieben. Er war vom Bistum gefeuert und angezeigt worden. Alle anderen Anschuldigung hatte er vehement abgestritten.

Die Häuser schräg gegenüber lagen wie graue Kästen in der Nacht. In einem Fenster blinkte ein Licht auf. Kurz darauf erlosch es wieder. Meine Gedanken kehrten zu dem Gespräch mit dem Polizeipräsidenten zurück. Ich fragte mich, was in unserem Mord- und Reliquienfall so brisant war, dass Dr. Meyer sich bemüßigt fühlte, mir einen derartigen Vortrag über das Wesen der Politik zu halten? Ging es dabei nur um einen guten Ruf, oder gab es ernsthafte Verwicklungen der höchsten Kreise mit den Verbrechen? Welche Rolle spielten dabei Personen wie Kratzberger, der mir so eindeutig gedroht hatte, oder die Wittelsbacher, die sich verständlicherweise völlig bedeckt hielten? Oder Graf von Bohnsammer, dessen Adoptivsohn ein mutmaßlicher Mörder war?

Ich wandte mich um und betrachtete vom Fenster aus meine schlafende Geliebte. Sie bewegte sich unruhig, ihr Mund war leicht geöffnet, sie schnarchte leise, es klang wie das unterschwellige Knurren einer Raubkatze. Ihr schöner Körper war unter der Decke nur eine dunkle Kontur. Die Tür zum Wohnzimmer stand offen, und plötzlich leuchtete auf dem Boden ein Display auf. Wie kam mein Handy dorthin? Ich verließ leise das Schlafzimmer und ging neben dem Tisch, wo es lag, in die Hocke. Es war nicht mein Handy, sondern Helenes, es musste auf unserem unkonventionellen Weg ins Schlafzimmer aus ihrer Tasche auf den Teppich geglitten sein. Ich hob es auf, die Nummer des Absenders der SMS kam mir bekannt vor. Ohne nachzudenken, fotografierte ich rasch das Display ab, während der Lichtschein langsam schwächer wurde und schließlich ganz erlosch.

»Was machst du?« Helenes Schatten zeichnete sich in der Tür ab. Ihre Stimme hatte eine angekratzte Schärfe und klang wach, obwohl sie noch vor einer Sekunde geschlafen hatte.

Ich stand auf, stopfte ihr Telefon in die Tasche und legte mein iPhone auf den Schreibtisch. »Dein Handy ging an, eine SMS, ich dachte, es ist meins.« Scherzhaft fügte ich hinzu: »Ich bin ein Spion, wusstest du das nicht?«

»Doch, weiß ich natürlich«, antwortete sie. »Komm wieder ins Bett, 007.«

Ich ging zu ihr, ihr Körper war warm und weich.

»Mit Spionen mache ich kurzen Prozess«, murmelte sie und küsste mich.

Später, als sie dachte, ich würde schlafen, schlich sie ins Wohnzimmer, schaltete kurz ihr Handy ein und schob es dann sofort wieder zurück in die Tasche.

Am Morgen kochte ich Kaffee und ging, während die Maschine gurgelte und spuckte, die Nummern auf meinem iPhone durch, die ich von unserem Fall gespeichert hatte. Ich fand die gesuchte rasch. Für einen Moment stockte mir der Atem. Die SMS, die Helene um drei Uhr morgens bekommen hatte, stammte von Frank Bohnsammer. Eilig steckte ich das Handy in die Tasche meines Morgenmantels, denn schon kam Helene aus dem Schlafzimmer, trat hinter mich und schmiegte sich an meinen Rücken.

»Ich hab geschlafen wie eine Katze«, schnurrte sie. »Tief und schön und ohne einen Traum.«

Ich spürte, wie meine Nackenmuskeln sich verkrampften. So beiläufig wie möglich brummte ich: »Hat sich eigentlich Bohnsammer noch mal bei dir gemeldet?«

Sie zögerte einen Moment, dann antwortete sie: »Nein. Warum fragst du?«

Ich hatte mich jetzt vollkommen im Griff, drehte mich zu ihr um und küsste sie leicht auf die Stirn. »Du weißt, dass wir glauben, er befindet sich auf der Flucht. Aber vielleicht besucht er auch nur jemanden, und da du seine Arbeitgeberin bist, könnte es doch sein, dass er dir Bescheid gibt.«

»Nein«, sagte Helene. »Hat er nicht gemacht.« Sie löste sich von mir und deutete auf die Kaffeemaschine. »Wie wär's, wenn du die mal wieder entkalkst?«

Waldi kam in Jeans, Cowboyhemd und Stiefeln ins Büro und legte mir mit cooler Miene ein Fax mit dem Provider-Logo auf den Schreibtisch. Dann setzte er sich auf seinen Platz und beobachtete mich, während ich las, von welchem Sendemast aus das letzte Signal von Bohnsammers Handy empfangen und übertragen worden war.

Ich ließ das Fax sinken. »Er ist hier in Bamberg. Der Sendemast steht im Hafen.«

»Kennst du die Nummer, an die er die SMS geschickt hat?«

Ich blickte erneut auf das Fax. Die SMS war um drei Uhr siebzehn, heutiges Datum, versandt worden. Natürlich kannte ich die Nummer. »Nein«, log ich. »Und ich wette, es ging wieder nur an eine Prepaidkarte.«

Waldi nickte. »Leider. Hab ich überprüft. Keine Chance, über die Nummer an den Besitzer zu kommen.«

»Jedenfalls werden wir jetzt hier in Bamberg und der unmittelbaren Umgebung ganz gezielt nach ihm fahnden, mit verstärkten Verkehrskontrollen, genauer Beobachtung der Ausfallstraßen und so weiter. Und vor allem müssen wir uns das Hafengebiet vornehmen, schließlich kam von dort seine letzte SMS.«

Waldi blickte skeptisch. »Glaubst du im Ernst, er ist so blöd und ist noch da? Da könnte er sich ja gleich auf die Straße stellen, allen zuwinken und rufen: ›Hallo! Seht alle her. Hier bin ich.‹ Ich wundere mich sowieso, dass er immer noch ein Handy benutzt, das auf ihn registriert ist. Erinnerst du dich? Für diese Tomasz hat er sich extra eins gekauft. Warum gibt er seine Vorsicht plötzlich auf? Doch nur, wenn er schon längst wieder weg ist.«

Da hatte Waldi natürlich recht. Warum sollte Bohnsammer ausgerechnet jetzt alle Vorsicht über Bord werfen, die er bisher hatte walten lassen? Wahrscheinlich war Bamberg für ihn nur ein Zwischenstopp gewesen. Irgendeinen Plan verfolgte er. Schließlich hatten wir es mit einem Afghanistanveteranen des KSK zu tun und nicht mit irgendeinem Kleinkriminellen, dem die Sache aus dem Ruder gelaufen war. »Wahrscheinlich hat er zwei SIM-Karten. Eine mit Vertrag und eine ohne. Vielleicht stand er irgendwie unter Druck und hatte keine Zeit oder vergessen, sie zu wechseln – möglich wäre es doch. Ich bleibe dabei. Wir brauchen ein Großaufgebot für das Hafengebiet, durchsuchen dort jeden Schuppen und drehen jeden Stein zweimal um. Wenn er dort ist, schnappen wir ihn. Wenn nicht, haben wir es wenigstens versucht.«

»Okay«, sagte Waldi. »Ein Großaufgebot. Das musst aber du dem Meyer verklickern.«

»Ja, und dein Job ist es, was aus dem Bayernherzog herauszukitzeln. Lass dich bloß nicht wieder abwimmeln.«

Die groß angelegte Fahndung war ein gigantischer Flop. Weder Bohnsammer noch der blaue Kastenwagen tauchten auf. Eine Hundertschaft der Bereitschaftspolizei durchkämmte das gesamte Hafengebiet, bewirkte aber nichts weiter, als einen Nachmittag lang das komplette Geschäftsleben zum Erliegen zu bringen.

Alles, was dabei herauskam, war eine Menge Beschwerden, die unsere Telefonleitungen erneut heißlaufen ließen.

Um achtzehn Uhr machten wir Schluss, ich fuhr nach Hause und ging mit meiner schlechten Laune Helene auf die Nerven. Zusätzlich glomm das Misstrauen immer stärker wie eine gefährliche Glut in mir, die jeder Windhauch entfachen konnte. Warum hatte sie mich in Bezug auf Bohnsammers SMS angelogen? Ich musste mich dieser Frage stellen, denn schließlich konnte es bedeuten, dass Waldi einmal mehr recht hatte und sie irgendwie in den Fall verwickelt war.

Sie war zärtlich zu mir, wirkte dabei verletzlich und zerbrechlich, und ich brachte es nicht übers Herz, sie mit ihrer Lüge zu konfrontieren. Die Unruhe trieb mich dennoch wie ein eingesperrtes Tier von einer Ecke der Wohnung in die andere.

Helene hockte mit angezogenen Beinen auf dem Sofa, folgte mir eine Weile mit tiefem, unergründlichem Blick, die Augen im Dämmerlicht dunkel, wie mit Bronze übergossen. Schließlich stand sie auf, kam zu mir und strich um mich wie eine Katze, den Kopf an meiner Schulter. »Rod, was spielst du?«, flüsterte sie. »Tiger im Käfig? Was ist los?«

»Nichts.« Ich legte einen Arm um sie. Das Weiche in ihr schien etwas Zähem gewichen, ich spürte ihre Muskeln und Sehnen, der Kontakt mit ihrem Körper war unnachgiebig geworden, also sträubte er sich gegen mich.

»Nichts?« Der Hauch eines spöttischen Lächelns lag in dem einen Wort verborgen.

Ich strich über ihr Haar und sagte in Richtung Wand: »Na ja. Es ist alles schiefgelaufen, gestern und heute. Das ist der Grund. Erst bin ich meinem Chef kräftig auf den Schlips getreten, dann hab ich auch noch eine Hundertschaft von ihm verlangt, für die er den Staatsanwalt anbetteln musste, und das Ganze war ein riesengroßer Misserfolg. Ich bin schon ganz heiß darauf, morgen früh ins Präsidium zu gehen.«

Helene küsste meinen Hals. »Armer schwarzer Kater.« Sie hielt inne, löste sich von mir und sagte: »Weißt du was? Ich bringe dich jetzt auf andere Gedanken.«

»Sex?«, fragte ich müde.

Sie lächelte breit. »Das wäre schon mal ein guter Anfang. Aber danach machen wir uns chic, steigen in dein großes Angeberauto und fahren in dieses Casino.«

Helene hatte ein enges Kleid angezogen, das aussah wie eine glitzernde Schlangenhaut. Um ihren Hals lag eine Kette aus schwarzen Perlen, kräftiger Lidschatten machte ihre Augen riesengroß, der Mund war wie üblich blutrot geschminkt. Ich trug meinen dunklen Anzug und hatte die Gutscheine und einen Umschlag mit fünftausend Euro in der Innentasche. Der Chevy donnerte mit hundertachtzig Sachen über den Frankenschnellweg, der V8 saugte mit gierigen Schlucken das Superbenzin aus dem Tank. Hinter Erlangen wechselte ich auf die A 3, bis dahin hatten wir kaum ein Wort gesprochen. Die ganze Zeit drehte und wendete ich die Frage hin und her, um die ich doch nicht herumkam.

Dann hatte ich es satt, nach den richtigen Worten zu suchen, denn es war sowieso egal, wie ich es formulierte. Ich fuhr noch weitere fünfzig Kilometer über die Autobahn, die sich wellte wie ein schlecht verlegter Teppichläufer, bevor es schließlich aus mir herausbrach: »Helene, du hast mich angelogen.«

Ich spürte, dass sie ein paar Herzschläge lang den Atem anhielt. Dann sagte sie nur das eine Wort: »Ja.«

Das brachte mich zunächst aus dem Konzept, und ich fühlte mich bemüßigt zu konkretisieren. »Du hast behauptet, Bohnsammer hätte dich nicht kontaktiert. Hat er aber doch. Heute Morgen um drei Uhr siebzehn, wenn du es genau wissen willst. Wir haben seine Handydaten, und es war eindeutig deine Nummer.«

Sie blickte geradeaus, auf der rechten Spur flogen uns die Rücklichter der Lkws entgegen, und sie wiederholte: »Ja.«

Ich zog hinüber auf die rechte Spur und schwieg wieder eine Weile, bevor ich fragte: »Und das ist alles, was du dazu sagst?«

Ich hörte, wie sie tief die Luft einsog und den Atem wieder ausstieß. Aus den Augenwinkeln sah ich, dass sie ihr Gesicht zu mir drehte. Sie sprach so leise, dass das dumpfe Grollen des Station Wagon ihre Worte beinahe verschluckte. »Wir waren ein Paar. Bis vor Kurzem. Das ist der Grund. Ich dachte, es wäre besser, wenn ich es dir noch nicht sage.«

Um ein Haar hätte ich das Lenkrad verrissen. In einem Reflex nahm ich den Fuß vom Gas, bemerkte es und drückte das Pedal wieder durch. »Du und Bohnsammer?«

»Ja. Es ist aus, seit ich dich kenne. Ich habe mit ihm Schluss gemacht, kurz nachdem du das erste Mal in Benediktbeuern im Museum warst. Er will die Trennung nicht akzeptieren. Deshalb die SMS heute Nacht. Und bevor du fragst – nein, ich weiß nicht, wo er jetzt gerade ist. Das hat er nicht geschrieben, und es interessiert mich auch nicht.«

»Aber mich.« Die Tachonadel pendelte zwischen hundertfünfzig und hundertsechzig. »Er ist ein zweifacher mutmaßlicher Mörder. Das weißt du.«

»Ich weiß, dass er im Krieg war und Menschen töten musste. Es hat ihn hart gemacht, ich glaube, er hat auch einen grausamen Zug. Solche Männer wirken auf manche Frauen erregend. Das Dunkle ist irgendwie verführerisch. Er hatte nachts Alpträume, war aber nie bereit, darüber zu sprechen. Ich denke, die meisten Männer, die in einem Krieg den Tod in der Hand halten und die Macht haben, ihn auszuteilen – und die sich ständig auch selbst in der Schwebe zwischen Leben und Tod befinden –, sind schwer traumatisiert. Frank ist traumatisiert, das steht fest.«

»Das ist keine Entschuldigung –«

»Rod, nein. Natürlich nicht. Und ich wiederhole: Es ist aus mit ihm.«

»Wir werden ihn kriegen. Es ist nur eine Frage der Zeit.« Ich drückte noch mehr aufs Gas, und wir donnerten an einer Raststätte vorbei, die wie ein grell erleuchtetes, gestrandetes Schiff neben der Autobahn lag. Es kam eine Baustelle, ich musste mit dem Tempo runtergehen und schlängelte mich auf der linken Spur an einer Kolonne Lkws vorbei. Dann war die Spur wieder frei, ich gab Gas und fragte: »Wann hast du ihn eingestellt? Als du schon mit ihm zusammen warst? Oder war es umgekehrt?«

»Ich habe Frank nicht eingestellt. Das war Wesemann.«

Etwas in meinem Inneren zog sich zusammen wie in einem Krampf. Es lag an der Art und Weise, wie sie von Bohnsammer sprach, wie sie seinen Vornamen nannte und ihn betonte.

»Wesemann ist der verunglückte Kurator?«, brummte ich mehr zu mir selbst als zu Helene. Die Untersuchungen des Unfalls hatten Fremdverschulden eindeutig ausgeschlossen, ich erinnerte mich noch genau an den Bericht des Sachverständigen, auch wenn mir alles immer noch sehr seltsam vorkam. Aber Wesemann war allein im Wagen gewesen und definitiv im nüchternen Zustand, ohne Alkohol- oder Drogeneinfluss, gegen den Baum gerauscht. Sekundenschlaf, lautete das Fazit, oder Ablenkung durch Handybenutzung während der Fahrt, eine immer häufigere Unfallursache mit hoher Dunkelziffer.

Die Kollegen von der Verkehrspolizei suchten nach Bergung der Verunglückten in den Wracks immer sofort nach Mobiltelefonen. Der krasseste Fall war ein junges Pärchen mit einem Kleinkind auf dem Rücksitz. Der Mann schickte seiner Angebeteten, die neben ihm saß, während der Fahrt eine SMS, verlor die Kontrolle über den Wagen und machte mit einem lächerlichen Zweizeiler seinen acht Monate alten Sohn zum Vollwaisen. Aber das halb zerschmolzene Handy in Wesemanns ausgebranntem Wagen konnte keine Hinweise über eine vielleicht während der Fahrt verschickte Nachricht oder einen Anruf geben.

»Frank und ich waren etwa ein Jahr zusammen«, sagte Helene.

»Wie hast du ihn kennengelernt?«

»Ist doch egal. Es ist vorbei.«

»Ich will es aber wissen.«

»Nein.« Helenes Stimme klang spitz und scharf. »Du hast deine Vergangenheit, ich hab meine.«

»Mich kannst du alles fragen.«

»Noch mal: Nein. Es betrifft uns nicht, und es geht dich nichts an, verstanden?«

Ich hatte sehr wohl das Gefühl, dass es uns betraf, aber ich versuchte zu respektieren, dass Helene nicht darüber reden wollte, obwohl es mir schwerfiel. Im Stillen suchte ich sofort nach einem Grund, warum sie nichts erzählen wollte. Vor allem aber fand ich keine Erklärung für ihre heftige Reaktion.

Die Autobahn war jetzt nahezu leer, ich fuhr auf der rechten Spur, der Chevy schlingerte leicht in den ausgefahrenen Lastwagenspuren, es fühlte sich an, als würde der schwere Wagen hin- und hergeworfen. Ich schwieg bis zur Ausfahrt. Dann, als wir die Autobahn verlassen hatten und an einer roten Ampel standen, sagte ich mit schmalen Lippen: »Trotzdem, du hast mich angelogen.«

»Ich habe dir erklärt, warum.«

»Das ändert nichts an der Lüge.«

»Du Scheißmoralist«, fauchte Helene. »Willst mir jetzt einen Vortrag darüber halten, warum man nicht lügen darf? Kehr erst mal vor der eigenen Tür.«

Ich biss mir auf die Lippen. Die Ampel schaltete auf Grün. Ich fuhr wieder an und lenkte den Station Wagon wenig später unter der blauen Überdachung der verlassenen Grenzstation hindurch nach Tschechien.

Bis auf meinen Ausflug ins Hinterzimmer des Bamberger Casinos hatte ich in den letzten Jahren hauptsächlich online gespielt. Mir fehlte die Erfahrung mit dem realen Gegenüber, und die Spieler, an deren Tisch ich schließlich landete, spielten definitiv in einer anderen Liga. Trotzdem kribbelte es mir mächtig in den Fingern, das Adrenalin heizte das Blut in meinen Adern auf wie siedendes Öl. Ich hatte eine Menge Verhöre geführt, und zwar erfolgreich. Und wo sonst lernt man den ganzen Katalog von Bluffs, Verschleierungen, Ablenkungsmanövern und Irreführungen besser als bei jemandem, der das Blaue vom Himmel herunterlügt? Ich denke, ich war ein Meister im Lesen der Körpersprache, ich kannte alle Gesten, jede Mimik in Theorie und Praxis. Ich beherrschte alle Kniffe, die Wahrheit aus jemandem herauszubekommen, der log. Und um nichts anderes ging es beim Pokern.

Wir waren zu viert. Nachdem ich mich mit »Rod« vorgestellt hatte, begann ich, meine Mitspieler unauffällig unter die Lupe zu nehmen. Links neben mir hopste ein hyperaktiver Endzwanziger mit Ohrenstöpseln zu einem wie aus weiter Ferne pochenden Beat auf seinem Stuhl herum. Die Chips lagen in einem wilden Haufen vor ihm, völlig unsortiert. Schwarzer Anzug und Sonnenbrille rundeten das Bild vom Klischee-Man-in-Black und coolen, aber chaotischen Player ab. Ich war mir sicher, sein Auftreten war aufgesetzt und sollte bewirken, dass man ihn in den ersten Runden genervt fokussierte, um ihn danach komplett auszublenden. Der Typ war Osteuropäer, ich vermutete Slowake, er würde am Anfang ein- oder zweimal aussteigen, geringe Beträge verlieren und danach so richtig Gas geben.

Der Mann, der mir schräg gegenüber saß, gab sich überaus redselig, Modell leicht übergewichtiger Staubsaugervertreter, der einem auf der Türschwelle die Ohren abquasselt. Während er seine Chips ständig neu sortierte, erfuhr der Rest am Tisch seine komplette Lebens-, Kranken- und Familiengeschichte beziehungsweise das, was man davon überhaupt verstand, da er die Familiensaga in Hardcore-Schwäbisch vortrug. Auch seine Masche war klar: der gemütliche, harmlose, in seinen Traditionen verwurzelte Kumpel, mit dem man Pferde stehlen konnte. Er wiegte seinen Gegner in heimatnaher, bürgerlicher Sicherheit, bevor er ihm genüsslich das Fell über die Ohren zog.

Der Dritte im Bund sah auf den ersten Blick am professionellsten aus, war aber wohl der harmloseste der drei. Er trug einen maßgeschneiderten Strellson-Premiumanzug, war vielleicht im Aufsichtsrat eines großen Energiekonzerns oder Chef einer renommierten Bank, seine Goldrandbrille wirkte mehr als seriös. Ein solventer Typ, einer von der Sorte, die morgens um fünf vor der Arbeit joggen gehen, dann einen Vierzehn-Stunden-Arbeitstag hinlegen, aber von Zeit zu Zeit aus ihrer sauberen, aufgeräumten, schönen Welt ausbrechen, indem sie ein Dominastudio besuchen oder eben ein paar Tausender an einem Spieltisch verzocken. Neben seinen akkurat gestapelten Coins blinkte ein Schlüsselanhänger mit Porscheemblem, er versuchte, seine Hände gezwungen ruhig zu halten, doch die nervöse Anspannung vor dem Spiel quoll wie Pickel aus allen seinen Poren.

Ein paar Runden plätscherten wie erwartet ruhig dahin, das typische gegenseitige Abtasten, das ich auch vom Online-Pokern kannte. Man passte ein paarmal, obwohl das Blatt gar nicht so schlecht war, bot ein bisschen was, startete kleine, durchschaubare Bluffs, stellte kleine Fallen, versuchte, die Stimmung, die Philosophie am Tisch zu entschlüsseln.

Der junge Typ mit der Sonnenbrille spulte professionell sein Programm von Hyperaktivität und Planlosigkeit ab. Der Schwabe verbreitete bodenständige Gemütlichkeit, kommentierte alles mit seinem breiten Dialekt und schüttelte jedes Mal, wenn er passte, tragisch den Schädel, als gäbe es auf der Welt keinen größeren Grund zu tiefster Trauer. Der Geschäftsmann gewann immer wieder kleinere Beträge und steigerte sich mehr und mehr ins Spiel hinein, die Adern auf seinen Schläfen pulsierten, und er konnte seine Begeisterung, dass es gut für ihn lief, kaum verbergen.

Helene hielt sich mit einem »Baby Blue« an der Bar im Hintergrund, aber ich spürte, dass sie unseren Tisch nicht aus den Augen ließ. Zweimal versuchten Männer sie anzusprechen, sie ließ sie jedoch abblitzen.

Es begann, interessant zu werden, als sich die beiden anderen sicher waren, in dem Geschäftsmann leichte Beute zu finden. Während ich mich vornehm zurückhielt, verbündeten sie sich, wechselten sich beim Bieten ab und trieben die Summen immer weiter in die Höhe. In dieser Phase, während sie den Geschäftsmann systematisch ausnahmen wie eine Weihnachtsgans und ihn bis aufs Designerhemd auszogen, passte ich häufig nach der ersten Runde. Es kostete mich jedes Mal meinen Grundeinsatz, ich ging nur ein einziges Mal bis zum Ende mit, verlor aber mit meinen drei Achten gegen die drei Damen des Sonnenbrillen-Typen. Nach ungefähr zwei Stunden war mein Saldo bei minus zweitausend, während der Geschäftsmann fünfundzwanzig Riesen verloren hatte und mit hektischen roten Flecken auf den Wangen seinen Porscheschlüssel sowie die zwei übrig geblieben Fünfzig-Euro-Chips auflas und ausstieg.

Ich merkte, dass etwas faul war, nachdem der Slowake und der Schwabe bei einem verheißungsvollen Blatt von mir schon nach dem zweiten Bet gemeinsam die Karten auf den Tisch warfen und unisono den Kopf schüttelten, damit ich dachte, sie wären so richtig verzweifelt. Im nächsten Spiel wurde klar, dass sie auch gegen mich ihre Strategie der Allianz beibehielten. Richtig skeptisch wurde ich aber erst, als sie mich dann ganz offensichtlich gewinnen ließen. Beide spielten ihre Hand aus, am Ende lagen fast zehntausend im Pot, und sie hatten beide nichts, absolut nichts. Sie wollten mich in Sicherheit wiegen, mich anfixen – in diesen typischen Siegesrausch versetzen, damit sich die Vernunft ausklinkt wie eine abgeworfene Sicherheitsleine.

In der nächsten Runde kapierte ich dann endgültig, worum es beim Bewegungsüberschwang des einen und beim schwäbischen Redefluss des anderen ging. Es war alles ein gewolltes Ablenkungsmanöver. Sie bedienten sich zur Verständigung eines ausgeklügelten Zeichensystems, das ich zwar nicht entschlüsseln konnte, das aber trotzdem existierte und von den beiden ausgiebig benutzt wurde. Ich nahm meinen Einsatz vom Tisch, warf meine drei Karten hin, stand auf und sagte: »So, meine Herrn. Das reicht.«

Zuerst spielten sie die Unschuld vom Lande und wiesen alle Vorwürfe entrüstet von sich. Der Hyperaktive nahm dabei sogar die Sonnenbrille ab, doch ich sollte gleich merken, warum. Nachdem ich ihren Vorschlag, mich doch wieder zu setzen, das Geld wieder auf den Tisch zu legen und meine Karten zu nehmen, höflich, aber entschieden abgelehnt hatte, war es mit der Gemütlichkeit des Schwaben vobei. Er schrie mich an wie ein Verrückter. Dann stürzten beide um den Tisch herum auf mich zu, und die Prügelei begann.

Irgendwo im Hintergrund blitzte es ein paarmal auf, doch ich war viel zu beschäftigt, um mir Gedanken darüber zu machen. Dann kamen drei bullige Securitys, rissen unser Knäuel auseinander, stellten mich in eine, die zwei Typen in die andere Ecke und erklärten, wir hätten genau fünf Minuten, um das

Casino zu verlassen. Ich nahm meine Chips, tauschte sie an der Kasse in Euro um und verließ mit Helene, die mit aufgerissenen Augen herbeigeeilt war, das Casino. Draußen, als ich ihr gerade die Tür des Station Wagon aufhielt, blitzte es erneut, und ich sah zwei Männer mit Fotoapparaten, die eifrig Bilder von uns schossen. Rasch stieg ich ein und fuhr los.

Wir bogen von der Landstraße auf die Autobahn ab, ich gab Gas und schaltete das Radio ein. Billy Joel klimperte auf dem Klavier das Intro für seinen Song »She's Always A Woman«. Ich musste lachen, woraufhin Helene, die mich skeptisch von der Seite betrachtete, fragte: »Was ist so lustig? Du hattest gerade eine Schlägerei und bist hochkant aus dem Casino geflogen.«

Ich sang laut und falsch mit. *»She can kill with a smile – She can wound with her eyes …«* Dann antwortete ich zufrieden: »Ich hab unter dem Strich über zehntausend Euro beim Pokern gewonnen, und eine schöne Frau sitzt an meiner Seite. Mir geht's gerade richtig gut.«

»Dann will ich dir das mal glauben.« Helene stimmte ein, als ich wieder mitsang. *»Yeah, she steals like a thief but she's always a woman to me.«*

Ich setzte den Blinker, rauschte auf der linken Spur an ein paar Trödlern vorbei, und wir schwiegen eine Weile, bis Helene auf meinen Kopf deutete und meinte: »Du bekommst ein blaues Auge.«

»Solange ich damit davonkomme, ist alles in Ordnung, meinst du nicht?«, fragte ich lächelnd.

Helene legte ihren Kopf an meine Schulter, die Autobahn wellte sich wie ein endloses Band vor uns in der Nacht, Lichter flackerten darüber. Die harsche Auseinandersetzung von der Hinfahrt war vergessen.

Billy Joel sang: *Then she'll carelessly cut you and laugh while you're bleedin' …*

Morgens um halb vier kamen wir nach Bamberg zurück und fielen kichernd wie zwei beschwipste Teenager ins Bett.

ACHTZEHN

Waldi blickte abwesend von seinem Computerbildschirm hoch, grüßte flüchtig und verschwand sofort wieder irgendwo in den Tiefen des weltweiten Netzes. Dann stutzte er, sah wieder zu mir her, diesmal genauer, und grinste. »Alter Schwede, was für ein Veilchen. Ein Blaulicht!« Er klopfte sich auf die Schenkel und rief: »Verstehst du, genial, oder?« Er warf sich weg vor Lachen über sein bescheuertes Wortspiel.

»Was ist mit dem Herzog? Hast du ihn endlich erreicht?«, fragte ich und ignorierte seinen Heiterkeitsausbruch.

»Klar, hab ich. Seinen Sekretär natürlich wieder nur. Diesmal war er gar nicht so überheblich, hat sich sogar entschuldigt, dass er mir gestern nicht helfen konnte, aber inzwischen wäre alles geklärt. Aber sag schon, woher hast du das blaue Auge?« Er prustete wieder los. »Blaulicht, haha!«

Ich setzte mich. »Was ist geklärt?«

»Wie? Ach so. Ja, alles eben. Es gibt keinen Erpresserbrief, und es wurden auch keine königlichen Überreste entwendet.«

»Kratzberger hat uns haarklein erzählt, was in dem Brief drinsteht.« Ich zählte auf: »Zehn Millionen für die sterblichen Überreste des Königs, die wurden aus dem Grab des heiligen Otto entwendet –«

»Hab ich dem Sekretär auch erklärt. Das muss ein Irrtum sein, sagt er, der Anwalt hat da wohl was falsch verstanden.«

»Was kann man an einem Erpresserbrief mit solchen Details falsch verstehen?«

»Tja.« Waldi lächelte immer noch. »Jetzt sag schon. Wer hat dir das Ding verpasst?«

»Ich bin gegen eine Tür gelaufen.« Ich hakte nach. »Das heißt, die offizielle Version aus adeligem Haus lautet: Es gab nie einen Erpresserbrief, die sterblichen Überreste des Bayernkönigs befinden sich da, wo sie sein sollen, sorry, alles ein Missverständnis, falscher Alarm.«

»Genau.« Waldi lehnte sich zufrieden zurück.

Ich war alles andere als zufrieden, im Gegenteil, mir schwoll gehörig der Kamm. Für mich war sonnenklar, wie der Hase lief. Die ganze Sache sollte vertuscht werden. Kratzberger hatte sich den Erpresserbrief bestimmt nicht aus den Fingern gesogen, und wenn die hohen Herrschaften jetzt einen Fallrückzieher machten und behaupteten, es sei da etwas falsch verstanden worden, dann konnte das nur heißen, dass sie bezahlt hatten. Ich würde das aber nie nachweisen können, es sei denn, Kratzberger schlug sich auf meine Seite – was unwahrscheinlich war. Es war exakt eine jener Situationen, die mir die Galle überkochen ließen. Ich wusste genau, wo der Apfel lag, man verbot mir aber, über die Mauer zu klettern, weil er im Garten des reichen Mannes war.

Waldi schnippte mit den Fingern vor meinen Augen. »Hallo? Was ist los? Meditierst du?«

Ich gab mir einen Ruck und blaffte: »Weißt du, Top Gun, wie ich das hasse? Unsere Gesellschaft besteht aus zwei Klassen: Die der Oberen, die glaubt, sie kann sich alles erlauben. Es gibt nur eine Regel, nämlich die, dass niemand sonst Zutritt hat, und der Türsteher wedelt grinsend mit dem Zeigefinger: ›Du kommst hier nicht rein.‹ Und gibt es mal Schwierigkeiten, kein Problem, einmal telefonieren, und schon ist die Sache bereinigt. Dein Geld liegt steuerfrei auf den Cayman Islands? Prima! Alles richtig gemacht. Du hast jemanden um die Ecke gebracht? Na und? Hattest bestimmt einen guten Grund. Du bist ein Kinderschänder? Kostet ein bisschen mehr, vielleicht müssen ein paar Leute erst verstehen, dass du halt Spaß daran hast, *don't worry*, aber das kriegen wir schon hin. So läuft das. Und wie ist das bei uns, beim Rest der Welt, bei den Normalen? Der kleinste Fehler und wir werden zur Kasse gebeten und landen im Knast.«

Waldi guckte mich mit großen Augen an. »Killer, was ist mit dir los? Hast du was genommen? Komm mal wieder runter. Evolution, natürliche Auslese nennt man das. Die Großen fressen die Kleinen. So ist das nun mal. Das ist die Hierarchie in der Nahrungskette. Kein Grund, sich aufzuregen. Außerdem, was hat das damit zu tun? Selbst wenn es den Erpresserbrief an die Wittelsbacher tatsächlich gibt, begehen sie doch keine Straftat, wenn sie die Sache lieber ohne die Polizei regeln wollen. Es ist andersrum, Killer – der Erpresser ist der Böse, nicht der Erpresste.«

»Trotzdem«, knurrte ich. »Du weißt schon, was ich meine.«

»Nein, weiß ich nicht«, erwiderte Waldi. »Reg dich einfach ab.«

Ich setzte zu einer weiteren Erklärung an, doch dann schwieg ich. Waldi grinste fies und klebte einen Zettel mit der Aufschrift »Man muss sich damit abfinden, dass man manchmal die Taube und manchmal das Denkmal ist« an die Rückseite seines Computerbildschirms, weil er wusste, wie sehr mich solche Sprüche auf die Palme brachten. Es brodelte noch eine Weile in mir, doch langsam verrauchte die Wut. Waldi hatte recht – nicht mit dem Spruch, aber damit, dass es gar nichts brachte, sich über etwas aufzuregen, das man nicht ändern konnte. Ein kühler Kopf war noch immer das Beste. Trotzdem kribbelten meine Finger nach wie vor.

Um mich abzulenken, zog ich den ersten Ordner von unseren Ermittlungen zu mir her, öffnete ihn und blätterte eine Weile wahllos darin herum. Bei Waldis Protokoll über die Befragung der Andechser Mönche blieb ich hängen. Ich wusste zunächst selbst nicht, warum ich an dieser Stelle stockte, etwas rührte mit einem großen Löffel in meinem Unterbewusstsein herum und wühlte etwas auf, das langsam aufstieg und feste Konturen annahm.

»Erinnerst du dich noch an dein Gespräch mit diesen Mönchen in Andechs?«, fragte ich Waldi.

Er blickte über den Bildschirm hinweg zu mir herüber. »Klar. Warum?«

»Wir wissen immer noch nicht genau, warum unser Mönch exakt im Zeitraum des Diebstahls in Bamberg war. Es kann kein Zufall sein. Er muss etwas gewusst haben. Und zwar, dass es um König Ludwig ging und nicht um Bischof Otto.«

»Könntest du recht haben.«

Ich blätterte in dem Ordner weiter, bis ich die Telefonnummer des Münchner Benediktinerklosters fand. Ich wählte, es klingelte ein paarmal, jemand nahm ab, und ich verlangte den Abt. Ich erfuhr, dass er leider nicht zu sprechen sei, da er derzeit im Kloster Banz an einem Kongress teilnehme. Ich bedankte mich und legte auf. »Bingo. Top Gun. Ich bin mal für ein, zwei Stunden weg.«

Ich nahm mein Handy und meine Jacke, und als ich an der Tür war, rief Waldi: »Moment, Killer, was soll das jetzt? Wohin gehst du?«

»Kloster Banz«, antwortete ich, schloss die Tür und lief den Flur entlang zum Aufzug.

Ich lenkte den Chevy die gepflasterte Auffahrt hoch und parkte neben den Fußgängertreppen, die von links und rechts unterhalb der Klosteranlage kamen und sich in einem eleganten Bogen zu einer Art Brücke zum Haupteingang wölbten. Die hohe Sandsteinfassade des Hauptgebäudes warf einen langen Schatten. Vor dem geöffneten Tor standen drei Mönche in schwarzen Kutten und unterhielten sich. Ich fragte sie nach Abt Gregor und erhielt die freundliche Antwort, er halte sich bestimmt im Kaisersaal auf, es sei gerade Pause, ich könne ruhig hineingehen. Ich bedankte mich und trat ins Dämmerlicht der Eingangshalle.

In Klöstern, wie in Kirchen, herrscht jene eigene Atmosphäre, die man sofort spürt, die einen still und langsamer werden lässt, die wirkt wie ein Tranquilizer, der den Puls auf vierzig Schläge herunterfährt und den Herzschlag zu einem dumpfen, ehrfürchtigen Pochen verlangsamt. Die Wände strahlen etwas aus, das den Atem von Jahrhunderten und mystischen Ritualen in sich trägt, und man geht behutsam, bedächtig, immer mit dem Gefühl, gleich den Zeigefinger an die Lippen heben zu müssen, um sich selbst oder jemand anderen zur Ruhe zu gemahnen.

Ein Mönch kam mir entgegen, mit den kurz gesetzten, tastenden Schritten eines an Parkinson Erkrankten. Er war beinahe zwei Köpfe kleiner als ich, und als er vor mir stehen blieb, blickte ich auf die von einem schmalen Haarkranz eingerahmte, fleckige Halbglatze. Seine Stimme hatte etwas Schleppendes, klang aber überraschend kräftig. »Haben Sie sich verlaufen? Kann ich Ihnen helfen?«

»Ich suche Abt Gregor.«

Er hatte graue Augen unter buschigen Brauen, was ihm eine gewisse Ähnlichkeit mit einer Eule oder einem Kauz verlieh. Ich machte mich auf ein Bibelzitat mit irgendwelchen Suchenden gefasst, doch stattdessen lächelte er. »Sie haben ihn gefunden. Ich bin Abt Gregor. Wie kann ich Ihnen helfen?«

Ich zeigte ihm meinen Ausweis. Er nickte sofort, musterte mich mit klugen Augen, auf denen, wie grauer Star, ein Schimmer von Vergänglichkeit lag. »Sie kommen wegen dieses schrecklichen Mordes an unserem Bruder Michael.«

»Ja. Darf ich Ihnen ein paar Fragen stellen?«

»Selbstverständlich. Kommen Sie. Gehen wir an einen ruhigen Ort.« Als er auf eine offene Tür wies, zitterte seine Hand, aber die Geste war bestimmend.

Der ruhige Ort, an den er mich mit seinen wackeligen Tippelschritten führte, entpuppte sich als barocker Prunksaal in blendendem Weiß, einer Galerie von hellen, hohen Fenstern, dunklen Türen aus Eichenholz und einem schweren goldenen Lüster, der zwischen überbordendem Stuck und bunten Deckengemälden herabhing.

»Nicht schlecht«, sagte ich anerkennend und mit einer ausladenden Handbewegung. »Die Kirche wusste schon immer, wie man repräsentiert, nicht wahr?«

In die Augen des Abts schlich sich ein schalkhaftes Zwinkern. Beim Sprechen legte er Pausen ein, um nach fehlenden Worten zu suchen, ein Tribut an seine Krankheit. »Sie haben recht. Die Lage hier über dem Maintal könnte nicht besser sein, und in vielem zeigt sich Reichtum, Überfluss und – wenn Sie so wollen – auch Prunksucht. Allerdings ist Kloster Banz schon lange kein Kloster mehr, sondern ein Zentrum für Erwachsenenbildung. Der Kirche geht es auch nicht mehr so gut wie früher.«

Ich konnte der Versuchung, zu provozieren, nicht widerstehen und sagte: »Das stimmt, jetzt verlieren sogar schon Bischöfe ihren Job, deren Palast ein bisschen zu teuer wird.«

»Sie sprechen vom Erzbistum Limburg. Ich kenne die Meinung der Öffentlichkeit. Aber ist es nicht auch so: Vieles, was die Kirche im Laufe der Jahrhunderte gebaut hat, ist wertvolles und wichtiges Kulturgut. Klöster, Kirchen, Bischofsresidenzen – die Verbreitung und Pflege von christlicher Kultur ist ja auch einer der Aufträge der Kirche. Sie kommen aus Bamberg, nicht wahr? Stellen Sie sich die Stadt ohne den Dom, ohne all die anderen Kirchen, ohne Kloster Sankt Michael und so weiter vor. Nun? Wie würde Ihnen das gefallen?«

Ich wusste nicht recht, was ich darauf antworten sollte, ich hatte als ehemaliger Ministrant und Domchorknabe eine intensive Beziehung zur Kirche hinter mir, aber schon lange war mir die Welt der überkommen wirkenden Rituale suspekt geworden. Doch ich nickte lediglich, brummte etwas Unverständliches und wartete darauf, dass der Abt fortfuhr.

»Wissen Sie«, sagte er in seiner ruhigen, aber stockenden, gelegentlich um Worte ringenden Art, »das Problem der Kirche ist kein pekuniäres, das Problem ist, dass sich die Welt so schnell verändert. Die Kirche als äußerst konservative und traditionelle Institution kann da nicht Schritt halten. Und die Menschen … sie sind ruhelos heutzutage. Sie suchen ständig nach Neuem, Aufregendem, Exotischem – da ist kein Platz für verstaubtes Latein und weihrauchschwenkende alte Männer. Man wird lieber Hindu – im schlimmsten Falle Salafist – oder widmet sich dem Schamanentum oder anderen primitiven Religionen. Und so werden unsere Kirchen und Klöster leerer und leerer. Das ist übrigens Thema unseres Kongresses hier in Kloster Banz.« Er lächelte traurig. »Ich gehöre einer aussterbenden Rasse an.«

Ich wusste, was Waldi an dieser Stelle geantwortet hätte: »Anstatt die Mönche unter Artenschutz zu stellen, werden die wenigen, die es noch gibt, auch noch umgebracht.« Doch ich erwiderte auch diesmal nichts.

Der Abt hob entschuldigend die Hände. »Verzeihen Sie

meine ausschweifende Art. Ich stehle Ihnen die Zeit. Sie kommen ja nicht, um über den besorgniserregenden Zustand der Kirche zu reden, den es übrigens lediglich in einigen Ländern Europas gibt. In Afrika oder Südamerika existiert diese Krise gar nicht – aber ich schweife schon wieder ab. Was wollten Sie von mir wissen? Fragen Sie.«

»Kein Problem.« Mir gefiel der alte Mann, der sich trotz seiner Krankheit alle Würde bewahrt hatte. »Ich finde Ihre Ausführungen sehr interessant. Es stimmt schon, was Sie sagen, und mir fällt zum Thema Bausucht etwas ein, das uns direkt zum Punkt bringt: König Ludwig von Bayern wurde für verrückt erklärt und vielleicht sogar dafür ermordet, dass er immer neue Schlösser plante und baute, die heute von Millionen Menschen aus aller Welt besucht werden und somit unter anderem einen wichtigen Wirtschaftsfaktor darstellen.«

»Bemerkenswert, ein Polizist mit dieser Denkweise. Ihre Fragen haben also mit König Ludwig zu tun?«

Ich nickte. »Die Mönche vom Kloster Andechs haben ausgesagt, dass Bruder Michael zu den Verehrern des Märchenkönigs gehörte. Er war ein Mitglied der Guglmänner, aber nicht der normalen Gruppierung, sondern einer recht radikalen Untergruppe.«

Die Stirn des Abts umwölkte sich. »Sehen Sie, das ist der Grund, warum Bruder Michael nicht in München, sozusagen dem geistigen Zentrum der Guglmänner, bleiben konnte. Ich habe ihn ins Kloster Andechs versetzt, um ihn aus dem direkten Umfeld dieser Leute zu entfernen. Der Sinn des Mönchslebens besteht in unserem Leitspruch *Ora et labora* und dem Dienst an Gott unserem Herrn, nicht aber in der Verherrlichung eines weltlichen Königs.«

»Was wissen Sie von dieser Splittergruppe der Guglmänner?«

Die Linke des Abts wurde von einem heftigen Zittern geschüttelt. Er versuchte, sie mit der Rechten zu bändigen, und sagte: »Entschuldigen Sie. Parkinson ist ein starker Gegner, eine Prüfung Gottes. Ich weiß wirklich nicht viel. Mit Bruder Michael konnte man, wie Sie wissen, nur schriftlich kommunizieren, er wurde erst nach seiner Krebsoperation ein derart fanatischer Anhänger der Gruppe. Ich habe versucht, selbst etwas herauszufinden, aber das ist beinahe unmöglich.«

»Können Sie sich einen Grund vorstellen, warum er ausgerechnet zu dem Zeitpunkt in Bamberg war, als das Grab in Sankt Michael geplündert wurde? Für mich entsteht beinahe der Eindruck, als hätte er es als seine Aufgabe gesehen, den Sarkophag zu bewachen. Wir haben Informationen – zugegeben nicht sehr zuverlässiger Art –, dass im Grab nicht nur die Gebeine von Bischof Otto lagen, sondern auch die sterblichen Überreste von König Ludwig. Angeblich hat man sie im Dritten Reich dort vor Hitler in Sicherheit gebracht.«

Abt Gregor hob die buschigen Brauen. »Ich habe es in der Zeitung gelesen. Wenn das stimmt, dann wäre es tatsächlich eine Erklärung für die Anwesenheit Bruder Michaels am Grab. Aber ich kann auch nur spekulieren, wenn es darum geht, woher er sein Wissen hatte. Es geht das Gerücht, diese Gruppe der Guglmänner werde von einem hochrangigen bayerischen Politiker angeführt. Ein Staatssekretär ... es tut mir leid, aber ich habe den Namen vergessen ... ein Doktor ...«

Ich wagte den Schuss ins Blaue. »Ein Staatssekretär, sagen Sie? Hieß der vielleicht Dr. Heinrich Müller?«

»Mag sein. Ja, ich glaube, so war der Name.«

Ich ordnete meine Gedanken, sprach sie aber nicht laut aus: Dr. Heinrich Müller, Staatsminister im bayerischen Kultusministerium. Und was noch? Wie nannten sich diese Typen? Vorsitzender oder Großmeister? Wenn das stimmte, dann war das ein ziemlich großes Ding. Und vermutlich hieß es, dass der Herr Staatsminister zweierlei gewusst hatte. Erstens, dass die sterblichen Überreste des Bayernkönigs im Sarkophag Bischof Ottos lagen, und zweitens, dass möglicherweise ein Raub geplant war.

Ich bemerkte, dass der Abt mich aufmerksam betrachtete. Seine Augenbrauen, die wie zarte Federn wirkten, blieben dabei hochgezogen, was ihm umso mehr das Aussehen eines Kauzes gab. Er sagte, ohne mich aus den Augen zu lassen: »Etwas macht Sie gerade sehr nachdenklich. Ist es, dass hochgestellte Persönlichkeiten Dinge tun, die sie nicht tun sollten?«

»Ist das in der Kirche anders?«, antwortete ich mit einer Gegenfrage. Dann bedankte ich mich, wünschte dem Abt noch einen erfolgreichen Kongress und verabschiedete mich. Ich verließ den Prunksaal, lief den Gang entlang, stieg die Treppen hinunter und trat ins Freie. Unter mir lag der Main, der sich im Sonnenlicht wie ausgelaufenes Quecksilber seinen Weg Richtung Bamberg bahnte. Ich setzte mich in den Station Wagon, startete den Motor und rollte die Auffahrt hinunter. Unten im Tal bog ich auf die A 73, gab Gas und fuhr am Fluss entlang zurück. Als Erstes würde ich im Präsidium Dr. Meyer einen Besuch abstatten. Ich hatte ein paar Fragen, die er mir beantworten musste.

NEUNZEHN

»Dr. Heinrich Müller.« Mehr sagte ich nicht.

Der Polizeipräsident verließ seinen Platz hinter dem Schreibtisch und ging langsam zum Fenster. Eine Weile blickte er schweigend hinaus. Schließlich nickte er, als hätte er einen Entschluss gefasst, drehte sich zu mir um und sagte: »Sie haben es also herausgefunden.«

Ich schwieg und wartete.

»Wissen Sie, die Sache ist äußerst heikel. Es geht um wesentlich mehr als um einen toten Mönch.«

»Einen ermordeten«, korrigierte ich.

Dr. Meyer strich prüfend über den makellosen Ärmel seines Jacketts. Er holte tief Luft und fuhr fort. »Gut. Hören Sie, die Amerikaner, die Briten und noch ein paar andere Länder lassen sich auf keinerlei Verhandlungen mit Terroristen ein, wenn es um Lösegeldforderungen geht.«

Dr. Meyers Schwenk von Guglmännern zu Terroristen überraschte mich. Verwundert sagte ich: »Die Bundesregierung offiziell auch nicht.«

Dr. Meyer hob den Zeigefinger. »Warten Sie. Das Problem ist Folgendes: Die IS-Kämpfer haben bisher nur Geiseln mit amerikanischer und britischer Staatsbürgerschaft hingerichtet, obwohl sich Geiseln aus aller Herren Länder in ihrer Gewalt befinden. Natürlich zahlt die Bundesrepublik offiziell keine Lösegelder. Wie gesagt, offiziell. Tatsache ist aber, dass sowohl die Amerikaner als auch die Briten verstimmt sind, weil immer wieder deutsche Geiseln freikommen, wie kürzlich dieses deutsche Ärztepaar in Thailand, das sich in der Gewalt der Boko Haram befunden hatte. Man wirft unserer Regierung vor, mit Terroristen Geschäfte zu machen und damit das Leben der exekutierten Amerikaner und Briten auf dem Gewissen zu haben.«

»Es ist doch klar, dass Deutschland zahlt«, sagte ich.

»Nun ja.« Dr. Meyer tat etwas für ihn Ungewöhnliches. Er zog sein Jackett aus, hängte es ordentlich über die Lehne seines Schreibtischsessels, lockerte den Krawattenknoten und marschierte vor mir auf und ab. »In den meisten Fällen genau fünfzig Prozent der geforderten Lösegeldsumme. Die andere Hälfte musste bisher privat aufgebracht werden. Was nicht immer ganz einfach war, schließlich handelte es sich um Millionenbeträge.«

Ich wartete. Ich hatte den Polizeipräsidenten nach Dr. Heinrich Müller gefragt. Er war kein Mann, der lange um den heißen Brei herumredete, normalerweise kam er direkt zur Sache. Wenn er jetzt von Geiseln sprach, dann hatte das mit dem Staatssekretär und unserem Fall zu tun.

Nun schüttelte er mit einem beinahe hilflos wirkenden Lächeln den Kopf. »Es ist schon verrückt, wie manchmal die Dinge verwoben sind. Kommen Sie, ich muss Ihnen etwas zeigen.« Er ging zu seinem Schreibtisch zurück, tippte etwas in seinen Laptop, nahm dann eine Fernbedienung und knipste den Beamer an. Arabische Schriftzeichen flimmerten über die Leinwand, eine orange gekleidete Geisel kniete im Wüstensand, neben ihr stand ein schwarz vermummter Mann mit einem Messer, der in aktzentfreiem Englisch eine Hassrede gegen die Amerikaner hielt. Im Hintergrund wurde eine zweite Geisel herbeigeführt, und der Vermummte erklärte, sie werde als nächste exekutiert.

An dieser Stelle hielt Dr. Meyer das YouTube-Video an und ließ den Laserpointer über das Gesicht der zweiten Geisel flackern, in dem deutlich das Entsetzen und die nackte Angst zu lesen waren. »Es geht um diese Person. Ein junger Bursche, gerade einmal achtzehn Jahre alt.«

»Ein Deutscher?« Ich konnte meine Überraschung kaum verbergen.

»Ja. Die Bundesregierung hat dem Druck der Amerikaner und Briten nachgegeben und in den letzten Fällen Lösegeldzahlungen verweigert. Fragen Sie mich nicht nach den Einzelheiten, aber soweit ich weiß, ging es bei dem Deal um Zugeständnisse beider Seiten auf verschiedenen politischen Ebenen. Grob gesprochen hat es mit militärischen Belangen in Bezug auf Syrien zu tun, und natürlich dreht es sich wie immer auch um wirtschaftliche Interessen.«

»Hier geht es um ein Menschenleben.«

»Verwenden Sie ruhig den Plural. Politik ist nichts für Romantiker. Das wissen Sie genauso gut wie ich. Ich muss noch einmal ausholen, bevor ich zum Punkt komme. Es ist so: Wenn es um deutsche Geiseln geht, verfährt die Regierung sozusagen nach dem dualen Prinzip – einmal auf der Schiene der Verhandlungen und parallel dazu wird alles für eine mögliche Befreiung der Geiseln getan. Es gibt nichts Prestigeträchtigeres als eine gelungene Befreiungsaktion, dazu kommt noch der Abschreckungsfaktor und die Botschaft an die Terroristen, mit uns könnt ihr das nicht machen. Jetzt wird es interessant. In beiden Fällen taucht nämlich der Name Bohnsammer auf. Graf von Bohnsammer war in allen zuletzt geführten Verhandlungsgesprächen als Repräsentant der deutschen Regierung tätig. Selbstverständlich inoffiziell, geheim, komplett abgeschirmt von Presse oder Öffentlichkeit – quasi als Phantom. Und Frank Bohnsammer wiederum war, wie Sie seiner Akte bereits entnehmen konnten, in seiner Zeit beim KSK an verschiedenen Befreiungsaktionen beteiligt.«

»Ein Familienunternehmen sozusagen.«

»Sogar in noch größerem Umfang, als Sie annehmen.« Dr. Meyer hielt den Pointer noch immer in der Hand. Der rote Laserpunkt huschte wie ein Irrlicht über den Fußboden. »Wie Sie sich vorstellen können, wurden Lösegelder, die man in der Vergangenheit bezahlte, nicht aus öffentlichen Töpfen genommen. Es handelt sich um geheime Kassen, die in keinem Finanzhaushalt aufgeführt werden dürfen. Jedes Bundesland verfügt aber über solche Mittel, und natürlich gibt es einen Verantwortlichen, der sie verwaltet.«

Da machte es klick in meinem Kopf, und sofort wurde mir klar, wo der Punkt war, auf den der Polizeipräsident über all die Umwege, die er bis hierher gegangen war, noch kommen wollte. Ich wiederholte den Namen, mit dem ich unser Gespräch begonnen hatte: »In Bayern ist das dann wohl Staatssekretär Dr. Heinrich Müller.«

Dr. Meyer nickte anerkennend. »Sie denken schnell.«

»Nicht schnell genug. Mir fehlt nämlich der große Zusammenhang. Graf von Bohnsammer und Dr. Heinrich Müller sind Cousins. Stimmt's? Frank Bohnsammer ist der Adoptivsohn des Grafen. Der Staatssekretär verwaltet geheime Lösegeldkassen – interessanterweise im Ressort des Kultusministeriums – und ist gleichzeitig Chef einer radikalen Guglmänner-Truppe. Hab ich alles richtig zusammengefasst? Ja? Aber wo ist der springende Punkt?«

»Hier.« Dr. Meyer hob den Laserpointer, und der rote Punkt huschte erneut über das Gesicht der zweiten Geisel. »Hier ist der springende Punkt.«

»Verstehe ich nicht.«

»Nennen wir es Ironie des Schicksals. Der junge Mann, den sie hier sehen, ist Verwandtschaft des Staatssekretärs. Er ist der Sohn dessen Schwester. Julius Kleiner, Abiturient, achtzehn Jahre alt, hat ein sogenanntes ›Gap Year‹ vor sein Studium geschoben. Ein bisschen Abenteuer, bevor es in die Hörsäle geht, Ägypten, Saudi-Arabien und so weiter. Doch im Jemen war das Abenteuer jäh zu Ende. Das Video, das die Enthauptung der Geisel im Vordergrund zeigt, ist zwei Wochen alt. Sie können sich vorstellen, wie nervös jetzt alle sind. Die Abstände zwischen den Exekutionen bewegen sich stets in einem Zeitraum von zwei bis vier Wochen.«

Das war tatsächlich verrückt. Sowohl was die Person als auch was den Zeitpunkt betraf – die Koordinaten des Schicksals kreuzten sich in einem absurden Muster. Der Neffe ausgerechnet des Mannes, der die Gelder verwaltet, wird gerade dann gefangen genommen, wenn zum ersten Mal nicht verhandelt und gezahlt wird. »Wissen Sie, was ich jetzt denke?«, fragte ich.

Dr. Meyer legte den Laserpointer auf den Schreibtisch, nahm die Fernbedienung und schaltete den Beamer aus. Die Momentaufnahme mit dem Schicksal zweier Menschen verlöschte auf der Leinwand. »Was denken Sie?«

»An Dr. Müllers Stelle würde ich meinen Cousin, Graf von Bohnsammer, anrufen und ihm klarmachen, dass er in diesem Fall noch einmal seine Beziehungen spielen lassen muss und entgegen allen Anweisungen von oben doch verhandeln soll. Das Lösegeld würde ich bereitstellen, aus welchen Quellen auch immer. Wie gesagt, an Dr. Müllers Stelle. Oder würden Sie es anders machen?«

Dr. Meyer zog den Krawattenknoten wieder fest, nahm sein Jackett von der Sessellehne und zog es wieder an. »Herr Killer, ich sage Ihnen nicht, wie ich es machen würde. Ihre Vermutungen mögen der Wahrheit entsprechen, aber ich weiß es nicht. Ich kann Ihnen auch nicht mehr sagen. Außerdem muss ich wohl nicht betonen, dass all diese Mitteilungen streng vertraulich sind. Es darf nicht noch einmal so eine Pressekonferenz geben. Haben Sie das verstanden?«

»Das schon.«

Dr. Meyer blickte mich ernst an. »Und was haben Sie jetzt nicht verstanden?«

»Den Zusammenhang. Ich bin zu Ihnen gekommen, weil Dr. Heinrich Müller vermutlich Oberhaupt einer Art Geheimbund ist, dem auch der ermordete Mönch angehörte. Meine Frage in Bezug auf ihn ging in eine ganz andere Richtung.«

»Nämlich?«

Ich zählte auf: »Die sterblichen Überreste des Bayernkönigs beziehungsweise deren angeblicher Diebstahl, der Erpresserbrief, adressiert an das Haus Wittelsbach –«

»Es gibt keinen solchen Erpresserbrief, das Haus Wittelsbach hat hierzu eindeutig Stellung bezogen.«

Ich ging auf diese Unterbrechung nicht ein und fuhr fort. »Wie dem auch sei, der tote Mönch war wahrscheinlich eine Art Vertreter dieses Geheimbundes. Und es ist doch naheliegend, anzunehmen, dass der Staatssekretär in die Sache verwickelt ist. Diesbezüglich habe ich mir Auskunft von Ihnen erhofft. Stattdessen informieren Sie mich über eine Geiselnahme. Was haben diese beiden Geschichten miteinander zu tun?«

»Nichts. Absolut nichts.« Dr. Meyer schloss den obersten

Knopf seines Jacketts. »Ich habe Ihnen das alles erzählt, damit Sie eins verstehen: Dr. Heinrich Müllers Name darf jetzt unter keinen Umständen in den Medien auftauchen, jedenfalls nicht in diesem Zusammenhang. Er ist weder Mitglied dieser Guglmänner, noch verwaltet er irgendwelche geheimen Kassen, noch droht die Ermordung seines Neffen durch Terroristen. Begreifen Sie, es steht weit mehr auf dem Spiel als ein Menschenleben. Es geht um ein komplexes Gebilde, das es zu schützen gilt, weil es das Wohl aller beinhaltet.«

»Es ist ein Lügengebäude.«

»Herr Killer, nein. Ich habe Sie in eine Sache eingeweiht, die in ihrer Größenordnung sonst den Kompetenzbereich eines Hauptkommissars übersteigt. Ich habe es getan, damit Sie einige Dinge verstehen, die Ihnen sonst womöglich Kopfzerbrechen bereitet hätten. Sie haben Ihren Fall hervorragend gelöst, wir müssen jetzt nur noch Frank Bohnsammer fassen, dann ist alles in trockenen Tüchern. Sie dürfen jetzt aber nicht den Fehler machen, mehr dahinter zu vermuten, als da eigentlich ist. Es geht um Diebstahl und Mord und nicht um irgendwelche politischen Verschwörungen. Dass Dr. Heinrich Müller im Umfeld des Mordes auftaucht, ist reiner Zufall und hat damit absolut nichts zu tun. Aber stellen Sie sich vor, wie die Presse sich auf die Sache stürzt, wenn sie Blut gerochen hat. Das darf nicht geschehen. Ich weiß, dass ich mich auf Sie verlassen kann, und stehe zu hundert Prozent hinter Ihnen. Bitte halten Sie sich an die Spielregeln.«

Mir war schleierhaft, was genau diese Spielregeln waren. Aber ich stellte die Frage nicht. Das Gespräch war beendet, und Dr. Meyer komplementierte mich höflich zur Tür.

Ich verließ das Präsidium und fuhr zu meiner Wohnung.

Als Helene und ich wieder aus den Federn kamen, schlug ich einen kleinen Ausflug vor. Wir stiegen in den Station Wagon, und ich lenkte ihn aus Nostalgiegründen oder warum auch immer in Richtung Gereuth. Von dort aus bog ich in die Galgenfuhr und parkte auf dem Platz hinter der Jahn-Gaststätte. Wir stiegen aus und gingen hoch zur Schleuse des Main-Donau-Kanals. Es ist nicht unbedingt sehr romantisch da, im Gegenteil, alles ist aus Beton. Der Kanal zieht sich wie mit dem Lineal gezogen dahin, und die Kieswege zu beiden Seiten sind schnurgerade Wegweiser ins flache, endlose Nichts.

Helene zog fröstelnd die Schultern hoch und streifte zwei bis an die Zähne bewaffnete Angler in Camouflage mit ihrem verschleierten Blick. »Was willst du mir Schönes zeigen?«, fragte sie schließlich.

Sie wirkte ein wenig abwesend, als ob sie mit ihren Gedanken ganz weit weg wäre. Ich blieb stehen, ließ ihre Hand los und legte meinen Arm um ihre Taille. Dabei gab sie mir wieder das Gefühl, als umfasste ich etwas Zerbrechliches, Filigranes. Mit der freien Hand deutete ich auf die Schleusenanlage. »Ich will dir einen Teil meiner Kindheit zeigen. Das hier war früher mein Abenteuerspielplatz.«

»Aha.« Sie wirkte nicht sonderlich begeistert.

»Etwas mehr Empathie, wenn ich bitten darf. Schließlich entblößt sich der harte Bulle gerade bis auf den Kern und gewährt dir Einblick in seine Kinderseele.«

»Tut er das?«

»Ja.« Mein Arm schwenkte über die Anlage. »Du musst dir vorstellen, damals war das hier ein Paradies für einen Jungen. Überall arbeiteten Bagger und Kipplader, und meine Kumpanen aus der Gereuth und ich waren mittendrin. Einmal durfte ich als Knirps sogar mit der Baggerschaufel eine Ladung Kies ausleeren. Und dann die Schiffe. Du kennst die Lastschiffe, die so lang sind, dass man denkt, sie hören nie auf. Wir standen ganze Nachmittage auf der Brücke und beobachteten, wie die Schleusenkammern leerliefen und die Schiffe immer tiefer hinabsanken, bis sie dort unten auf dem rechten Regnitzarm weiterfahren konnten.«

»Ich kannte einmal jemanden, der auf einem solchen Schiff arbeitete.«

»Ein Freund?«

»Ja, lass uns auf die Brücke gehen.«

Ich streifte sie mit einem Seitenblick. Wir überquerten die Straße und folgten auf der anderen Seite dem Gehweg, der sich in einem leichten Bogen hinauf zur Schleusenbrücke zog, wo ein halbes Dutzend Leute stand.

»Wir haben Glück. Es ist ein Schiff in der Schleuse.« Wir blickten hinunter auf den riesigen Lastkahn, der tief im Wasser lag und beinahe die gesamte Schleusenkammer ausfüllte. »Als ich ein Junge war, gab es eine Mutprobe«, sagte ich.

»Mutprobe?«

»Wenn ein Schiff in der Schleuse war, so wie jetzt – noch etwas höher vielleicht –, lenkten ein paar von uns die Besatzung ab, wir warfen Steine auf die Ladefläche des Kahns oder riefen unflätige Wörter hinunter. Die Leute auf dem Schiff schrien zurück, sie würden uns windelweich klopfen und uns den Arsch versohlen. Aber währenddessen schlich sich einer von uns von der Seite an und sprang hinunter aufs Schiff. Die Mutprobe bestand darin, so weit wie möglich mitzufahren. Wenn der blinde Passagier entdeckt wurde, galt es, schnellstmöglich ins Wasser zu springen und ans Ufer zu schwimmen, bevor sie einen erwischten. Es passierte nur zwei Mal, und man gelangte grün und blau geschlagen ans Ufer. Die anderen fuhren nämlich mit den Rädern unten am Kunigundendamm nebenher und passten genau auf, wie weit einer gekommen war.«

»Ich wette, dich haben sie nie erwischt.«

»Doch.« Ich grinste. »Das waren die zwei Male. Aber dafür hielt ich den Rekord. Einmal schaffte ich es bis Bischberg und musste die beinahe zehn Kilometer in klatschnassen Klamotten und Schuhen zurücklaufen.«

»Mein Held«, sagte Helene und blickte hinunter auf das Schiff.

Wir liefen den Kanal entlang und dann denselben Weg wieder zurück.

Später im Auto sagte Helene: »Rod?«

»Ja. Was ist?«

»Ach, nichts.«

»Sag schon.«

»Nein, es ist nichts.«

»Du wolltest doch etwas sagen.«

»Nein.«

»Bekümmert dich irgendetwas?«

»Nein.«

»Ich habe aber den Eindruck –«

»Rod, ich wollte nur sagen, dass ich dich liebe.«

Ich musterte ihr Profil. Es war schön und zart, wie aus Wachs gegossen. Ihr Blick war nach vorne gerichtet, dorthin, wo die gerade Linie des Kanals zu einem Strich wurde, der sich im Blau des Himmels verlor.

»Du liebst mich? Warum eigentlich?«, fragte ich.

»Meine Güte, Bulle. Suchst du immer nur nach dem Motiv?«

Schweigend fuhren wir zurück.

Als ich am nächsten Morgen aufwachte, brummte mir der Schädel wie nach einem Vollrausch. Dennoch hatte ich seit Ewigkeiten fast keinen Alkohol mehr getrunken, und gestern Abend erst recht nicht. Woher kam nur dieses Unwohlsein, diese stechenden Kopfschmerzen und das unangenehme, trockene Gefühl in meinem Mund? Ein Blick auf den Wecker, und ich traute meinen Augen nicht: Es war halb elf. Der Platz im Bett neben mir war leer. Mein Handy klingelte. Im Stillen fluchte ich. Mutter. Ich hatte total vergessen, das GPS wieder einzuschalten. Die Sonne schien durch die Rollos, und während ich das Handy vom Nachttisch fischte, malte ich mir aus, wie weit sie schon gekommen war.

Aber es war niemand vom Altenheim. Waldi war dran. »Killer, du Vollidiot«, rief er. »Beweg deinen Arsch ins Präsidium. Die Kacke ist am Dampfen. Und zwar gewaltig.«

ZWANZIG

Waldis Formulierung war sogar noch untertrieben. Sofort wurde ich in Dr. Meyers Büro zitiert, wo mich eine finster dreinblickende Gruppe erwartete, die aus dem Polizeipräsidenten, Staatsanwalt Dr. Herbert, aus Waldi und zwei Beamten bestand, die ich nur vom Sehen kannte. Zuerst sagte niemand ein Wort, dann ballerte plötzlich Waldis Maschinengewehr-Klingelton durch den Raum, und er hastete mit rotem Kopf und hektisch entschuldigenden Gesten nach draußen.

Dann trat Dr. Meyer vor, wandte sich aber nicht an mich, sondern an die anderen. »Herr Staatsanwalt, ich halte es für angebracht, zunächst mit Hauptkommissar Killer unter vier Augen zu sprechen. Darf ich Sie bitten, solange mein Büro zu verlassen? Sie auch, meine Herren.«

Der Herr Staatsanwalt guckte etwas pikiert, nickte dann aber, und die Gruppe verzog sich nach draußen.

Dr. Meyer schloss die Tür, lehnte sich kurz mit dem Rücken dagegen, bevor er sich wieder abstieß und sagte: »Herr Hauptkommissar. Was haben Sie uns und sich da nur eingebrockt?«

Ich zuckte mit den Achseln. Es war eine hilflose Geste. Mir war klar, dass etwas passiert sein musste, aber ich wusste nicht, was. »Ich habe im Augenblick keine Ahnung, wovon Sie sprechen. Aber Sie werden mich bestimmt gleich aufklären.«

Dr. Meyer wies wortlos zu seinem Schreibtisch, auf dem diverse Zeitungen ausgebreitet lagen. Ich ging hinüber und sah mit einem Blick, warum laut Waldi die Kacke dampfte. Ich war die Nummer eins auf allen Titelseiten. Die Bildzeitung hatte es sogar zustande gebracht, mich abzulichten, während ich zuschlug. Deutlich war zu sehen, wie meine Faust am Kinn des schwäbischen Pokerbetrügers landete. Auch die anderen Blätter hatten wunderschöne Bilder von der Schlägerei im Casino. Dem standen die Aufmacher in nichts nach: »HAUPTKOMMISSAR PRÜGELT SICH IM ZOCKERMILIEU«, »ERMITTELNDER

BEAMTER IM BAMBERGER MÖNCHSMORD SPIELSÜCHTIG?«, »LEITENDER POLIZIST ZETTELT SCHLÄGEREI IM ZOCKERSUMPF AN«. Ein weiteres Bild zeigte mich, wie ich Helene die Tür zum Station Wagon aufhielt, die Überschrift lautete: »MORDKOMMISSION IM ROTLICHTMILIEU?«

»Okay«, sagte ich. »Ich war dort und habe gespielt. Aber es war legal, und die Kerle auf den Bildern haben falsch gespielt. Als ich sie zur Rede stellte, gingen sie auf mich los. Es war nicht meine Schuld. Ich habe mich nur gewehrt.«

Dr. Meyer hörte mir zu und schwieg.

»Ich weiß, dass es nicht optimal ist, wenn so etwas in die Presse kommt, aber ich kann es nicht ändern. Ich frage mich natürlich auch, warum die Zeitungsleute genau in diesem Moment auftauchen, so als hätte sie jemand extra bestellt.«

Dr. Meyers Mund wurde schmal. »Herr Killer, es ist untragbar, dass Sie mit solchen Geschichten dem Ansehen der Polizei schaden, ich habe Sie vorgewarnt, mit Ihrer Online-Spielerei –«

»Herr Dr. Meyer –«

»Warten Sie, ich bin noch nicht fertig. Möglicherweise könnten wir diese Sache damit wieder in Ordnung bringen, dass ich Sie einfach von dem Fall abziehe. Aber so einfach ist es nicht.« Er wartete, ohne mich aus dem Blick zu lassen, und ich spürte, wie seine blaugrauen Augen versuchten, mich festzunageln.

»Herr Dr. Meyer, ich habe Ihnen erklärt, wie es war. Was soll ich sonst noch tun? Alles Weitere liegt doch in Ihrem Ermessen.« In dem Augenblick, als ich das sagte, wusste ich, dass sich noch etwas anderes, etwas Brutales, Vernichtendes auf dem Weg zu mir befand. Ich spürte, wie die Luft vibrierte, und etwas in meinem Inneren zog wie ein Zementblock an mir, als ginge es gleich hundert Meter hinunter auf den Meeresgrund.

Wieder schwieg der Polizeipräsident zunächst, während sein Mund noch schmaler wurde. Als er endlich sprach, tat er es sehr langsam und leise, und das verlieh dem Gesagten eine schneidende, eisige Präzision. »Herr Killer, das eigentliche Problem ist, dass heute Morgen Anzeige gegen Sie erstattet wurde wegen Körperverletzung und Vergewaltigung einer Zeugin. Es handelt sich um die Zeugin in Ihrem Fall, Frau Helene Mantis. Sie war heute Morgen gegen fünf Uhr zuerst im Klinikum, wo die Vergewaltigung bestätigt wurde. Man erstellt aus dem Sperma in ihrer Scheide gerade eine DNA-Probe und wird diese dann mit Ihrer DNA abgleichen.«

Ich lachte hysterisch. »Das kann man sich sparen. Frau Mantis und ich sind ein Paar, sie war heute Nacht bei mir. Natürlich ist das Sperma von mir. Sie wollen mir doch nicht weismachen, sie war hier und hat mich angezeigt?«

»Doch, zusammen mit ihrem Anwalt. Und glauben Sie mir, es war ein brutales Vorgehen des Täters – aber das wissen Sie ja vielleicht am besten. Sie haben das Opfer, welches gleichzeitig auch noch Zeugin in unserem Mordfall ist, zuerst mit der Dienstwaffe bedroht und dann brutal geschlagen.«

»Das ist doch ein bescheuerter, primitiver Trick. Man will mir etwas anhängen. Früher hat man den Leuten Drogen untergeschoben, jetzt sind es solche Sachen.«

»Herr Killer, wir werden der Sache nachgehen, wir müssen ihr nachgehen! Aber wenn es wirklich Ihre DNA ist, dann sieht es nicht gut aus. Im Übrigen passt es in das Schema, ich muss nur daran denken, dass Sie Glücksspiele auf Ihrem Dienstrechner betreiben.« Dr. Meyer klopfte auf die Zeitungen. »Und dann diese Sache. Sie wurden ja sogar in der Öffentlichkeit gewalttätig. Sie sind als Schläger und Zocker in allen Zeitungen zu sehen. Man muss Sie nur ansehen, haben Sie mal in den Spiegel geguckt? Ich kann mich in diesem Fall nicht hinter Sie stellen. Die Angelegenheit ist zu schwerwiegend. Tut mir leid. Der Herr Staatsanwalt besteht auf einer Anklage. Sie sind mit sofortiger Wirkung vom Dienst suspendiert.«

»Das ist doch alles Quatsch! Eine Intrige.«

Dr. Meyer sah an mir vorbei. »Ab sofort ist es Ihnen untersagt, Bamberg zu verlassen. Am besten, Sie bleiben gleich hier im Präsidium.«

»Nein«, sagte ich, und alle Chemikalien der Wut fluteten mit Höchstgeschwindigkeit mein System. Ich verließ das Büro, schlug hart die Tür zu und rauschte an den verdutzten Gesichtern des Herrn Staatsanwalts und Konsorten vorbei den Flur entlang zum Treppenaufgang. Ich rannte aus dem Präsidium, stieg in den Station Wagon, fuhr los, ohne zu wissen, wohin, und versuchte ein Dutzend Mal, Helene anzurufen. Doch sie hatte die Mailbox eingeschaltet. »Der angerufene Teilnehmer ist zurzeit leider nicht erreichbar. Sie können nach dem Signalton eine Nachricht hinterlassen.«

Nach einiger Zeit, in der ich ziellos in der Stadt umhergefahren war, zog ich nach rechts und hielt an. Ich stellte den Motor ab und appellierte an mich selbst. »Killer, verlier jetzt nicht die Nerven. Es gibt für alles eine logische Erklärung. Denk nach. Streng das bisschen Grips in deinem Schädel an.«

Nein, es gab keine logische Erklärung. Es gab nur die Tatsache, dass jemand punktgenau Bilder von der Schlägerei im Casino gemacht und an die Presse weitergeleitet hatte. Eine weitere Tatsache bestand in der Anzeige. Wenn Dr. Meyer sagte, dass Helene mich wegen Vergewaltigung angezeigt hatte, dann war es so. Fakt. Es blieben genau diese zwei Fragen: Warum waren die Fotografen im Casino gewesen? Und was zum Teufel hatte Helene veranlasst, mir das anzutun?

Ich legte die Hände aufs Lenkrad und sah erst jetzt, wo ich parkte. Schwarzenbergstraße, Ecke Nürnberger. In meiner Taxizeit hatte ich beinahe täglich Fahrgäste hier ausgeladen, fast ausschließlich GIs. *»Take me to whores road.«* Ich sollte die Kollegen von der Sitte bei Gelegenheit fragen, ob es die Szene hier noch gab. Oder hatte ich gar keine Kollegen mehr? Saß ich quasi schon als Vergewaltiger im Gefängnis, mit der Aussicht, täglich aufs Neue zu erfahren, was man im Knast mit solchem Abschaum wie mir macht?

Killer, denk nach! Warum? Helene und ich, wir sind doch ein Paar! Plötzlich fiel mir Kratzberger ein. Hatte er mir nicht klar und deutlich gedroht? War er der besagte Anwalt, und hatte er Helene zu dieser Falschaussage angestiftet? Hatte er sie mit irgendetwas erpresst?

Nein. Etwas Eisiges kroch in mir hoch, als mir klar wurde,

was ich schon länger gespürt hatte und langsam und unerbittlich wie ein Krebsgeschwür in mir gewachsen war. Ich hatte mich bisher nur geweigert, es mir einzugestehen. Weil diese Affäre sich so verdammt gut angefühlt hatte. Waldi hatte es mir ein paarmal an den Kopf geworfen, aber in meiner arroganten Art hatte ich ihn nur ausgelacht oder herablassend abgekanzelt. Diese schöne Frau, die so weich, so sanft sein konnte, aber auch so leidenschaftlich und wild, hatte sich in mein Herzen geschlichen und sich dort festgesetzt. Aber die Wärme, das Glücksgefühl, war in Wirklichkeit eine giftige Säure, die meinen klaren Verstand zersetzte, um mich blind gegen alle Anzeichen des Verrats zu machen.

Ich trommelte aufs Lenkrad und schrie: »Verflucht in der Hölle!« Sie hatte von Anfang an nur dieses eine Ziel gehabt: mich wie eine Spinne in ihre klebrigen Fäden zu wickeln. Als ich glaubte, vor Glück zu schweben, hing ich nur in ihrem intriganten Netz fest. Ich war der klassische Idiot, den eine gewiefte Frau nach allen Regeln der Kunst verarscht hatte. Und jeder konnte es sehen. Bloß ich nicht. Herzlichen Glückwunsch, Killer.

Kaum hatte ich aufgehört, auf das Lenkrad einzuschlagen, summte mein Handy in der Jackentasche. Ich holte es heraus und wollte den Anrufer schon wegdrücken, weil ich Waldi oder Dr. Meyer oder irgendjemand anderen vom Präsidium vermutete. Aber dann sah ich auf dem Display die Nummer des Altenheims. Ich ging ran, erfuhr, dass Mutter verschwunden war, fluchte und blätterte zum GPS. Auch das noch, zum ungünstigsten Zeitpunkt! Der rote Punkt blinkte an einem fixen Ort, ohne sich zu bewegen. Eine Weile starrte ich entsetzt auf die Google-Karte, dorthin, wo das Signal ruhig und bestimmend blinkte, wie ein Leuchtturm auf den Klippen. Ich startete den V8 und scherte wie ein Verrückter aus der Parklücke aus. Das Signal kam von unterhalb der Kettenbrücke. Aber nicht vom Heinrichs- oder Kunigundendamm. Es kam direkt aus dem Wasser der Regnitz.

Zum Teufel mit dem ganzen verfluchten Mist! Ich setzte das

Blaulicht aufs Dach und raste die Nürnberger Straße hinunter Richtung Stadtmitte.

Als ich mit dem Station Wagon durch die Blechströmung der Oberen Königstraße gepflügt war und mit kreisendem Blaulicht auf dem Dach auf der Kettenbrücke hielt, waren sofort die Gaffer da. Ich hielt das Handy mit dem GPS-Signal vor mich und beugte mich über das Brückengeländer, das verliebte Idioten mit Vorhängeschlössern zugepflastert hatten. Kein Zweifel, das Signal kam aus dem Wasser direkt unter mir. Ich war drauf und dran, auf das Geländer zu steigen und hinunterzuspringen, doch dann drehte ich mich um und rief in die Menge: »Polizei! Hat irgendjemand eine alte, demente Frau mit einem Rollator gesehen? Ist sie vielleicht ins Wasser gefallen?«

Die Leute starrten mich an, bis eine Frau die Hand hob und sagte: »Da war eine alte Frau. Vor ungefähr zwanzig Minuten. Sie stand da, wo sie jetzt stehen, hat vor sich hin gemurmelt und dann etwas ins Wasser geworfen.«

»Geworfen? Wo ist sie jetzt?«

»Das weiß ich nicht.« Die Frau deutete hinunter auf den Fahrradweg, der links neben der Regnitz Richtung Hafen führte. »Sie nahm ihren Rollator, schaffte es damit irgendwie die Treppen runter und lief dann in diese Richtung.«

Ich bedankte mich nicht, sondern ließ die glotzende Menge stehen. Ich rannte zurück zum Station Wagon und raste erneut los.

Mutter saß auf einer Bank am Weidendamm oberhalb der Schiffslände und betrachtete einen Frachtkahn, der neben der Anlegestelle der Ausflugsdampfer lang gestreckt wie ein graues Krokodil im Fluss lag.

»Da bist du ja«, sagte ich. Ich setzte mich neben sie. Ich spürte, wie sie mich mit diesem Blick streifte, den ich kannte, es war ein kurzes, aber gründliches Mustern. Ein Prüfen vor der Schule oder der Kirche, ein routinierter Blick, ob die Schuhe geputzt und poliert waren, die Hose ohne Flecken, das Hemd ordentlich und der Scheitel sauber gezogen. Ich wählte zum hundertsten Mal Helenes Nummer. Immer nur die Mailbox.

»Was machst du denn?« Mutters Stimme klang streng, so wie früher, wenn sie vermutete, ich hätte etwas ausgefressen. Womit sie meistens recht hatte.

»Nichts. Ich versuche, jemand zu erreichen.« Ich steckte das Handy zurück in die Jackentasche. »Was hast du mit dem Band an deinem Fuß gemacht, das ich dir geschenkt habe? Warum hast du es ins Wasser geworfen?«

Mutter antwortete: »Das Schiff.«

Es hatte keinen Zweck. Sie konnte sich nicht mehr daran erinnern. »Welches Schiff? Komm jetzt. Ich bringe dich zurück nach Hause.«

»Nach Hause.« Sie benutzte ihre erprobte Routine der Wiederholung.

Aber dafür hatte ich jetzt nicht die Geduld. Es war alles aus dem Ruder gelaufen. Ich kam mir vor wie nach einem Frontalzusammenstoß mit einem Geisterfahrer, ich stand unter Schock. Denn man warf mir vor, *ich* wäre der Geisterfahrer und nicht nur einmal falsch abgebogen, sondern hätte gleich ein halbes Dutzend der richtigen Ausfahrten verpasst. Und ich fand keine Erklärungen. Es rauschte nur ein Gedanke nach dem anderen durch meine Gehirnwindungen wie ein Achterbahnwagen auf einer besonders schwindelerregenden Bahn – war Helene wirklich die Ursache für diese Katastrophe? Und Kratzberger? Und dieser ganze verfluchte Mordfall?

»Das Schiff«, sagte Mutter.

Ich blickte hinunter, meine Augen brannten, und der Schmerz hämmerte hinter meinen Schläfen. »Da sind zwei Schiffe.«

»Zwei Schiffe.«

Ich hatte meine Nerven nicht unter Kontrolle und blaffte: »Mutter, du wiederholst nur alles. Ich weiß, dass da zwei Schiffe sind.«

»Zwei Schiffe.«

»Herrgott, ja!« Beinahe hätte ich die alte Frau geschüttelt, ich kriegte gerade noch die Kurve. Diese Kopfschmerzen! Mir dröhnte der Schädel, ich hing über einem bodenlosen Abgrund, und gerade wurden mir die Finger, mit denen ich mich festhielt, weggetreten. Ich wollte Mutter nur so schnell wie möglich zurück ins Altenheim bringen, eine Aspirin einwerfen und Helene finden. Ich hatte einfach keine Nerven für ihre Spielchen und packte sie an den Armen. »Mutter, komm jetzt, ich habe keine Zeit mehr.«

»Sie haben gestritten.«

»Ich sagte, ich habe keine Zeit!«

»Sie haben gestritten. Ein Mann und eine Frau.«

»Ich hab dich schon beim ersten Mal verstanden. Es ist nicht unser Problem.« Ich zog sie hoch und war dabei nicht gerade zimperlich. »Wir gehen jetzt. Hier ist dein Rollator. Du musst dich festhalten.«

Wiederstrebend ließ sie sich von mir von der Bank zum Station Wagon führen. Es kam mir wie eine Ewigkeit vor, bis ich sie auf dem Beifahrersitz untergebracht und angeschnallt hatte. Ich ging nach hinten und wollte gerade den Rollator einladen, als ich den blauen Lieferwagen sah, der weiter oben zwischen einem Golf und einem Toyota parkte.

»Mutter, bleib schön sitzen. Ich bin gleich wieder bei dir.«

Als ich beim Lieferwagen ankam, war ich schon dabei, mich enttäuscht wieder abzuwenden. Das Kennzeichen war nicht aus Weilheim, sondern aus Bamberg, Bamberg-Umgebung, um genau zu sein. Doch dann stutzte ich. Ich zog mein Handy aus der Tasche und wählte Waldis Nummer im Präsidium.

Er war sofort dran. »Sag mal, Killer, spinnst du?«, schimpfte er. »Hat man dir jetzt alle Gehirnzellen amputiert? Weißt du, was im Präsidium los ist wegen dir? Und da traust du dich auch noch, hier anzurufen?«

»Top Gun, halt mal die Luft an. Du musst eine Nummer für mich überprüfen. Hör zu. Es ist BA-RM-482.«

»Einen Scheißdreck werde ich – und du kommst sofort hierher –«

»Bamberg. Robert, Martin, vier, acht, zwo. Mach schon, Top Gun. Es ist ein blauer Jumper.«

»Mann, du bist raus. Du sitzt in der Kacke, bis zur Halskrause. Hast du das nicht kapiert?«

»Die Nummer, Top Gun.«

Eine Zeit lang herrschte Schweigen am anderen Ende. Ich hörte, wie Waldi etwas tippte. Dann sagte er: »Verflucht, Killer, wo bist du?«

»Weidendamm. Das Kennzeichen ist gestohlen, stimmt's?«

»Killer, du machst gar nichts. Verstanden?«

»Natürlich nicht. Gestohlen? Ja oder nein?«

Ich hörte, wie Waldi ausatmete. »Ja.«

Ich nickte grimmig und drückte Waldi weg. Dann kletterte ich die Böschung hinauf zum Damm. Ich blickte mich um. Über die Löwenbrücke rollte der Verkehr. Zu meiner Linken, auf dem Wegmannufer, ließ weiter oben eine Frau ihren Hund von der Leine. Der Köter raste sofort im Zickzack los, die Nase auf dem Boden.

Das Passagierschiff lag ruhig unter mir im dunkelgrünen Wasser. Es war leer, die Saison begann erst noch. Ich fixierte den lang gezogenen Lastkahn daneben, es war seltsam, dass er hier lag und nicht weiter oben in einem der Hafenbecken bei den Werften.

Ich lief über den Anleger und sprang. Es war ein dumpfes, ein wenig hohl klingendes, aber vertrautes Geräusch, als ich auf der grauen Metallabdeckung der Laderäume landete.

Ich kannte mich gut aus auf dieser Art von Schiffen. Sie bestanden zu fünfundachtzig Prozent aus Laderaum, der sich wie eine flache, lange Halle bis zum Maschinenraum, mit dem riesigen Schiffsdiesel, unter der Brücke hinzog. Ich wusste aus eigener Erfahrung, dass es schiefgehen konnte, wenn man eine der Ladeluken hochklappte und hinunterstieg, ohne zu wissen, woraus die Ladung bestand oder bestanden hatte. Oft hatten die Schiffe Getreide geladen, es entstand ein Silo-Effekt, und man konnte innerhalb weniger Minuten ersticken. Auf einer meiner ersten Mutproben, als ich als blinder Passagier unter Deck geklettert war, um nicht entdeckt zu werden, hatte ich bereits das Bewusstsein verloren, bevor mich einer aus der Mannschaft fand und zurück ans Tageslicht hievte. Dort kippte er einen Eimer Wasser über mich, wartete, bis ich wieder schnaufte und mich hochgerappelt hatte, um mir erst dann die fällige Tracht Prügel zu verabreichen und mich auf Höhe der Wunderburg über Bord zu werfen. Das war Ende Februar, eine Woche nach meinem zehnten Geburtstag, und ich erinnerte mich, dass das eiskalte Wasser noch schmerzhafter gewesen war als die Schläge zuvor. Während des Weges zurück in die Gereuth hatte ich genug Zeit, um über eine Ausrede nachzudenken, warum ich grün und blau geschlagen und mit klatschnassen Kleidern nach Hause kam. Das Ende vom Lied war, dass ich noch ein zweites Mal versohlt wurde, Vater war in Erziehungsfragen kein Freund von tiefenpsychologischer Ursachenforschung oder verständnisvollem, pädagogischem Dialog.

Ich konnte niemanden auf dem Schiff entdecken. Die Brücke, die wie ein Häuschen mit Rundumverglasung auf dem Heck hockte, schien genauso verlassen wie der Rest des Kahns. Ich stand vorne am Bug, die Platten der Laderaumabdeckung zogen sich in flachem Winkel zur Mitte, wie ein längliches graues Dach. Ich stand still und lauschte. Aus der Ferne klangen gedämpft die Geräusche der Stadt. Das Schiff schaukelte kaum merklich, es fühlte sich an wie ein leichter Schwindel. Ich spürte das Schiff und das Wasser unter meinen Füßen, als atmete beides, und als ich mich vorsichtig vorwärtsbewegte, entstand ein sich wiederholender, leiser, aber dumpfer Hall, begleitet von einem abwartenden Zittern.

Ich kam zur ersten Ladeluke, mit dem kantigen gusseisernen Griff, über den man leicht stolpern konnte, wenn man nicht aufpasste. Ich blieb stehen und lauschte erneut, bevor ich langsam auf die zweite Luke zusteuerte, sie anhob und hinunterkletterte.

Unten wartete ich, bis sich meine Augen an das Dämmerlicht gewöhnt hatten. Ein schräger Lichtstreifen fiel wie ein diffuser Scheinwerfer mit tanzenden Staubpartikeln von oben herab durch die Luke. Weiter vorne gab es irgendwo eine weitere schwache Lichtquelle, vielleicht stand die Falltür im Maschinenraum offen. Ich tastete mich durch den Laderaum, blieb immer wieder stehen, um zu lauschen, aber es schien niemand auf dem Schiff zu sein.

Doch ich täuschte mich. Als ich in die Nähe des Maschinenraums gelangte, wo es etwas heller wurde, sah ich eine Bewegung – wie von einer Schattengestalt. Ich erstarrte und zählte still bis zwanzig. Deutlich erkannte ich eine dunkle Silhouette, die sich von Zeit zu Zeit kaum merklich bewegte. Ich machte drei Schritte vorwärts, die Hand am Griff der P7, dann blieb ich wieder stehen. Die Gestalt blieb an Ort und Stelle. Ich schlich weiter, bis ich schließlich nur noch ein paar Meter entfernt war. Erst jetzt erkannte ich die Situation. Da stand ein Mann.

Ich zog die Pistole. Etwas blinkte im schwachen Licht, das durch die Falltür herabfiel. Handschellen. Der Mann war damit an den Schiffsdiesel gekettet. Die letzten Schritte machte ich ohne allzu große Vorsicht. Ich erreichte den Gefesselten, sein Mund war mit grauem Panzertape zugeklebt, ich riss es herunter. Meine Vermutung bestätigte sich.

Ich trat wieder einen Schritt zurück und sagte: »Bohnsammer. Frank Bohnsammer. Ritters Lieferwagen steht dort oben. Sie haben ihn benutzt. Nicht sehr clever von Ihnen.«

Er sagte nichts, funkelte mich nur an.

Ich deutete auf die Handschellen. »Was bedeutet das? Streit um die Beute? Wer hat Sie hier angekettet?«

Bohnsammers Gesicht verzog sich zu einer Grimasse, er blickte mich verächtlich an und verfiel in provokatives Schweigen.

Es war mir egal. Vielleicht war meine gegenwärtige Situation auch nicht ideal, aber hier saß schließlich nicht ich in der Falle, sondern er.

»Gut«, sagte ich. »Frank Bohnsammer. Sie werden des zweifachen Mordes beschuldigt. Sie sind verhaftet.«

Sein Gesichtsausdruck wurde gehässig. »Nur zu, Bulle. Tu dir keinen Zwang an.«

Ich holte mein Handy aus der Tasche, wählte Waldis Nummer und sagte, als er abhob: »Hör zu, Top Gun. Ich hab Bohnsammer. Die alte Schiffsanlegestelle am Weidendamm. Da liegt ein Frachtkahn –«

»Killer, spinnst du?«

»Halt einfach mal die Luft an, Partner. Du kennst doch diese Frachtschiffe, die einem hundert Meter lang vorkommen? Nimm dir ein paar Leute und einen guten Seitenschneider und komm hierher. Weidendamm, Schiffsanlegestelle. Bohnsammer ist unten im Maschinenraum.«

»Killer –«

Ich legte auf und lächelte Bohnsammer freundlich an. »So, die Kollegen kommen gleich und holen Sie ab.«

»Fick dich«, sagte Bohnsammer.

Ich wandte mich von ihm ab, ging zur Leiter, die in der Luke zur Brücke lehnte. In dem Augenblick, als ich danach griff und einen Fuß auf die unterste Sprosse setzte, erwachte mit dumpfem, drohendem, immer schneller werdendem Stampfen der Schiffsdiesel. Rasch kletterte ich weiter. Oben angekommen steckte ich den Kopf durch die Luke. Ich spürte noch den Schlag. Dann versank alles um mich herum in tiefes, endloses Schwarz.

EINUNDZWANZIG

Meine Lider flatterten unkontrolliert, es flirrte und flimmerte und fühlte sich an, als wühlte jemand mit einem glühenden Schürhaken in meinem Kopf herum. Erst nach einer Weile begriff ich, dass das Dröhnen und Stampfen nicht aus meinem Schädel kam, und mindestens noch einmal so lang brauchte ich für die Rekonstruktion der Situation. Ursprung des Lärms war der Schiffsdiesel, obwohl es sich so anfühlte, als sausten die mächtigen Kolben der Maschine in meinem Inneren auf und ab. Ich lag auf einem harten Untergrund, dessen Rillen, Kanten und andere Unebenheiten ein weiteres Schmerzmuster auf meinen Körper stanzten. Das Flimmern, das ich zu sehen geglaubt hatte, kam nicht von außen, es musste hinter meinen Lidern stattgefunden haben. Denn als ich die Augen öffnete, war da nichts anderes als kalte schwarze Unendlichkeit. Ich bewegte mich vorsichtig, nur um zu registrieren, dass jemand meine Hände mit Kabelbinder fixiert hatte, die irgendwo an einer eisernen Öse oder sonst etwas festgebunden waren. Durch all das Dröhnen in meinem Kopf und das Stampfen der Maschinen hindurch spürte ich, dass das Schiff sich langsam, aber stetig vorwärtsbewegte.

Ich fasste meine Lage zusammen: Jemand hatte mir etwas über den Schädel gezogen, als ich den Kopf durch die Luke gesteckt hatte. Vermutlich war ich die Leiter hinunter-, zurück in den Maschinenraum gefallen, wo auch Frank Bohnsammer gefesselt war. Aber wer zum Teufel war dieser Jemand? Auf diese Frage fiel mir absolut keine passende Antwort ein, stattdessen dämmerte mir, welche Theorie man wohl gerade im Präsidium entwarf, warum ich angerufen und behauptet hatte, unser gesuchter Mörder befände sich angekettet auf einem Main-Donau-Lastkahn an der Anlegestelle unterhalb des Weidendamms. Es war sonnenklar, natürlich würden alle davon ausgehen, ich verfolgte einen perfiden Plan: möglichst viele

Kollegen an einen falschen Ort zu locken, damit ich mich in aller Ruhe auf und davon machen konnte. Niemand würde davon ausgehen, dass dieses Schiff mit Bohnsammer und mir darin tatsächlich existierte – an besagtem Ort lag es ja nicht. Ich sollte nicht allzu sehr hoffen, dass irgendjemand versuchen würde, mich aus dieser Lage zu befreien.

Ich ruckte nach links und nach rechts, bewirkte damit aber nur, dass mir die Kabelbinder ins Fleisch schnitten und mein Kopf gegen etwas Hartes schlug. Ich stöhnte auf und rief in die Dunkelheit: »Frank Bohnsammer. Sind Sie noch hier?«

Ich hörte ihn lachen, dreckig und kalt. »Nein, bin abgehauen. Na, Bulle, fühlt es sich gut an?«

In diesem Augenblick gab es einen gewaltigen Ruck, und erneut prallte ich mit dem Kopf gegen Metall. Dann erstarb der Maschinenlärm, nur die Kolben zischten noch ein letztes Mal nach oben und nach unten, es fühlte sich an wie das Zittern, das durch den Körper eines Tieres lief, bevor es starb.

Ich spürte, wie Bohnsammer genauso in die Stille witterte, wie ich es tat. Wieder hörte ich sein dreckiges Lachen, und er rief: »Volles Programm! Jetzt geht es los, Bulle. *Apocalypse now!*«

Als oben die Luke aufging, zuerst ein Lichtstreifen herabfiel, der sofort wieder von der dunklen Kontur eines Körpers verdeckt wurde, ahnte ich, dass er recht hatte. Die Leiter ächzte, es klang, als stöhnte jemand unter einer schweren Last. Ein massiger Schatten stieg herab. Ihm folgte ein zweiter. Kleiner, leichter als der erste.

Natürlich. Klar. Absolut.

Ich hatte mir das Hirn zermartert, aber ich hätte es wissen müssen. Der Mann, den damals schon niemand anders interessiert hatte als das eigene Ego. Der in mein Büro gepoltert war wie ein adipöser Jesus, ein Heilsbringer mit ausgebreiteten Armen. Man sollte sich immer in Acht nehmen vor Menschen mit ausgebreiteten Armen. Meistens bedeutet es, dass sie nur sich selbst umarmen, und das breiteste Lächeln ist nichts weiter als ein Schlangenlächeln. Jetzt unternahm er nicht einmal den

Versuch, sein überlegenes Grinsen zu unterdrücken, wozu auch, er hatte mich da, wo er wollte, auch wenn mir schleierhaft war, warum.

Kratzberger. Gerolf Kratzberger, seines Zeichens Taxifahrer und Anwalt. Er wedelte mit meiner eigenen Dienstwaffe vor mir herum, während ich versuchte zu erkennen, wer die andere Person war, die hinter seinem Rücken im Dunkeln wartete. Obwohl ich es schon ahnte.

Jetzt schüttelte er bedauernd den Kopf. »Rod, mein Freund. Was machst du nur für Sachen?«

Ich versuchte aufzustehen, kam aber gerade mal in eine sitzende Position. Kratzberger ging vor mir in die Hocke und musterte mich, als sähe er mich zum ersten Mal.

»Was glotzt du so?«, fragte ich.

Seine Miene war jetzt ernst. Nachdem er mich noch eine Weile betrachtet hatte, sagte er: »Rod, jetzt kommt das Großreinemachen. Glaub mir, das wird kein Spaß. Aber es ist notwendig. Von Zeit zu Zeit muss man in den Keller hinunter und einfach mal ausmisten. Es sammelt sich sonst einfach zu viel an.«

»Du meinst die Leichen, die sich bei dir dort stapeln?«

Er nickte lächelnd. »Wenn du wüsstest, wie recht du hast. Aber vielleicht weißt du es ja.« Die Wülste auf seiner Stirn bildeten tiefe Falten. »Weißt du es?«

»Was?«

»Du bist dabei. Was musst du auch hier auftauchen? Was hast du dir dabei gedacht? Aber lass uns die Dinge der Reihe nach erledigen.« Er blickte über seine Schulter und sagte zu der Person, die hinter ihm im Dunkeln stand: »Jetzt zeig dich schon. Rod hat bestimmt Sehnsucht nach dir.«

Die Person kam aus dem Schatten hervor, und obwohl ich sofort wusste, wer es war, traf es mich wie ein schwerer Schock. Ihr schönes Gesicht war zerschlagen, das Kinn blaugrün verfärbt mit roten aufgeschürften Stellen, die Nase blutig, ein Auge zugeschwollen.

»Helene«, rief ich erschrocken. Hatte ich mich schon wieder geirrt? War sie doch selbst nur das Opfer, und hatte Kratzberger sie so zugerichtet? Vergeblich stemmte ich mich gegen die Kabelbinder und schrie Kratzberger an: »Du verdammtes Schwein, wenn ich dich in die Finger kriege –«

»Kriegst du aber nicht.« Kratzberger packte Helene grob am Arm. »Es musste ja schließlich überzeugend sein, einem guten Arzt kann man nichts vormachen. Außerdem sollte sie auch nicht gleich mit dir in die Kiste springen, ein bisschen Bezirzen hätte schon ausgereicht. Wobei dein Sperma der Sache die entscheidende Richtung gegeben hat. Einen eindeutigeren Beweis dafür, dass du der Vergewaltiger bist, gibt es nicht.« Kratzberger schüttelte mit gespielter Theatralik den Kopf. »Und sieh sie dir an. Was bist du bloß für ein Ungeheuer.« Er grinste. »Und wie blöd noch dazu.«

Helene schwieg. Sie stand nur da in der Dämmerung. Die Misshandlungen hatten nicht die Schönheit aus ihrem Gesicht getilgt, ihr Anblick erinnerte mich an ein Kunstwerk, das Vandalen beschmiert und beschädigt hatten wie eine geschändete Madonna. Ich spürte schmerzhaft, wie stark meine Gefühle für sie noch immer waren.

Aber Kratzberger schlug unerbittlich auf alle meine noch verbliebenen Illusionen und Hoffnungen ein. »Erinnerst du dich an die Mail mit den Bildern, die sie dir geschickt hat? Wir haben sie extra in einem teuren Studio machen lassen, damit dir ordentlich der Sabber herunterläuft, wenn du sie anglotzt. Von da an war ich in deinem System, das war der Zweck der Sache, es war klar, dass du den Anhang aufmachst. Ich frag mich allerdings, wie man so blöd sein kann, das Passwort des Dienstrechners in einem Ordner aufs Desktop zu legen, habt ihr keine Fortbildung über so was? Na ja, mir war es recht, so konnte ich deinem Chef gleich zuflüstern, dass du während der Arbeit auf illegalen Seiten zockst. Und es war einfach perfekt, dass du Helene gefickt hast, deine Wichse und ein Besenstiel für die Verletzungen untenrum und die Sache war perfekt.«

»Du verfluchter Hurensohn!« Ich schrie und bäumte mich auf, ich wollte diesem verdammten Schwein an die Gurgel, aber er schaute mich nur mit diesem widerlichen Grinsen aus sicherer

Distanz an. Dann ging er hinüber zu Bohnsammer, schloss die Handschellen auf und sagte zu ihm: »Tut mir leid, Frank, ich musste dich festschließen. Verstehst du? Du warst die Jungfrau für den Drachen.«

Bohnsammer rieb sich die Handgelenke, guckte in einer Mischung aus Verständnislosigkeit und Misstrauen drein und knurrte: »Was quatschst du da für einen Mist? Erst holst du mich auf den Kahn, ich soll die Knochen bewachen, dann überrumpelst du mich und kettest mich fest –«

Kratzberger schlug ihm jovial auf die Schulter. »Partner, du warst der Lockvogel, verstehst du immer noch nicht?«

»Ich dachte, du haust ab und kassierst allein …«

»So ein Blödsinn. Entspann dich. Wir teilen. Alles wie abgemacht.«

»Okay.« Bohnsammer wurde tatsächlich ruhiger. »Und jetzt?«

»Jetzt? Wie gesagt. Jetzt räumen wir auf.«

Es fiel mir schwer, klar zu denken. Mein Kopf schmerzte höllisch, mein Blick hetzte zwischen Bohnsammer, Kratzberger und Helene hin und her.

»Du Hexe!« Die Wut brach aus mir heraus. »Du verdammte verlogene falsche Schlange!«

Helenes Lachen sah aus, als fletschte sie die Zähne, und ihre Worte klangen wie ein Fauchen. »Du bist nichts weiter als ein dämlicher kleiner Bulle, obwohl du glaubst, du bist der Größte. Weißt du was – ich hatte noch nie einen, der so leicht zu verarschen war wie du.«

Mir blieb die Luft weg, ihre Worte trafen mich brutal wie ein Schwinger direkt in die Magengrube, und die Übelkeit stieg in mir hoch wie ein Schwall giftiger Flüssigkeit. »Du hast nur ein verfluchtes Spiel mit mir getrieben!«

Die Schläge hatten Helenes Eleganz, ihrer Schönheit kaum etwas anhaben können. Vielleicht betonten die Verletzungen eher die Verletzlichkeit, die mich so in ihren Bann gezogen hatte. Doch all dies stand jetzt in einem absurden Kontrast zu den Worten, die sie ausspuckte, sie ließen eine Fassade einstürzen, unter der eine Fratze zum Vorschein kam.

»Ach, merkst du es auch schon? Du Blödmann, was glaubst du denn?«

Kratzberger verzog triumphierend das Gesicht. »Sie ist eine Nutte, verstehst du? Sie geht zu dem, der am meisten Kohle hat, und das bist definitiv nicht du, mein Freund.«

Mit einem Mal wurde ich ruhig, eine kalte Stille strömte durch meinen Körper wie ein zugefrorener Fluss, in meinem Inneren war alles zu Eis gefroren. »Okay, kapiert«, sagte ich. »Nur den Rest nicht. Noch nicht ganz. Wozu sollte das ganze Theater gut sein? Was war der Plan? Die Presseerklärung kann ja nicht der Grund gewesen sein, die war ja erst später.«

»Wenigstens das hast du kapiert«, sagte Helene.

Kratzberger legte einen Arm um sie und prahlte: »Wir sind übrigens ein Paar. Das solltest du noch wissen. Wir haben uns quasi vor Gericht kennengelernt. Sie hatte eine Anklage am Hals, kam aber durch mich mit absolut weißer Weste raus. Ich hab sie auf dich angesetzt.« Kratzberger schob seinen feisten Brustkorb vor. Ich konnte sehen, dass er sich unheimlich clever vorkam, ein fetter eitler Pfau, der vor seinem Publikum auf und ab stolziert und sich in seiner Überlegenheit aalt. »Der Plan war ganz einfach. Deine Presseerklärung war nur heiße Luft. Die hat mich absolut null Komma null gejuckt. Ich hab sogar damit gerechnet, ich wusste, dass du nicht anders kannst.«

»Was dann?«

Kratzberger zog wie ein fetter Karpfen zufriedene Runden im Teich seiner Eitelkeit. Er hob einen Finger. »Erstens wollte ich auf dem Laufenden sein, und zwar aus erster Hand. Dafür warst du perfekt. Das ist doch klar.«

»Das heißt, du steckst hinter dem Raub und dem Mord. Ich dachte, du bist ein angesehener Anwalt. Aber warum?«

»Willst du gern wissen, oder? Klar, ich sag's dir, warum auch nicht? Ich hab mich einfach ein bisschen verzockt, mit einem Fall und an der Börse, verstehst du? Ich musste wieder flüssig werden. Und in dieser Sache waren ein paar Millionen drin. So einfach ist das.«

»Es stimmt also, es waren tatsächlich die Überreste des Bayernkönigs in dem Sarkophag? Und die Wittelsbacher haben Lösegeld dafür bezahlt?«

Kratzberger lächelte wissend, sagte aber nichts.

»Ich verstehe bloß nicht, warum du mit dieser Lösegeldsache zu mir gekommen bist. Wozu?«

»Du bist doch selbst ein Zocker und spielst gern. Bei der Gelegenheit könnte ich dich fragen, wie dir meine Inszenierung in dem Casino gefallen hat. Gelungen, findest du nicht? Und gründlich geplant. Der Prospekt in deinem Briefkasten zum Beispiel. Auch von mir.«

»Das mit dem Casino warst auch du?«

»Aber sicher. Ich überlasse so etwas doch nicht dem Zufall. Die Presse ist mir jetzt noch dankbar dafür. Aber zurück zu deiner Frage. Ich wollte, dass du Blut leckst, dass du begreifst, wie groß die Sache ist. Nur so kann auch die Rache groß sein. Mag sein, dass du das nicht kapierst, aber das ist auch egal. Vielleicht wollte ich dich auch einfach nur am Haken haben. Kennst du dieses geile Gefühl? Wenn einer am Haken zappelt? Du spürst es in deinem ganzen Körper. Es ist fast besser als ein Orgasmus.«

»Dir geht bei so was einer ab? Aber Rache? Wofür?«

Kratzberger blickte abschätzig auf mich herab. »Später. Eins nach dem anderen. Ein bisschen sollst du noch schmoren, bis es aus ist. Denn aus wird es sein. Das steht fest.«

Gut, Kratzberger war also der klassische Fall. Er war der Täter, der unbedingt loswerden muss, wie ausgeklügelt, wie genial er vorgegangen ist. Es war ihm das Wichtigste überhaupt, dieser Triumph, dass das Opfer auch wirklich verstand, wie und warum es zum Opfer geworden war. Mit einem Mal wusste ich, was das für mich bedeutete. Aber die tödliche Gefahr lähmte mich nicht. Im Gegenteil. Mein Kopf funktionierte wieder, ich dachte kühl und schnell und sagte zu Bohnsammer, der immer noch misstrauisch herumstand: »Hör zu. Er knallt dich eiskalt ab. Willst du das, oder tust du was dagegen?«

Bohnsammer wandte den Kopf zu mir und dann zu Helene. Auch seinen Blick konnte ich nicht genau deuten, aber das spielte sowieso keine Rolle mehr.

Kratzberger hob die Waffe und drückte eiskalt ab. Der Schuss explodierte in meinem Schädel, und beißender Qualm hing im Raum. Helene schrie auf. Bohnsammer lag verkrümmt neben der riesigen Kurbelwelle des Schiffsdiesels. Um seinen Kopf breitete sich eine dunkle Lache aus.

»So«, sagte Kratzberger.

Helene starrte ihn an. »Warum hast du …?«

»Schätzchen, das ist doch klar.« Kratzberger redete zu ihr wie zu einem Kind, dem man erklärt, dass das Christkind nicht wirklich alle Geschenke allein bringt. »Stell dir vor, wir lassen ihn laufen. Irgendwann schnappt ihn die Polizei, er fängt an zu singen, und das war's dann. Man muss gründlich kehren, weißt du, auch in den Ecken. Sonst hat man ein Problem.« Freundlich lächelnd wandte er sich zu mir. »Was willst du sonst noch wissen, bevor du dir selbst eine Kugel in den Kopf jagst? Mit deiner eigenen Dienstwaffe selbstverständlich.«

Da war sie nun, die Wahrheit. Und die Sache war vollkommen logisch und leuchtete mir sofort ein. Interessanterweise fiel mir gerade in dem Augenblick, als ich wusste, wie ich enden würde, nichts anderes als Waldis dämliches Facebook-Motto ein: *Wenn dich ein Vollidiot scheiße findet, machst du alles richtig.* Als er es mir damals zeigte, dachte ich, mein Motto würde lauten: *Gib niemals auf.* Ich versuchte, die Nerven zu bewahren und nicht in Panik zu geraten.

Ich sah, wie Helene den toten Bohnsammer wie erstarrt fixierte, und sagte zu Kratzberger: »Es ist klar, dass du mich loswerden willst, jetzt, wo ich hier bin und alle deine Geheimnisse kenne. Aber woher wusstest du eigentlich, dass Bischof Otto nicht allein in dem Grab lag?«

Kratzberger betrat wieder die große Bühne der Selbstgefälligkeit, baute sich vor seinem Publikum auf und verkündete: »Weißt du, Rod, die Welt lässt sich ganz leicht aufteilen. Es gibt Gewinner und Verlierer. Ich gehöre zu den Gewinnern. Die Sache ist ein wenig kompliziert, aber du sollst nicht den Löffel abgeben, ohne Bescheid zu wissen. Ich nehme an, du hast mitgekriegt, dass unser Staatssekretär, unser geschätzter Dr. Müller, derzeit ein delikates Problem hat. So eine Entführung von Familienangehörigen ist eine dumme Sache, vor allem, wenn ausgerechnet jetzt die Regierung nicht mehr mit Terroristen verhandelt. Müller ist mein Mandant beziehungsweise war es. Er wandte sich an mich, jammerte mir die Ohren voll, der arme Junge und so weiter, und ich sollte ihm helfen, sein Cousin wäre auch schon unterwegs, dieser Graf Bohnsammer, Adoptivpapa von dem da.«

Kratzberger zeigte mit der Schuhspitze auf den toten Bohnsammer. »Der Herr Graf berichtete, er habe Kontakt zu den Entführern, und sie forderten soundso viel Millionen Lösegeld. Ich sagte zu Müller: ›Herr Staatssekretär, wenn ich mich nicht irre, steht die Kasse für so etwas auf Ihrem Schreibtisch.‹ Da fing er an zu jammern, das könne er nicht tun, Veruntreuung von öffentlichen Geldern, und er selbst habe auch nicht genug, das Geld müsse irgendwie anders aufgetrieben werden. Dummerweise wusste er ein paar Dinge über mich, die sonst niemand wissen darf. Kannst du mir noch folgen?«

Natürlich konnte ich ihm folgen, auch wenn ich neben dem Zuhören noch verzweifelt damit beschäftigt war, einen Ausweg aus meiner Lage zu finden. Dabei konnte ich allerdings mit Sicherheit nicht auf Hilfe von Helene hoffen. Auf ihrem zerschlagenen Gesicht lag ein Ausdruck von verächtlicher Abscheu. Und die galt eindeutig mir. Ich zwang mich, im Augenblick nicht darüber nachzudenken, wie sie ein solches Spiel mit mir hatte treiben können, offensichtlich ausschließlich mit dem Ziel, ihren Lover Kratzberger über unseren Stand der Ermittlungen auf dem Laufenden zu halten. Im Augenblick fiel mir allerdings nichts anderes ein, als Kratzberger so lange wie möglich am Reden zu halten und auf ein Wunder zu hoffen.

»Die Information über die sterblichen Überreste des Bayernkönigs stammt also von Dr. Müller«, sagte ich.

»Prima! Ganz blöd bist du anscheinend doch nicht.«

»Und warum die beiden anderen Gräber und die Erpresserbriefe?«

»Weißt du, wie George Mallory die Frage beantwortete, warum er den Mount Everest besteigen wollte?«

»Du sagst es mir bestimmt gleich.«

»Er sagte: ›Weil er da ist.‹«

Ich fixierte Kratzberger. »Soweit ich weiß, kam Mallory bei diesem Versuch ums Leben.«

»Man kann immer aus den Fehlern der anderen lernen. Weißt du auch, wie es dann weiterging, Schlauberger?«

Ich verdrängte die Angst und bläute mir ein: *Rede! Und bring ihn weiter zum Reden! Das ist deine einzige Chance.* »Am Mount Everest? Ich glaube, man fand Mallorys Leiche erst recht spät, vor zehn oder zwanzig Jahren. Er starb aber schon in den Zwanzigern.«

»Interessieren dich diese Bergsteigergeschichten? Mich nicht. Mich interessiert jetzt, was du denkst. Was hat Frank Bohnsammer mit unserer Geschichte zu tun?«

»Ich denke, Frank Bohnsammer kam über Graf von Bohnsammer ins Spiel, richtig?«

Kratzberger grinste selbstgefällig. »Wahnsinn. Du bist ja ein richtiges Kombinationsgenie. Genauso war es. Der Herr Graf empfahl mir für die Aktion sein Adoptivsöhnchen, und dieser heuerte seinen Ex-KSK-Kollegen Ritter an. Bohnsammer war ein Nazi, aber vor allem ein Arschloch. Sein verdammter Ehrenkodex hat uns ganz schön in Schwierigkeiten gebracht. Das muss man sich mal vorstellen – schafft der doch tatsächlich diesen Ritter ins Krankenhaus, bloß weil sie zusammen in Kundus waren. So ein sentimentaler Vollidiot.«

»Und Dr. Müller hat diese Aktion abgesegnet?«

Kratzberger schnaubte verächtlich. »Der doch nicht. Der hat für so etwas nicht die Eier in der Hose. ›Auf gar keinen Fall gibt es irgendeine Verbindung zwischen mir und dieser Sache.‹ Das waren die Worte des Herrn Staatssekretärs. ›Sie machen das auf eigene Verantwortung. Wenn etwas schiefgeht, dann hängen Sie allein drin. Schaffen Sie mir dieses Problem aus der Welt, aber ich muss dabei außen vor bleiben.‹ Typisch, oder?« Kratzberger hielt inne. Er guckte mich an, hob die Waffe und ließ sie wieder sinken.

Rede, Killer, sagte ich zu mir, *gib ihm keine Pausen, wer weiß, wie er sie nutzt!* »Was ich nicht verstehe«, sagte ich, »ist der fingierte Einbruch der Ausstellung in Benediktbeuern. Erklärst du mir den?«

Helene drückte mit einer unwilligen Bewegung Kratzbergers Arm von ihrer Schulter und fauchte ihn an: »Mach jetzt endlich Schluss. Er will bloß Zeit gewinnen. Merkst du das nicht?«

Kratzberger ignorierte sie. Zu sehr genoss er das Gefühl, mir seine große Überlegenheit und Genialität demonstrieren zu können. »Die Totenmaske von Guddens ist einfach viel Geld wert. Wie bei den Überresten des Königs gibt es Leute, die ziemlichen Schiss davor haben, es könnten gewisse Dinge ans Licht kommen. Das sind reiche Leute, warum sollte man eine solche Möglichkeit nicht wahrnehmen, wenn sie sich ergibt?«

»Also hast du den Kurator, Wesemann, auch auf dem Gewissen?«

Kratzberger gluckste vor Lachen. »Nein, den nicht. Das wäre ein bisschen zu viel Aufwand und Risiko gewesen. Wesemanns Unfall war wirklich ein Unfall, glaube ich, er ist wahrscheinlich eingepennt und gegen diesen Baum gekracht, Schluss, aus, Ende im Gelände. Bohnsammer und Ritter haben den Einbruch erledigt. Ein bisschen Verwüstung und schon bekommt das Ganze einen Touch von König-Ludwig-Fanatismus. Im Nachhinein war es allerdings ein Fehler, dass Helene Wesemanns Nachfolgerin wurde. Das hat dich ja erst auf unsere Spur gebracht. Aber egal. Diesen kleinen Schönheitsfleck in der Sache werde ich ja gleich beseitigen.«

»Du vergisst deinen Auftritt bei mir im Präsidium.«

»Vergesse ich nicht. Das war viel später, und ich war mir sicher, du hattest das meiste schon auf dem Radar.«

»Nein, dich noch nicht. Du hast dich selbst ins Spiel gebracht.«

»Ich konnte nicht widerstehen. Du als leitender Ermittler! Die Versuchung war einfach zu groß.«

Ich blickte in Kratzbergers Gesicht, das aussah wie das eines fetten Katers, die Maus zwischen den Tatzen. Er wollte mit mir spielen, hatte es von Anfang an gewollt. »Zurück zu Müller. Wie ging es weiter mit ihm? Und noch einmal die Frage: warum die Domgräber?«

»Müller ist ein fanatischer Trottel. Stell dir das mal vor – ein Staatssekretär im Kultusministerium hüpft bei dieser Möchtegern-Ku-Klux-Klan-Gurkentruppe mit. Für mich ist das immer noch unfassbar. Und Bohnsammer war noch dümmer. Müller sagte mir, es wäre ein Bamberger Grab, wir sollten nach einem eingeritzten Schwan suchen, das wäre das Zeichen. Ich gab das an Bohnsammer weiter, aber der dachte, er geht auf Nummer sicher, wenn er gleich drei Gräber aufbricht. Ich schätze, ihr Bullen seid davon ausgegangen, Sankt Michael war zuerst dran, und dann kam der Dom, weil das eure Reihenfolge war. Aber es war genau andersherum …«

»Es hat tatsächlich diesen Handel gegeben? Ich meine, die Überreste des Bayernkönigs waren wirklich im Grab, und die Wittelsbacher haben sie sozusagen zurückgekauft?«

»Kein Kommentar«, sagte Kratzberger, brachte es irgendwie zustande, die Arme vor seiner fetten Brust zu verschränken und wirkte dabei mit sich und der Welt im Reinen.

Ich hockte auf dem kalten Metallboden, die Hände hinten mit Kabelbindern fixiert, der Schiffsdiesel heiß und ölverschmiert in meinem Rücken. Ein paar Meter weiter lag der erschossene Bohnsammer in seinem Blut. Kratzbergers Zeigefinger wackelte über den Abzug meiner Dienstwaffe. So wie es aussah, hatte ich weder etwas zu verlieren noch zu gewinnen. Eine eigenartige Ruhe überkam mich, es war beinahe ein ehrfürchtiges oder heiliges Gefühl, als hätte ich die kühle, reinigende Erhabenheit einer Kathedrale betreten, als wäre dieses Gefühl eine milde Gabe des Todes, eine Art Sedativum, damit alles ein wenig gnädiger wurde.

Helene stand neben Kratzberger und starrte mich an. Ihre Augen waren wie trübe Steine, die jemand in ein Mosaik gesetzt hatte. Ich verstand mich selbst nicht mehr – und es lag nicht daran, dass sie so zugerichtet war –, wie hatte ich diese Frau lieben, sie küssen, berühren, mich in jeder Sekunde nach ihr sehnen können?

»Und der Mönch?«, fragte ich.

Kratzberger seufzte. »Du willst einfach alles wissen. Der war einfach zufällig da. Wahrscheinlich wusste er, dass das Grab restauriert werden sollte, und wollte auf seinen dämlichen König aufpassen. Keine Ahnung. Müller hat mich nur angepflaumt, warum Ritter ihn um die Ecke gebracht hat. Ritter meinte, er hätte keine andere Wahl gehabt, der Mönch sei plötzlich da gewesen und wie ein Racheengel auf ihn losgegangen. Ritter war ein Psychopath. In Afghanistan war er am Ende seiner Dienstzeit für die Verhöre gefangener Taliban zuständig, die Sache mit dem Meißel hat er da angeblich schon einmal praktiziert. Er bekam ein Verfahren an den Hals, konnte sich aber irgendwie herausreden. Ich hab nie verstanden, wie, und ich kann dir auch nicht sagen, wie man erklärt, warum bei einem verhörten Gefangenen plötzlich ein Meißel im Herzen steckt. Der Mönch stand jedenfalls nicht auf unserer Rechnung. Es war ein dummer Zufall.«

Kratzbergers besonderer Sinn für Recht oder Unrecht wurde immer deutlicher. Tote waren nicht wirklich Grund für ein schlechtes Gewissen, sie waren eher Notwendigkeiten oder dumme Zufälle. Er würde wegen mir auch keine schlaflosen Nächte verbringen. Und mir wurde immer klarer, dass er jetzt nur ein Ziel hatte: Er wollte auch mich umbringen.

»Dieses Schiff. Ich verstehe, dass die Idee nicht schlecht ist. Ich nehme an, du hast es als Versteck für die Reliquien benutzt. Aber wie kamst du überhaupt an dieses Schiff heran?«

»Über Bohnsammer natürlich. Er hat mal auf so einem Dampfer gearbeitet und wusste, dass dieser hier leer stand und quasi an der Anlegestelle geparkt wurde, bis Platz in der Werft ist, und das wird erst im Sommer sein. Du warst so freundlich, Helene alles zu erzählen. Einiges erfuhr ich aber auch über deinen Dienstrechner, die Polizei ist ja so gründlich, über alles gibt es ein Protokoll. Zum Beispiel, dass ihr Bohnsammers Nummernschild auf dem Frankenschnellweg fotografiert habt, seinen Anruf geortet hattet, und vor allem auch die Sache mit eurer Hafenaktion. Da kam mir die Idee mit dem Schiff. Es war der perfekte Platz. Leider kann ich nicht ganz so gut navigieren wie Bohnsammer. Ich fürchte, ich hab den Kahn ein wenig unsanft auf Grund gesetzt. Ich kann diese Verkehrszeichen für Schiffe nicht lesen und bin wahrscheinlich aus der Fahrrinne geraten.«

»Wo sind wir eigentlich?«, fragte ich, und Helene lachte gehässig.

Durch ihre geschwollenen Lippen klang ihre Antwort wie das Lallen einer Betrunkenen. »Vielleicht hast du ja einen neuen Rekord aufgestellt. Wir sind kurz vor der Einfahrt in den Main.«

Ich ging darauf nicht ein, sondern sagte: »Du hast mir letzte Nacht K.-o.-Tropfen verabreicht. Hab ich recht?« Die Idee war mir im Laufe des Gesprächs gekommen, da es keine andere Erklärung für meinen schlimmen Kater gab.

»Ach, echt? Hat sie das? Ts, ts.« Kratzberger schob sich vor Helene, seine ganze Erscheinung drückte jetzt gesteigerte Aggressivität aus, und ich spürte, dass mein Vorrat an Zeit mehr und mehr zur Neige ging.

»Das Problem ist«, sagte ich, »ihr kommt damit auf keinen Fall durch. Okay, du hast Bohnsammer erschossen und planst dasselbe mit mir. Aber dann sind da immer noch Dr. Müller und Graf Bohnsammer. Wenn du Glück hast, schweigt der Staatssekretär, weil er um Amt und Würden oder sogar mehr fürchtet. Aber der Herr Graf wird dir nicht verzeihen, dass du seinen Sohn liquidiert hast. Er wird dich fertigmachen, mit oder ohne Gericht.«

Kratzberger lachte dröhnend, sein Dreifachkinn wabbelte wie Pudding. »Du hast ihn doch erschossen, du! Mann, bist du wirklich so blöd? Das ist deine Waffe, und jetzt begehst du auch gleich noch Selbstmord damit. Hast du Alzheimer, oder was ist mit dir los?«

Helene wurde immer ungeduldiger. Sie keifte: »Merkst du nicht, dass er nur auf Zeit spielt? Er hofft doch nur, dass er noch irgendwie davonkommt. Mach das Schwein endlich fertig und lass uns abhauen.«

Kratzberger guckte auf die P7, schluckte und sah aus wie

eine Schlange, die ein Ei hinunterwürgt. Hatte er am Ende doch Skrupel? Die Hoffnung stirbt zuletzt, und so spielte ich meinen allerletzten Trumpf aus, bei dem es sich aber höchstens um eine lausige Acht oder Neun handelte. Ich blickte so bedauernd drein, wie ich konnte. »Das mit dem Selbstmord wird kein Mensch glauben. Meine Handgelenke sind von den Kabelbindern blutig gescheuert, und ich hab eine Mordsbeule am Kopf. Selbstmord? Nie im Leben.«

»Es wird keine andere Erklärung geben. Man wird einfach keine finden. Helene hat übrigens zu Protokoll gegeben, dass du auf Sadomaso-Spielchen stehst. Sieht man ihr ja auch irgendwie an, findest du nicht? Ich denke schon, dass man damit deine aufgescheuerten Handgelenke erklären kann. Ein besseres Selbstmordmotiv, als du es hast, gibt es ja auch gar nicht. Du hast ja wirklich alles in die Scheiße geritten, was möglich war. Ganze Arbeit, Killer.«

Er hatte mich zum ersten Mal bei meinem Nachnamen genannt. War das seine Art, eine gewisse Distanz zu schaffen, bevor er abdrückte? Ich hatte nur noch die eine Frage, die es zu stellen gab, und das tat ich jetzt. Ich blickte ihm in die Augen, so fest ich konnte, und sagte: »Gerolf, du bist mir eine Erklärung schuldig.«

Er nickte, nachdenklich, beinahe bedächtig.

»Du hast gesagt, es geht um Rache. Das verstehe ich nicht. Erklär's mir. Ich bin mir nicht bewusst, dir je etwas angetan zu haben.«

Etwas Seltsames geschah mit seiner Mimik. Die Eitelkeit, die Gehässigkeit, die Herablassung – all das verschwand urplötzlich. Sie machten einem Ausdruck Platz, der mich an ein kleines Kind erinnerte, das vor Trotz mit dem Fuß aufstampft. Auch seine Stimme wurde höher, sie schwang wie in einem kaum hörbaren Vibrato. »Doch, Killer. Hast du. Und wenn du behauptest, du weißt es nicht mehr, dann lügst du.«

»Nein, ich habe keine Ahnung. Und ich lüge nicht.«

Kratzberger hob die Pistole. Ich blickte in die Mündung, ein kaltes, hohles Stück Eisen, in dem der Tod darauf lauerte, schneller als ein Wimpernschlag zu mir zu kommen. »Du hast mich verraten.«

»Was?«

»Damals, als wir Taxi fuhren. Du hast nach diesem Überfall meine Nummer durchgegeben und aller Welt verkündet, ich wäre ein Verräter, der einen Kollegen im Stich lässt, und zwar aus reiner Geldgier.«

»Ich bin zu dieser Zeit gar nicht gefahren, Mutter war krank … meine Aushilfe –«

Kratzberger lachte gehässig. »Klar. Die anderen waren es. Vergiss es. Still jetzt. Du hast mich damals verraten, und jetzt bist du hier aufgetaucht. Ich wollte dich einfach nur so ruinieren wie du mich in Taxikreisen ruiniert hast. Weiter nichts. Aber ich kann dich natürlich so nicht mehr laufen lassen. Selbst schuld. So soll es sein.« Kratzberger schob wütend den Lauf der Waffe noch näher zu mir.

Im Hintergrund sah ich, wie Helene verächtlich den geschwollenen Mund verzog. Es machte ihr nichts aus, dass ich starb. Im Gegenteil, sie genoss es.

Kratzbergers Finger krümmte sich um den Abzug. »Das war's, Killer.« Er drückte ab.

Man sagt, dass vor jemandem, der dem sicheren Tod ins Auge blickt, das Leben wie im Zeitraffer vorbeizieht. Bei mir war es nicht so. In dem Augenblick, als Kratzberger den Abzug betätigte, fiel mir plötzlich ein, dass Mutter allein in meinem Station Wagon hockte, und mir schoss die Frage durch den Kopf, ob sie auf mich wartete. Das war mein Zeitraffer, denn die Fragen setzten sich wie eine Lawine rasend schnell fort: Hatte Mutter noch ein Zeitgefühl? Wusste sie, dass sie im Wagen ihres Sohnes saß, dass sie überhaupt einen Sohn hatte? Oder spielte es keine Rolle mehr für sie, dass ich nicht mehr kam, sondern irgendwann irgendjemand anderer, der sie zurück ins Heim bringen würde?

Während ich in die Mündung meiner eigenen Waffe blickte, kehrte ich dahin zurück, wo mein Ursprung lag. In diesem

Sinne war es tatsächlich eine Art Zeitreise, doch sie bestand nicht aus einer Reihe von Bildern, die sich als Film abspulten, sondern nur aus dem einen Bild – nämlich dem, wie Mutter im Station Wagon saß und regungslos nach vorne blickte. Der Rest war ein schmerzhaftes Zusammenziehen des Herzmuskels, ein simpler physiologischer Vorgang. Doch in dieser Kontraktion lag im Bruchteil einer Sekunde viel mehr. Über das Bild meiner Mutter, die nun von mir alleingelassen worden war, ergoss sich alles, was an Gefühlen in mir war. Es war weit mehr als eine chemische Reaktion, die einen simplen Muskel kontrahierte, es war ein stiller, aber umso heftigerer, gepresster Schmerz, der sich rasend schnell in meinem ganzen Körper ausbreitete.

»Fuck!«, schrie Kratzberger und betätigte wie ein Wahnsinniger wieder und wieder den Abzug, doch das Ergebnis bestand immer nur in ein und demselben trockenen Klicken.

»Hab ich vergessen, dir zu sagen.« Die aufgestaute Luftmenge zischte zwischen meinen Zähnen hindurch. »Ich war neulich auf dem Schießstand und war danach zu faul, die Waffe zu reinigen und das Magazin aufzufüllen. Es war wohl nur noch die eine Kugel drin. Und die steckt ja jetzt in Bohnsammers Kopf.«

»Fuck! Du Arschloch!« Kratzberger fummelte das Magazin heraus und warf es wütend auf den Boden. Helene redete auf ihn ein, und es sah beinahe so aus, als würde er sie wieder schlagen. Doch schließlich beruhigte er sich ein wenig, erkannte, dass sie ihm etwas mitteilen wollte, und fauchte: »Was?«

»Ich hab sowieso eine bessere Idee«, sagte Helene.

Kratzberger starrte immer noch auf die Waffe.

»Du hast mir doch neulich erzählt, dass Killers Vater sich aufgehängt hat. Selbstmord.«

»Und?« Kratzberger drehte den Kopf seitlich zu ihr, als lauschte er auf ein entferntes Geräusch.

Helenes zerschlagenes Gesicht war wie ein zerbrochener Spiegel. In ihren Augen hatte ich einmal ein goldenes Strahlen gesehen, jetzt lag hinter der trüben Oberfläche nur der dunkle Abgrund von Verachtung und Hass.

»Wir machen es genauso«, sagte sie. »Selbstmord ist genetisch angelegt. Wie der Vater, so der Sohn. Wir hängen ihn auf.«

Kratzbergers Augen wanderten von der Waffe zu mir und dann zu Helene. Er nickte langsam, als er die Logik ihres Vorschlags verstand. »Gut. Ja, sehr gut.« Er knurrte mich an: »Steh auf!«

»Mit oder ohne Schiffsdiesel?«

Helene lachte hysterisch.

Kratzberger machte sich fluchend hinter meinem Rücken zu schaffen, zog mich schließlich hoch und blickte sich suchend um. »Hier! Los, hierher!« Er zerrte mich ein Stück weiter nach links, wo sich Rohrleitungen wie fette Schlangen über die Decke wanden, und fauchte Helene an: »Such etwas, ein Seil, ein Kabel, irgendwas! Oben, in der Kajüte.«

Helene nickte, kletterte die Leiter hoch und verschwand.

Kratzberger zog eine hölzerne Werkzeugkiste heran und schob sie neben meine Füße. »Steig drauf.«

»Nein.«

»Ich sagte: Steig drauf!« Kratzbergers Brüllen sprang im Maschinenraum als Echo hin und her.

»Du müsstest mich schon zwingen. Aber das schaffst du nicht. Wie denn?«

Kratzberger war immer noch hektisch vor Wut, jetzt kam hinzu, dass er nicht wusste, was er tun sollte. Er starrte mich an wie ein Tier. Hinter ihm erhob sich ein Schatten, und ich dachte zunächst, meine aufgewühlten Sinne spielten mir einen Streich. Etwas Blitzendes sauste über seinen Kopf, dann gab es ein dunkles, dumpfes Geräusch, und Kratzberger fiel in sich zusammen.

Da stand Bohnsammer wie ein grausamer Rächer mit blutverschmiertem Gesicht, seine Augen flackerten zur Leiter, auf die sich aus der Luke Helenes Füße tasteten, er war mit drei Schritten dort, riss die Leiter um, und Helene stürzte mit einem schrillen Schrei herab und blieb reglos liegen. Er ging zu ihr, tastete sie mit einer routinierten Bewegung ab und nickte dann grimmig. »Die ist auch alle. Wahrscheinlich hat sie sich das Genick gebrochen.«

Ich starrte ihn an wie einen Geist. »Wie …?«

Er wischte über seine blutige Schläfe. »Glück für dich und mich, Pech für Kratzberger und die Nutte, Bulle. Streifschuss. Ich war wohl für ein paar Minuten weg.« Er wandte sich ab, bückte sich hinunter auf den Boden, wo die Werkzeuge lagen, wühlte darin herum. Eine Klinge blitzte auf, ich zuckte instinktiv zurück, doch Bohnsammer legte mir eine Hand auf die Schulter, trat hinter mich und schnitt die Kabelbinder durch. Das Blut schoss wie kochendes Wasser zurück in meine Hände.

Bohnsammer ging noch einmal dorthin, wo Helene lag. Er hockte sich für einen Moment neben sie, schüttelte den Kopf und stand wieder auf. Zu mir sagte er: »Denk dir nichts, mit mir hat sie genau dasselbe gemacht.« Kratzberger, der in seinem Blut lag, würdigte er keines Blickes. Er schmiss das Messer weg, es schlitterte über den eisernen Boden, bis es gegen die Wand klirrte. Dann drehte er sich zu mir und sagte: »Mir reicht's, Bulle.« Seine Augen waren völlig leer. »Es ist vorbei. Keine Toten mehr. Hast du ein Handy? Ruf deine Kollegen an.«

Ich nickte, holte mein iPhone hervor und wählte die Nummer des Präsidiums.

Epilog

Dr. Meyer schob die Seiten meines Berichts bündig und legte ihn zur Seite. Er prüfte den Sitz seiner Krawatte, stand auf und schloss den oberen Jackettknopf. Dann ging er zum Fenster und blickte hinaus. Es wirkte, als spräche er nicht zu mir, sondern zur Stadt, die mit ihrem hartnäckigen nachmittäglichen Rhythmus unter uns lag. Er drehte leicht den Kopf zu mir und sagte: »Herr Killer, was haben Sie da versucht zu inszenieren, ein neues Shakespeare'sches Drama? Bei dem am Ende alle tot sind?«

Was sollte ich darauf erwidern? Die Dinge hatten ihren Lauf genommen, mein eigener Einfluss war gering gewesen.

»Wie dem auch sei«, sagte Dr. Meyer. »In zwei Stunden ist die Pressekonferenz. Sie werden neben mir sitzen, aber alle an Sie gerichteten Fragen an mich weiterleiten – und damit meine ich wirklich alle Fragen. Haben Sie verstanden?«

Ich nickte.

Der Polizeipräsident fuhr fort. »Die Presse wird vorerst keine Einzelheiten erfahren. Mein Bericht wird sich weitgehend auf Bohnsammers Festnahme begrenzen, weiterhin werde ich erklären, dass zwei Mittäter beim Zugriff ums Leben kamen.« Dr. Meyer ging zurück zu seinem Schreibtisch und setzte sich wieder. Er nahm seinen teuren Füller, betrachtete ihn nachdenklich und sagte: »Herr Killer, Sie sind nach wie vor vom Dienst suspendiert, ich habe da keine andere Wahl. Ehrlich gesagt weiß ich noch nicht, wie wir das alles regeln. Gegen Sie besteht eine Anzeige von unbekannt wegen Körperverletzung, dann die Anzeige wegen Vergewaltigung, wobei mittlerweile beide Ankläger verstorben sind – was die Sache aber höchstens komplizierter macht, ich muss mich da erst noch in der Rechtsabteilung kundig machen. In Bezug auf Ihre Spielsucht empfehle ich Ihnen dringend eine Therapie. Weiterhin …« Er stockte, weil plötzlich die Melodie von »Take Five« erklang.

Ich machte eine entschuldigende Geste, holte mein Handy

hervor, hörte mir den Redeschwall der Altenpflegerin an und sagte: »Ja, gut. Ich bin schon unterwegs.«

»Wie bitte?«, fragte Dr. Meyer.

»Tut mir leid, ich muss los«, sagte ich. »Aber ich bin rechtzeitig wieder zurück.«

Mutter stand an ihrem Lieblingsplatz am Wehr. Die Sonne verwandelte die Gischt in eine flimmernde Wolke. Wir betrachteten schweigend das Wasser. Für einen Moment befanden wir uns am richtigen Ort.

»Es fließt«, sagte Mutter.

Ich nickte. »Du hast recht.«

Wir blickten beide hinunter und schwiegen.

Später schob ich meine Hand unter ihren Ellbogen und dirigierte sie zu ihrem Rollator. Unter dem schrägen Licht, das durch die Kronen der Bäume fiel, gingen wir langsam zurück zum Heim.